W0279982

Lady Mystère

KAT MARTIN

Lady Mystère

Jade

Titre original :
THE BRIDE'S NECKLACE
publié par MIRA®

Traduction française de MARIE-JOSÉ LAMORLETTE

Jade® est une marque déposée par le groupe Harlequin

Photos de couverture

Londres : © PETER MILLER / GETTY IMAGES

Femme : © PAM FRANCIS / GETTY IMAGES

© 2005, Kat Martin.
© 2008, Harlequin S.A.
83-85, boulevard Vincent-Auriol, 75646 PARIS CEDEX 13.
ISBN 978-2-2808-4498-7 — ISSN 1773-7192

Prologue

Angleterre, 1804

Un léger craquement qui provenait du couloir l'éveilla. Victoria Temple Whiting — Tory pour les intimes — se redressa dans son lit, l'oreille aux aguets. Le bruit se reproduisit, un bruit étouffé de pas qu'elle discerna devant sa chambre, puis qui s'éloigna dans le corridor, pour s'arrêter devant la porte de sa sœur.

Tory jeta les jambes hors de son lit, le cœur battant follement. Il n'y avait pas de serrure sur la porte de Claire. Leur beau-père le baron l'avait interdit. Elle perçut le déclic du bouton de porte en argent, puis le glissement de chaussures sur le tapis, tandis que quelqu'un pénétrait dans la chambre.

Elle savait de qui il s'agissait. Elle savait que ce jour arriverait, que le baron finirait par céder à la concupiscence qu'il éprouvait à l'égard de Claire. Au désespoir de protéger sa sœur, Tory se leva en hâte, attrapa son peignoir bleu jeté sur son lit et se rua dans le couloir. La chambre de Claire était à deux portes de la sienne. Elle se dirigea vers son but le plus silencieusement possible, les jambes tremblantes, les mains si moites qu'elle eut du mal à tourner le bouton.

Elle essuya ses paumes sur son peignoir, réessaya et réussit cette fois à ouvrir la porte, qu'elle poussa sans bruit pour pénétrer dans la pièce obscure. Son beau-père se tenait debout près du lit, haute silhouette ombreuse qui se découpait sur la faible lumière tombant de la fenêtre. Tory se raidit en entendant les mots qu'il murmurait, et la peur qui altérait la voix de sa sœur quand celle-ci implora :

— Ne vous approchez pas de moi !

— Je ne vous ferai pas de mal. Restez allongée et laissez-moi agir à ma guise.

— Non. Je… je veux que vous quittiez ma chambre.

— Taisez-vous ! ordonna le baron d'un ton coupant. A moins que vous ne vouliez éveiller votre sœur. Je crois que vous pouvez deviner ce qui lui arrivera, si elle entre ici.

Claire gémit.

— Je vous en prie, ne vous en prenez pas à Tory !

Mais les deux sœurs savaient qu'il ne s'en priverait pas. Le dos de Victoria portait encore les marques de coups de canne qu'elle avait reçus de son beau-père, pour une infraction mineure dont elle se souvenait à peine.

— Faites ce que je vous dis, alors, et ne bougez pas.

Claire émit une sorte de cri étranglé, et Tory lutta contre la fureur qui l'envahit. Se glissant sans bruit derrière le baron, les ongles enfoncés dans ses paumes, elle s'approcha un peu plus près. Elle savait ce que Miles

Whiting, baron Harwood, avait l'intention de faire. Et que, si elle essayait de l'arrêter, elle serait de nouveau battue, ce qui n'empêcherait pas son beau-père, tôt ou tard, de causer du tort à Claire.

Tory se mordit la lèvre, se forçant à ravaler sa colère, réfléchissant à ce qu'elle devait faire. Il fallait qu'elle empêche ce monstre de nuire à sa sœur. Quoi qu'il advienne, elle ne pouvait le laisser toucher Claire.

Son regard tomba sur la chaufferette en cuivre posée près de la cheminée. Les tisons qu'elle contenait étaient éteints depuis longtemps, mais elle devait être lourde de cendres. Elle se baissa, empoigna le manche de bois et souleva sans bruit l'instrument dont elle voulait se servir comme d'une arme.

Claire laissa échapper une nouvelle plainte. Tory fit deux pas en direction du baron qui était penché sur sa sœur et, d'un coup virulent, lui assena la chaufferette sur la tête. Harwood poussa une sorte de grognement et s'affala sur le sol.

Les mains de la jeune fille tremblaient. La chaufferette heurta le tapis d'Aubusson avec un bruit sourd, répandant des morceaux de charbon et de la suie autour d'elle. Claire bondit hors de son lit et courut se jeter dans les bras de sa sœur.

— Il… il ne cessait de me toucher.

Elle réprima un sanglot et se raccrocha plus fortement encore à Victoria.

— Oh, Tory, tu es arrivée juste à temps.

— C'est bon, chérie. Tu n'as plus rien à craindre, à présent. Je ne le laisserai plus te violenter.

Tremblant de tous ses membres, Claire se tourna vers l'homme qui gisait sur le tapis, un filet de sang coulant de la blessure qu'il avait à la tempe.

— Est-ce que… est-ce que tu l'as tué ?

Tory contempla la silhouette inerte du baron et vacilla légèrement sur ses jambes. Elle prit une inspiration pour se calmer. Il faisait sombre dans la chambre, mais un rayon de lune pénétrait par la fenêtre. Elle pouvait voir la tache noire qui s'élargissait sous la tête du baron. Son torse ne semblait pas se soulever, mais elle n'en était pas sûre.

— Il faut que nous partions d'ici, dit-elle, combattant son envie de s'enfuir en courant. Enfile ton peignoir et sors ton sac de voyage de sous le lit. Je vais prendre le mien et je te rejoindrai au bas de l'escalier de service.

— Je… je dois m'habiller ! protesta Claire.

— Nous n'avons pas le temps. Nous nous changerons en route.

Ce départ n'était pas inattendu. Elles avaient toutes deux préparé un sac trois jours plus tôt, le soir du dix-septième anniversaire de Claire. Depuis ce soir-là, la convoitise qui luisait dans les yeux du baron chaque fois qu'il regardait la jeune fille n'avait cessé de croître. Elles avaient commencé à forger des plans dès cet instant : elles quitteraient Harwood Hall à la première occasion.

Mais le sort venait de s'en mêler. Elles ne pouvaient attendre un moment de plus.

— Et le collier ? s'enquit Claire.

Voler le bien le plus précieux de leur beau-père faisait partie de leurs projets. Elles avaient besoin d'argent pour gagner Londres. Le magnifique collier de perles fines et de diamants valait une petite fortune, et c'était la seule chose qu'elles pouvaient aisément emporter avec elles.

— Je m'en occupe. Essaie de te calmer. Je te rejoindrai aussi vite que je le pourrai.

Claire sortit en trombe de la chambre et se dirigea vers le vestibule. Tory jeta un dernier coup d'œil au baron et sortit à son tour. « Mon Dieu, faites qu'il ne soit pas mort ! » pria-t-elle, malade à l'idée qu'elle ait pu réellement le tuer.

Elle frissonna et s'éloigna en toute hâte.

1

Londres, deux mois plus tard

C'était peut-être le collier. Tory n'avait jamais cru à cette malédiction, mais tout le monde, à des lieues autour du petit village d'Harwood, connaissait la légende du somptueux collier de perles et de diamants. Les gens chuchotaient à son sujet, convoitaient et révéraient ce bijou magnifique créé au XIIe siècle pour la jeune épousée de lord Fallon. On prétendait que le collier, connu sous le nom de Collier de la Jeune Mariée, pouvait apporter à son propriétaire un bonheur inouï ou des tragédies sans fin.

Cela n'avait pas empêché Tory de le voler. Ni de le vendre à un prêteur sur gages de Dartfield, en échange d'assez d'argent pour que Claire et elle puissent s'enfuir.

Mais cela remontait à près de deux mois, avant qu'elles atteignent Londres, et la somme ridiculement basse que Tory avait été contrainte d'accepter pour le collier touchait à sa fin.

Au début, elle avait été certaine qu'elle pourrait trouver une place de préceptrice ou de bonne d'enfants dans une famille respectable, mais jusqu'à présent elle avait échoué. Et si les quelques vêtements qu'elles avaient pu emporter étaient au goût du jour, les poignets de la robe de Tory commençaient à s'élimer, et quelques taches apparaissaient sur l'ourlet de la robe de mousseline abricot de Claire. Bien que leur éducation et leur élocution fussent celles des classes supérieures, Tory n'avait pas la moindre référence à faire valoir, et elle avait été rejetée partout.

Elle devenait aussi désespérée qu'elle l'avait été avant de quitter Harwood Hall.

— Qu'allons-nous faire, Tory ?

La voix de sa sœur s'immisça dans la vague de découragement qui menaçait de la submerger.

— M. Jennings dit que si nous ne payons pas notre loyer d'ici à la fin de la semaine il nous jettera dehors, poursuivit Claire.

Tory frémit à cette idée. Elle avait vu à Londres des choses qu'elle souhaitait pouvoir oublier : des enfants sans abri qui ramassaient des restes de nourriture dans les égouts, des femmes qui vendaient leur corps amaigri afin de survivre une amère journée de plus. La pensée qu'elles puissent être chassées de leur dernier refuge, une mansarde située au-dessus d'une boutique de chapelier, et jetées à la rue en compagnie de malfrats et de canailles était plus qu'elle ne pouvait supporter.

— Tout ira bien, chérie, tu ne dois pas t'inquiéter, dit-elle en arborant une fois de plus une mine courageuse. Tout s'arrangera, tu verras.

Mais Tory commençait sérieusement à en douter.

Claire esquissa un sourire tremblant.

— Je sais que tu trouveras quelque chose. Tu y parviens toujours.

Avec deux ans de moins que sa sœur aînée, Claire Whiting était beaucoup plus grande que cette dernière, de constitution plus menue. Les deux sœurs étaient minces et fines, mais c'était Claire qui avait hérité de l'étonnante beauté de leur mère.

Elle avait des cheveux ondulés, d'un blond argenté, qui lui tombaient jusqu'à la taille, et une peau aussi lisse et pâle qu'une Vénus d'albâtre. Ses yeux étaient si bleus qu'ils eussent fait pâlir un ciel du Kent par beau temps. Si un ange avait revêtu une robe de mousseline abricot et une chaude pelisse, il aurait ressemblé à Claire Whiting.

Tory s'estimait d'une nature plus résistante, avec de lourds cheveux châtains qui bouclaient souvent quand elle le souhaitait le moins, des yeux vert clair et des taches de son sur le nez. Mais il n'y avait pas que leur physique qui les différenciait l'une de l'autre.

Claire était une personne à part. Elle l'avait toujours été. Elle habitait un monde que les simples mortels ne pouvaient voir. Tory considérait sa sœur comme une créature éthérée, le genre de jeune fille qui jouait avec des fées ou parlait à des gnomes. Ce n'était pas le cas, bien sûr. Mais elle donnait l'impression d'en être capable.

Ce que Claire semblait incapable de faire, en revanche, c'était de prendre soin d'elle-même d'une façon responsable. Aussi Tory s'en occupait-elle à sa place.

Voilà pourquoi elles avaient fui leur beau-père, gagné Londres, et risquaient à présent d'être jetées à la rue.

Sans parler du fait qu'elles étaient peut-être recherchées pour le vol d'un collier de valeur, et peut-être même pour un meurtre.

Une douce brise de juin soufflait de la Tamise, atténuant la chaleur qui montait des rues pavées. Confortablement installé dans un grand lit à baldaquin, Cordell Easton, cinquième comte de Brant, était adossé à la tête de lit sculptée. En face de lui, Olivia Landers, vicomtesse Westland, était assise nue sur un pouf, devant sa coiffeuse, et passait lentement une brosse en argent dans ses longs cheveux d'un noir de jais.

— Pourquoi ne posez-vous pas cette brosse et ne revenez-vous pas me rejoindre ? lança Cord d'une voix traînante. Quand j'en aurai fini avec vous, vous devrez vous recoiffer.

Olivia se tourna vers lui, un sourire charmeur sur ses lèvres couleur de rubis.

— Je pensais que vous ne seriez peut-être pas intéressé tout de suite, de nouveau, par ce que j'ai à vous offrir…

Elle laissa courir son regard sombre sur le corps de son amant, les muscles de son torse, la fine ligne noire qui descendait vers son ventre, et s'arrêta sur la preuve évidente de son désir. Ses yeux s'élargirent.

— Il est surprenant de voir à quel point une femme peut se tromper.

Quittant le pouf, elle marcha vers lui, nimbée par sa seule chevelure, excitant encore l'envie qu'il avait d'elle.

Olivia était veuve, une fort jeune et fort appétissante veuve que Cord fréquentait depuis plusieurs mois. Mais elle était capricieuse et égoïste, et elle devenait la source de plus de problèmes qu'elle n'en valait la peine. Cord avait déjà songé à mettre un terme à leur liaison. Il ne le ferait pas ce jour-là, cependant.

Ce jour-là, il avait volé deux ou trois heures à la pile de papiers sur laquelle il avait travaillé depuis le matin, en quête d'une diversion. Et Livy constituait une excellente diversion, si elle ne lui apportait pas autre chose.

Elle rejeta ses longs cheveux par-dessus son épaule et grimpa sur le moelleux matelas de plumes.

— Je veux être au-dessus, déclara-t-elle d'une voix ronronnante. Je veux que vous vous tortilliez sous moi.

Ce qu'elle voulait était ce qu'elle réclamait toujours, un pur échange sexuel plein de verdeur et d'énergie, et Cord était d'humeur à la satisfaire. Toutefois, lorsqu'ils en avaient fini, il se sentait depuis quelque temps étrangement insatisfait.

Il se dit qu'il devrait se chercher une autre maîtresse. Une telle perspective améliorait toujours son moral — et vivifiait plus encore certaine partie de son corps. Récemment, pourtant, il ne parvenait pas à se laisser entraîner par le plaisir de la chasse.

— Cord, vous ne m'écoutez pas.

Olivia tira sur la toison brune qui recouvrait son torse.

— Désolé, mon lapin.

Cord n'était pas réellement contrit, ayant la certitude que rien de ce qu'elle avait à dire ne l'intéresserait le moins du monde.

— J'étais distrait par vos seins ravissants.

Il leur accorda toute son attention, prenant la pointe de l'un d'eux dans sa bouche tandis qu'il installait Olivia sur lui et prenait possession de son corps voluptueux.

La jeune femme gémit, se mit à bouger, et Cord se perdit dans les charmes délicieux de sa personne. Elle atteignit l'extase juste avant lui, puis le plaisir commença à se dissoudre, disparaissant comme s'il n'avait jamais existé.

Alors que Livy quittait le lit, la pensée qui tracassait Cord depuis un certain temps refit surface. « Il doit exister quelque chose de plus que cela. »

Il enfouit cette idée sous les douzaines d'autres problèmes auxquels il avait été confronté depuis que son père était mort et qu'il avait hérité du titre et de la fortune des Brant. Suivant Olivia hors du lit, il commença à s'habiller. Il avait un millier de choses à faire — des investissements à considérer, des comptes à vérifier, des requêtes de ses tenants à étudier, des factures d'expédition à établir ou à régler.

Il y avait, aussi, le souci permanent qu'il se faisait pour son cousin. Ethan Sharpe avait disparu depuis près d'un an et Cord était déterminé à le retrouver.

Et cependant, quelles que soient ses obligations, il trouvait toujours du temps pour s'adonner à son seul grand vice — les femmes.

Convaincu qu'une nouvelle maîtresse était la réponse à sa récente morosité, il se promit de commencer ses recherches.

— Et si c'était la malédiction ?

Claire riva sur Tory ses grands yeux bleus emplis d'inquiétude.

— Tu sais ce que les gens racontent, maman nous l'a relaté une dizaine de fois. Elle disait que le collier pouvait apporter un très mauvais sort à la personne qui le détient.

— Tu es ridicule, Claire. Les malédictions n'existent pas. En outre, nous ne le détenons pas. Nous l'avons juste emprunté pour quelque temps, et il n'est plus en notre possession.

Mais le collier avait certainement porté malheur à leur beau-père. Tory se mordilla la lèvre inférieure en se remémorant le baron affalé sur le tapis dans la chambre de sa sœur, du sang coulant de sa tempe. Depuis que c'était arrivé, elle priait le ciel chaque nuit de ne pas l'avoir tué.

Pourtant, ce n'était pas qu'il ne méritait pas de mourir, pour ce qu'il avait essayé de faire.

— En outre, si tu te souviens bien de l'histoire, ajouta-t-elle, il peut aussi apporter la bonne fortune à son propriétaire.

— Si cette personne a le cœur pur, précisa Claire.

— Oui.

— Nous l'avons volé, Tory. C'est un péché. Et regarde ce qui nous arrive, maintenant : nous n'avons presque plus d'argent. On va nous jeter hors de notre chambre. Bientôt, nous n'aurons même plus de quoi acheter à manger.

— Nous avons juste eu un peu de malchance, c'est tout. Cela n'a rien à voir avec la malédiction. Et nous allons trouver une place sous peu.

Claire la fixait toujours, pas tranquillisée pour deux sous.

— En es-tu sûre ?

— Ce ne sera peut-être pas le genre de place que nous espérions, mais oui, j'en suis sûre.

Elle ne l'était pas, bien entendu. Néanmoins, elle ne voulait pas que les espoirs de Claire plongent plus bas encore qu'ils ne l'étaient déjà. Et elle *trouverait* du travail, quoi qu'on lui demandât de faire.

Mais trois jours de plus passèrent et rien ne se présenta. Tory avait des ampoules aux pieds, et l'ourlet de sa robe gris tourterelle à taille haute était légèrement déchiré.

« Nous devons réussir aujourd'hui », se dit-elle, rassemblant de nouveau toute sa détermination, alors qu'elles se dirigeaient une fois de plus vers les quartiers les plus à même de leur fournir un emploi. Pendant plus d'une semaine, elles avaient frappé aux portes du secteur huppé de West End, certaines qu'une riche famille aurait besoin d'une bonne d'enfants. Mais, jusqu'à présent, rien ne s'était présenté.

Après avoir gravi ce qui devait être les centièmes marches d'un perron, Tory souleva le lourd heurtoir en cuivre, donna quelques coups fermes et écouta le son qui se propageait dans la maison. Quelques minutes plus tard, un majordome maigre, à cheveux noirs et fine moustache, ouvrit la porte massive.

— Je voudrais parler à la maîtresse de maison, je vous prie.

— A quel sujet, madame ?

— Je cherche une place comme bonne d'enfants. Une servante d'une maison voisine m'a dit que lady Pithering a trois enfants, et que cela pourrait peut-être l'intéresser.

Le regard du majordome effleura ses poignets élimés et son ourlet déchiré, et il leva le nez d'un air hautain. Il ouvrait déjà la bouche pour la congédier, quand il aperçut Claire. Elle souriait avec sa douceur habituelle, ce qui lui donnait l'apparence d'un ange tombé du ciel.

— Nous aimons toutes deux les enfants, dit-elle sans cesser de sourire. Et Tory est si intelligente ! Elle ferait la meilleure des préceptrices. Je cherche moi aussi une place. Nous espérions que vous pourriez nous aider.

Le domestique continuait à fixer Claire, qui continuait à sourire. Tory toussota et l'homme ramena son regard sur elle.

— Allez jusqu'à la porte de derrière, je vous laisserai parler à la gouvernante. C'est le plus que je puisse faire.

Tory hocha la tête, heureuse d'être au moins arrivée jusque-là, mais peu après, lorsqu'elles regagnèrent le devant de la maison, elle était emplie d'un désespoir encore plus grand.

— Le majordome s'est montré si aimable, murmura Claire. Je pensais vraiment que cette fois…

— Tu as entendu ce que la gouvernante a dit. Lady Pithering cherche quelqu'un de plus âgé.

Et il semblait bien qu'il n'y ait jamais de place pour une servante aussi jolie que Claire.

Cette dernière se mordilla la lèvre.

— J'ai faim, Tory. Tu as dit que nous devons attendre le dîner, je le sais, mais mon estomac ne cesse d'émettre des bruits indignes d'une dame. Ne pourrions-nous manger un petit quelque chose ?

Tory ferma les yeux, s'efforçant de raviver un peu de son courage. Elle ne pouvait supporter l'expression de sa sœur, l'inquiétude mêlée à la peur. Elle se sentait incapable de lui dire qu'elles avaient dépensé leur dernière pièce, et que, tant qu'elles n'auraient pas trouvé un emploi quelconque, elles ne pourraient acheter ne fût-ce qu'une croûte de pain sec.

— Attends encore un peu, chérie. Essayons la maison que la gouvernante nous a indiquée, un peu plus bas.

— Mais elle a dit que lord Brant n'a pas d'enfants.

— Ce n'est pas grave. Nous prendrons ce qui se présentera.

Tory s'obligea à sourire.

— Je suis certaine que ce ne sera pas pour longtemps.

Claire hocha courageusement la tête et Tory se sentit au bord des larmes. Elle avait tant espéré prendre soin de sa jeune sœur ! Tandis qu'elle-même avait souvent travaillé de longues heures pour tenir l'intérieur de Harwood Hall, Claire n'était pas habituée au dur labeur d'une servante. Tory avait escompté épargner la jeune fille, mais le sort les avait conduites dans cette impasse et elles devraient faire n'importe quoi pour survivre.

— Quelle maison est-ce ? demanda Claire.

— La grande demeure en brique, juste là. Vois-tu ces deux lions de pierre, en haut du perron ? C'est la résidence du comte de Brant.

Claire étudia l'élégante maison de ville, plus grande que toutes ses voisines, et un sourire plein d'espoir se peignit sur ses lèvres.

— Peut-être que lord Brant sera aussi beau et aussi aimable qu'il est riche, dit-elle d'un ton rêveur. Tu l'épouseras et nous serons sauvées.

Tory lui sourit avec indulgence.

— Pour l'heure, espérons simplement que cet homme a besoin d'une servante ou deux, et qu'il acceptera de nous engager.

Mais, une fois de plus, elles furent écartées, cette fois par un petit majordome chauve aux larges épaules et aux yeux en boutons de bottines.

Claire pleurait lorsqu'elles atteignirent le bas de l'escalier, ce qui était une chose rare, et suffisante pour donner envie à Tory de l'imiter. Curieusement, si Tory pleurait, elle avait le nez rouge et ses lèvres tremblaient. Alors que les larmes ne faisaient qu'agrandir les yeux de Claire, qui paraissaient encore plus bleus, et mettaient une touche de rose sur ses pommettes.

Tory prit son réticule pour en tirer un mouchoir, quand un carré de linon blanc apparut magiquement devant le visage de Claire. La jeune fille l'accepta avec gratitude. Se tamponnant les yeux, elle dédia un sourire angélique à l'homme qui venait de le lui tendre.

— Merci beaucoup.

L'homme lui retourna son sourire, ce à quoi s'attendait Tory.

— Cordell Easton, comte de Brant, à votre service, chère demoiselle. Et vous êtes ?

Il regardait Claire comme tous les hommes la regardaient depuis ses douze ans. De l'avis de Tory, il ne s'était même pas rendu compte qu'elle n'était pas seule.

— Je suis miss Claire Temple et voici ma sœur, Victoria.

En silence, Tory remercia le ciel que Claire se soit souvenue d'utiliser le nom de jeune fille de leur mère, et elle ignora son manquement aux règles des présentations. Après tout, cet homme était le comte, et elles avaient désespérément besoin qu'il les engage.

Lord Brant sourit encore à Claire, et fit un effort pour tourner les yeux vers Tory.

— Bon après-midi, mesdemoiselles.

— Lord Brant, fit Tory, en espérant que son estomac n'allait pas se mettre à gargouiller à ce moment précis.

Juste comme Claire l'avait imaginé, il était grand et fort beau, bien que ses cheveux fussent châtain foncé et non blonds comme ceux d'un prince charmant. Ses traits, également, étaient plus durs que ceux des héros imaginaires de sa sœur.

Ses épaules étaient d'une largeur exceptionnelle, sans rembourrage apparent, et sa silhouette était athlétique. Tout bien considéré, il s'agissait d'un homme fort impressionnant, et la façon dont il contemplait Claire fit se nouer l'estomac de Tory.

Le comte continuait à dévisager la jeune fille comme si Tory avait disparu.

— Je vois que vous sortez de chez moi, déclara-t-il. J'espère que vous ne pleuriez pas à cause de quelque chose que vous aurait dit mon majordome. Timmons peut se montrer assez obtus, quelquefois.

Ce fut Tory qui répondit, tandis que Claire souriait toujours.

— Votre majordome nous a informées qu'il n'y a pas de place disponible chez vous, milord. C'est la raison pour laquelle nous sommes ici : nous cherchons un emploi.

L'espace d'un instant, le comte regarda vraiment Tory, ses yeux mordorés parcourant sa mince silhouette et ses cheveux châtains relevés en chignon d'une façon qui lui mit le rouge aux joues.

— Quelle sorte d'emploi cherchez-vous ?

Il y avait dans son regard quelque chose que la jeune fille ne put déchiffrer.

— N'importe quelle place que vous pourriez avoir besoin de remplir. Femme de chambre, fille de cuisine, tout ce qui peut procurer des gages convenables en échange d'une journée de travail convenable.

— Ma sœur souhaite devenir préceptrice ou bonne d'enfants, intervint Claire, mais l'on nous a dit que vous n'avez pas d'enfants.

Le regard du comte se porta de nouveau sur Claire.

— Non, je crains que non.

— N'importe quoi ferait l'affaire, reprit Tory, s'efforçant de contenir son désespoir pour qu'il ne s'entende pas dans sa voix. Nous avons été victimes récemment de circonstances infortunées.

— Je suis navré de l'apprendre. Vous n'avez nulle famille, personne qui pourrait vous aider ?

— Non, c'est pourquoi nous cherchons du travail. Nous espérions que vous auriez peut-être un emploi à nous fournir.

Pour la première fois, le comte parut comprendre exactement ce dont il s'agissait. Il considéra Claire et sa bouche s'incurva. Un sourire qui devait produire sur les femmes l'effet que celui de Claire produisait sur les hommes, pensa Tory.

Hormis le fait que le sourire de Claire était complètement innocent, alors que celui de lord Brant était ouvertement calculateur.

— De fait, nous *avons* besoin d'aide, dit-il. Timmons

n'en a pas encore été informé. Pourquoi ne viendriez-vous pas avec moi, toutes les deux ?

Il offrit son bras à Claire, un détail qui ne manqua pas d'inquiéter Tory.

Elle savait quelles réactions sa sœur suscitait chez les membres de la gent masculine, même si Claire n'en avait pas conscience le moins du monde. C'était la raison pour laquelle elles se trouvaient dans une situation aussi difficile, pour commencer.

Par le ciel, cette fille avait l'air d'un ange. Cord n'avait jamais vu une peau si blanche, ni des yeux si bleus. Elle était mince, mais il pouvait distinguer la courbe de ses seins sous le haut corselet de sa robe abricot légèrement élimée, et cette courbe était délectable. Lui qui cherchait un nouveau morceau de mousseline, ces derniers temps, ne se serait pas attendu à voir une aussi divine créature apparaître ainsi sur le seuil de sa demeure.

Il s'arrêta dans le vestibule, les deux sœurs levant les yeux vers lui sous le candélabre en cristal qui les dominait. A quelques pas de là, Timmons jeta un coup d'œil incrédule à son maître. Le comte se tourna vers Claire, mais la jeune fille avait fait quelques pas en direction d'un vase empli de roses, et semblait fascinée par une fleur en bouton.

L'autre sœur, constata lord Brant, le considérait avec quelque chose qui n'était autre que de la suspicion. Il lui décocha un sourire amical, tout à fait innocent, tandis qu'il calculait combien de temps il lui faudrait pour amener la blonde beauté dans son lit.

— Vous disiez, milord, que vous avez une place disponible, dit Tory.

Il concentra son attention sur la sœur aux cheveux châtains. Comment se nommait-elle, déjà ? Velma, Valerie ? Non, Victoria.

— Oui, j'ai quelque chose à vous offrir.

Il la parcourut de nouveau du regard. Elle était plus petite que Claire, mais pas trop petite, et beaucoup moins… fragile. C'était l'adjectif qui lui venait à propos de Claire. Celle-ci, Victoria, paraissait *capable*, pour autant qu'il puisse en juger, et elle se montrait de toute évidence fort protectrice envers sa jeune sœur.

— Ma gouvernante, Mme Mills, m'a donné son congé il y a près de deux semaines. Elle va partir dans quelques jours et je dois trouver quelqu'un pour la remplacer.

Victoria Temple était beaucoup trop jeune pour une telle place et le savait certainement. Mais il s'en moquait et se doutait qu'elle s'en moquerait aussi.

— Peut-être seriez-vous intéressée par ces fonctions.

Cord s'avisa de l'intense soulagement qui se peignit sur le visage de Victoria. Il en eut un étrange pincement au cœur.

— Oui, milord, je serais très certainement intéressée. J'ai déjà accompli un travail similaire. Je crois que je pourrais fort bien occuper une place comme celle-ci.

Elle était attirante, nota Cord pour la première fois. Ce

n'était pas une beauté aussi captivante que sa sœur, mais ses traits étaient fins, ses sourcils sombres bien dessinés au-dessus d'une paire d'yeux d'un vert vif, son nez droit et son menton ferme. Un petit menton têtu, pensa-t-il avec une pointe d'amusement.

— Qu'en est-il de ma sœur ? reprit Victoria. Je crains de ne pouvoir accepter cet emploi si vous n'avez pas une place pour Claire, également.

Cord perçut la tension qui s'infiltrait dans sa voix. Elle avait besoin de ce travail — grandement. Mais elle ne resterait pas sans sa sœur. De toute évidence, elle n'avait pas saisi que Claire était la raison pour laquelle elle était acceptée.

— En qualité de gouvernante, vous pourrez employer qui vous voudrez. Une femme de chambre supplémentaire sera probablement utile. Je vais faire appeler Mme Mills. Elle pourra vous montrer la maison et discuter avec vous des tâches qui seront les vôtres. Comme cette demeure est celle d'un célibataire, j'imagine qu'il vaudrait mieux que je vous présente sous le nom de Mme Temple.

Victoria pinça légèrement les lèvres, comme si elle reconnaissait avec réticence la nécessité de ce mensonge.

— Oui, je suppose que ce serait mieux, en effet. Comme cela posera un problème pour Claire, vous pourrez l'appeler miss Marion. C'est son deuxième prénom.

Cord fit un signe à Timmons, qui alla chercher la gouvernante. Celle-ci, une femme aux hanches larges, arriva peu après, une expression curieuse sur le visage.

— Madame Mills, voici Mme Temple. A dater de lundi, elle prendra votre place.

Les sourcils gris de la gouvernante se froncèrent.

— Mais je croyais que Mme Rathbone…

— Comme je vous l'ai dit, Mme Temple vous remplacera. Et voici miss Marion, sa sœur. Elle sera employée comme femme de chambre.

Mme Mills ne parut guère heureuse de cette nouvelle, mais elle hocha la tête, puis indiqua aux deux jeunes filles de la suivre dans l'escalier.

— Nous allons d'abord installer votre sœur, dit-elle à Tory. Ensuite, je vous montrerai votre chambre. Elle est en bas, près des cuisines.

— Viens, Claire.

Victoria arracha sa sœur à la contemplation du bouquet de roses.

— Mme Mills va nous montrer nos chambres.

Bien que ces mots fussent adressés à Claire, elle garda les yeux rivés sur le comte, et Cord crut y lire un avertissement.

Cette notion l'amusa. Une domestique avec ce genre de cran ! Pour la première fois depuis des semaines, il s'avisa qu'il songeait à autre chose qu'à ses devoirs de comte et à ses soucis pour Ethan.

Il jeta un coup d'œil à Claire qui montait l'escalier, sa tête élégante penchée en avant tandis qu'elle étudiait les dessins du tapis. Il vit la façon dont une mèche d'un blond argenté caressait sa joue et en éprouva une émotion bien masculine. Pensant aux possibilités inattendues que l'avenir recelait soudain pour lui, il sourit.

Puis il se remémora les piles de papiers qui l'attendaient sur sa table, et son sourire s'évapora. Avec un soupir, il se dirigea vers son cabinet de travail.

2

De bonne heure, le lendemain matin, Mme Mills commença son instruction et Tory découvrit l'ampleur de ses tâches. Par chance, elle avait dirigé une vaste maisonnée à Harwood Hall, même si le baron, fort avare, avait réduit le personnel à son minimum, ce qui signifiait de longues et épuisantes journées pour les domestiques.

Bien que Claire n'ait jamais travaillé à Harwood, elle accepta ses devoirs sans la moindre plainte, allant ramasser des haricots et des petits pois dans le potager, courant chercher un pot de beurre au marché pour la cuisinière, appréciant de travailler avec les autres domestiques dans un esprit de camaraderie.

Depuis la mort de leur mère, lady Harwood, trois ans plus tôt, les deux sœurs avaient eu très peu de vie sociale. Tory se trouvait à l'académie privée de Mme Thornhill quand Charlotte Temple Whiting était tombée malade. Lorsqu'elle était morte, le baron avait immédiatement rappelé la jeune fille à la maison, afin qu'elle dirige Harwood Hall à la place de sa mère.

Claire, avait-il déclaré, se contenterait d'une préceptrice à domicile. En ce qui concernait ses belles-filles,

Miles Whiting était pingre à l'extrême, mais Tory savait maintenant qu'il avait surtout cherché à garder Claire à sa portée.

Un frisson lui passa dans le dos. « Claire ne risque plus rien, maintenant », se dit-elle. Mais, en vérité, le vol du collier et la possible mort du baron leur pesaient sur la conscience et assombrissaient chacune de leurs journées. Si Harwood était mort, pensait Tory, elle l'aurait lu dans les journaux — ou elle aurait déjà été arrêtée pour ce meurtre.

Mais peut-être que le baron s'était remis et n'avait rien dit afin d'éviter un scandale. Il était obsédé par le titre dont il avait hérité à la mort de son cousin, le père de Claire et de Tory, avant d'épouser sa veuve. Il était le baron Harwood, à présent. Il n'aurait probablement pas envie de ternir son nom.

La jeune fille songea au collier. Dès l'instant où Miles Whiting l'avait vu, il avait été fasciné par la magnifique rangée de perles fines séparées par des diamants étincelants. Tory pensait qu'il l'avait peut-être acheté pour sa maîtresse, puis n'avait pu supporter de s'en séparer. Quoi qu'il en soit, ce bijou avait toujours semblé exercer sur lui un véritable pouvoir.

Les histoires de violence et de passion que l'on colportait au sujet de ce collier, les immenses fortunes gagnées et perdues à cause de lui n'étaient certainement que pure fantaisie. Et pourtant…

Occupée dans les cuisines, Tory regarda autour d'elle, pensant à sa situation présente. Elle avait le visage moite à cause du feu qui brûlait sous les marmites posées sur le poêle, des mèches de cheveux s'échappaient de son chignon et collaient à sa nuque. Elle songea à Claire, s'inquiétant des intentions du comte. Et elle se demanda, un bref instant, si la malédiction pouvait être réelle.

Tory travaillait avec Mme Mills, passant en revue toutes les tâches dont elle serait responsable en tant que gouvernante : tenir les comptes, préparer les menus, recevoir les livraisons, inventorier le cellier, s'occuper du linge, commander ce qu'il fallait pour la maisonnée, tout cela n'était qu'une partie d'une liste sans fin.

Ce fut seulement plusieurs heures plus tard, alors qu'elle montait à l'étage pour faire l'inventaire du linge contenu dans le placard de l'aile ouest, qu'elle découvrit le comte appuyé à la porte ouverte d'une chambre. Sa sœur changeait les draps dans cette chambre, pensa-t-elle aussitôt, et tout son corps se raidit.

— Avez-vous besoin de quelque chose, milord ? s'enquit-elle, certaine de savoir ce qu'il cherchait.

— Pardon ? Oh, non, je n'ai besoin de rien, merci. Je me demandais juste…

Il jeta un coup d'œil à Claire qui regardait par la fenêtre, chargée d'une brassée de draps sales.

— Que fait donc votre sœur ?

Tory suivit son regard et vit Claire, debout, une expression fascinée sur le visage. Tendant la main, elle cueillit un moucheron sur le bout de son doigt et ne bougea pas d'un pouce tandis qu'elle contemplait le petit insecte qui battait des ailes.

L'inquiétude serra le cœur de Tory. Elles avaient besoin de ce travail. Elles n'avaient plus d'argent, plus de solutions. Elles n'avaient nulle part où aller.

— Vous n'avez rien à craindre, milord, s'empressa-t-elle de déclarer. Claire est une excellente travailleuse. Elle fera en sorte que ses tâches soient accomplies. Cela lui prendra peut-être un peu plus de temps qu'à quelqu'un d'autre, mais elle est très consciencieuse. Vous serez content d'elle.

Cord regarda Victoria. Il avait des yeux d'un brun doré, nota-t-elle, fort étonnant et assez troublant.

— J'en suis certain, dit-il.

Il reporta son regard sur Claire, qui ne bougeait toujours pas. Tory pénétra dans la pièce.

— Claire, ma chérie. Pourquoi ne portes-tu pas ces draps à Mme Wiggs ? Elle aura certainement besoin d'aide à la buanderie.

Le visage de Claire s'éclaira d'un sourire angélique.

— J'y vais.

Elle sortit d'un pas lent de la pièce, passant devant le comte qui suivit du regard, dans le couloir, ses mouvements empreints d'une grâce toute féminine.

— Comme je vous l'ai dit, reprit Tory, vous n'avez pas à vous inquiéter pour Claire.

Cord reporta son attention sur elle et un coin de sa bouche se souleva.

— Non. J'ai l'impression que vous vous inquiétez assez pour elle comme cela.

Tory ne répondit pas et se contenta de poursuivre son chemin dans le couloir. Son cœur tambourinait dans sa poitrine, son estomac tremblait étrangement. La peur de perdre cet emploi dont elles avaient tant besoin, se dit-elle. Mais, alors qu'elle se détournait pour couler une dernière œillade en direction du comte, grand et brun, elle se demanda avec crainte s'il ne s'agissait pas d'autre chose.

La pendule dorée posée sur le manteau de la cheminée sonna minuit. Assis à son bureau dans son cabinet de travail, Cord l'entendit à peine. Il contemplait fixement, dans le cercle de lumière déversée par une lampe à huile en argent, le registre de comptes sur lequel il avait travaillé depuis la fin du dîner. D'un geste las, il se frotta les yeux et s'adossa à son fauteuil, songeant au désastre qu'avait frôlé la fortune de sa famille avant qu'il n'en reprenne les rênes.

Jusqu'à la mort de son père, il n'avait eu aucune idée des problèmes que le vieil homme avait dû affronter. Il était trop occupé à s'amuser avec ses amis, à boire, à jouer, à courir le cotillon et, en règle générale, à faire ce qui lui plaisait. Il n'avait pas de temps à accorder à ses responsabilités familiales, aux devoirs qui auraient dû être les siens en tant que fils unique.

Puis son père avait été victime d'une crise d'apoplexie

qui l'avait laissé incapable de parler et qui lui avait paralysé le côté gauche, déformant son beau visage. Deux mois plus tard, le comte de Brant était mort — et le poids écrasant de son héritage s'était abattu lourdement sur les larges épaules de son fils.

Deux ans après, Cord se demandait encore si le comte ne serait pas toujours en vie, si son fils l'avait secondé dans sa tâche. Ensemble, peut-être auraient-ils résolu au moins une partie des problèmes financiers du domaine. Et si la tension de son père avait été moins grande…

Mais il était trop tard pour regretter. Et la culpabilité restait, poussant Cord à faire ce qu'il aurait dû faire bien avant.

Il soupira dans le silence de la pièce, entendant le tic-tac de la pendule, à présent, observant les mouvements de son ombre tandis qu'il se penchait sur son bureau. Au moins avait-il certaines satisfactions, en récompense de son dur labeur. Plusieurs bons placements, ces deux dernières années, avaient renfloué les coffres des Brant. Il avait gagné assez pour payer toutes les réparations nécessaires dans les trois propriétés qui dépendaient du comté, et fait plusieurs nouveaux investissements qui paraissaient prometteurs.

Mais cela ne lui suffisait pas. Il avait une dette envers son père, pour lui avoir manqué à l'époque où il avait besoin de lui. Cord voulait se racheter pas simplement en rebâtissant la fortune des Brant, mais en la portant à un niveau qu'elle n'avait jamais atteint. Il n'avait pas seulement découvert qu'il était doué pour gagner de l'argent, il s'était établi un plan financier — un plan qui incluait un mariage avec une riche héritière, une dame de qualité qui contribuerait par sa dot à la fortune familiale.

Il ne pensait pas que ce but serait difficile à atteindre. Il connaissait les femmes. Il était à l'aise avec elles et les appréciait — jeunes ou vieilles, maigres ou grosses, riches ou pauvres. Et elles l'appréciaient en retour. Il avait déjà à l'œil deux ou trois partis potentiels. Quand le temps viendrait, il n'aurait pas de mal à décider quelle jeune femme attirante et riche il épouserait.

Alors qu'il pensait aux femmes, une image de la jolie blonde endormie à l'étage supérieur se forma dans sa tête. Il n'avait jamais séduit une de ses servantes auparavant, ni, par ailleurs, une jeune fille aussi candide. Mais en se souvenant de la superbe Claire, il se sentit prêt à faire une exception. Et il prendrait grand soin d'elle. Il ferait en sorte qu'elle dispose d'une confortable maison de ville, et se montrerait assez généreux pour qu'elle puisse accueillir chez elle sa sœur aînée.

Cet arrangement serait profitable pour tous.

On était lundi, le premier jour où Tory prenait officiellement ses fonctions de gouvernante du comte de Brant. Il était juste midi, et jusque-là les choses ne s'étaient pas bien passées. Même si le comte l'avait présentée au personnel comme Mme Temple, Tory savait qu'il serait difficile pour une jeune femme de son âge d'obtenir la loyauté et le respect des domestiques.

Engager une personne de dix-neuf ans comme gouvernante ne se faisait pas, tout simplement. Les serviteurs rechignaient à accepter les ordres de quelqu'un qu'ils considéraient comme inexpérimenté, et bien que ce ne soit pas le cas, Tory savait que rien ne les ferait changer d'opinion tant qu'elle n'aurait pas fait ses preuves.

Pour aggraver encore les choses, les serviteurs s'attendaient tous à ce que la place de gouvernante soit attribuée à Mme Rathbone, une femme d'un certain âge qui travaillait au rez-de-chaussée. Et Mme Rathbone était visiblement furieuse d'avoir été écartée.

— Tory ?

Claire descendit en toute hâte le grand escalier en spirale. Le bonnet qu'elle portait sur ses boucles blondes, sa simple jupe de taffetas noir et son corsage blanc ne diminuaient en rien sa beauté.

— J'ai fini de balayer les chambres d'hôtes de l'aile est, annonça-t-elle. Que dois-je faire, à présent ?

Tory considéra, autour d'elle, la demeure superbement meublée. Elle nota les fleurs fraîches disposées dans un vase sur la console du vestibule, l'éclat des parquets cirés. A première vue l'intérieur de la maison semblait propre, les tables Hepplewhite brillaient, les cheminées étaient nettoyées, mais, en y regardant de plus près, elle avait découvert un certain nombre de choses à améliorer.

L'argenterie était en grand besoin d'être polie, aucune des chambres d'hôtes n'avait été aérée depuis des semaines et les cheminées devaient être ramonées. Les tapis devaient être battus à fond, et les draperies secouées à l'air frais.

Elle ferait en sorte que ce soit fait, se dit-elle. D'une manière ou d'une autre, elle obtiendrait la coopération des domestiques.

— Je n'ai pas balayé les chambres de l'aile ouest, reprit Claire qui s'était arrêtée à mi-hauteur. Veux-tu que je le fasse ?

Tory n'en avait pas vraiment envie. La chambre de lord Brant se trouvait de ce côté-là et elle s'était juré de tenir sa sœur aussi loin que possible du comte.

— Pourquoi ne descends-tu pas à l'office, afin d'aider miss Honeycutt à polir cette belle argenterie de Sheffield ?

— Comme tu voudras, mais…

— Ma chambre aurait certainement besoin d'être balayée, dit alors le comte qui venait d'apparaître au-dessus de Claire.

Ses étonnants yeux dorés scrutèrent le visage de Tory, qui rougit brusquement. Claire voulut faire une révérence, perdit l'équilibre et faillit rouler au bas de l'escalier. Par chance, le comte la rattrapa par le bras et l'aida à se remettre d'aplomb.

— Doucement, mon petit. Vous n'avez pas besoin de vous tuer pour arriver plus vite.

Les joues déjà roses de Claire s'avivèrent encore.

— Pardonnez-moi, milord. Quelquefois, je… je suis un peu maladroite. Je vais m'occuper tout de suite de votre chambre.

Elle remonta l'escalier, passant devant le comte, le faisant se retourner pour la suivre des yeux. Son regard de lion l'accompagna jusqu'à ce qu'elle ait disparu, puis il le détourna et le porta sur Tory.

— J'espère que vous vous accommodez à votre nouvelle position.

— Oui, milord. Tout se passe très bien.

C'était un mensonge, bien sûr. Les domestiques reconnaissaient à peine son existence et elle n'aurait su dire quelle quantité de travail elle pouvait attendre d'eux.

— Bien. Si vous avez besoin de quelque chose, faites-le moi savoir.

Il se détourna et commença à gravir les marches, accroissant les inquiétudes de Victoria au sujet de Claire.

— Milord ?

Cord s'arrêta au-dessous du palier.

— Oui ?

— Il y a… deux ou trois choses dont j'aimerais parler avec vous.

— Peut-être un peu plus tard.

Le comte gravit les dernières marches, prêt à se diriger vers sa chambre.

— C'est assez important, lança Tory après lui, en esquissant un geste pour le suivre. Peut-être pourriez-vous m'accorder quelques instants.

Il s'arrêta et se détourna. Il l'étudia un long moment, et quelque chose dit à la jeune fille qu'il savait exactement ce qu'elle cherchait à faire.

Un léger sourire incurva ses lèvres.

— Important à ce point ? Je serai en bas dans un quart d'heure.

***

Cord secoua la tête, son sourire amusé toujours en place lorsqu'il atteignit la porte de sa suite. Cette nouvelle petite gouvernante était tout à fait remarquable. Un sacré bout de femme, beaucoup trop perspicace à son gré. La porte était ouverte. Il laissa glisser son regard jusqu'à la créature éthérée, coiffée d'un bonnet, qui balayait l'antichambre à petits coups rapides et ne réussissait à trouver qu'un minuscule tas de poussière.

Elle était ravissante à l'extrême. Et, contrairement à sa sœur qui était un tantinet impertinente, elle était complètement impressionnée par lui, pour ne pas dire un peu effrayée. Cord se demanda ce qu'il pouvait faire pour la mettre à l'aise.

Il pénétra dans la pièce, puis s'arrêta quand il se rendit compte qu'elle n'avait pas remarqué sa présence. Cela lui donna le plaisir de l'observer. Le balai poursuivit ses mouvements, puis s'immobilisa quand Claire se figea pour examiner la petite boîte à musique en argent posée sur son secrétaire, dans un coin. Elle en souleva le couvercle et resta là, fascinée, tandis que les notes d'une berceuse de Beethoven s'égrenaient dans la pièce.

Puis elle se mit à danser, tenant le balai comme un partenaire, sa voix légère chantonnant doucement l'air de la boîte à musique. Cord suivit des yeux ses mouvements souples et gracieux, mais, au lieu d'être captivé comme la veille, il fronça les sourcils.

Aussi adorable qu'elle fût, l'examiner ainsi était comme

espionner une fée dans son royaume privé, ou une enfant en train de jouer. Cette idée lui déplut.

Elle l'aperçut alors, sursauta et referma la boîte à musique d'un coup sec.

— Je... je suis désolée, milord. Cette boîte était si jolie. Je l'ai ouverte, de la musique en est sortie et... J'espère que vous n'êtes pas fâché.

— Non, dit Cord en secouant légèrement la tête. Je ne suis pas fâché.

— Milord ?

Au ton vif de Victoria Temple, il haussa les sourcils et porta son attention dans sa direction. Il sourit intérieurement en voyant son air farouche.

— Qu'y a-t-il encore, madame Temple ? Je croyais vous avoir dit que je redescendrais dans un quart d'heure.

Tory lissa ses traits pour prendre une expression neutre.

— Certes, milord, mais je montais ce linge propre et j'ai pensé que je vous épargnerais la peine de redescendre.

Elle tendit le paquet de linge qu'elle portait comme une preuve de ses dires. Cord perçut une odeur de savon, d'amidon, et un soupçon de parfum féminin.

— Eh bien... C'est fort aimable de votre part.

Et fort bien trouvé, ajouta-t-il en lui-même. Elle était extrêmement protectrice, mais il le savait déjà.

Avec un dernier regard à Claire, dont le visage, même dénué de couleur, conservait une beauté aérienne qu'il n'avait jamais vue nulle part, Cord referma la porte, laissant la jeune fille à son travail. Il suivit Victoria Temple dans le couloir, puis s'arrêta sous une applique dorée.

— Alors, madame Temple, quelles sont ces questions importantes que vous voulez me poser ?

Il se dit qu'elle avait eu le temps de penser à quelque chose, pendant qu'elle s'inquiétait pour la sécurité de sa sœur. Il se sentit curieux de savoir ce qu'elle avait trouvé.

— Pour commencer, il y a le problème de l'argenterie. Je suppose que vous voulez qu'elle soit toujours polie.

Le comte hocha la tête, fort sérieux.

— Evidemment. Que se passerait-il si un hôte arrivait et que le service à thé ne soit pas impeccable ?

— Je suis de votre avis, milord.

Tory jeta un coup d'œil par-dessus son épaule, vers la chambre où sa sœur continuait à travailler. Le chantonnement de Claire s'entendait faiblement à travers la porte.

— Il y a aussi les chambres d'hôtes à considérer.

— Les chambres d'hôtes ?

— Elles ont grand besoin d'être aérées. Si cela vous convient, bien sûr.

Cord refoula une forte envie de rire et garda son sérieux.

— D'être aérées. Naturellement. J'aurais dû y penser moi-même.

— Ai-je donc votre permission ?

— Absolument.

Comme si Victoria Temple avait besoin de sa permission

pour entreprendre quelque chose qu'elle était décidée à faire.

— Si un invité venait à sentir une odeur de renfermé dans sa chambre, ce serait une humiliation insupportable, renchérit-il.

— Et les cheminées. Il est important qu'elles…

— Faites ce que bon vous semblera des cheminées, madame Temple. Garder la maison propre est essentiel. C'est la raison pour laquelle j'ai engagé une personne aussi visiblement capable que vous. Maintenant, si vous voulez bien m'excuser…

Elle ouvrit la bouche, pensant probablement qu'il avait l'intention de retourner voir Claire, puis la referma quand elle vit qu'il descendait au rez-de-chaussée. Riant sous cape, Cord se dirigea vers son cabinet de travail. Il entendit derrière lui le soupir de soulagement de sa gouvernante.

Il sourit. Il ne savait pas encore très bien ce qu'il allait faire de ces deux jeunes personnes, mais une chose était certaine : depuis qu'elles étaient arrivées, sa vie n'avait pas été morne un seul instant.

Le lendemain matin, Tory se leva tôt. Comme cela seyait à ses fonctions de gouvernante, sa chambre située près des cuisines était grande et étonnamment plaisante, avec un coin salon bien meublé et un lit au matelas confortable. Une cuvette en porcelaine et un pichet assorti, décorés de fleurs de lavande, étaient posés sur la table de toilette poussée contre le mur, et de jolis rideaux de mousseline blanche ornaient les demi-fenêtres.

La jeune fille versa de l'eau dans la cuvette, fit sa toilette, puis elle alla chercher la jupe noire et le corsage blanc qui composaient sa tenue, et qu'elle avait accrochés la veille près de la porte. En prenant les vêtements, elle fronça les sourcils : ce n'étaient pas ceux qu'elle avait portés le jour précédent. Ceux-ci avaient été fraîchement lavés et dégageaient une forte odeur de savon et d'amidon. Quand elle les décrocha, ils craquèrent sous ses doigts, aussi raides qu'un morceau de bois.

« Par la Vierge Marie ! pensa-t-elle. Ce mauvais tour était digne d'un enfant ! » Elle ignorait quel domestique en était responsable, mais Mme Rathbone, la plus âgée des serviteurs, lui semblait la coupable la plus probable. Elle détestait Tory, par jalousie, toutefois cela n'avait pas grande importance : ils étaient tous contre elle. Sans doute avaient-ils passé un long moment à chercher le moyen de la pousser à démissionner. Ces gens ne savaient pas à quel point elle avait besoin de cet emploi, à quel point Claire et elle avaient besoin d'argent. Ils ne pouvaient pas deviner qu'elles étaient peut-être même recherchées par la justice.

Au moins paraissaient-ils avoir accepté Claire. Mais Claire était si douce et si généreuse que tout le monde l'acceptait. C'était elle, Victoria, qui leur posait un problème et dont ils voulaient se débarrasser. Néanmoins, quoi qu'ils pensent d'elle et quoi qu'ils lui fassent, elle ne quitterait pas sa place.

Grinçant des dents, elle enfila son corsage par-dessus sa chemise de jour et glissa les bras dans les manches, puis elle revêtit sa jupe. Ses habits craquaient à chaque mouvement, le corsage l'irritait sous les aisselles et le col lui égratignait la nuque.

Lorsqu'elle s'apprêta à sortir, elle se rendit compte qu'elle faisait un bruit impossible à chaque pas. En traversant le vestibule, elle aperçut son reflet dans le grand miroir doré et fut horrifiée par son apparence : les manches raides de son corsage ressemblaient à des ailes, sa jupe semblait fendre l'air comme une voile de bateau.

— Pour l'amour du ciel, qu'est-ce que…

Tory se figea en entendant la voix grave du comte, puis elle se détourna et le vit qui marchait vers elle, ses sourcils sombres relevés en signe d'incrédulité. « Dieu me protège ! pensa la jeune fille. C'est bien ma chance ! » Lord Brant n'avait-il rien d'autre à faire que de la guetter au détour d'un couloir ?

Cord s'arrêta devant elle, s'adossa au mur et croisa les bras sur son torse imposant.

— Quand vous m'avez posé toutes ces questions sur l'intendance de la maison, madame Temple, peut-être auriez-vous dû m'interroger sur la façon de diriger la buanderie. J'aurais pu vous conseiller d'utiliser un peu moins d'amidon.

Tory sentit le rouge lui monter aux joues. Elle avait l'air complètement ridicule dans ces atours empesés, et par comparaison le comte lui paraissait encore plus beau que la veille.

— Je ne suis pas chargée de la buanderie, milord. Cependant, je vous assure qu'à l'avenir je ferai en sorte que vos serviteurs soient plus disciplinés en la matière.

Un coin de la bouche de Cord se releva.

— Cela me semble une bonne idée.

Il ne fit pas mine de s'éloigner et resta là, à sourire largement. Tory lui rendit son regard et haussa le menton.

— Si vous voulez bien m'excuser, milord…

— Certainement. Je vous laisse à vos tâches de polissage, d'aération, et à vos instructions concernant l'état du linge.

La jeune fille s'empourpra de nouveau. Tournant les talons, elle le quitta, s'efforçant d'ignorer son petit rire amusé et les craquements qu'elle faisait en marchant.

Souriant toujours en repensant à Victoria Temple engoncée dans ses vêtements empesés, Cord se dirigea vers son cabinet de travail. Il avait rendez-vous, ce matin-là, avec le colonel Howard Pendleton, du ministère britannique de la Guerre. Le colonel avait été un bon ami de son père. Il avait également travaillé en étroite collaboration avec Ethan.

En dehors des heures qu'il passait à rebâtir la fortune familiale, Cord s'occupait d'essayer de retrouver son cousin et meilleur ami, Ethan Sharpe. Ethan était le fils cadet de Malcolm Sharpe, marquis de Belford, et sa mère était la tante de Cord. Quand Priscilla et Malcolm Sharpe avaient trouvé la mort dans un accident d'attelage, lord et lady Brant avaient accueilli chez eux leurs enfants, Charles, Ethan et Sarah.

Comme Cord n'avait pas de frères et sœurs, il était devenu très proche de ses cousins. Il y avait bien eu quelques rixes entre garçons, de temps à autre, et une fois Cord avait cassé le bras d'Ethan lors d'une bagarre qui s'était terminée dans le ruisseau pour tous les deux. Cord aurait eu droit à une punition bien méritée, si Ethan n'avait juré qu'il était tombé à l'eau par accident, et que Cord avait tout fait pour le sauver de la noyade.

Cet incident avait scellé l'amitié des deux garçons, bien qu'Ethan eût deux ans de moins que Cord. Puis Ethan, à sa sortie d'Oxford, neuf ans plus tôt, s'était engagé dans la Marine royale — sans doute pour faire ses preuves. Après quoi il avait quitté ce corps d'Etat, sans pour autant quitter le service de Sa Majesté. Il était à présent capitaine du schooner *Sea Witch*, « Sorcière des mers », et servait la Grande-Bretagne comme corsaire.

Du moins l'avait-il été jusqu'à ce qu'il disparaisse avec son bateau.

Un coup léger fut frappé à la porte. Timmons passa la tête dans l'embrasure et annonça :

— Le colonel Pendleton est ici, milord.

— Faites-le entrer, Timmons.

Peu après, un homme aux cheveux gris, vêtu de la tunique écarlate à boutons dorés d'un officier militaire, fit son apparition. Cord contourna son bureau pour venir l'accueillir.

— C'est bon de vous voir, colonel.

— Vous aussi, milord.

— Prendrez-vous un rafraîchissement ? Un cognac, une tasse de thé ?

— Non, merci. Je crains de n'avoir beaucoup de temps.

Cord renonça également à une boisson. Il avait l'esprit occupé par Ethan, et ses tourments croissaient de jour en jour. Depuis près d'un an il faisait des recherches, refusant de considérer que le navire et son équipage avaient pu sombrer lors d'une tempête. Ethan était trop bon capitaine, à son avis. Quelque chose d'autre avait dû se passer.

Les deux hommes prirent place dans de confortables fauteuils de cuir installés devant la cheminée, et Cord entra tout de suite dans le vif du sujet.

— Quelles nouvelles, Howard ?

Le colonel sourit.

— De bonnes nouvelles, milord. Il y a trois jours, l'un de nos navires de guerre, le *Victor*, est arrivé à Portsmouth. Il avait à son bord un passager civil nommé Edward Legg. Legg affirme être un membre de l'équipage du capitaine Sharpe.

La poitrine de Cord se contracta. Il se pencha en avant.

— Qu'a-t-il dit d'Ethan et de son bateau ?

— C'est la bonne nouvelle. M. Legg a déclaré que lors de leur dernière mission deux navires de guerre français les guettaient au large du Havre. Quelqu'un avait dû les avertir de l'arrivée du capitaine Sharpe, d'après lui. Une bataille a eu lieu et le *Sea Witch* a été endommagé au-delà de toute réparation possible, mais la majorité de l'équipage, dont le capitaine Sharpe, a été capturée et non tuée.

— Comment Legg a-t-il fini sur le *Victor* ?

— Apparemment, une fois qu'ils ont atteint le continent, Legg et un autre matelot ont réussi à s'échapper. L'autre homme est mort de ses blessures dues à la bataille, mais Legg a réussi à rejoindre l'Espagne, où il a trouvé le *Victor* qui rentrait en Angleterre.

— A-t-il dit où Ethan a été emmené ?

— Je crains qu'il ne le sache pas.

— Ethan a-t-il été blessé durant le combat ?

— D'après Legg, il a reçu un coup de sabre et d'autres blessures diverses, mais notre homme ne pense pas que ces blessures aient été assez sérieuses pour tuer le capitaine Sharpe.

Cord pria le ciel que ce fût vrai.

— J'ai besoin de parler à ce Legg. Le plus tôt sera le mieux.

— Je vais faire les arrangements nécessaires.

Ils s'entretinrent un moment encore, puis Cord se leva, mettant fin à la conversation.

— Merci, colonel.

— Je vous tiendrai au courant, dit Pendleton en se dirigeant vers la porte.

Cord se contenta d'un hochement de tête. Ethan était

vivant ; il en était sûr. Le garçon qui n'avait pas versé une larme lorsqu'on lui avait remis son bras cassé en place était devenu un homme encore plus dur à la souffrance.

Et où qu'il soit, Cord avait l'intention de le trouver.

3

Le problème de toilette de Tory fut résolu. Mme Wiggs, la blanchisseuse, protesta de son innocence, les mains tremblantes tandis qu'elle examinait les vêtements trop amidonnés de la jeune fille. Le soir venu, elle travailla tard pour laver la tenue incriminée ; au matin, elle se présenta avec un deuxième jeu d'habits, la jupe noire raccourcie à la longueur voulue.

Ce jour-là, toute la maisonnée fut requise pour le ramonage des cheminées, avec l'aide de quelques jeunes ramoneurs que Tory avait engagés. Les chaudes journées d'été avaient permis aux briques de se refroidir, aussi le seul danger que couraient les jeunes gens était de tomber dans les conduits hauts de trois étages. Il y avait peu de risques que cela arrive, constata Tory. Ils étaient aussi habiles que des singes et donnaient l'impression que leur travail était facile, ce qu'il n'était pas. Mme Rathbone figurait parmi les serviteurs qui les aidaient, et la jeune fille vérifiait de cheminée en cheminée les progrès du nettoyage.

Satisfaite de l'avancement des tâches dans le salon bleu, elle se dirigea vers le cabinet de travail de lord Brant, où le comte avait été occupé peu de temps auparavant. Tory avait noté les longues heures qu'il passait dans cette pièce, examinant des piles de documents et contrôlant les sommes portées dans les lourds registres posés sur un coin de son bureau. En un sens, cela la surprenait.

Aucun des riches aristocrates qui fréquentaient Harwood Hall ne travaillait. Ils semblaient considérer le travail comme au-dessous de leur dignité, et se contentaient de dilapider l'argent qu'ils avaient reçu en héritage — son beau-père compris.

Cette pensée raviva sa colère. Non seulement Miles Whiting, en tant que cousin de son père et premier héritier mâle du titre, était devenu le détenteur des terres d'Harwood et de la fortune qui allait avec, mais il avait réussi à se frayer un chemin jusqu'au cœur de sa mère endeuillée, la persuadant de l'épouser, et volant par là même la demeure ancestrale des Temple, Windmere.

Le baron — si elle ne l'avait pas tué — était le représentant de la lie de l'humanité, à ses yeux. C'était un voleur, un escroc, un scélérat qui s'en prenait à des jeunes filles innocentes. De surcroît, ces dernières années, Tory en était venue à penser qu'il pouvait être responsable de la mort de son père. Pour tous ces méfaits, elle s'était juré qu'un jour ou l'autre Miles Whiting paierait.

Peut-être était-ce déjà fait.

Résolue à ne plus songer à lui, et à ce qui avait pu ou non lui arriver, elle marcha jusqu'à la cheminée située dans un coin de la pièce.

— Comment avance le travail, madame Rathbone ?

— Il semble qu'il y ait un problème avec celle-là. Vous voulez peut-être regarder ?

Tory s'approcha, se pencha et enfila la tête dans l'ouverture de la cheminée — juste au moment où l'un des hérissons déchargea un paquet de suie. La poussière noire vola dans ses yeux et dans sa bouche. Elle toussa, inspira, et avala une autre bouffée de suie par le nez. S'étranglant à moitié, éternuant, elle se recula et décocha un regard furieux à sa rivale.

— Je suppose qu'ils ont réglé le problème, dit cette dernière.

Elle était aussi maigre qu'un échalas, avec un nez pointu et des cheveux noirs ramassés sous son bonnet. Bien qu'elle ne sourît pas, il y avait une lueur de triomphe dans ses yeux.

— Oui, fit Tory, les dents serrées. Je suppose qu'ils l'ont réglé.

Pivotant sur ses talons, elle s'apprêta à sortir de la pièce, les mains et le visage couverts de suie. Vu la chance qu'elle avait ce jour-là, elle ne fut pas surprise de voir le comte arrêté sur le seuil, ses larges épaules secouées par le rire.

Tory lui décocha une œillade qui aurait cisaillé les genoux d'un homme moins imposant que lui.

— Je sais que vous êtes le maître ici, mais dans cette affaire je vous conseille de ne pas prononcer un seul mot.

Elle passa près de lui, l'obligeant à se mettre de côté pour ne pas tacher de suie son impeccable redingote couleur noisette. Cord continua à sourire, mais ne fit aucun commentaire, assez sage, sembla-t-il, pour respecter sa menace.

De retour dans sa chambre, maudissant son beau-père et les circonstances qui l'avaient entraînée aussi bas, la jeune fille se changea — grâce aux vêtements que Mme Wiggs lui avait fort opportunément rapportés. Elle prit un moment pour se remettre, puis retourna à ses tâches.

Il lui vint à l'idée que, dans toute la maisonnée, son seul allié était Timmons, le majordome. Mais il s'agissait d'un homme effacé, aux manières douces, et il était d'une nature plutôt réservée.

Peu importait, se répéta Tory. Rien de ce que pourraient lui faire ces gens ne la forcerait à partir.

Cord reprit possession de son cabinet de travail dans le quart d'heure qui suivit, les ramoneurs et Mme Rathbone étant partis s'occuper d'une autre cheminée. Il n'était pas certain que la servante ait été responsable de ce qui était arrivé à sa gouvernante, mais il était fort enclin à le penser.

Et s'il lui déplaisait que miss Temple ait des problèmes, il ne pouvait s'empêcher de sourire largement en se remémorant ses mains et son visage noirs de suie, avec les deux ronds blancs de ses yeux qui le fixaient furieusement.

Les choses n'étaient pas faciles pour elle. Toutefois, Victoria Temple paraissait capable de se charger des fonctions qu'il lui avait attribuées, et il ne pensait pas qu'elle apprécierait son intervention. C'était une petite personne indépendante, une chose qu'il admirait chez elle. Il se demanda d'où elle venait, et comment il se faisait que sa sœur et elle possèdent les manières et l'élocution habituellement réservées aux classes supérieures de la société. Avec le temps, peut-être serait-il fixé là-dessus.

D'ici là, il avait des choses plus importantes à faire que de se soucier de ses serviteurs, même les plus piquants d'entre eux. Cet après-midi, il projetait d'interroger le matelot Edward Legg sur les pérégrinations de son cousin. La pensée d'Ethan l'obsédait, et il avait l'intention d'explorer toutes les pistes susceptibles de conduire à son retour.

Il jeta un coup d'œil à l'échiquier disposé dans un coin, qui portait une partie inachevée. Les pièces sculptées dans de l'ébène et de l'ivoire étaient dans la même position depuis près d'un an. Ce jeu à distance était devenu une habitude entre les deux hommes, chaque fois qu'Ethan prenait la mer. Dans ses lettres à Cord, Ethan l'informait de la pièce qu'il bougeait, et Cord, dans sa réponse, lui indiquait sa contre-attaque. Ils étaient de la même force, bien que, pour l'heure, Cord ait gagné deux de leurs trois dernières parties.

Dans cette partie-là, Cord avait bougé sa reine et avait posté l'information à Ethan par l'entremise du courrier militaire. Mais il n'avait jamais reçu de réponse. L'échiquier restait dans son coin, intouché, rappelant silencieusement la disparition du jeune homme. Cord avait donné des instructions comme quoi les pièces ne devaient pas être bougées jusqu'au retour du capitaine Sharpe. Il soupira, se demandant quand celui-ci aurait lieu.

S'asseyant à son bureau, il écarta ses pensées de son cousin pour se consacrer au travail qui l'attendait, mais il ne fallut pas longtemps pour que son esprit se remette à gambader, et revienne à la scène dont il avait été témoin.

Un léger sourire se peignit sur ses lèvres quand il prit conscience que sa gouvernante avait eu l'audace de lui donner un ordre — et qu'il avait eu le bon sens de lui obéir.

Au moins la maison commençait-elle à avoir meilleure allure. Les parquets du rez-de-chaussée brillaient tellement que Tory pouvait se voir dedans, et l'argenterie étincelait de mille feux. Obtenir que les serviteurs vaquent à leurs tâches était aussi difficile que d'arracher des dents à un poulet, mais, peu à peu, le travail commençait à être fait.

Et Claire semblait heureuse dans son nouveau foyer. Jusqu'ici, les inquiétudes de Tory concernant le comte n'avaient pas refait surface. Peut-être était-il simplement trop occupé pour prêter attention à une servante, fût-elle d'une grande beauté. Néanmoins, la jeune fille ne lui faisait pas confiance. Lord Brant était célibataire et terriblement viril. Il y avait toutes les chances pour qu'il soit un autre séducteur, visant à suborner sa sœur.

Le repas du soir était terminé. Avec la plupart des autres serviteurs, Claire s'était retirée pour la nuit dans sa mansarde du dernier étage, mais Tory errait encore dans les couloirs emplis d'ombre. Elle n'avait pas sommeil le moins du monde, ou peut-être était-ce la pensée de son beau-père qui continuait à la tourmenter. Elle n'avait rien vu dans les journaux, mais elle ne les avait lus que de manière sporadique depuis son arrivée à Londres. Elle avait surtout été occupée à survivre. S'il était mort, cependant, la police aurait cherché son meurtrier, et l'aurait sans doute déjà trouvée.

Décidant qu'un livre l'aiderait peut-être à s'endormir, et espérant que le comte ne verrait pas d'inconvénient à ce qu'elle en emprunte un, elle prit sa lampe à huile et gravit le court escalier qui montait du sous-sol. Alors qu'elle passait devant le cabinet de travail de lord Brant en se rendant à la bibliothèque, elle s'avisa qu'une lampe était restée allumée sur son bureau. Elle entra pour l'éteindre, et aperçut l'échiquier posé dans un coin.

Elle l'avait déjà vu, et avait admiré la fine marqueterie du plateau ainsi que la délicate façon des pièces. Elle s'était demandé qui, parmi les relations du comte, était son adversaire. Mais les jours avaient passé et les pièces n'avaient pas bougé.

Tory s'approcha du jeu. Elle était très bonne aux échecs, ayant été formée par son père avec qui elle jouait souvent avant qu'il ne soit tué. Examinant la disposition des pièces, elle ne put résister à l'envie de s'asseoir dans l'un des fauteuils richement ornés pour étudier les mouvements que le comte et son adversaire invisible avaient effectués.

A y regarder de plus près, elle se rendit compte que, si les pièces avaient été époussetées, de petits ronds de poussière apparaissaient à leur base, prouvant que la partie avait été abandonnée depuis assez longtemps.

Elle se concentra sur le jeu. Assignant les pièces d'ébène au comte, parce que cela lui semblait aller de soi, et poussée par un esprit de compétition qui faisait partie de sa nature, elle tendit la main et bougea un cavalier d'ivoire. Deux cases en avant, une sur le côté, le cavalier menaçait à présent directement un fou noir.

Elle aurait dû remettre la pièce en place. Le comte serait probablement courroucé s'il découvrait qu'elle avait effectué ce mouvement, mais une partie malicieuse de sa personne l'empêcha tout simplement de revenir en arrière. Il pourrait toujours le faire lui-même, se dit-elle. S'il se mettait en colère, elle dirait que la pièce avait été renversée pendant qu'on époussetait le jeu. Quoi qu'il pût en penser, elle laissa le cavalier où il était.

Et puis, ayant enfin sommeil, elle souffla la lampe sur le bureau, reprit la sienne et redescendit dans sa chambre.

Les armoiries dorées qui ornaient la portière du coupé de lord Brant brillaient à la lumière de la lanterne accrochée sur le côté, tandis que la voiture s'approchait de sa résidence londonienne. Il était bien après minuit. A la suite de son entretien improductif avec Edward Legg dans l'après-midi — le matelot ne lui avait rien appris de plus que ce que le colonel lui avait déjà dit —, l'humeur du comte avait chuté de plusieurs degrés et il avait eu envie de se changer les idées.

Sa poursuite de Claire Temple étant pour l'heure arrêtée, et comme il ne voulait pas retomber dans les griffes de son ancienne maîtresse, il avait décidé de rendre une visite plus que nécessaire à la très sélecte maison de plaisir de Mme Fontaneau.

Il n'aurait su dire ce qui l'avait fait revenir sur ce projet, ni pourquoi il avait finalement demandé à son cocher de le conduire à son club, le White's. Mais il avait fini par y passer plusieurs heures, enfoncé dans un fauteuil de cuir à boire du cognac, puis à disputer avec morosité une partie de whist où il avait perdu son argent.

Son excellent ami Rafael Saunders, duc de Sheffield, était là également et avait fait de son mieux pour le tirer de sa maussaderie, mais il avait échoué. Cord avait fini son verre, commandé sa voiture et était rentré chez lui.

Le coupé s'arrêta devant la maison, le valet ouvrit la portière et Cord descendit le marchepied en fer, puis pénétra dans le vestibule. Il jeta ses gants de chevreau dans son chapeau de castor et posa le tout sur la console, après quoi il lança un coup d'œil en direction de l'étage, sachant qu'il devrait essayer de dormir. Il avait d'importants documents à voir avec son avoué le lendemain matin de bonne heure, et il ferait bien de se reposer, se dit-il.

Mais, au lieu de monter, il se dirigea vers son cabinet

de travail. Son esprit était trop échauffé pour qu'il trouve le sommeil. Il ne cessait de penser, alternativement, à son besoin d'une femme, au travail qui l'attendait, à Ethan et — chose étonnante — à ses deux nouvelles employées.

Cela le surprenait grandement. S'il s'était simplement agi de la convoitise qu'avait pu lui inspirer Claire, il aurait compris, mais l'adorable jeune fille blonde l'attirait de moins en moins, tandis que son impertinente sœur l'intriguait de plus en plus.

C'était ridicule. Et cependant, tandis qu'il observait Claire Temple glisser d'une tâche à l'autre telle une princesse dans un conte de fées, il continuait à être tracassé par l'idée que la séduire serait de la dernière incorrection. Il avait une vaste expérience des femmes, alors que cette si jolie fille paraissait... d'une candeur inouïe. En bref, il n'était pas certain qu'elle comprenne complètement la différence entre un homme et une femme.

De fait, la conquérir serait comme arracher les ailes d'un merveilleux papillon.

Perturbé par le problème que lui posaient les femmes en général, et se maudissant en particulier de ne pas être allé se détendre chez Mme Fontaneau, il contempla la pile de papiers qui s'entassait toujours sur son bureau. Il ôta sa redingote, la jeta sur une chaise, défit sa cravate qu'il enleva et retroussa les manches de sa chemise, se préparant à s'installer pour deux ou trois heures de travail.

Alors qu'il traversait la pièce, son regard glissa sur l'échiquier. Il fit quelques pas de plus, puis il fronça les sourcils et revint en arrière pour contempler le jeu.

Il étudia les pièces. Il connaissait exactement leur position, la connaissait si bien qu'il aurait pu la décrire les yeux fermés. Or, ce soir-là, quelque chose lui semblait légèrement différent. Il se raidit, envahi par la colère, quand il se rendit compte que l'une des pièces avait été bougée.

Il se dit tout d'abord qu'il devait se tromper, mais non : ce cavalier ne menaçait pas son fou, dans la partie interrompue qu'il avait menée avec Ethan, et qui ne serait peut-être jamais terminée. Un muscle tressaillit dans sa mâchoire. Certain que l'un de ses serviteurs avait déplacé cette pièce, il prit sa lampe, sortit en trombe de son cabinet, furieux, traversa le vestibule et se dirigea vers l'escalier qui descendait au sous-sol.

La pensée d'Ethan le poussait en avant. Il longea le couloir qui passait près des cuisines, en atteignit le fond et frappa durement à la porte de Victoria Temple. Sans attendre qu'elle réponde, il souleva le loquet, pénétra à grands pas dans son petit salon et se dirigea vers sa chambre.

Les coups sonores frappés à sa porte avaient dû l'éveiller. Lorsqu'il fit claquer la porte de la chambre contre le mur, il la vit se redresser en sursaut dans son lit étroit, clignant des paupières pour essayer d'y voir clair.

— Bonsoir, madame Temple. Je dois vous parler d'une affaire importante.

Elle battit de nouveau des cils, interdite.

— Main… maintenant ?

Elle était vêtue d'une fine chemise de nuit en coton, ses

yeux vert clair étaient troublés par la fatigue, sa bouche rosie par le sommeil. Une épaisse natte châtain tombait sur sa poitrine, et quelques mèches bouclaient le long de ses joues.

Cord l'avait déjà trouvée assez attirante. A présent, il se rendait compte qu'elle était plus que cela : avec ses traits fins, ses lèvres pleines et son petit nez droit, Victoria Temple était une jeune femme ravissante. S'il n'avait pas été aussi obsédé par la beauté éthérée de sa sœur, pensa-t-il, il s'en serait avisé bien plus tôt.

Elle remua dans son lit et le sang du comte s'épaissit dans ses veines. A la lueur de sa lampe et du clair de lune qui entrait par la fenêtre, il pouvait distinguer la courbe de ses seins, l'ombre de ses aréoles, la ligne pâle de sa gorge au-dessus du petit nœud rose qui fermait sa chemise. Une flèche de désir lui traversa les reins.

— Milord ?

Il ramena son regard sur son visage et vit qu'elle le fixait comme s'il avait perdu l'esprit. Sa colère se raviva.

— Oui, madame Temple. Nous devons discuter de ce problème en cet instant même.

Elle parut se réveiller tout à fait. Baissant les yeux sur sa chemise, elle prit conscience de son état, alors qu'un homme était debout près de son lit. Avec un petit cri étranglé, elle remonta ses couvertures afin de cacher ses jolis seins.

— Lord Brant, pour l'amour du ciel ! protesta-t-elle. C'est le milieu de la nuit. Dois-je vous rappeler qu'il est fort inconvenant que vous vous trouviez dans ma chambre à une heure pareille ?

Fort inconvenant peut-être, mais fort excitant aussi, songea Cord.

— Je suis ici pour une raison précise, madame Temple. Un sujet de la plus haute importance.

— Puis-je savoir lequel ?

— Mme Mills vous a sûrement mise au courant à propos de mon échiquier.

Tory se pencha en arrière, entraînant ses couvertures avec elle, et s'adossa à la tête du lit.

— Quel est… quel est le problème ?

— Mme Mills et les serviteurs ont reçu des ordres très stricts : les pièces ne doivent être bougées sous aucun prétexte.

— Voulez-vous dire… que quelqu'un a touché à ce jeu ?

— Exactement, madame Temple. J'attends de vous que vous trouviez le coupable et que vous fassiez en sorte que cela ne se reproduise pas.

— Vous êtes dans ma chambre à… 3 h 30 du matin, répliqua Victoria en jetant un coup d'œil à la petite pendule posée sur sa table de chevet, parce que quelqu'un a bougé une pièce d'un jeu d'échecs ? Je ne vois pas en quoi c'est important au point que vous fassiez irruption dans ma chambre à une heure aussi indue !

— Que vous le voyiez ou non n'est pas votre affaire. Je ne *veux pas* que ces pièces soient déplacées, pas avant que mon cousin ne revienne.

— Votre cousin ?

— Oui. Le capitaine Sharpe, du navire *Sea Witch.* Son équipage et lui ont disparu.

Tory ne dit rien pendant un long moment.

— Je suis désolée, murmura-t-elle enfin.

Cord n'aurait su dire ce qu'elle avait lu sur son visage, mais ses traits s'adoucirent.

— Vous devez être fort inquiet à son sujet.

Il y eut quelque chose dans la manière dont elle prononça ces mots, ou peut-être était-ce la façon dont elle le regarda en les prononçant. Quoi qu'il en fût, la colère de Cord s'évanouit.

— Oui, je suis inquiet, et j'apprécie votre bienveillance. Cela étant, si vous découvrez le domestique qui a bougé cette pièce, veuillez l'informer qu'il ne doit pas recommencer.

Tory le considéra dans la pénombre, et remarqua son air las.

— Peut-être serait-il bon d'achever cette partie, milord. Parfois, les souvenirs font plus de mal que de bien. Vous pourrez toujours engager un nouveau jeu quand le capitaine Sharpe reviendra.

Cord avait eu cette idée, lui aussi. Le jeu d'échecs, par sa présence, lui rappelait par trop la disparition d'Ethan, ne lui laissait jamais oublier qu'il était peut-être mort.

— Faites ce que je vous dis, madame Temple.

Il jeta un dernier et long regard à la femme assise dans le lit, et pensa à quel point elle était incroyablement désirable. Dans la semi-obscurité, ses yeux étaient de grands puits verts et lumineux, ses lèvres esquissaient une légère moue. Il eut envie de rabattre le drap et de relever sa chemise, pour se rassasier de la vue du corps délectable dessiné par le fin vêtement de coton. Il eut envie, aussi, de défaire le nœud qui attachait sa natte et de couler les doigts dans la masse sombre de ses cheveux.

Son corps se raidit de désir, et il tourna les talons. En quittant la pièce, il secoua la tête, se demandant ce qui lui arrivait depuis quelque temps. Il n'avait jamais été le genre de maître à avoir des vues sur ses servantes, mais, récemment, deux d'entre elles faisaient flamber son imagination.

Il apporta une correction à cette dernière notion. L'une d'elles en appelait à sa conception de la beauté, tel un vase finement ouvragé ou un ravissant tableau. L'autre piquait son intérêt par sa langue bien pendue et sa nature surprotectrice. Mais à présent qu'il l'avait vue en chemise de nuit, elle piquait aussi sa lascivité.

Il aurait vraiment dû se rendre chez Mme Fontaneau, se dit-il en montant l'escalier. D'un autre côté, il préférait entretenir certaines relations avec les femmes qu'il mettait dans son lit. En arrivant au rez-de-chaussée, il pensa encore à Victoria Temple.

Olivia Landers étant sortie de sa vie, il éprouvait le besoin de se trouver une autre maîtresse. Maintenant que son désir déplacé pour Claire avait disparu, il commençait à penser qu'il n'avait peut-être pas fixé son intérêt sur la bonne personne. Alors que Claire était timide et craintive, Victoria était intrépide et n'avait nullement peur de lui.

Sous ses airs guindés, il devinait une nature passionnée qu'il aurait grand plaisir à explorer.

Et, bien entendu, il prendrait soin d'elle, l'installerait en grand style et ferait en sorte qu'elle ne manque de rien. Elle pourrait s'occuper de sa sœur, comme elle le désirait si ardemment. Il leur ferait une faveur à tous.

Oui, Victoria représenterait un défi bien plus grand que sa douce et innocente sœur. De fait, à en juger par le regard farouche qu'elle lui avait lancé quand il avait pénétré en trombe dans sa chambre, elle risquait fort de lui donner du fil à retordre. Mais il n'aimait rien tant que les défis, et pour finir il la posséderait. Victoria Temple devrait se résigner à son sort.

Le lendemain, Tory s'immergea dans son travail. Elle fit un inventaire du cellier à vin, reçut des livraisons du boucher et du laitier, s'efforçant durant tout ce temps de ne plus penser au comte et à son apparition dans sa chambre.

A ce seul souvenir, son pouls s'emballait. Doux Jésus ! Il avait été plus que furibond. Ce n'était sûrement pas le fait d'avoir bougé une seule pièce d'un jeu d'échecs qui l'avait mis dans cet état ?

La jeune fille se dit qu'il s'agissait plus d'une réponse au souci qu'il se faisait pour son cousin que de la place prise par ce malheureux cavalier. De toute évidence, les deux hommes étaient fort proches. Elle savait ce que c'était que de perdre une personne chère. Elle avait perdu son père, et peu après sa mère. Elle savait combien ces deuils étaient douloureux.

Et, cependant, elle ne regrettait pas d'avoir bougé cette pièce. Peut-être que d'une certaine façon cette explosion de colère avait fait du bien à lord Brant, en l'aidant à dissiper sa frustration. Elle se remémorait encore l'air qu'il avait — celui d'un dragon soufflant du feu, une lueur belliqueuse brillant dans ses yeux dorés.

Il avait ôté sa redingote, ses manches de chemise étaient relevées sur ses bras musclés. Des culottes noires bien ajustées moulaient sa taille fine et ses longues cuisses athlétiques. Il respirait fortement, ce qui soulevait son torse puissant.

Pour furieux qu'il ait été, il l'avait regardée pour la première fois depuis leur rencontre. Vraiment regardée. Et la lueur brûlante qui s'était allumée dans son regard fauve lui avait donné l'impression que ses os se dissolvaient. Il lui avait semblé que son cœur voulait s'échapper de sa poitrine, que son corps tout entier partait en fumée. Puis, à sa vive mortification, elle avait senti la pointe de ses seins se durcir sous sa chemise.

Elle s'était inquiétée, secrètement, de l'étrange sensation qu'elle éprouvait chaque fois qu'elle croisait le comte. Et maintenant, le ciel la protège, ses pires craintes étaient confirmées. Elle était attirée par lord Brant !

C'était ridicule. Complètement absurde. Elle n'était même pas sûre de l'apprécier. Et elle n'avait certainement pas confiance en lui. En plus de cela, il était comte et elle n'était qu'une domestique. Et même si elle était fille de baron, après avoir entendu les ragots qui couraient sur son compte, elle savait que cet homme était le dernier qui devait l'intéresser.

Etait-ce ce matin, seulement, qu'elle avait surpris miss Honeycutt sur le seuil de l'office, pouffant en relatant ce qu'elle avait appris d'Alice Payne, la femme de chambre de la vicomtesse Westland ?

— Alice dit que le comte est un véritable étalon. Il paraît qu'il est en grande forme toute la nuit, et qu'il remet encore ça le matin venu. Elle dit que la vicomtesse en est restée meurtrie une semaine, après sa dernière visite.

Comme toutes les jeunes filles, Tory espérait se marier un jour. Avec quelqu'un d'aimable et de respectueux, un homme doux et gentil, s'était-elle toujours imaginé, à l'instar de son père qui n'élevait jamais la voix contre ses filles ou sa femme.

Certainement pas avec un individu du genre de lord Brant, doté d'un caractère enflammé et enclin à des passions tout aussi enflammées.

Par chance, hormis les regards brûlants qu'il lui avait jetés la nuit précédente — et qui étaient dus, elle en était certaine, aux instincts naturels d'un mâle en présence d'une jeune femme à moitié dévêtue —, le comte n'avait d'yeux que pour Claire.

Et Tory, à cet égard, se promettait de rester vigilante.

Si leur maître n'était qu'à moitié le libertin qu'il semblait être, sa sœur restait en danger.

La jeune fille raffermit sa détermination : elle ferait tout ce qu'elle pourrait pour protéger Claire du comte.

4

— Tory ?

Claire s'élança dans l'escalier, à la rencontre de sa sœur aînée. Trois jours avaient passé depuis que le comte avait surgi dans la chambre de Victoria, et les choses semblaient être revenues à la normale.

— Qu'y a-t-il, chérie ?

— C'est Mme Green et sa fille, Hermione. Elles ont cessé leur travail pour la journée. Mme Green prétend qu'elle a un accès de fièvre, et elle pense qu'Hermione est également souffrante.

— Un accès de fièvre ? Elles m'ont semblé toutes deux en parfaite santé, ce matin.

Tory se souvint alors qu'elle avait demandé aux deux servantes de préparer deux chambres d'hôtes pour l'arrivée de lady Aimes, une cousine du comte, et de son petit garçon Teddy. Ce n'était qu'une autre tentative pour lui faire quitter sa place, mais il n'y avait rien qu'elle puisse faire maintenant.

Elle consulta la grande horloge installée au bas de l'escalier, dans le vestibule. La journée passait rapidement. Le reste des serviteurs était occupé, exécutant avec réticence les tâches qu'elle leur avait assignées. Si elle leur suggérait un changement d'emploi du temps, cela causerait plus de désagréments que cela n'en valait la peine.

— Je vais m'occuper de préparer ces chambres, Claire. Pour ta part, va donc aider Mme Wadding qui est dehors, en train de battre les tapis.

Claire partit en hâte remplir ses devoirs, pendant que Tory allait chercher en bas un balai, une pelle et un plumeau.

Toutes les chambres de la maison étaient fort agréables, et les deux qu'elle avait choisies pour les invités de lord Brant donnaient sur le jardin. La première était décorée dans des couleurs pêche et crème, la seconde en bleu clair.

Décidant que le petit garçon prendrait la bleue, Tory se mit au travail, ouvrant les fenêtres pour laisser entrer la brise estivale, tapotant les oreillers de plumes, époussetant les tableaux qui représentaient des paysages et le manteau de marbre de la cheminée. Elle fit la même chose dans la deuxième chambre, appréciant qu'au moins les draps aient déjà été changés, puis elle entreprit de nettoyer le parquet marqueté.

Elle était à genoux, en train de frotter une tache particulièrement résistante, quand une paire de souliers masculins fort bien cirés apparut dans son champ de vision. Elle releva son regard le long de jambes musclées, d'un torse puissant et de larges épaules, et s'accroupit sur ses talons pour dévisager le comte.

— Milord ?

— Par tous les diables, que faites-vous là ?

Tory baissa les yeux sur sa jupe et s'avisa qu'elle était mouillée. Elle s'aperçut également que son corsage humide moulait sa poitrine, et qu'il était si transparent que l'on devinait à travers l'ombre de ses aréoles.

Lord Brant devait l'avoir remarqué, car son regard se fixa en cet endroit et la chaleur brûlante que la jeune fille y avait déjà lue une fois reparut dans ses yeux. Elle se sentit rougir, tandis qu'il continuait à la fixer. Elle déglutit et fit comme si rien n'allait de travers.

— Deux des femmes de chambre se sont portées malades, expliqua-t-elle. Je fais à leur place ce qui est nécessaire pour accueillir vos invités.

— Vraiment ?

La mâchoire du comte se durcit, et au lieu de répondre Tory eut envie de reculer. Un petit cri étouffé lui échappa quand lord Brant la saisit par le bras et l'obligea à se remettre sur pied.

— Je ne vous ai pas engagée pour récurer mes planchers, sapristi ! Je vous ai engagée pour mener ma maison. A mes yeux, cela fait une grande différence.

— Mais…

— Il y a un véritable essaim de domestiques, dans cette demeure. Trouvez-en un pour préparer ces chambres.

Il fronça les sourcils devant l'expression crispée de la jeune fille.

— Laissez faire. Je vais m'en occuper moi-même.

A la vive stupeur de Tory, il sortit à grands pas de la chambre et descendit l'escalier. Elle l'entendit appeler

Timmons d'une voix forte, et quelques minutes plus tard miss Honeycutt et Mme Wadding arrivèrent en toute hâte dans la pièce.

Déterminée à user d'une partie au moins de son autorité de gouvernante, Tory ordonna aux deux femmes de finir de nettoyer les parquets et de semer quelques gouttes d'essence de lavande sur les oreillers brodés. Puis elle les laissa à leurs tâches et redescendit, ayant à planifier les menus de la semaine et à dresser les listes des achats à effectuer.

Elle se dirigeait vers sa chambre pour changer de corsage, quand elle passa devant la porte ouverte du cabinet de travail du comte. Ses pas ralentirent d'eux-mêmes et elle se retrouva en train d'entrer dans la pièce, attirée par l'échiquier comme par un aimant.

Elle eut la surprise de constater que le cavalier d'ivoire était resté à la place où elle l'avait mis. Plus surprenant encore, le comte avait contre-attaqué.

Il ignorait que c'était elle qui avait joué, bien sûr. De toute évidence, il avait pensé à un homme — ce qui avait irrité la jeune fille plus qu'il ne pouvait s'en douter. Peut-être avait-il pensé que c'était Timmons qui l'avait défié, ou l'un des deux nouveaux valets qui venaient d'être engagés.

Quoi qu'il en fût, en déplaçant son fou en réponse à son attaque, il avait accepté de continuer la partie. Ou alors il s'agissait d'un piège, pour voir si le coupable aurait le cran d'ignorer de nouveau ses ordres.

Tory réfléchit à la question, inquiète de mettre son

emploi en péril. Mais le comte n'allait tout de même pas la chasser pour un jeu d'échecs, se dit-elle. Convaincue qu'elle saurait se défendre si les choses en arrivaient là, et peu disposée par son caractère à renoncer à un défi, elle s'assit devant l'échiquier et chercha comment contrer le mouvement de son adversaire.

Il était tard dans l'après-midi, le lendemain, quand lady Randall et son fils arrivèrent. Les journées de juin s'allongeaient et devenaient plus chaudes. Avec tant de travail à faire, Cord n'avait guère le temps de recevoir des visites ; sa cousine Sarah était une exception.

Assise sur le canapé couleur ciel du salon bleu, Sarah Sharpe Randall, vicomtesse Aimes, était la sœur que Cord n'avait pas eue. Blonde au teint clair, elle était grande pour une femme, mais mince et à l'ossature délicate. Cord s'était toujours senti protecteur à son égard, car elle était la seule fille dans un groupe turbulent de trois garçons. Néanmoins, Sarah était parfaitement capable de veiller sur elle-même.

Le comte traversa la pièce, dont le haut plafond était dominé par un candélabre en cristal, et s'arrêta devant un buffet sculpté pour emplir de nouveau son verre de cognac.

— Comment va Jonathan ? demanda-t-il, parlant de l'époux de sa cousine. Bien, j'espère.

Levant une délicate tasse en porcelaine bordée d'un filet doré, la vicomtesse but une gorgée de camomille.

— Hormis le fait qu'il eût aimé nous accompagner et que des engagements l'en ont empêché, il va bien. Il vous envoie son meilleur souvenir.

Cord porta son verre à ses lèvres.

— Teddy a beaucoup grandi, depuis la dernière fois que je l'ai vu. J'ai failli ne pas le reconnaître.

Sarah sourit avec plaisir. Son mari et son fils étaient les personnes les plus importantes de son existence.

— Il ressemble de plus en plus à son père.

— Vous avez une belle famille, Sarah.

— Oui, j'ai cette chance. Peut-être serait-il temps que vous songiez à en fonder une vous-même, Cord.

Gardant son verre à la main, le comte s'approcha du canapé.

— De fait, j'y ai beaucoup pensé, ces derniers temps. J'essaie de rassembler le courage nécessaire pour faire mon entrée sur le marché du mariage. Jusqu'à présent, je ne m'en suis pas senti la force.

— Au moins considérez-vous cette idée. C'est plus que vous n'en avez fait jusqu'ici.

— Je fais plus que la considérer. J'ai décidé de me marier. Il ne me reste plus qu'à choisir l'épouse convenable.

— Avez-vous quelqu'un de particulier à l'esprit ?

Cord songea à Mary Ann Winston et Constance Fairchild, les deux jeunes femmes en tête de sa liste, mais il n'était pas prêt à mentionner des noms.

— Pas encore, répondit-il.

— Dites-moi que vous avez renoncé à cette idée ridicule

d'épouser une héritière. Je puis vous dire, d'expérience, qu'aimer quelqu'un est beaucoup plus important.

— Pour vous, peut-être.

Cord vida son verre.

— Je crains de ne savoir reconnaître l'amour s'il passait à ma portée, même si je me rends compte que vous êtes heureuse avec Jonathan. Cela se voit sur votre visage.

— Je suis très heureuse, Cord. A part le fait qu'Ethan me manque.

C'était la raison de la visite de Sarah. Elle était venue quérir des nouvelles de son frère, et ils en avaient brièvement parlé à son arrivée. Cord posa son verre sur une petite table en marqueterie.

— J'aimerais pouvoir vous en dire davantage. Au moins nous savons maintenant que le *Sea Witch* n'a pas sombré au cours d'une tempête. D'après Edward Legg, Ethan était vivant quand il a dû quitter son navire.

— Oui, et je suppose que d'une certaine manière c'est une excellente nouvelle. Mon frère est un homme robuste, et nous savons tous les deux combien il peut se montrer déterminé. Nous devons croire qu'il est encore en vie. Tout ce qui nous reste à faire, c'est de découvrir l'endroit où il a été conduit.

Cord eût aimé que les choses soient aussi simples. Il inspira à fond, se préparant à expliquer les difficultés qu'ils rencontreraient pour localiser le jeune homme, quand un coup léger fut frappé à la porte.

— Ce doit être Pendleton, dit-il avec soulagement. J'ai

reçu un message de lui ce matin. Peut-être a-t-il d'autres informations.

Il ouvrit la porte et fit entrer le colonel. Celui-ci s'inclina devant Sarah, notant ses cheveux dorés relevés en un chignon gracieux, ses traits fins et sa jolie robe de soie vert pâle.

Il adressa quelques mots à Cord, puis se tourna vers la jeune femme.

— Je présume, lady Aimes, que lord Brant vous a mise au courant de ce que nous savons sur le capitaine Sharpe.

— Oui, il l'a fait. Nous espérons tous les deux que vous pourrez nous donner d'autres nouvelles.

— Malheureusement, pas encore. Nous avons cependant, ce matin, placé un informateur sur les côtes de France, avec la mission précise de trouver la prison où votre frère a pu être emmené.

Les traits de Sarah se crispèrent.

— La *prison*. Je suppose que j'ai nié ce fait trop longtemps. Je ne puis supporter l'idée de mon frère souffrant dans un endroit pareil.

— Vous ne devez pas désespérer, milady. Dès que nous saurons où se trouve le capitaine, nous nous préoccuperons de le délivrer.

La vicomtesse hocha la tête et esquissa un petit sourire tremblant.

— Je suis certaine que vous y parviendrez.

— D'ici là, intervint Cord, le colonel a promis de nous

tenir informés de tout ce qu'il apprendra, et je ferai de même.

L'entretien dura encore quelques minutes, puis le colonel s'en alla. Voulant aller voir son fils, Sarah le suivit, laissant Cord seul. Il rejoignit son cabinet de travail.

Les nouvelles concernant Ethan étaient meilleures. Pour la première fois depuis près d'un an, le comte avait enfin l'impression que les choses avançaient.

Alors qu'il pensait à son cousin, il laissa dériver son regard vers l'échiquier. Quelque chose semblait changé. Il s'avança dans cette direction et contempla le jeu. Quand il vit qu'une autre pièce avait été bougée, il éprouva une nouvelle bouffée de colère.

Il avait été certain que Victoria Temple relaierait ses instructions nocturnes et que les domestiques ne toucheraient plus à cet échiquier. Afin de s'en assurer, il avait tendu un piège au coupable, le mettant au défi d'enfreindre ses ordres une fois de plus. Or, en réponse au mouvement de son fou, la reine d'ivoire avait été avancée de trois cases.

Cord se retrouva en train d'étudier la partie. C'était un mouvement qui l'intriguait. Son fou demeurait menacé, et s'il n'y prenait garde sa tour pourrait tomber aussi. Il se dit qu'il devrait remettre les pièces dans leur position initiale ; c'était avec Ethan qu'il était censé jouer. Mais il ne put s'en convaincre. Peut-être qu'avec les dernières nouvelles qu'il avait eues de son cousin, le fait que le jeu d'échecs ait recommencé était bon signe.

Il se demanda si Timmons avait pris sur lui de lui jeter

un défi dans un effort pour le tirer de sa mélancolie, ou si, comme il l'avait pensé la première nuit, c'était l'un des deux nouveaux valets qui était responsable de ces mouvements. Qui, à part eux, aurait pu bouger ces pièces ?

Une idée lui vint à l'esprit. Les deux sœurs Temple, elles aussi, étaient nouvelles sous son toit. Claire n'aurait certainement pas la moindre notion de ce genre de jeu, mais Victoria... Non, Victoria Temple ne maîtrisait certainement pas les échecs.

Peu de femmes y jouaient, et plus rares encore étaient celles qui s'y défendaient bien. Or les derniers mouvements engagés prouvaient que son adversaire — masculin ou féminin — savait où il allait. Que cet adversaire puisse être Victoria Temple paraissait difficile à croire, et cependant Cord trouvait cette perspective piquante.

Il prit place dans l'un des fauteuils sculptés et considéra l'échiquier. Le tic-tac de la pendule montait dans le silence. Levant son cavalier d'ébène, Cord répondit au dernier mouvement de son mystérieux partenaire.

Tory s'étira et fit jouer les muscles de son dos, essayant de dénouer les tensions de sa nuque et de ses épaules. La journée avait été encore plus difficile que la précédente, l'atmosphère qui régnait au sous-sol étant franchement hostile. La colère silencieuse de Mme Rathbone portait sur les nerfs de tout le monde.

En tant que gouvernante, la jeune fille aurait pu congédier la servante et engager quelqu'un d'autre à sa place, mais, d'une certaine manière, cela lui semblait injuste. Elle préférait essayer de se gagner la loyauté de la domestique, même si elle ne voyait pas comment y parvenir.

Eprouvant le besoin de prendre l'air, elle marcha jusqu'aux portes-fenêtres qui donnaient sur le jardin, en ouvrit une et sortit sous le chaud soleil d'été. Des nuages blancs passaient dans le ciel, l'un ressemblant à un dragon, l'autre à une demoiselle en détresse. N'appréciant guère cette image, Tory s'avança dans le jardin qui était fleuri de crocus colorés et de pensées pourpres.

Elle n'aurait pas dû se trouver là. Elle était une domestique, pas une invitée. Et cependant, il y avait si longtemps qu'elle n'avait pris plaisir à écouter le clapotis de l'eau dans un bassin, à humer l'odeur de lavande qui parfumait l'air. Elle s'arrêta près d'une fontaine arrondie, ferma les yeux et inspira profondément.

— Etes-vous madame Temple ?

Les yeux de Tory se rouvrirent brusquement. Elle contempla le petit garçon aux cheveux noirs qui se tenait près d'elle.

— Oui, c'est moi, répondit-elle en souriant. Et vous devez être maître Teddy Randall.

L'enfant sourit largement, et elle vit qu'il lui manquait deux dents de devant. Il devait avoir cinq ou six ans, avec de grands yeux bleus et un visage ouvert.

— Comment connaissez-vous mon nom ? demanda-t-il.

— J'ai entendu votre mère et lord Brant parler de vous au petit déjeuner.

— Moi aussi, j'ai entendu parler de vous. Pourquoi personne ne vous aime ?

Il regarda Tory bien en face. Le sourire de la jeune fille s'évanouit.

— Le comte a parlé de moi ?

Teddy secoua la tête.

— Non, pas lui. Une dame appelée Mme Rathbone et la cuisinière. Elles ont dit que vous étiez la catin de lord Brant, et que c'est pour cela qu'il vous a engagée. Qu'est-ce qu'une catin ? Ce mot m'a fait penser à un petit chien.

Tory sentit son visage s'empourprer terriblement. Comment ces femmes osaient-elles dire une chose pareille ? Elle songea de nouveau à congédier Mme Rathbone, mais s'efforça de se ressaisir.

— Eh bien… une catin est une personne qui ne se conduit pas très bien, dit-elle. Ce qui n'est pas du tout mon cas, raison pour laquelle vous ne devez pas écouter ce genre de ragots.

Elle se pencha et prit la main du petit garçon, avide de changer de sujet.

— Vous parliez de petits chiens. Aimeriez-vous en voir ?

L'enfant hocha la tête avec vigueur.

— Vous avez de la chance. Il y a une portée de chiots dans la remise. Ils viennent juste de naître.

Teddy sourit, et une fossette se creusa dans sa joue.

— J'adore les chiots. Surtout les noirs.

Tory lui rendit son sourire.

— Venez, donc. Allons les voir.

Le tenant toujours par la main, elle lui fit traverser le jardin. Ils allaient pénétrer dans la remise faiblement éclairée, quand lord Brant en sortit.

Il s'arrêta devant eux.

— Je vois que vous avez fait connaissance.

Les mots de Mme Rathbone revinrent à l'esprit de la jeune fille et elle sentit de nouveau le rouge lui monter aux joues. Elle eut envie d'interpeller le comte, de lui crier qu'il était responsable de ces ragots, mais en vérité elle savait qu'elle était aussi fautive que lui : elle n'aurait pas dû accepter cette place de gouvernante, pour commencer.

Elle garda une expression neutre.

— Oui, nous nous sommes rencontrés dans le jardin, déclara-t-elle d'un ton assez sec.

Elle aurait voulu avoir le courage de donner sa démission. Mais elle ne le pouvait pas. Elle devait penser à Claire et à ce qu'elles deviendraient, si elle quittait sa place.

— Teddy et moi sommes venus voir les chiots. Si vous voulez bien nous excuser, milord…

Le comte ne fit pas l'effort de se déplacer. Il resta où il était, grand, imposant, leur barrant le chemin de sa large carrure.

— J'ai entendu dire que la chienne du cocher avait mis bas. Si vous n'y voyez pas d'inconvénient, je vais vous accompagner.

Tory y voyait un inconvénient. Un inconvénient de taille. Les domestiques jasaient déjà à leur sujet. Les voir ensemble allait encore activer les mauvaises langues.

Toutefois, elle ne pouvait guère défendre au comte de

pénétrer dans sa propre remise. Teddy et elle s'avancèrent, et lord Brant se plaça près d'elle. Elle se raidit en sentant sa main chaude se poser sur sa taille, tandis qu'il la guidait dans la pénombre et le long d'un coupé d'un noir brillant rangé au fond de la remise.

Elle entendait le léger bruissement de sa jupe contre sa jambe, et son cœur s'emballa. Quand le bras du comte effleura sa poitrine, alors qu'il l'aidait à franchir une porte basse qui donnait dans une resserre emplie de harnais et de foin, elle sentit une boule de chaleur lui envahir l'estomac.

Ils atteignirent enfin les chiots qui étaient couchés près de leur mère, une fine chienne noir et blanc, mais le comte ne s'écarta pas. Et si Tory essaya de mettre un peu de distance entre eux, elle ne le put : il n'y avait pas assez de place.

— Ils n'ont que quelques jours, dit-il, son souffle chaud passant sur la joue de la jeune fille.

A son vif embarras, elle se mit à trembler.

— Est-ce que je peux en prendre un ? demanda Teddy.

— Ils sont encore trop petits, répondit Cord en lui ébouriffant tendrement les cheveux. A ta prochaine visite, peut-être.

— Pensez-vous que je pourrais en avoir un ?

Le comte rit doucement, et le ventre de Tory se contracta.

— Si ta mère est d'accord. Pourquoi ne vas-tu pas lui poser la question ?

Teddy lui décocha un grand sourire, tourna les talons et s'éloigna en courant, laissant Tory seule avec le comte dans la pénombre.

— Il est temps que je rentre, dit-elle d'une voix altérée. J'ai mille choses à faire.

— Vous me paraissez un peu rouge, observa-t-il, ses yeux mordorés rivés sur son visage. Vous sentez-vous bien, madame Temple ?

Il se tenait si près d'elle qu'elle percevait les battements de son cœur et distinguait la ligne sensuelle de sa lèvre inférieure. Elle vit un coin de sa bouche se relever en une esquisse de sourire.

— Nous sommes… un peu serrés, ici. Je crois que j'aurais besoin de respirer, murmura-t-elle.

Les lèvres du comte s'incurvèrent plus encore.

— Bien sûr.

Il s'écarta d'elle si brusquement qu'elle faillit perdre l'équilibre. Il tendit la main pour l'aider à se reprendre.

— Auriez-vous un moment de faiblesse ? Laissez-moi vous aider.

— Non ! Je veux dire… je vais bien, merci.

— Permettez-moi au moins de vous guider jusqu'à l'extérieur.

Seigneur Jésus ! L'assistance de cet homme était la dernière chose dont elle avait besoin. Elle voulait juste s'éloigner de lui le plus vite possible. Pourquoi cela lui paraissait-il si difficile ?

Elle s'efforça d'ignorer sa proximité, et la force de sa main posée sur sa taille tandis qu'il la conduisait vers la sortie de la remise. Ils se retrouvèrent enfin au soleil, dans le jardin, mais elle ne put dissiper la rougeur qui lui envahissait les joues, ni la douce chaleur qui rayonnait de son estomac.

Une fois dehors, elle se sentit néanmoins légèrement plus à l'aise, avec l'impression de contrôler un tant soit peu la situation.

— Vous sentez-vous mieux ? demanda le comte.

— Oui, beaucoup mieux, merci.

— Dans ce cas, je vous laisse à votre travail. Bon après-midi, madame Temple.

Tory le regarda s'éloigner, le cœur battant toujours très fort, les genoux vacillant sous sa jupe. Il s'était comporté en parfait gentleman, et pourtant elle parvenait à peine à reprendre son souffle. Si jamais il s'attaquait à Claire…

Elle regagna la maison, plus inquiète pour sa sœur qu'elle ne l'avait jamais été.

Un orage d'été passait sur la ville, avec de lourds nuages noirs qui obscurcissaient le fin croissant de lune. Le tonnerre grondait derrière les fenêtres tandis que Tory se dirigeait dans l'ombre vers le cabinet de travail du comte. L'horloge du vestibule commença à égrener les douze coups de minuit.

C'était la saison londonienne, et lady Aimes s'était rendue chez des amis. A son habitude, lord Brant était sorti pour la soirée.

Un peu plus tôt, les domestiques avaient regagné leur

chambre, et Tory aussi. Allongée dans son lit, elle s'était dit qu'elle devait rester où elle était, et ignorer le dernier mouvement du comte sur l'échiquier. Mais la tentation avait été trop grande.

Dès que la maisonnée s'était tue, elle avait enfilé son peignoir sur sa chemise de nuit, pris sa lampe à huile et elle avait gravi l'escalier.

Lorsqu'elle pénétra dans la pièce, elle aperçut dans l'ombre les hautes pièces d'ébène et d'ivoire qui semblaient la narguer. Ignorant le parquet froid sous ses pieds nus, elle alla prendre place dans l'un des fauteuils, posa sa lampe sur la table et étudia le jeu. A peine consciente des branches qui cinglaient les murs au-dehors, ou de la façon dont la lune transparaissait de temps à autre entre les nuages, elle se plongea dans la contemplation de la partie. En examinant les pièces, elle connut un moment de satisfaction : le comte avait mordu à l'hameçon. Le piège qu'elle lui avait tendu lui donnait accès à sa tour.

Elle souleva une pièce pour capturer la tour en question, puis s'avisa qu'en agissant ainsi elle laissait une ouverture qui menaçait de lui coûter sa reine. Elle sourit largement. Son adversaire n'était pas fou. Elle devrait se montrer plus prudente. Elle était immergée dans ses réflexions, planifiant la stratégie qui lui donnerait la victoire, quand, soudain, une voix sourde pénétra ses pensées.

— Peut-être devriez-vous prendre la tour. Après tout, rien ne dit que votre adversaire verra le danger dans lequel vous laisserez votre reine.

La main de Tory se figea au-dessus de l'échiquier. Se

tournant très lentement dans son fauteuil, elle se retrouva face à lord Brant.

— Je… je pense qu'il le verra, bredouilla-t-elle. Il… Vous êtes un excellent joueur.

— Vraiment ? Est-ce la raison pour laquelle vous avez ignoré mes souhaits et continué à jouer, alors que je vous avais demandé de ne pas le faire ?

Tory se leva, espérant se sentir moins à son désavantage. Elle s'avisa de son erreur dès qu'elle fut sur ses pieds, car quelques pouces seulement la séparaient du comte. Il ne recula pas, la tenant coincée entre le siège et le mur de son torse.

— Eh bien, madame Temple ? Est-ce pour cela que vous avez enfreint mes ordres ? Parce que je suis un bon joueur ?

Elle déglutit. Il était grand, bien bâti, et elle était bien placée pour savoir qu'il se mettait facilement en colère. Elle avait appris de son beau-père ce qu'elle risquait à irriter ce genre d'homme. Pourtant, pour quelque étrange raison, elle n'avait pas peur.

— Je… je ne puis dire exactement pourquoi je l'ai fait, répondit-elle. Les échecs sont un jeu que j'apprécie. En un sens, c'était un défi qui m'était lancé. Et puis vous êtes venu dans ma chambre, l'autre nuit, et je… j'ai pensé que cela vous ferait peut-être du bien de vous remettre à jouer.

Un peu de la raideur de Cord quitta ses épaules.

— Cela m'a peut-être fait du bien, en effet. Pourquoi ne

vous rasseyez-vous pas, madame Temple ? Vous étiez prête à effectuer votre prochain mouvement, n'est-ce pas ?

La tension de la jeune fille se dissipa, remplacée par une autre sorte de nervosité. Inconsciemment, elle humecta ses lèvres, passant le bout de sa langue au coin de sa bouche. A la lumière de la lampe, les yeux dorés du comte parurent s'obscurcir. Il la contemplait avec une attention si sensuelle qu'un petit frisson brûlant lui parcourut le ventre.

— Oui, milord. J'y suis prête.

C'était de la folie. Elle était pieds nus et vêtue de sa tenue de nuit. Le scandale serait énorme, si quelqu'un les surprenait dans cette situation.

Incapable de résister, et sachant quel risque elle courait, Tory se rassit, en espérant que sa main ne tremblerait pas. Elle se saisit de son fou, le déplaça de plusieurs cases et captura un cavalier du comte.

Il gloussa en s'asseyant face à elle.

— Vous êtes certaine que prendre la tour n'aurait pas été mieux ?

La jeune fille reprit de l'assurance.

— Sûre et certaine, milord.

Cord étudia le jeu et bougea sa reine, prenant une pièce à son adversaire.

La partie se poursuivit. Dehors, le vent soufflait et agitait les branches des arbres, mais dans le cercle de lumière de la lampe Tory se sentait étrangement protégée.

Elle bougea sa tour.

— Je crains que vous ne soyez en échec, milord.

Cord fronça les sourcils.

— C'est ce qu'il semble, en effet.

Ils persévérèrent, les pièces tombant une à une comme dans une bataille. Il était bien après 2 heures du matin quand le coup final fut porté.

— Echec et mat, milord.

Au lieu de se mettre en colère, ainsi que le craignait un peu la jeune fille, lord Brant se mit à rire. Il secoua la tête et la regarda, assise face à lui.

— Vous continuez à me surprendre, madame Temple.

— J'espère que cela signifie que je reste votre gouvernante.

L'un des noirs sourcils du comte se haussa.

— Peut-être devriez-vous perdre de temps en temps, simplement pour vous assurer de garder votre place.

Tory sourit.

— Je ne pense pas que vous l'apprécieriez.

Cord sourit à son tour.

— Non, pas le moins du monde. J'attendrai avec impatience une partie de revanche, madame Temple. Très prochainement.

— J'en serai ravie, milord.

Il se leva et tendit la main à Tory pour l'aider à se mettre debout. Elle se retrouva dans la même position que précédemment, si près de lui qu'elle pouvait voir l'or profond de ses yeux. Le regard fauve du comte semblait la figer sur place, river ses pieds au tapis qui se trouvait sous la table. Puis elle sentit sa main sur sa joue. Il releva son visage, et posa doucement sa bouche sur la sienne.

Les paupières de Tory se fermèrent tandis qu'une douce chaleur l'enveloppait. Il ne l'attira pas à lui, mais continua à l'embrasser ainsi, ses lèvres se déplaçant lentement sur les siennes. Il la testait, la goûtait, l'incitant à lui ouvrir sa bouche, glissant sa langue à l'intérieur. La jeune fille se mit à trembler. Inconsciemment, elle se raccrocha d'une main à sa jaquette de soirée. Il émit un bruit sourd et l'enlaça d'un bras, la pressant contre lui.

Ce fut à ce moment-là, quand elle sentit le désir qui le tendait vers elle, que Tory recouvra l'usage de ses sens. Ils s'abattirent sur elle avec la force de l'ouragan qui se déchaînait à l'extérieur.

Elle s'écarta et recula d'un pas en vacillant, cherchant désespérément à se libérer du comte, à retrouver le contrôle d'elle-même.

— Milord ! s'exclama-t-elle d'une voix altérée. Je… je sais ce que vous devez penser, mais vous… vous vous trompez grandement si vous croyez que je… Ne songez pas un instant que j'ai cherché à…

— Ce n'était qu'un baiser, madame Temple.

Qu'un baiser ? Elle avait l'impression que son univers était sens dessus dessous.

— Un baiser qui n'aurait pas dû avoir lieu. Ce genre d'indélicatesse… ne doit pas se reproduire.

— Je suis navré que vous ne l'ayez pas apprécié. Je vous assure que, pour ma part, je l'ai trouvé à mon goût.

Une vive rougeur envahit les joues de Tory. Elle avait apprécié ce baiser. Beaucoup trop.

— Ce n'est pas convenable. Vous êtes mon employeur et je suis votre gouvernante.

— Cela est vrai. Peut-être pourrions-nous y remédier.

Que disait-il là ? Le mot de « catin » sauta à l'esprit de Tory.

— Vous ne pouvez suggérer… Vous ne pouvez vouloir dire que je pourrais…

Les genoux chancelants, elle raffermit ses épaules et prit la lampe.

— Je crains de devoir vous souhaiter une bonne nuit, milord.

Elle se détourna et passa devant lui. Tandis qu'elle traversait la pièce pour gagner la porte, elle sentit ses yeux rivés sur elle, semant des traces de feu à travers ses vêtements de nuit.

— Bonne nuit, madame Temple, dit-il quand elle sortit.

5

Debout dans l'obscurité de son cabinet de travail, Cord alluma une autre lampe, maintenant que Victoria avait emporté la sienne. Il sourit en songeant à la façon dont la soirée s'était terminée. Il était rentré tôt à dessein, dans l'espoir de surprendre son mystérieux adversaire. En souhaitant secrètement qu'il puisse être Victoria Temple.

Elle l'avait surpris par son habileté. Et ravi. Il aimait les femmes intelligentes. Sa cousine Sarah était fine et intéressante. Sa mère, morte il y avait dix-sept ans, l'avait été aussi. Il pouvait s'imaginer passant des heures agréables avec Victoria devant un échiquier — après avoir passé des moments plus agréables encore dans le lit de cette délicieuse petite personne.

Mais en arriver là ne serait peut-être pas aussi aisé qu'il l'aurait pensé.

Il se dirigea vers le buffet sculpté et se versa un verre de cognac. Il avait suggéré un arrangement possible, ce soir. La jeune fille n'était sûrement pas assez naïve pour ne pas comprendre ce qu'elle aurait à y gagner. Si elle devenait sa maîtresse, sa situation serait considérablement améliorée, et celle de sa sœur aussi.

La prochaine fois, il lui expliquerait les avantages à en retirer en termes pratiques et raisonnables — mais il avait la forte impression que cela ne servirait à rien. Victoria Temple avait des principes. Elle était célibataire, malgré le « madame » dont il avait fait précéder son nom. Coucher avec un homme qui n'était pas son mari n'était sûrement pas dans ses projets.

Oh, il savait qu'il l'attirait. Il connaissait assez les femmes pour savoir quand l'une d'elles lui retournait son intérêt, et sur ce point il était fixé. Quant à l'intérêt qu'il lui portait, à elle, il se concrétisait par un désir lancinant que n'atténuait pas le souvenir de ses lèvres, chaudes et douces, la façon dont elles s'étaient unies aux siennes, celle dont elles avaient tremblé.

Son désir s'aviva encore. Il convoitait Victoria Temple. Il ne pouvait se rappeler depuis quand une femme l'avait attiré à ce point.

A moins, bien sûr, que tout cela ne fût que comédie.

Il aimait les femmes, mais il savait aussi combien certaines d'entre elles pouvaient être retorses. Bien qu'elle ait les manières et l'élocution d'une dame, il avait trouvé Victoria dans la rue. Cherchait-elle à l'enjôler, ou était-elle vraiment l'innocente qu'elle semblait être ?

Pour l'heure, il se fierait à ses instincts, suivrait le plan qu'il s'était fixé pour résoudre leurs problèmes et entreprendrait une subtile campagne de séduction. C'était, après tout, dans l'intérêt de Victoria. Elle avait manifestement bénéficié d'une bonne éducation, quelle que soit sa situation actuelle. Elle était faite pour porter de belles robes, pour se déplacer avec un bel attelage. Et avec l'argent qu'il lui donnerait, elle pourrait acheter les mêmes choses à Claire.

Cette pensée l'arrêta. Qui étaient au juste Claire et Victoria Temple ? Il se faisait un devoir de connaître les forces et les faiblesses des gens qui l'entouraient. Peut-être devrait-il engager un enquêteur, voir ce qu'il pourrait trouver. Il considérerait cette idée.

Il baissa les yeux sur l'échiquier. Le jeu de la séduction n'était pas si différent d'une partie d'échecs, songea-t-il. L'homme opérant un mouvement, la femme y répondant, la partie progressant de coup en coup jusqu'à ce que l'un d'eux soit victorieux. Il se voyait fort bien dans ce rôle, mais ce ne serait pas facile. S'il voulait gagner le prix, il devrait se mouvoir avec prudence.

Il sourit. « Le vainqueur remportera le butin », se dit-il.

Tory se leva tôt le lendemain matin, bâillant derrière sa main, les yeux gonflés par le peu de sommeil qu'elle avait pris durant la nuit. Elle s'était tournée et retournée dans son lit, partagée entre l'embarras et l'idée qu'elle s'était ridiculisée dans le cabinet de travail du comte.

Par le ciel, que devait-il penser d'elle, pour lui avoir laissé prendre de telles libertés ? Elle n'avait certainement pas été élevée pour se conduire de cette manière-là. Ses parents, ainsi que Mme Thornhill durant ses années de pensionnat, lui avaient appris à se comporter comme une dame. Quelle que soit la faiblesse qui s'était emparée d'elle, elle se jura que cela ne se reproduirait pas.

Armée de cette résolution, elle monta au rez-de-chaussée. Elle devait vérifier les tâches des femmes de chambre, faire en sorte que les penderies soient nettoyées et garnies de papier neuf, s'assurer qu'il restait assez de chandelles dans la resserre et que les différentes écritoires de la maison étaient fournies en encre et en papier.

Elle passait dans le vestibule quand Timmons parut, l'air pressé, le journal du matin sous le bras.

— Ah, madame Temple. Puis-je vous demander un service ? J'ai une course urgente à faire et je suis un peu pris par le temps. Sa Seigneurie aime à lire le journal en prenant son petit déjeuner. Voudriez-vous le lui remettre ?

Il lui tendit l'exemplaire du *London chronicle* et gagna précipitamment la porte, laissant derrière lui Tory en charge du journal.

« Et moi qui espérais que je n'aurais plus jamais à revoir le comte en face », pensa la jeune fille. Un vœu peu réaliste, si elle voulait conserver sa position. Du moins, après la nuit précédente, savait-elle qu'elle ne voulait pas devenir autre chose pour lui que sa gouvernante.

La tête chauve de Timmons brilla au soleil tandis qu'il refermait la porte derrière lui. Tory se dirigea vers la petite salle à manger du matin, une pièce très gaie, décorée en jaune et bleu, qui donnait sur le jardin. Peut-être que lord Brant ne s'y trouverait pas encore. Si elle se hâtait, elle pourrait laisser le journal près de son assiette et ressortir sans le voir.

Elle marcha vers la porte, dépliant le journal pour en lire les titres principaux. Et, soudain, elle se figea sur place.

« Le baron Harwood arrive à Londres. Il relate une étrange affaire de vol et de tentative de meurtre. »

Le cœur de Tory s'arrêta brusquement de battre, comme ses pieds de marcher. Puis il se remit à cogner sourdement dans sa poitrine. D'après le *Chronicle*, le baron avait reçu à la tête un coup qui avait failli lui coûter la vie, lors d'un vol survenu à Harwood Hall, sa propriété du Kent. Son assaillante lui avait causé de grandes souffrances et l'avait momentanément privé de mémoire. Il venait juste de se remettre suffisamment de cette attaque pour se rendre à Londres, afin de rechercher les coupables.

On mentionnait le superbe collier de perles qui avait été volé, mais il n'y avait pas d'accusations contre les belles-filles du baron. Apparemment, Miles Whiting se souciait trop de sa réputation pour soulever un tel scandale. Néanmoins, il y avait une description des deux jeunes femmes qu'il tenait pour responsables de ce méfait, et — fort malencontreusement — cette description correspondait exactement à Claire et à Victoria.

« Au moins, je ne l'ai pas tué », pensa Tory avec soulagement. Puis elle se demanda avec une pointe de culpabilité s'il n'aurait pas mieux valu qu'il en fût ainsi.

Juste à cet instant, la porte du petit salon s'ouvrit et

le comte en sortit. Tory sursauta, cacha le journal dans son dos et s'obligea à lever les yeux vers lui.

— Bonjour, milord.

— Bonjour, madame Temple.

Il jeta un coup d'œil à la console.

— Auriez-vous vu mon journal du matin ? Timmons le laisse sur la table du petit déjeuner, d'habitude.

Le journal brûlait les doigts de la jeune fille.

— Non, milord. Peut-être est-il dans votre cabinet de travail. Voulez-vous que j'aille voir ?

— Non, merci. J'y vais.

A la minute où il tourna les talons, Tory s'empressa de s'éclipser, cachant le journal dans sa jupe, détestant le tromper, mais heureuse que leur bref échange ait été aussi terre à terre.

Heureuse… en partie seulement. D'un autre côté, elle en voulait au comte de l'avoir regardée comme s'il ne l'avait jamais serrée contre lui, ne l'avait jamais embrassée, glissant sa langue dans sa…

Elle s'interrompit brusquement, horrifiée par le cours de ses pensées. Elle était une dame, en dépit de sa position actuelle, pas l'une des conquêtes de lord Brant. Et se remémorer la scène de la nuit passée était la dernière chose qu'elle souhaitait faire. Déterminée à chasser cet incident de son esprit, elle monta l'escalier pour aller trouver Claire et lui parler de cet article.

Quitter Londres serait certainement la meilleure chose à faire. Mais elles n'avaient pas encore reçu leurs gages, et ce qu'elles avaient gagné jusque-là leur permettrait à peine de quitter la ville.

En définitive, elle décida que le plan le plus sûr serait de rester où elles étaient, se cachant sans se cacher, en espérant qu'il n'y aurait pas d'autre article dans le journal — ou, du moins, que cela ne permettrait pas d'établir un lien entre le récit du baron et leur apparition à la porte de lord Brant.

Tory frémit, priant que personne n'ait cette idée. Car non seulement elle serait jetée en prison, mais le baron aurait alors la haute main sur Claire.

Trois jours passèrent. Nulle mention ne fut faite de l'article, mais l'inquiétude de Tory demeurait vivace. Toutefois, elle avait un travail à faire et elle devait le faire.

La visite de lady Aimes ayant pris fin, elle fit changer les draps des chambres d'hôtes, puis s'engagea dans l'inventaire du cellier, après quoi elle se mit en quête de Claire.

— Excusez-moi, miss Honeycutt, avez-vous vu ma sœur ? Je croyais qu'elle travaillait dans le salon bleu.

— Elle y était, madame Temple. Elle cirait les meubles quand monsieur le comte est passé par là, et l'a surprise à regarder par la fenêtre. Vous savez combien elle aime contempler le jardin ?

— Oui. Et alors ?

— Alors Sa Seigneurie lui a demandé si elle ne voudrait

pas faire une promenade en sa compagnie. Il a parlé de lui montrer le nid de rouge-gorge que le jardinier a trouvé.

L'inquiétude de Tory grimpa en flèche, ainsi que sa colère. Le vil séducteur ! Quelques jours plus tôt il l'embrassait, et maintenant il entraînait Claire dans le jardin pour la séduire !

Se précipitant dans cette direction, elle ouvrit une porte-fenêtre et sortit sur la terrasse de brique rouge. Un parfum de lavande lui monta au nez, avec une odeur de terre fraîchement retournée, mais elle ne vit aucun signe de sa sœur.

Ses tourments s'accrurent encore. Si lord Brant touchait Claire, s'il lui faisait le moindre mal…

Empruntant une allée gravillonnée, elle se hâta vers la fontaine, sachant que les différents sentiers du jardin en partaient et qu'elle aurait peut-être une chance de voir quelle direction ils avaient prise. A sa grande surprise, elle les découvrit en pleine vue, à quelques pas d'une allée, Claire levant son visage vers le petit amas de feuilles et de brindilles qui constituait le nid.

La jeune fille se tenait à bonne distance du comte, toute son attention rivée sur les branches du bouleau. Quand il entendit les souliers de cuir de Tory résonner sur le gravier, lord Brant détourna les yeux de Claire et les riva sur elle.

— Ah, madame Temple. Je me demandais quand vous arriveriez.

Tory essaya de sourire, mais il lui sembla que son visage allait se fendiller.

— Je suis venue chercher Claire. Il reste du travail à faire et j'ai besoin de son aide.

— Vraiment ? J'ai invité votre sœur à me suivre jusqu'ici. J'ai pensé qu'il lui plairait de voir le nid que le jardinier a trouvé.

Claire regarda enfin dans leur direction, ses grands yeux bleus émerveillés.

— Viens voir, Tory ! Il y a trois minuscules œufs tachetés de bleu. Ils sont magnifiques.

Ignorant le comte qui, loin de paraître gêné, arborait une expression légèrement satisfaite, Tory prit la place de sa sœur sur l'escabeau que le jardinier avait déposé au pied de l'arbre, et examina les œufs.

— Ils sont très beaux, Claire.

Elle redescendit, anxieuse de s'écarter du comte, éprouvant un pincement de jalousie qui ne lui était pas familier. Claire avait beau être ravissante, Tory n'avait jamais été jalouse d'elle. Et elle ne l'était pas maintenant, se dit-elle. Lord Brant avait peut-être fixé son intérêt sur sa sœur, mais la jeune fille ne le lui rendait pas.

— Le comte est un homme assez charmant, je suppose, avait-elle dit un jour, mais il me rend nerveuse. Il semble si… si…

— Il peut être fort intimidant, parfois.

— Oui, et il est si… si…

— Lord Brant est un homme définitivement viril.

Claire avait hoché la tête.

— Je ne sais jamais que faire ni que dire, quand il est présent.

La voix grave du comte chassa ce souvenir.

— Venez, miss Marion. Puisque votre sœur paraît avoir besoin de vous, je crains que notre plaisant interlude ne soit terminé.

Il regardait Claire et lui souriait, mais il n'y avait pas dans ses yeux cette chaleur que Tory y avait lue quand il la contemplait, elle. Prenant la main de la jeune fille qui était remontée sur l'escabeau, il l'aida à redescendre. Puis il s'inclina poliment, comme si elles étaient des invitées et non des domestiques.

— Passez un bon après-midi, mesdames.

Dès qu'elles furent à bonne distance, Tory se tourna vers sa sœur.

— Vas-tu bien ?

Claire lui rendit son regard sans la moindre émotion.

— C'était gentil à lui de me montrer ce nid.

— Oui. Oui, en effet.

Tory avait envie d'en dire davantage, de prévenir sa sœur d'une manière ou d'une autre. Claire avait déjà eu une mauvaise expérience, bien que, par bonheur, les choses ne soient pas allées très loin. Ne se rendait-elle pas compte que le même danger la menaçait ?

Il était difficile à croire que lord Brant soit le même genre de personnage que leur beau-père, et cependant… Pour quoi d'autre avait-il entraîné Claire dans le jardin ?

***

La noirceur de la nuit s'amassait derrière les fenêtres. Un léger brouillard se répandait à travers les rues, recouvrant les maisons et les bateaux. Après souper, Tory s'était retirée dans sa chambre pour continuer à lire le roman de Mme Radcliffe qu'elle avait pris dans la bibliothèque. Un peu après 23 heures, elle s'endormit sur le canapé de son petit salon.

Elle fut tirée de son sommeil par de légers coups frappés à sa porte. Elle s'éveilla complètement, en sursaut, pensant tout d'abord qu'il pouvait s'agir du comte, puis se disant que ces coups timides ne pouvaient venir de lui. Elle enfila son peignoir et se rua vers la porte. Elle ne s'attendait pas à trouver sa sœur sur le seuil.

— Claire ! Que se passe-t-il donc ?

Elle attira la jeune fille dans la pièce et referma la porte, alarmée par l'air crispé de Claire. Puis elle s'empressa de monter la mèche de sa lampe à huile posée sur la table. Une douce lumière jaune se répandit dans la pièce.

— Qu'y a-t-il, Claire ? Qu'est-ce qui ne va pas ?

Claire déglutit, ses yeux immenses et effrayés.

— C'est… c'est le comte.

L'estomac de Tory se contracta.

— Lord Brant ?

A la lueur de la lampe, elle pouvait voir la pâleur de la jeune fille.

— Qu'a-t-il fait ?

— Il m'a envoyé un message. Je… je l'ai trouvé sous ma porte.

Les doigts tremblants, Claire tendit la feuille de papier, que Tory lui prit aussitôt des mains.

« Claire,

» J'aimerais vous parler en privé. Venez dans ma chambre à minuit. »

C'était signé, simplement, « Brant ».

— Je ne veux pas y aller, Tory. J'ai peur. S'il me... s'il me touche comme l'a fait le baron ?

Tory relut la note et sa colère flamba. Le ciel les protège, elle ne s'était pas trompée sur le comte !

— C'est bon, chérie. Tu n'as pas besoin d'y aller. J'irai à ta place.

— Mais n'es-tu pas effrayée ? S'il te bat ?

Tory secoua la tête.

— Le comte est peut-être un libertin, mais je ne crois pas qu'il soit le genre d'homme à frapper une femme.

Pourquoi pensait-elle cela, elle eût été bien en peine de le dire. Finalement, elle avait mal jugé lord Brant. Elle en était venue à penser qu'il était différent des autres hommes, qu'il avait l'esprit plus ouvert, qu'il était un peu moins condescendant. Découvrir qu'il était dénué de scrupules la tourmentait plus que cela ne l'aurait dû.

Quel que soit le genre de personnage qu'il était, elle avait l'intention de lui donner ce soir-là une bonne leçon sur les conséquences qu'il y avait à tenter de séduire une innocente jeune fille.

***

Cord jeta un autre coup d'œil à la pendule posée sur le manteau de la cheminée, comme il l'avait fait au moins vingt fois auparavant. Il était minuit passé de deux minutes. Vêtu seulement de ses culottes et de sa chemise, il s'allongea sur son lit, espérant que son plan allait marcher, que sa dernière stratégie allait lui faire gagner la partie.

Qu'en sacrifiant un pion, il remporterait la reine.

C'était une tactique dangereuse et il le savait. Mais Victoria Temple était une adversaire coriace et il avait été forcé de recourir à une approche différente de ce qu'il prévoyait.

Il sourit largement quand il entendit quatre coups sonores frappés à sa porte. Pas les coups timides et hésitants que Claire eût employés, mais les coups fermes et furieux qui ne pouvaient appartenir qu'à sa sœur.

— Entrez, lança-t-il d'une voix traînante.

Puis il attendit, tandis que la porte s'ouvrait brusquement et que Victoria faisait son entrée. Elle se tint dans l'ombre, de telle sorte qu'il ne voyait pas son visage, mais il reconnut sa petite taille et son allure belliqueuse.

— Vous êtes en retard, observa-t-il en jetant un regard nonchalant à la pendule. J'avait dit minuit, et il est minuit passé de trois minutes.

— En retard ? fulmina Tory. De trois minutes ou de trois heures, une chose est certaine : Claire ne viendra pas vous retrouver.

Elle s'avança vers lui, sortant de l'ombre et passant dans un rayon de lune qui entrait par la fenêtre. Cord vit que ses cheveux étaient défaits, qu'ils bouclaient sur ses épaules et luisaient de reflets cuivrés. Il brûla d'envie de couler les doigts dans leur masse chaude, d'en découvrir la texture soyeuse. Sous son peignoir, sa poitrine se soulevait et s'abaissait rapidement et il éprouva le désir de s'emparer de ses seins, de courber la tête au-dessus d'elle et de prendre leur douce rondeur dans sa bouche.

— Je suis navrée de vous décevoir, milord, mais votre projet de séduction a échoué. Claire est en sûreté dans sa chambre.

Cord se leva du lit et marcha vers elle, tel un lion visant une proie en vue.

— Comme elle doit l'être.

— Que dites-vous ? Vous avez glissé sous sa porte une note lui demandant de venir vous retrouver. Vous projetiez de la séduire. Vous…

— Vous vous trompez, adorable Victoria. Je lui ai demandé de venir parce que je savais que vous ne la laisseriez pas faire, et que vous viendriez à sa place.

Il l'atteignit, posa les mains sur ses épaules, sentit la tension qui la parcourait. Très lentement, il l'attira à lui.

— C'est vous que je veux, Victoria. Presque depuis le début.

Et il l'embrassa.

Tory retint son souffle quand sa bouche se posa doucement sur la sienne. L'espace d'un moment, elle resta simplement sur place, laissant une vive chaleur l'envahir, absorbant le goût de lord Brant, à peine consciente du corps dur et viril pressé contre elle. Puis elle se souvint de la raison qui l'avait amenée là, du fait qu'il avait convoqué Claire, et pas elle, et elle appuya ses mains sur son torse. Elle tourna la tête, et poussa assez fort pour se libérer.

— Vous mentez !

Elle avait la respiration hachée ; elle se dit que c'était de colère.

— Vous prétendez cela parce que je suis ici, et Claire non.

Elle recula de plusieurs pas.

— Vous… vous prendriez n'importe quelle femme se présentant dans votre chambre.

Le comte secoua la tête et se dirigea vers elle, pas après pas, jusqu'à ce que ses épaules touchent le mur et qu'elle ne puisse plus reculer.

— Vous ne croyez pas vraiment une chose pareille ? Nous jouons à un jeu, vous et moi. Vous êtes le prix que je désire remporter, pas Claire.

— Cela ne peut être la vérité. Les hommes convoitent toujours ma sœur.

— Claire est une enfant, quel que soit son âge. Vous êtes une femme, Victoria.

Il la tint épinglée par son regard fauve et lui prit le menton, l'empêchant de détourner les yeux.

— Au fond de vous, vous savez que c'est vous que je désire, et non Claire.

Tory déglutit, fixa ces prunelles d'un brun doré et lutta

pour ne pas trembler. Elle se souvint de ce même regard la nuit où il était venu dans sa chambre, se souvint de la façon dont il l'avait embrassée dans son cabinet de travail. Elle se remémora aussi la manière dont il lui avait laissé entendre qu'il voulait faire d'elle sa maîtresse, et, le ciel la protège, elle fut convaincue qu'il disait la vérité.

Le comte lui releva le menton, courba la tête et captura ses lèvres. Ce fut un baiser plein de douceur et de persuasion, qui prenait sans brusquerie, la convainquait par chaque léger mouvement. Il baisa les coins de sa bouche, pressa ses lèvres sur le côté de son cou.

— Si vous dites la vérité, murmura-t-elle, pourquoi ne m'avez-vous pas adressé cette note à moi ?

Elle sentit qu'il souriait.

— Seriez-vous venue ?

Elle ne l'aurait pas fait, bien sûr.

— Non.

— C'est ce que j'ai pensé.

Il l'embrassa encore.

Les mains de Tory remontèrent jusqu'à son torse, hésitèrent, se posèrent sur le devant de sa chemise à larges manches. Doux Jésus, c'était le paradis. Les baisers les plus tendres, les plus brûlants, ses lèvres fermes et douces à la fois, parfaitement adaptées aux siennes, qui incitaient et demandaient, donnaient et prenaient en même temps.

— Ouvrez-vous à moi, chuchota-t-il, sa langue glissant sur les lèvres de la jeune fille, la laissant parcourue de chauds frissons.

Il approfondit son baiser et le plaisir que Tory en éprouva lui ramollit les jambes. Ses bras se nouèrent autour du cou du comte et il la serra davantage contre lui, la goûtant plus complètement, se laissant goûter à son tour.

Elle tremblait.

Elle savait qu'elle aurait dû l'arrêter. Il était le comte de Brant, un débauché et un séducteur, un homme qui ruinerait sa réputation si elle le laissait faire. Il ne ressentait rien pour elle, il voulait simplement satisfaire sa concupiscence. Et cependant elle sentait en lui un besoin qu'elle avait déjà noté la nuit où il était entré dans sa chambre.

Les propres besoins de Tory firent surface, excités par chaque assaut de sa langue, renforcés par la sensation de ses mains sur ses seins. Il les caressait, les moulait à travers son peignoir, faisant naître de petites flammes chaudes qui se déroulaient au creux de son ventre. Ses jambes vacillaient. Il embrassa encore le côté de son cou, tandis qu'il écartait le peignoir bleu et glissait une main à l'intérieur, sur sa fine chemise de nuit, saisissant un globe rond sous sa paume, en caressant la pointe de son pouce.

— Par le ciel, j'ai envie de vous, dit-il en tirant sur le nœud qui fermait sa chemise.

Il caressa ses seins nus, et la bouche de Tory s'assécha. Elle ne pouvait plus déglutir. Les pointes de ses seins se tendaient, se pressaient contre la paume du comte.

— Donnez-vous à moi, chuchota-t-il. Je sais que vous le désirez.

Par tous les saints, c'était la vérité. Jamais Tory n'avait désiré quelque chose avec cette force. Elle voulait voir où toute cette chaleur la conduirait, voulait qu'il la touche, qu'il l'embrasse partout. Ce qu'il lui prodiguait représentait tous les rêves sensuels qu'elle avait pu faire, toutes les fantaisies qui avaient pu traverser son imagination. Elle avait toujours su qu'elle était différente de Claire, qu'elle avait des désirs et des besoins, et elle désirait cet homme.

Elle secoua la tête, essaya de s'écarter. Il la maintint fermement en place.

— Ne me dites pas non. Laissez-moi prendre soin de vous. Vous aurez une vie meilleure. Et vous pourrez vous occuper de Claire. Ni l'une ni l'autre n'aurez plus besoin de rien.

Il lui assenait cela de but en blanc. Il voulait qu'elle devienne sa maîtresse. Ce n'était pas Claire qu'il désirait, c'était elle, la plus énergique des deux sœurs, pas la plus belle. Cette idée lui donna un léger vertige. Considérant la vie qu'elle menait et le désir qu'elle ressentait pour lui, ce n'était pas une mauvaise proposition.

Mais elle ne pouvait tout simplement pas accepter.

Elle fut surprise de sentir la brûlure des larmes. Secouant de nouveau la tête, elle s'écarta un peu et se força à lever les yeux vers ce visage d'une beauté qui la fascinait.

— Je ne peux pas. En un sens, aussi inconvenant que cela soit, j'aimerais le pouvoir, mais…

Elle s'ébroua une nouvelle fois.

— Ce n'est pas quelque chose que je puis accepter.

Il fit courir un doigt le long de sa joue.

— En êtes-vous certaine ? Ce n'est pas si inconvenant entre des personnes qui partagent le même désir, et vous devez penser à Claire. Cela assurerait votre avenir.

Claire. Tory se sentit coupable. Elle devrait accepter pour sa sœur.

Mais peut-être n'était-ce qu'une excuse.

D'une manière ou d'une autre, elle ne pouvait renier ainsi ses principes. Et, de surcroît, il y avait l'affaire du collier volé et de la tentative de meurtre, une affaire assez encombrante. Elle réprima une soudaine envie de relater cette histoire, de se jeter dans les bras du comte et de le supplier de l'aider.

Elle ne pouvait, non plus, prendre ce risque.

— J'en suis tout à fait certaine, milord.

Très doucement, il courba la tête et baisa les larmes qui coulaient sur ses joues.

— Peut-être qu'avec le temps vous changerez d'avis.

Tory s'écarta de lui et prit une inspiration tremblante pour se donner du courage, alors qu'en cet instant elle ne souhaitait rien d'autre qu'il l'embrasse encore, et qu'il la possède comme il le proposait.

— Je ne changerai pas d'avis. Dites que vous ne me le redemanderez pas. Dites-le, ou je devrai partir.

Quelque chose passa dans l'expression du comte, un trouble qu'elle ne put déchiffrer. Un long moment s'écoula, puis il soupira.

— Si tel est vraiment votre souhait, je ne vous le demanderai plus.

— Je veux votre parole de gentleman.

Le coin de la bouche du comte s'incurva.

— Après ce soir, vous me considérez encore comme un gentleman ?

Tory esquissa un sourire tremblant.

— Pour des raisons que je serais bien en peine d'expliquer, oui.

Il se détourna, s'éloignant d'elle.

— Fort bien, je vous donne ma parole. Vous n'avez plus rien à craindre de moi, madame Temple, même si je suis certain que je vais vouer ce jour aux gémonies aussi longtemps que vous travaillerez pour moi.

— Merci, milord.

Elle se tourna pour partir, se disant qu'elle avait fait ce qu'elle devait faire, mais se sentant plus déchirée qu'elle ne l'avait jamais été depuis le jour où elle avait appris la mort de sa mère.

L'écho de la porte qui se refermait doucement traversa Cord comme le tranchant d'une lame. Son corps demeurait tendu par un désir douloureux. Il avait convoité si fortement Victoria, plus encore qu'il ne l'aurait pensé. Et pourtant, le sentiment qui le parcourait en cet instant était du soulagement.

Il ne pouvait nier qu'au fil des années, en ce qui concernait les femmes, il était devenu blasé et assez insensible. Mais il n'était jamais descendu aussi bas que ce soir-là dans une entreprise de séduction.

Il aurait pu en justifier les résultats : devenue sa maîtresse, Victoria aurait fait l'objet de tous ses soins, ainsi que sa sœur. Il aurait veillé à leur sécurité financière, même après la fin de sa liaison avec Victoria.

Et cependant, d'une certaine façon, il était soulagé qu'elle n'ait pas accepté. Durant les semaines où elle avait été son employée, il en était venu à la respecter, et même à l'admirer. Elle faisait son travail — même avec le peu de coopération qu'elle recevait de la part des domestiques. Elle était intelligente et avisée, elle avait du caractère, elle était loyale envers ceux qu'elle aimait. Et elle était dotée d'une forte moralité, elle l'avait prouvé ce soir-là.

Elle méritait beaucoup mieux que la brève liaison sexuelle qu'elle aurait eue avec lui.

Néanmoins, il la convoitait. Alors qu'il se débarrassait de sa chemise et de ses culottes, et se préparait à se coucher, son corps palpitait encore du désir qu'elle lui inspirait. Il se remémora ses baisers innocents et passionnés, et grogna sous l'effet que produisit sur lui ce souvenir.

Mais Victoria Temple, ainsi qu'il le lui avait dit, n'avait plus rien à craindre de lui. Il lui avait donné sa parole et ne la briserait pas. Elle resterait sa gouvernante, rien de plus.

6

A certains égards, au moins, le sort semblait être du côté de Tory. Alors que les jours passaient, rien de plus ne filtra au sujet du vol du collier et de l'agression dont le baron Harwood avait été la victime. Nul doute que cette affaire devait faire grand bruit dans la haute société, mais lord Brant était trop occupé pour prêter attention à des ragots et à des scandales.

Lord Brant. Tory faisait de son mieux pour ne pas penser à lui. Elle ne voulait pas le voir, ne voulait pas plonger les yeux dans son regard fauve et se souvenir de ses baisers brûlants, ou de la façon dont son corps s'était fondu dans le sien dès qu'il l'avait touchée. Elle ne voulait pas ressentir les terribles tentations qu'elle avait éprouvées ce soir-là.

Ou combattre le désir d'être de nouveau avec lui de cette manière-là.

Par chance, elle avait réussi à cacher ses turbulentes pensées à sa sœur. Claire l'attendait quand elle était redescendue. Elle lui avait dit que la note n'avait été qu'un simple malentendu, que le comte avait écrit minuit au lieu de midi et qu'il voulait simplement savoir si elles étaient satisfaites de leur position.

C'était une histoire ridicule, que seul quelqu'un d'aussi innocent que Claire pouvait croire. Et elle l'avait crue. Tory se sentait coupable de ce mensonge, mais elle remercia le ciel que sa sœur n'ait rien trouvé à y redire, et n'ait pas cherché à en savoir plus.

Depuis cette nuit-là, elle ne voyait le comte que lorsqu'ils se croisaient au hasard d'un couloir. Il se montrait chaque fois excessivement poli et réservé. De quoi la rendre folle, pensait Tory en secret.

Dans son cabinet de travail, l'échiquier était oublié dans son coin. Chaque fois que Tory l'apercevait, elle combattait l'envie de bouger l'une des pièces, de défier une nouvelle fois lord Brant. Et elle tenait bon. Elle savait trop à quoi cela la conduirait, et cette voie ne pourrait la mener qu'au désastre.

Un matin, au bas de la première page du *London Chronicle*, une nouvelle référence fut faite aux recherches qui continuaient pour trouver les assaillantes du baron Harwood. Par chance, Tory put de nouveau intercepter le quotidien et le faire disparaître aussi mystérieusement que la première fois.

Elle se demandait, cependant, combien de temps encore Claire et elle pourraient se cacher parmi la maisonnée de lord Brant. Elles économisaient chaque quart de penny qui leur tombait entre les mains, pour le cas où elles devraient s'enfuir à l'improviste, mais le plus longtemps elles seraient employées, le plus d'argent elles auraient, et plus grandes seraient leurs chances de disparaître en sûreté.

Et il y avait toujours le mince espoir que le baron se fatigue de ses recherches et rentre à Harwood Hall, ou qu'il en vienne à penser que les coupables se cachaient quelque part à la campagne. Tory priait chaque soir pour que cela se produise.

Entre-temps, le comte avait fait savoir qu'il comptait donner un dîner chez lui, et la date arrivait. Les invités étaient sa cousine Sarah et le mari de cette dernière, lord Aimes ; le colonel Pendleton ; lord Percival Chezwick ; le duc de Sheffield, ainsi que le Dr et Mme Geoffrey Chastain et leur fille aînée, Grace.

Quand Tory avait vu cette liste, son sang n'avait fait qu'un tour. Elle connaissait Gracie Chastain. Elles avaient été au pensionnat ensemble. Chez Mme Thornhill, Gracie était sa meilleure amie.

Cela lui semblait remonter à des lustres. Une autre époque, une autre vie. Quand le baron lui avait interdit de retourner au pensionnat, elle était restée en contact avec Grace par des lettres. Puis, avec les tracas qu'elle affrontait chez elle, les réponses de Tory s'étaient espacées, et leur amitié s'était effilochée.

Mais Grace la reconnaîtrait tout de suite, même dans son uniforme de gouvernante. Elle devrait faire en sorte de se tenir éloignée de la salle à manger.

— Ah, vous voici, madame Temple.

Tory se crispa en entendant derrière elle cette voix

grave et familière. Prenant une profonde inspiration, elle se détourna pour faire face au comte.

— Bonjour, milord.

— Je voulais juste vérifier que tout est prêt pour ce soir.

— Oui, milord. J'étais sur le point de disposer les cartons avec les noms.

— Vous savez comment les invités doivent être placés ?

Il semblait si distant, si réservé, comme s'il n'avait jamais ressenti le moindre intérêt pour elle. La jeune fille souhaita que l'intérêt qu'elle lui portait puisse disparaître aussi aisément.

— Ils doivent être placés selon leur rang, milord.

Cord hocha la tête.

— Dans ce cas, je vous laisse faire.

Il se détourna et s'éloigna. Tory le suivit des yeux, essayant de ne pas noter la largeur de ses épaules, ses longues jambes musclées et la grâce avec laquelle il se mouvait. Elle s'efforça de ne pas repenser à ces mains fortes posées sur ses seins, des mains qui en avaient caressé les pointes durcies. Elle tenta d'oublier le plaisir sans nom que cet homme lui avait prodigué.

— Tory !

Claire accourait vers elle à travers le vestibule. Elle avait travaillé au sous-sol, où Tory lui avait demandé d'aider à la préparation du dîner — c'est-à-dire de s'assurer que les domestiques effectuaient bien leurs tâches.

— Qu'y a-t-il, chérie ?

— Mme Reynolds vient de donner sa démission ! Elle était courroucée que tu lui aies demandé d'ajouter des épices et des herbes à la farce des perdrix. Du thym et du romarin, c'est cela ? Puis elle a refusé de mettre plus de rhum dans la préparation des cakes aux fruits. Quand elle a découvert que tu voulais mettre du jus de citron dans la sauce des asperges, elle a ôté son tablier, l'a jeté sur la table et est partie en claquant la porte de derrière. Mme Whitehead, son assistante, est partie avec elle.

— Elles sont parties ? Toutes les deux ?

— Elles ont dit qu'elles ne reviendraient pas avant… avant que les poules aient des dents, et seulement si tu n'étais plus au service du comte.

— Oh, pour l'amour du ciel !

Tory s'engouffra dans l'escalier qui descendait aux cuisines.

— Je ne puis le croire. Je ne suis peut-être pas cuisinière, mais je sais ce qui est bon. La cuisine préparée par Mme Reynolds était mangeable, mais pas assez relevée. J'avais pensé… J'ai lu ce superbe livre de cuisine française que j'ai trouvé dans la bibliothèque. Il m'a semblé qu'en ajoutant des saveurs un peu plus fortes tout aurait bien meilleur goût.

— Je crois que Mme Reynolds n'était pas d'accord.

— Je le crois aussi.

La cuisine était en proie au chaos quand Tory y arriva. Des marmites bouillaient, de la vapeur s'en élevait, des flammes brûlaient sous les casseroles posées sur le poêle. Miss Honeycutt ouvrait des yeux aussi grands que des soucoupes, et les mains fines de Mme Conklin tremblaient.

— Sapristi, madame Temple ! dit cette dernière.

Les hanches larges, coiffée de boucles blondes et dotée d'un léger accent populaire, c'était l'une des rares servantes à toujours avoir été polie avec Tory.

— Par tous les saints, qu'allons-nous faire ?

Tory jeta un coup d'œil circulaire sur la cuisine. Elle vit les saladiers pleins d'huîtres crues qui attendaient d'être mises en soupe, les asperges non triées, la côte de bœuf qui grillait sur la rôtissoire, envoyant de la fumée noire dans la cheminée.

Elle redressa les épaules et s'efforça de paraître calme et sûre d'elle, ce qu'elle n'était pas le moins du monde.

— Est-ce que quelqu'un d'autre, parmi le personnel, s'y connaît en cuisine ? Mme Rathbone, peut-être ?

— Non, madame. Il n'y avait que Mme Reynolds et Mme Whitehead, et elles sont parties.

La jeune fille expira longuement.

— Bon, eh bien… Nous allons commencer par retirer ces saucisses du feu avant qu'elles brûlent, et nous finirons de préparer le dîner.

— Mais, madame… Miss Honeycutt et moi ne travaillons pas dans la cuisine, d'habitude. Nous n'avons pas la moindre idée de ce qu'il faut faire !

Tory prit un torchon, le plia et s'en servit pour écarter la lourde casserole en fer du feu.

— Cela ne doit pas être si difficile, n'est-ce pas ?

Surtout que la plupart de la nourriture est déjà à moitié préparée.

Mme Conklin jeta un coup d'œil réticent au poêle.

— Je ne sais pas, madame…

Tory releva sa jupe, traversa la cuisine, s'empara du tablier de Mme Reynolds et le noua autour de sa taille.

— Il faut que nous fassions de notre mieux. A nous quatre, nous trouverons des idées au fur et à mesure.

Elle s'obligea à sourire.

— Je suis sûre que ce dîner sera l'un des préférés du comte.

Mais plusieurs heures après, en essuyant la graisse qu'elle avait sur les mains et en brossant la farine qui maculait son tablier, elle comprit qu'elle était loin du résultat escompté.

Elle emplit une soupière en argent d'une soupe aux huîtres trop salée, disposa sur un plat en argent des tranches de bœuf trop cuites, et sur un autre des perdrix qui ne l'étaient pas assez. Tandis qu'elle emplissait quelques bols de saucisses brûlées, elle ordonna aux valets de garder les verres des convives emplis de vin, en espérant qu'ils auraient trop bu quand la nourriture arriverait dans leurs belles assiettes ourlées d'or fin.

Au moins, le fait de travailler toute la journée dans la cuisine surchauffée développa un certain esprit de camaraderie entre les quatre femmes et les deux valets récemment engagés, M. Peabody et M. Kidd, que Tory avait appelés à la rescousse. Et, pendant ce temps, la jeune fille eut le loisir d'entendre quantité de ragots.

Il y avait peu de secrets dans une maisonnée de la taille de celle-là. Tout le monde connaissait la quête que le comte menait pour retrouver son cousin, le capitaine Sharpe. Plus piquant encore, miss Honeycutt, à travers des fragments de conversation surpris entre lord Brant et sa cousine, lady Aimes, avait appris que le comte voulait épouser une héritière.

Mme Conklin s'en mêla.

— Son père, le défunt comte, l'a laissé dans une situation peu enviable — paix à l'âme de ce pauvre homme. Il avait perdu quasiment tout son argent, voyez-vous. Mais le fils a de la cervelle : il a rétabli les choses comme elles étaient avant.

Le but de lord Brant, apparemment, n'était pas que de reconstituer la fortune de sa famille ; il comptait aussi l'accroître.

C'était une information que Tory se serait passée de connaître.

La voix de miss Honeycutt ramena ses pensées sur le chaos qui régnait dans la cuisine :

— Les valets reviennent. Il est temps de servir le dessert.

Elles commencèrent à s'éparpiller dans la pièce, aidant M. Peabody à garnir les plateaux, tandis que M. Kidd en chargeait un sur son épaule. Les quatre femmes sourirent quand un couvercle en argent fut placé sur le cake aux fruits et au rhum — largement imbibé de rhum.

— Voilà qui va les achever, dit Mme Conklin. Quand ils auront fini ça et bu encore un peu de vin, ils ne remarqueront pas que le gâteau en forme de cœur ressemble plutôt à une tête de cochon.

Claire jeta un coup d'œil à Tory et plaça une main devant sa bouche, mais elle ne put réprimer un gloussement. Tory eut beau faire, elle ne put s'empêcher de rire aussi.

C'était vrai. Le cake ressemblait à un cochon. Miss Honeycutt et Mme Conklin se joignirent à leur hilarité, emplissant la cuisine d'éclats de gaieté.

Les rires se turent d'un seul coup quand la porte s'ouvrit brusquement et que le comte entra. Il jeta un coup d'œil sur l'amoncellement de plats sales, les restes accumulés sur le comptoir et la farine répandue sur le sol, et ses sourcils se haussèrent.

— Par tous les diables, que se passe-t-il ici ?

Le visage de Claire devint tout rose. Miss Honeycutt et Mme Conklin se mirent à trembler de terreur. Tout ce que Tory put penser, ce fut que ses cheveux sortaient en horribles petites boucles du bonnet qu'elle avait coiffé durant la débâcle de l'après-midi, et que sa jupe et son corsage étaient tachés de graisse.

— Eh bien, madame Temple ?

— Je… je suis désolée, milord. Je me rends compte que le repas n'a pas tout à fait donné ce que nous escomptions, mais…

— Pas tout à fait ! tonna le comte. Mes hôtes sont à moitié ivres, et ce dîner — si l'on peut l'appeler par ce nom — était ou trop cuit ou pas assez, avec un goût épouvantable.

— Je suppose que certains plats n'étaient pas entièrement réussis, mais…

— Mais ?

— Au tout dernier moment, la cuisinière a rendu son tablier, ainsi que son assistante. Le reste d'entre nous a fait de son mieux pour arranger les choses.

Elle jeta un coup d'œil aux trois autres femmes.

— Pour vous dire la vérité, je pense qu'avec un peu plus de pratique nous pourrions obtenir des résultats satisfaisants.

Les pommettes du comte rougirent, et un muscle tressaillit dans sa joue. Quand il parla, sa voix était trompeusement calme.

— J'aimerais vous dire un mot, madame Temple. En privé.

Juste ciel ! songea Tory. Il était plus fâché qu'elle ne l'aurait pensé. Elle se prépara à essuyer des remontrances, et s'efforça de ne pas montrer sa nervosité. Le précédant, elle franchit la porte de la cuisine et s'avança dans le couloir, assez loin pour qu'ils ne fussent pas entendus.

Là, elle carra ses épaules et se retourna pour lui faire face.

— Comme je vous l'ai dit, je suis désolée pour le dîner. J'avais espéré qu'il tournerait mieux.

Des yeux dorés, très durs, la perforèrent.

— Vraiment ? A mon avis, vous avez plus de mal à remplir vos fonctions que je ne l'imaginais.

Il la considérait comme si elle avait été Mme Rathbone ou l'un des valets. Comme s'il ne lui avait jamais fait des avances, comme s'il ne l'avait jamais embrassée ou caressée. Quelque chose, dans la sécheresse de son expression, chassa tout bon sens de la tête de Tory.

— En vérité, je n'ai aucune peine à remplir mes tâches. Certains de vos domestiques, cependant, ont du mal à m'accepter comme leur supérieure, et la faute vous en revient entièrement !

Les yeux du comte s'élargirent.

— M'en revient, à moi ?

— Il n'a pas été judicieux de m'engager à la place de Mme Rathbone. Vos serviteurs le savent.

Un sourcil noir se haussa en signe d'incrédulité.

— Vous ne suggérez pas que je vous congédie ?

— Non ! Je veux dire... que j'ai besoin de ce travail. Et je pense que j'y suis mieux préparée que Mme Rathbone ne le sera jamais. Avec le temps, j'ai l'intention de le prouver. Quand je le ferai, le problème sera résolu.

Lord Brant se rembrunit, et la dévisagea un long moment. Puis il se détourna et commença à s'éloigner.

— Vous n'avez pas à vous en soucier, madame Temple, lança-t-il par-dessus son épaule. C'est moi qui résoudrai ce problème pour vous, demain.

— Quoi ?

Tory le rattrapa, empoigna sa manche et l'obligea à s'arrêter.

— Vous ne pouvez intervenir, ce n'est pas possible ! Vous n'allez qu'envenimer encore les choses !

— Nous verrons.

— Que... que projetez-vous de faire ?

— 10 heures demain matin, dans le vestibule, trancha le comte en ignorant sa question. Faites en sorte que tout le personnel soit présent. Et d'ici là, j'apprécierais que vous vous mettiez en quête d'une autre cuisinière.

Tory observa sa haute silhouette qui disparaissait dans l'escalier, en direction de la salle à manger. Dieu du ciel, pourquoi avait-elle parlé ainsi ? Elle n'allait pas trouver le sommeil avant de savoir ce qu'il avait l'intention de faire.

Le dîner avait été un désastre. Et pourtant, alors qu'il était dans la salle à manger, savourant un cognac et un cigare avec les hommes, Cord ne put réprimer un certain amusement. Voir Victoria dans tous ses états, avec de la farine sur le nez et les cheveux en bataille, valait presque le ratage de ce repas.

Le fait que même dans ces circonstances elle ait eu le courage de dire ce qu'elle avait à dire l'impressionnait. Elle était vraiment une femme surprenante.

Malgré les plats peu présentables qui leur avaient été servis, la compagnie de ses hôtes était agréable. Bien que son cher ami Sheffield éclatât de rire un peu plus bruyamment que de coutume, et que le jeune Percy Chezwick fût quasiment ivre, il était évident que ses invités passaient une bonne soirée.

Pendleton se conduisait en gentleman, comme toujours.

— J'attends un messager dans les tout prochains jours,

dit-il tandis qu'ils terminaient leur cognac et s'apprêtaient à rejoindre les dames dans le salon. J'espère avoir des nouvelles de votre cousin.

Cord en éprouva un vif plaisir.

— Vous pensez que votre homme a pu découvrir dans quelle prison Ethan est détenu ?

— Max Bradley est extrêmement capable dans ce genre de chose. Si quelqu'un peut retrouver la trace du capitaine Sharpe, c'est lui.

— Dans ce cas, j'attends vos informations avec impatience, colonel.

Pendleton hocha la tête et s'écarta, laissant le comte avec plus d'espoir qu'il n'en avait eu depuis bien longtemps. Il allait se consacrer de nouveau à ses hôtes, quand Percival Chezwick, un ami du mari de Sarah, vint vers lui d'une démarche assez mal assurée.

— Je dois vous dire, milord, que je suis tombé complètement amoureux.

Il leva les yeux au ciel.

— Par tous les saints, je n'avais jamais vu un visage pareil de toute ma vie. Cette jeune fille est un ange. Quand elle m'a souri, je vous jure que mon cœur s'est quasiment arrêté de battre. Et elle est ici, sous votre toit. Il faut que vous me disiez son nom.

Il devait s'agir de Claire. Vu l'expression émerveillée du jeune homme, il ne pouvait en être autrement.

— Elle se nomme Claire, mais je crains qu'elle ne soit pas pour vous, Chez. Vous n'avez peut-être pas remarqué qu'elle fait partie de mon personnel. Et elle est fort innocente, pas le genre de femme à s'amuser légèrement avec un homme. Par ailleurs, je doute que votre père approuverait votre mariage avec une femme de chambre.

Le regard de Percy se perdit dans le vestibule, mais Claire n'était pas visible. Il était totalement contraire aux habitudes du jeune homme de mentionner une femme. Cord pensa que le vin qu'il avait bu lui avait donné ce courage.

En un sens, il était dommage que le statut des deux jeunes gens les sépare de la sorte. Percival Chezwick était un rêveur, comme Claire, un jeune homme naïf qui avait la tête dans les nuages et qui écrivait de la poésie, mais qui était trop timide pour la lire. Il était blond aux yeux bleus et plaisait aux femmes, même s'il était un peu mince et un peu pâle.

Il était aussi le plus jeune fils du marquis de Kersey, et une union entre une servante et lui n'était pas à considérer.

Curieusement, Cord se sentait fort protecteur à l'égard de Claire. Il ne supporterait pas que l'un de ses amis profite d'elle. De fait, il lui plairait de voir la jeune fille bien établie dans la vie. En temps voulu, peut-être l'aiderait-il à faire un bon mariage. Il songea à Victoria. Il pourrait lui trouver un mari, à elle aussi. Mais, d'une certaine façon, cette perspective lui paraissait beaucoup moins engageante.

Il suivit le colonel et lord Percy dans le salon. Sarah et Jonathan s'y trouvaient déjà, tous deux blonds et beaux, un couple superbe qui était encore amoureux après huit ans de mariage. Ils parlaient au Dr et à Mme Chastain, tandis que Grace, apparemment, était allée se rafraîchir.

Cord soupira. Sa cousine essayait encore de le marier. Sarah ne semblait pas comprendre que la fille d'un médecin ne présentait nul intérêt à ses yeux, fût-elle jolie et séduisante. Il voulait épouser une héritière. Ces derniers temps, il pensait de plus en plus souvent à Constance Fairchild et à Mary Ann Winston. Elles étaient toutes deux blondes et plaisantes, et possédaient chacune une fortune considérable.

Un comte n'était pas un parti à négliger sur le marché du mariage. L'une et l'autre des jeunes filles accepteraient certainement qu'il les courtise, et sa richesse enflerait dès que la cérémonie serait célébrée.

Il le devait à son père. Il avait l'intention de se montrer digne de lui de la seule manière qu'il connaissait.

Il alla jusqu'au buffet et se versa un autre cognac, son esprit passant de ses projets d'avenir à l'immonde repas qu'il avait servi à ses hôtes ce soir-là. Il se remémora les cakes aux fruits baignant dans le rhum et ne put retenir un large sourire, tandis qu'il retournait auprès de ses invités.

Grace Chastain traversa le vestibule en direction du grand escalier en spirale, pour rejoindre le cabinet de toilette réservé aux dames. La soirée devenait interminable. Non seulement la nourriture avait été plus que médiocre, mais elle avait été assise à côté du colonel Pendleton, qui s'était cru obligé de lui faire la conversation et qui avait surtout parlé de la guerre, un sujet qu'elle préférait oublier.

Maintenant que le dîner était terminé, Sarah allait mettre en œuvre ses stratégies de mariage — la raison pour laquelle ses parents et elle avaient été invités en premier lieu. Sa mère avait été transportée de joie, bien sûr, et l'avait pressée à chaque instant de parler davantage au comte. Peu importait qu'elle ne l'ait pas fait. Tout le monde, à Londres, savait que le comte n'abandonnerait son célibat que pour une héritière.

Grace souhaitait simplement que cette réception touche à sa fin.

Elle arrangea le corselet de sa robe de soie prune, à taille haute, puis elle en souleva l'ourlet brodé de perles pour gravir l'escalier. A cet instant, un mouvement au fond du vestibule attira son regard. Elle s'arrêta et retint son souffle en reconnaissant une silhouette familière.

— Tory ! Victoria Whiting, est-ce bien vous ?

Redescendant en hâte les premières marches, elle courut derrière la jeune femme qui s'empressait de disparaître dans un couloir. Elle l'attrapa par un bras et la fit pivoter.

— Tory ! C'est moi, Gracie. Ne me reconnaissez-vous pas ?

Elle étreignit son amie, et plusieurs secondes passèrent avant qu'elle se rende compte que la chaleur de son accolade ne lui était pas rendue. Elle lâcha Tory et recula d'un pas.

— Que se passe-t-il ? N'êtes-vous pas contente de me voir ?

Elle s'avisa alors de la tenue de la jeune fille, une jupe de taffetas noir et un corsage de coton blanc.

— C'est bon. Que signifie cela ? Pourquoi êtes-vous vêtue comme une domestique ?

Tory soupira et laissa retomber ses épaules.

— Oh, Gracie… J'espérais que vous ne me verriez pas.

— Que faites-vous ici ? Vous n'allez pas me dire que vous travaillez vraiment pour le comte ?

— Il y aurait tant de choses à expliquer. Tant de choses se sont passées, depuis que j'ai quitté l'académie.

Elle jeta un coup d'œil en direction du salon.

— Je n'ai pas le temps de vous l'expliquer ce soir. Promettez-moi juste de ne dire à personne que je suis ici.

— Si vous avez des ennuis…

— Je vous en prie, Grace. Si vous êtes toujours mon amie, promettez-moi que vous ne direz pas un mot.

— C'est promis, je serai muette. A une condition : je veux que nous nous rencontrions demain et que vous me mettiez au courant de ce qui se passe.

Tory secoua la tête.

— Il vaudrait mieux pour nous deux que vous fassiez comme si vous ne m'aviez pas vue.

— Demain, Tory. La taverne du Roi est juste au coin de la rue. C'est un endroit tranquille, personne ne nous verra. Je vous attendrai dans la salle à manger à 1 heure.

La jeune fille acquiesça d'un air résigné.

— Entendu. Demain à 1 heure, à la taverne du Roi.

Grace regarda son amie qui s'éloignait, l'esprit encombré par mille pensées qui trahissaient toutes son inquiétude. Il y avait des années qu'elle n'avait pas revu Victoria Whiting. Elle se demanda ce qui avait pu lui arriver pendant ce temps, et si la vie de sa meilleure amie était devenue aussi compliquée que la sienne.

7

Le lendemain matin, Cord était assis à son bureau, dans son cabinet de travail. Il examinait les comptes de Willow Park, la propriété qu'il possédait dans le Sussex. Il avait déjà découvert une différence de taille entre la quantité de foin commandée pour les moutons et le nombre de bêtes vendues au marché. Ces dernières années, il était devenu de plus en plus méfiant à l'égard de son intendant, Richard Reed. Il nota mentalement qu'il devrait se rendre sur place pour vérifier les choses par lui-même.

Il consulta la pendule posée sur la cheminée et se mit brusquement debout. 10 heures. Il était temps de régler une fois pour toutes les problèmes de Victoria avec son personnel. Gagnant le vestibule à grands pas, il y trouva ses domestiques alignés les uns à côté des autres, le visage inquiet.

Tant mieux, se dit-il. Ils avaient de quoi s'inquiéter.

Il jeta un coup d'œil à Victoria, qui paraissait plus résignée que craintive. Il s'obligea à se souvenir de la promesse qu'il lui avait faite, et s'efforça d'oublier le goût de ses tendres lèvres roses, ainsi que le contact soyeux de ses cheveux sous sa main.

— Bonjour.

— Bonjour, milord, répondirent les domestiques à l'unisson.

— Laissez-moi commencer par vous dire que je suis extrêmement déçu de votre attitude. Depuis que Mme Temple dirige cette maison, vous avez fait tout votre possible pour lui compliquer la tâche au lieu de l'aider.

Un murmure passa dans le petit groupe, et des regards sombres furent décochés à Victoria. Cord la vit affermir ses épaules.

— Néanmoins, le travail a été fait et s'est révélé en grande partie fort satisfaisant, je dois le dire. J'ai indiqué à Mme Temple qu'elle pouvait congédier qui elle voulait, et vous tous au besoin si elle le jugeait nécessaire, mais elle a refusé. Elle m'a précisé, au contraire, que vos récriminations pouvaient être fondées.

Une douzaine de paires d'yeux se rivèrent sur le visage du comte.

— Bien que Mme Temple ait de toute évidence une bonne expérience de ses fonctions, elle est plus jeune que la plupart des femmes employées à ce poste et son engagement a pu paraître injuste à certains d'entre vous. Afin de corriger cette situation, elle m'a suggéré de vous accorder une augmentation générale.

Un nouveau murmure parcourut le groupe, appréciateur celui-là. Les têtes pivotèrent, les visages se tournèrent vers Victoria comme s'ils ne l'avaient jamais vue auparavant, et Cord sourit en lui-même.

— Ces augmentations prennent effet immédiatement.

En retour, j'attends de vous que vous offriez votre entière coopération à Mme Temple. C'est tout.

Il jeta un dernier regard à Victoria, vit son soulagement et peut-être une lueur d'admiration dans ses yeux. Alors qu'il regagnait son cabinet de travail et la montagne de documents qui l'attendaient, pour la première fois depuis des semaines, son pas lui sembla un peu plus léger.

Il avait presque atteint sa porte quand Timmons le rattrapa.

— Je vous demande pardon, milord. Un messager est arrivé avec un billet du colonel Pendleton. J'ai pensé que vous voudriez sans doute le voir tout de suite.

Il tendit à son maître la missive cachetée.

— Dois-je dire à cet homme d'attendre votre réponse ?

Cord fit sauter le cachet de cire et parcourut rapidement la note, qui disait que le colonel avait reçu des nouvelles d'Ethan et demandait à quel moment il pouvait passer.

— Je ne vais pas donner de réponse. Du moins, pas par écrit. Faites amener mon phaéton devant la maison. Je vais m'occuper de cette affaire moi-même.

Quelques minutes plus tard, le comte se jucha sur sa petite voiture à siège haut et prit les rênes du beau hongre noir et brillant qui y était attelé. Il fit glisser les lanières de cuir entre ses doigts gantés, puis les fit claquer sur la croupe du cheval, et l'attelage se mit en route.

Le trajet jusqu'à Whitehall prit plus longtemps qu'il n'aurait dû, les rues étant encombrées de lourds chariots, de coches, de berlines, de fiacres et de véhicules en tout genre. Une fois à destination, Cord jeta une pièce à un jeune garçon et lui demanda de surveiller son phaéton, puis il gagna l'extrémité du bâtiment et gravit l'escalier qui menait au bureau de Pendleton.

Le colonel ne le fit pas attendre. Ses épaulettes dorées jetèrent des feux lorsqu'il invita Cord à s'asseoir en face de son bureau.

— Je me demandais si vous seriez capable de patienter.

— Absolument pas. Quelles nouvelles, colonel ?

— Ainsi que je l'espérais, un messager est arrivé ce matin. Ethan est retenu dans la prison de Calais.

Le cœur de Cord bondit dans sa poitrine.

— Bradley en est-il certain ?

— Aussi certain qu'il peut l'être. Il n'a pas vu le capitaine lui-même, mais le fait est qu'il est là.

— Dans combien de temps sera-t-il prêt à le libérer ?

— Dès qu'il recevra des instructions de notre part, avec l'indication du lieu où la relève sera faite. D'ici là, il prendra les mesures nécessaires.

— Vous voulez dire qu'il soudoiera les gardes, pour qu'ils tournent la tête quand Ethan s'échappera.

— Exactement. Il préférera une nuit sans lune, ce sera plus sûr. Cela ne devrait pas tarder.

— J'ai un schooner amarré à Londres, avec un capitaine et un équipage de toute confiance. Faites dire à Bradley que nous serons prêts dès qu'il passera le mot d'ordre.

— Je ferai en sorte qu'il ait ce message. Je vous préviendrai dès que j'aurai une réponse.

Cette mission de sauvetage n'était pas officielle, Ethan n'étant plus un officier britannique. Ils bénéficiaient de l'aide du colonel, mais ce dernier ne pouvait en faire plus.

Cord se leva, le pouls battant la chamade tant son excitation était grande. Ethan était vivant. Bientôt, il serait de retour. Malheureusement, il devrait attendre pour annoncer la bonne nouvelle à Sarah, car Jonathan et elle, qui séjournaient chez lui pour quelques jours, avaient emmené Teddy à une grande exposition de mécanique.

Il quitta le bureau du colonel et reprit la direction de sa résidence, le corps débordant d'énergie nerveuse. Si Victoria avait agréé à sa proposition, songea-t-il, il aurait dépensé cette énergie à lui faire passionnément l'amour le restant de l'après-midi. Il se remémora la sensation de ses seins sous ses paumes, la douceur de ses lèvres, et une flèche de désir lui traversa les reins.

Il jura et se contraignit à penser à autre chose. Peut-être se rendrait-il ce soir-là chez Mme Fontaneau, comme il aurait dû le faire depuis longtemps. Les femmes y étaient belles et talentueuses, il prendrait son plaisir.

Il fut surpris de constater que cette perspective ne l'enchantait que fort peu.

C'était le début de l'après-midi, une chaude journée de juin avec une légère brise qui soufflait de la Tamise. De retour de son entretien d'une demi-heure avec Grace

— elle n'avait osé rester plus longtemps —, Tory défit les liens de son bonnet gris et le jeta sur la table de son petit salon. Pour autant qu'elle avait espéré éviter son amie la nuit précédente, elle ne pouvait nier qu'elle avait eu du plaisir à la revoir. Et leur amitié semblait aussi solide que jamais, même après trois longues années.

Finalement, elle avait dit la vérité à Grace et lui avait fait jurer le secret.

— Je ne puis croire que tout cela soit arrivé, avait-elle déclaré.

— Vous n'avez fait que ce qu'il fallait pour vous protéger.

— Je sais, mais cela ne nous évitera la prison ni à l'une ni à l'autre, si l'on nous retrouve.

— Nous allons réfléchir à une solution, avait promis Grace. Entre-temps, je vais essayer de savoir où en est le baron. Si vous devez quitter la ville, vous savez où me trouver. Prévenez-moi et je ferai mon possible pour vous aider.

Grace n'avait pas changé. Elle avait été naguère une amie loyale et digne de confiance. Apparemment, elle l'était toujours.

Elle était la même physiquement, un peu plus grande que Tory, avec des cheveux auburn aux reflets dorés. Elle avait toujours été jolie. Maintenant, à dix-neuf ans, son allure un peu gauche de toute jeune fille avait cédé la place à une maturité attrayante. Tory pensa que la seule difficulté qu'elle aurait à trouver un mari serait de dénicher un homme qui lui plaise.

La semaine s'étira et finit par toucher à sa fin. Avoir revu Grace rendit un peu d'entrain à Tory durant quelques jours, mais compter le linge, le faire repriser et marquer, puis procéder à l'inventaire de tous les tiroirs de la maison par les chaudes après-midi d'été l'avait épuisée.

Au moins les domestiques l'avaient-ils traitée avec plus de respect, grâce à l'intervention du comte et parce qu'ils commençaient à comprendre qu'elle n'avait pas une liaison avec lui — à son léger désappointement.

Cet après-midi-là, elle s'apprêtait à descendre aux cuisines pour vérifier la préparation du dîner quand la porte d'entrée s'ouvrit en coup de vent. Le comte entra à grands pas. Tory étouffa un petit cri quand elle s'avisa qu'il fondait sur elle, plus furieux qu'elle ne l'avait jamais vu.

— Dans mon cabinet de travail ! commanda-t-il. Tout de suite !

Tory se mordit la lèvre. Relevant l'ourlet de sa jupe, elle le précéda dans le couloir. Lord Brant la suivit dans la pièce et fit claquer la porte derrière eux.

— Asseyez-vous !

— Je... je préfère rester debout, si cela ne vous ennuie pas.

— J'ai dit « asseyez-vous » !

La jeune fille se laissa choir sur la chaise la plus proche comme si ses jambes avaient été coupées, et se força à regarder le comte. Il semblait encore plus grand que d'habitude, les yeux sombres et farouches, la mâchoire crispée.

— Je crois qu'il est temps que nous parlions du collier.

La tête de Tory lui tourna. L'espace d'un instant, elle craignit de tomber à bas de sa chaise.

— Quel… quel collier ?

— Celui que votre sœur et vous avez volé au baron Harwood.

Les paumes de la jeune fille devinrent moites. Elle les frotta sur sa jupe de taffetas.

— Je… je ne vois pas de quoi vous parlez.

— Vraiment ? Je crois que vous le savez fort bien, au contraire. Je parle du précieux collier de perles fines et de diamants qui a été volé à Harwood Hall.

Sa mâchoire se durcit encore.

— Sans compter le crime non négligeable de tentative de meurtre sur le baron.

Tory déglutit et s'efforça de paraître calme, alors qu'à l'intérieur elle tremblait comme une feuille.

— Je ne connais pas de baron Harwood. Je n'ai jamais entendu parler de lui.

— Je ne le connais pas non plus, mais le point n'est pas là. Il n'en reste pas moins, d'après les informations que j'ai surprises à mon club — des informations qui ont par ailleurs été publiées dans les journaux, mais que j'ai manquées pour une raison que j'ignore —, que ces méfaits ont été commis et que les suspects sont deux jeunes femmes. L'une est grande et blonde, l'autre a les cheveux sombres et est un peu plus petite.

Le comte dévisagea durement Tory.

— Cela vous fait-il penser à des personnes de votre connaissance ?

Elle s'obligea à hausser un sourcil.

— Vous pensez que Claire et moi sommes les jeunes femmes que vous décrivez ? Pourquoi croiriez-vous que nous avons quelque chose à voir avec cette histoire ?

— Parce que la blonde est paraît-il d'une beauté irréelle. Et que la brune — un coin de sa bouche se releva — passe pour être fort intrépide.

Le dos de Tory se raidit.

— Vous pensez que je suis intrépide ?

Les lèvres du comte esquissèrent un sourire sans chaleur.

— Le désespoir pousse les gens à commettre des actions désespérées. Vous paraissiez assez désespérées, le jour où je vous ai trouvées sur le trottoir devant chez moi.

Tory se redressa un peu sur sa chaise, gardant les yeux rivés sur son visage.

— Si ce collier est aussi précieux que vous le dites et si je l'avais volé, je n'aurais pas été désespérée. J'aurais eu tout ce qu'il me fallait. Cela me paraît clair.

Lord Brant la transperça du regard.

— A moins qu'il ne soit arrivé quelque chose à l'argent que vous avez reçu de sa vente. On a pu vous le voler, ou vous avez pu le dépenser, ou…

— Ou je suis innocente de ce crime. Peut-être que je n'ai jamais volé ce collier, que je ne l'ai jamais vendu, et, partant, que je n'ai jamais eu d'argent.

Il ne la croyait absolument pas, cela se lisait sur son

visage. Le cœur de Tory battait follement, ses joues étaient rouges. Elle se demanda s'il pouvait voir à quel point elle était terrifiée.

Elle replaça nerveusement une mèche de cheveux dans son chignon.

— Ces deux femmes… étaient-elles des servantes du baron ?

— Je suppose.

La voix du comte se radoucit légèrement.

— Si vous avez des problèmes, Victoria, peut-être puis-je vous aider. Dites-moi la vérité. Je ne crois pas que vous soyez le genre de personne à commettre de tels méfaits sans une cause précise. Dites-moi ce que vous avez fait et laissez-moi voir ce que je peux faire pour redresser les choses.

Elle en avait envie. Par le ciel, elle souhaitait lui dire la vérité plus que tout au monde. Elle brûlait de se jeter dans ses bras et de le supplier de la sauver. Mais si elle le faisait, si elle lui avouait que Claire et elle étaient les belles-filles du baron, il serait tenu par son honneur de les renvoyer à Miles Whiting. Elle ne pouvait laisser arriver une chose pareille.

— S'il y avait la moindre vérité dans cette histoire, milord, je vous le dirais. Mais il n'y en a pas. Claire et moi ne sommes pas les femmes en question. Nous ne sommes pas celles qui ont commis ces crimes.

Un muscle se contracta dans la joue du comte.

— Mentez-moi, Victoria, et je ferai en sorte que vous soyez punies aussi sévèrement que la loi le permettra.

Le sang se retira du visage de la jeune fille. Il les ferait jeter en prison. Elles languiraient des années durant dans un cachot, peut-être jusqu'à leur mort. Juste ciel ! Elle dut rassembler tout son courage pour regarder en face ses traits durs et lui mentir de nouveau.

— Je vous dis la vérité.

Le comte la considéra un moment encore, puis se détourna et s'éloigna.

— Ce sera tout, dit-il d'un ton coupant, en lui tournant le dos. Pour maintenant.

Les jambes tremblantes, Tory se remit péniblement sur pied. Aussi silencieusement que possible, elle regagna la porte et sortit. Claire et elle allaient devoir s'enfuir de nouveau, quitter Londres, trouver un endroit où se cacher.

Des larmes brouillaient sa vision tandis qu'elle longeait le couloir qui menait à l'escalier descendant à sa chambre. Il allait falloir qu'elle prévienne Claire. Elle n'avait aucune idée de là où elles pouvaient se rendre, ni de la manière dont elles s'y rendraient. Il faudrait qu'elle trouve une solution.

Entre-temps, sa conduite devait rester parfaitement normale. Elle accomplirait ses tâches comme d'habitude, jusqu'à ce que la journée soit terminée.

Le soir venu, elle apprendrait à Claire les terribles nouvelles. Et elles devraient partir.

*
* *

Par tous les diables !

Cord frappa du plat de la main sa bibliothèque en noyer. Il ne savait pas s'il souhaitait étrangler Victoria pour ses mensonges, ou admirer le courage qu'il lui avait fallu pour résister à son courroux.

Peu d'hommes osaient se mesurer à lui quand il entrait en fureur. Sarah était la seule femme qui avait jamais montré assez de cran pour cela, et c'était parce qu'elle savait qu'il ne frapperait jamais une femme. Victoria l'avait craint, et c'était ce qu'il avait cherché. Néanmoins, elle avait refusé de plier ; elle avait trouvé la force de le défier.

Il savait qu'elle était coupable. Elle était une piètre menteuse. Il avait pu lire ses mensonges sur son visage. Ce qu'il ignorait, c'était pourquoi elle avait agi ainsi, et — comme il le lui avait dit — il ne pensait pas qu'elle ait commis de tels délits sans une cause précise. Il devait prévenir les autorités, il le savait, mais cette idée lui donnait un goût amer dans la bouche. Avant de décider quelle action entreprendre, il avait besoin de faire éclater la vérité.

Et il y parviendrait, se jura-t-il en revenant à son bureau. Il allait louer les services d'un enquêteur de Bow Street, et il connaissait déjà celui qu'il allait prendre. S'asseyant à sa table, il arracha une plume au support en argent, la plongea dans son encrier et rédigea d'une main nerveuse une note destinée à Jonas McPhee, lui demandant de découvrir tout ce qu'il pourrait sur Harwood, le vol du collier et les servantes qui en étaient soupçonnées.

Il avait déjà utilisé McPhee et avait été satisfait des

résultats. Il cacheta la lettre d'une goutte de cire, puis sonna un valet pour qu'il la porte Bow Street. Une fois qu'il connaîtrait les faits — en supposant qu'il avait bien jugé Victoria —, il trouverait un moyen de l'aider.

Entre-temps, il demanderait à Timmons de la tenir à l'œil, afin de s'assurer qu'elle n'essaie pas de partir pendant qu'il ne serait pas là.

Cord soupira, son esprit revenant à de récents événements. La veille, le colonel Pendleton était passé lui apporter les nouvelles qu'il attendait. Tout était prêt pour l'évasion d'Ethan. Le schooner *Nightingale* qu'il avait loué pour le voyage partirait pour la France ce soir-là. Si tout allait bien, Ethan serait libre et à bord du navire le lendemain soir.

Dès qu'il eut terminé de dîner, Cord retourna dans son cabinet de travail. Il faisait nuit noire, sans trace de lune. Du brouillard avait commencé à monter et s'infiltrait dans les rues de la ville, recouvrant tout. Des coups sonores frappés à sa porte le firent se détourner de la fenêtre ; peu après, Rafael Saunders, duc de Sheffield, fit son entrée. C'était un homme aussi grand que Cord, aux cheveux noirs, puissamment bâti.

Il se dirigea tout droit vers le cabinet à liqueurs et se servit un cognac.

— Tout est prêt, je suppose.

— De ce côté-ci, oui, répondit Cord.

Rafe s'était montré déterminé à l'accompagner. C'était un ami d'Ethan, aussi, et un homme fort capable. Si quelque chose allait de travers, Cord serait heureux de l'avoir avec lui.

— Nous jetterons l'ancre dans une crique proche du cap Gris-Nez, au sud de Calais, dit-il. Une barque conduira Ethan au bateau un peu après minuit. Tout ce que nous aurons à faire, ce sera de remettre les voiles et de le ramener.

Rafe fit tourner son cognac dans son verre.

— Cela paraît trop facile.

Cord avait pensé la même chose.

— Je sais.

— Espérons seulement que nous aurons de la chance — ou qu'Ethan en aura.

Cord hocha la tête.

— Il est encore tôt. J'ai deux ou trois choses à faire. Le *Nightingale* est amarré au quai Southwark, près du pont. Je vous y retrouverai à minuit.

Rafe vida son verre et le reposa sur le buffet.

— A tout à l'heure, sur le bateau.

Cord le regarda partir, ses pensées partagées entre son cousin et les deux femmes qu'il employait. Il espéra voir ces deux problèmes réglés sous quelques jours.

Tory recula dans l'ombre du couloir qui menait au cabinet de travail du comte. Elle vit sortir et s'éloigner la haute silhouette élégante du duc de Sheffield, dont les bottes résonnèrent sur les dalles noires et blanches du vestibule. Elle n'aurait pas dû écouter à la porte, ne l'aurait pas fait si sa situation n'avait été si critique. Mais tant que Claire et elle ne seraient pas en sûreté loin de Londres, elle devait connaître les projets de lord Brant.

A son vif soulagement, son entretien avec le duc n'avait rien eu à voir avec elles ; il concernait le plan de sauvetage d'Ethan Sharpe.

Un plan qui allait conduire le comte en France dès cette nuit-là.

Tory ressassa cette information tandis qu'elle montait retrouver sa sœur dans sa chambre du deuxième étage. La journée de travail était finie. Il était temps qu'elles quittent la maison, qu'elles s'éloignent de Londres autant qu'elles le pourraient. Grace serait fâchée qu'elle ne l'ait pas prévenue de son départ, mais elle se refusait à impliquer son amie dans cette histoire tant qu'elle pourrait faire autrement.

Elle frappa à la porte de Claire. Celle-ci lui ouvrit, déjà revêtue de sa chemise de nuit, ses cheveux blonds tressés en une natte. Tory pénétra dans la chambre et referma la porte sans bruit.

— Qu'y a-t-il ? demanda la jeune fille. Tu as l'air crispée.

Tory soupira.

— Je crains de t'apporter de mauvaises nouvelles.

— De mauvaises nouvelles ? A quel sujet ?

Tout à coup, Claire pâlit.

— Tu ne veux pas dire qu'on a découvert qui nous sommes ?

— D'une certaine manière, j'ai bien peur que oui. En

tout cas, le comte a des soupçons. Nous devons partir avant qu'il ne découvre la vérité.

Les beaux yeux de Claire s'emplirent de larmes.

— Où allons-nous aller ? Oh, Tory, qu'allons-nous faire ? Je me plais bien, ici. Je ne veux pas partir.

— Je sais que tu n'en as pas envie, chérie, mais nous n'avons pas d'autre choix. Nous devons partir, sans quoi nous serons arrêtées. Et je crois que je connais un endroit où nous serons en sûreté.

Claire renifla.

— Où ?

— En France.

— En France ? Mais nous sommes en guerre avec la France !

— *L'Angleterre* est en guerre avec la France. Toi et moi ne sommes en guerre avec personne. Et le comte va se rendre en France en bateau cette nuit.

Tory expliqua son idée : comment elles se faufileraient à bord du navire et se cacheraient dans la cale, puis, une fois que le schooner serait à l'ancre, comment elles se glisseraient dehors et gagneraient le rivage à la nage.

— Mais je ne sais pas nager, Tory !

— Toi non, mais moi, si.

Lorsqu'elle était au pensionnat, Grace et elle se rendaient quelquefois à la rivière, dans l'après-midi. Un garçon du village leur avait appris à nager. Claire avait toujours voulu apprendre, mais elle n'avait jamais eu le courage de s'y mettre.

— Ce ne sera pas très loin de la côte ; je te soutiendrai.

— Je ne sais pas, Tory…

— Cela marchera, Claire. Nous parlons toutes les deux un excellent français. Personne ne se doutera que nous sommes anglaises. Nous nous rendrons à Paris. Peut-être que je trouverai là-bas cette place de préceptrice que j'espérais trouver ici.

Claire humecta ses lèvres avec nervosité.

— Tu penses réellement que nous avons des chances de réussir ?

— J'en suis sûre. A présent, habille-toi, prépare ton sac et viens me rejoindre dans ma chambre, en bas.

En quittant la chambre de sa sœur, Tory songea au comte et se posa une question : avait-il pu demander à quelqu'un de les surveiller pendant qu'il serait absent ? Elle commençait à connaître sa façon de penser, et n'aurait pas été étonnée qu'il ait pris ce genre de précaution. Timmons semblait être un choix logique. Elle devrait s'assurer que le majordome ne les voie pas partir.

Les roues du fiacre résonnaient dans le silence tendu qui entourait les jeunes filles. Trouver un moyen de locomotion n'avait pas été facile, mais, finalement, Tory avait réussi à arrêter un véhicule à quatre pâtés de maisons de la demeure du comte. D'après la conversation qu'elle avait épiée, le *Nightingale* devait être amarré près du pont, le long des quais Southwark. C'était un endroit peu fréquentable pour deux jeunes femmes. Elles devraient être prudentes, aller droit au bateau et prier de pouvoir se faufiler à bord sans être surprises.

— En avons-nous encore pour longtemps, Tory ?

— Non, chérie. Nous arriverons bientôt.

— Comment allons-nous monter à bord ? demanda Claire, posant la question qui tracassait sa sœur.

— Ne t'inquiète pas. Nous trouverons une solution quand nous serons sur place.

Le brouillard les aiderait. Il s'épaississait, tandis que le fiacre s'approchait du port.

— Le *Nightingale* doit être près du pont, dit Tory au cocher. Pouvez-vous nous aider à le trouver ?

Elle était plus nerveuse de minute en minute. Une mer de mâts ondulait le long du quai. Dans ce brouillard, comment allaient-elles découvrir le navire ?

— Le maître du port saura où il est, répondit le cocher. Je peux m'arrêter pour demander, si vous voulez.

La jeune fille fut soulagée.

— Oui, je vous en prie.

Quelques minutes plus tard, elles étaient de nouveau en route et se dirigeaient vers le navire. Quand elles furent arrivées, Tory remercia le cocher, lui donna une pièce supplémentaire pour sa peine, et elles descendirent dans la nuit noire et brumeuse.

— Je crois que je le vois, chuchota Claire.

Tory lut le nom sur la proue.

— Oui, et il n'y a que deux matelots sur le pont ; en outre, ils ont l'air d'être fort occupés.

Elle tendit la main pour ajuster la capuche de sa sœur, afin de cacher ses cheveux blonds, puis ajusta la sienne. Après quoi elle prit Claire par la main et elles s'avancèrent vers le bateau.

8

Le pont du Nightingale tanguait plaisamment sous les pieds de Cord. Il avait toujours adoré l'océan, sa beauté et son étendue, les embruns salés sur son visage et le cri des mouettes au-dessus de sa tête. Sa passion, toutefois, n'égalait pas celle d'Ethan qui vivait pour la mer, et qui avait été fasciné dès son enfance par les bateaux et la navigation.

Il était naturel que le jeune homme, fils cadet d'un marquis, ait rejoint la Marine royale dès sa sortie d'Oxford. Cord se demanda comment il allait prendre la nouvelle du décès de son frère aîné, qui faisait de lui le nouveau marquis de Belford — une position comportant des responsabilités accrues et bien différentes de la vie de corsaire. Par chance, la famille avait des intérêts dans la marine marchande, si bien qu'Ethan ne perdrait pas tout lien avec la mer.

En espérant qu'il soit encore en vie.

Cord arpenta le pont, écoutant le craquement des grands mâts d'épinette et les cliquetis du gréement. La nuit était aussi noire qu'un four, la mer un fantôme sombre qui roulait sous eux. Une vive brise se leva tandis qu'ils mettaient le cap vers l'est. Bientôt, la surface de l'eau serait recouverte de moutons blancs qu'ils ne verraient pas dans les ténèbres.

Il inspira une longue goulée d'air humide et salé, l'oreille tendue vers le bruit des vagues alors que le bateau fendait les flots. Il pria pour que leur voyage ne soit pas vain.

Claire pressa le poignet de Tory.

— As-tu entendu ?

Tory remua dans l'obscurité de la cale.

— Ce ne sont que les craquements de la coque.

— Je crois plutôt que ce sont des rats. J'ai horreur des rats, Tory.

Comme ces sons étouffés provenaient probablement de petits mammifères velus, Tory ne fit aucun commentaire et s'adossa aux planches qui constituaient le flanc du navire.

Monter à bord avait été plus facile qu'elle ne l'avait imaginé. Les deux matelots qui travaillaient sur le pont se concentraient sur leur tâche. Une lanterne brillait au niveau du mât d'artimon, éclairant l'échelle qui descendait dans la soute. Une autre lanterne était accrochée au bas des degrés, et illuminait faiblement l'intérieur. En toute hâte, les deux jeunes filles avaient évalué le contenu de la cale et s'étaient cachées derrière des sacs de grains.

Mais l'un des matelots était venu éteindre la lampe, et il faisait maintenant un noir d'encre.

— Nous ne resterons pas là très longtemps, dit Tory.

Dès que le bateau jettera l'ancre, nous nous faufilerons sur le pont et descendrons sur le côté. Nous n'avons qu'à nous montrer fortes jusque-là. Considère cela comme une aventure.

Claire avait toujours aimé les aventures — du moins les aventures imaginaires.

— Oui, je suppose que c'en est une, répondit-elle. Je n'étais encore jamais montée sur un bateau, et une fois que nous aurons atteint la France, nous serons en sécurité.

— Oui, chérie.

Tout ce qu'elles avaient à faire, songea Tory avec une ironie amère, c'était d'éviter lord Brant, ainsi que le capitaine et l'équipage du *Nightingale* ; puis de gagner la côte, de se diriger dans un pays complètement inconnu — en évitant les dangers des routes —, et d'essayer de découvrir une bourgade où elles pourraient trouver du travail.

Elle soupira dans le silence, qui n'était rompu que par le bruit des vagues frappant la coque. Ce qui lui avait semblé si faisable dans le confort de la maison lui paraissait à présent presque impossible.

Au moins n'auraient-elles pas à nager. Elle avait remarqué un petit canot de bois attaché à la poupe du navire. Une fois que le schooner aurait jeté l'ancre et que l'équipage serait occupé ailleurs, elle projetait d'utiliser cette barque pour gagner la rive.

Mais elle avait projeté beaucoup de choses, ces derniers mois, et jusque-là fort peu d'entre elles s'étaient réalisées.

***

— La mer devient plus forte.

Cord se tenait debout à côté de Rafe, près du bastingage avant du bateau. Les deux hommes portaient des culottes ajustées, enfilées dans des bottes qui leur arrivaient aux genoux, et des chemises à manches bouffantes sous une redingote de drap.

— Nous attendions du gros temps, dit le duc. Mais le *Nightingale* est robuste et nous avons déjà fait plus de la moitié du chemin.

Le vent avait forci dès qu'ils avaient franchi l'embouchure de la Tamise, les poussant à vive allure.

— Nous devrons rester à l'ancre jusqu'à demain soir, reprit Cord. J'espère que personne ne nous verra et ne se demandera ce que nous faisons là.

— Si ce Bradley est aussi efficace que le dit le colonel, il aura choisi un emplacement où le bateau ne sera pas remarqué.

Cord contempla la mer.

— Je suppose que je suis nerveux. Je souhaite tellement que tout se passe comme prévu ! Je veux qu'Ethan rentre enfin.

Le duc posa ses grandes mains sur le bastingage et regarda au large.

— Moi aussi.

Cord étudia le profil déterminé de son ami, sa mâchoire solide et son nez droit découpés par la lumière d'une lanterne accrochée à l'un des deux mâts.

— Il y a autre chose dont je voudrais vous parler.

Les yeux bleus du duc se portèrent sur son visage. Il dut lire quelque chose dans son expression, car un coin de sa bouche se releva.

— Quoi que ce soit, je gagerais qu'il s'agit d'une femme. Ne me dites pas que vous êtes enfin tombé amoureux.

Cord sourit et secoua la tête.

— Ce n'est rien de tel, bien qu'il s'agisse effectivement d'une femme. Et que je doive admettre qu'elle est fort attirante. Le problème, c'est qu'elle a des démêlés avec la loi.

— Vous plaisantez !

— Je le voudrais. Elle est recherchée pour vol et tentative de meurtre.

— Juste ciel, mon bon ! Comment diable vous êtes-vous acoquiné avec une créature pareille ?

— Elle n'est pas une « créature », sans quoi je ne me préoccuperais pas d'elle. Ou, du moins, je ne pense pas qu'elle le soit. J'ai besoin que vous me fassiez une faveur.

— Laquelle ?

— Voyez ce que vous pouvez découvrir au sujet de Miles Whiting, le baron Harwood.

— Harwood ? Je crains de n'avoir jamais rencontré cet homme, bien que j'aie entendu quelques rumeurs à son propos.

— Moi aussi. De mauvaises rumeurs, puis-je ajouter.

— Si je me souviens bien, les journaux ont publié quelques articles le concernant, récemment.

— Oui. Deux femmes lui ont dérobé un collier de prix et l'une d'entre elles l'a frappé à la tête. Harwood prétend avoir souffert d'une perte de mémoire durant plusieurs semaines. Maintenant il est à Londres, où il essaie de retrouver les coupables.

Le duc jeta à son ami un long regard pénétrant.

— Cette femme… je suppose que c'est celle des deux qui a frappé Harwood.

— Elle le nie, mais je suis quasiment certain que c'est elle.

— Et elle représente quelque chose pour vous ?

Cord ne répondit rien durant un moment.

— Dit de cette façon, oui, je crois.

— Dans ce cas je vais me renseigner et voir ce que je peux trouver, mais, en retour, j'espère faire sa connaissance. Une femme capable d'attiser votre intérêt de la sorte doit être quelqu'un de fort spécial.

Cord resta silencieux. Il espéra juste que Timmons ferait son travail, et que Victoria serait toujours là à son retour.

— Je ne me sens pas très bien, Tory.

Claire s'adossa aux planches et posa une main sur son estomac.

— Je crois que je vais être malade.

Doux Jésus ! Quand elle avait planifié leur fuite, le mal de mer n'était pas venu à l'esprit de Tory. Elle s'accommodait assez bien du roulis et du tangage du bateau, mais, apparemment, ce n'était pas le cas de sa sœur.

— Tu ne vas pas être malade, dit-elle fermement, en souhaitant que son ton décidé corresponde à ses sentiments. C'est juste qu'il fait très noir, ici ; je pense que cela accroît ton malaise. Ferme les yeux, tu te sentiras peut-être mieux.

Claire obéit.

— Oh..., gémit-elle.

— Pense à autre chose. Pense à ce joli châle en dentelle que tu as vu dans cette boutique de Bond Street. Imagine la façon dont il t'irait, drapé sur tes épaules.

Claire gémit de nouveau et plaqua une main sur sa bouche.

— C'est bon. Je vais voir si je peux trouver un seau. J'en ai vu un, tout à l'heure.

Tory s'écarta de la coque et crapahuta de son mieux au-delà des sacs, gênée par sa jupe. Elle se dirigea à tâtons vers l'échelle, ignorant la saleté du sol et le frôlement des rats que Claire, elle l'espérait, n'entendrait pas. Elle murmura un « merci » silencieux quand ses doigts effleurèrent le bord d'un seau de bois, qui se trouvait au-dessous de la lanterne.

Une boîte contenant un briquet et de l'amadou se trouvait à côté. Sachant qu'elle prenait un risque, elle alluma la lanterne. Une douce lumière jaune envahit la cale, et immédiatement elle se sentit mieux. Si quelqu'un descendait, il penserait probablement que la lanterne avait été oubliée, se dit-elle.

Elle se hâta de retourner auprès de Claire avec le seau. Une fois dans leur cachette, elle le posa près de sa sœur.

— Te sens-tu mieux ?

Claire hocha la tête.

— La lumière me fait du bien.

Elle esquissa un sourire tremblant, puis fut prise d'un sursaut de nausée et se pencha sur le seau.

Il était tard, quelques heures seulement avant l'aube. Avec l'excitation qu'il ressentait, Cord n'avait pas vraiment sommeil, mais le lendemain serait une longue journée et il aurait besoin d'être alerte. Se disant qu'il ferait bien de prendre un moment de repos, il déboutonna sa chemise, l'ôta et la jeta sur une chaise. Il commençait à défaire les boutons de ses culottes quand il entendit frapper à sa porte.

Traversant la cabine, il alla ouvrir et découvrit Rafe et le premier matelot, Whip Jenkins, qui se tenaient dans la coursive.

— Qu'y a-t-il ?

Rafe eut un grand sourire.

— Un membre de l'équipage a trouvé des passagères clandestines. Vu la conversation que nous avons eue tantôt, j'ai comme une idée que vous voudriez peut-être leur parler.

Il recula, se détourna et fit passer une mince jeune femme devant lui.

— Par tous les diables ! s'exclama le comte en reconnaissant son visage. Sapristi, Victoria !

Regardant par-dessus l'épaule de la jeune fille, il aperçut Claire et vit qu'elle tremblait, plus pâle qu'il ne l'avait jamais vue.

— Ma sœur a le mal de mer, expliqua Tory. Elle a besoin de s'allonger.

Cord faillit s'étrangler de fureur. Incapable de dire un mot, il jeta un coup d'œil au duc, qui hocha la tête.

— Je vais prendre soin d'elle.

Il se tourna vers le premier matelot.

— Cette jeune personne peut utiliser ma cabine. Je m'étendrai dans la vôtre le temps que nous éclaircissions cette affaire.

Jenkins acquiesça et Rafe entraîna Claire avec lui. Elle se détourna pour regarder en arrière.

— Tory ?

— C'est bon, chérie. Personne ne te fera de mal.

— La cabine de Sheffield est tout à côté. Elle y sera bien.

Le regard du comte se durcit.

— C'est vous qui feriez bien de vous inquiéter.

Il s'écarta du seuil. Victoria redressa la tête et passa devant lui, royale, pour pénétrer dans la cabine. Cord referma la porte un peu plus rudement qu'il en avait l'intention, à peine capable de contenir son courroux.

— Avez-vous une idée de ce que vous avez fait ? Ce navire est en mission — une mission très importante.

Mesurez-vous le danger dans lequel vous vous êtes placées ?

Il empoigna sa chemise et l'enfila, sans se donner la peine de la boutonner.

— Nous sommes trop loin en mer pour faire demi-tour et vous ramener. Il y a trop de choses en jeu.

Victoria changea de position sous son regard intense, mais ne dit rien.

— Pour l'amour du ciel ! J'ai vu des plans saugrenus, mais celui-ci les bat tous. Les quais de Londres grouillent de pickpockets et de malfrats. Ce n'est pas un endroit pour deux jeunes femmes sans escorte — et ce navire plein de rudes gaillards ne vaut pas mieux !

Il s'approcha d'elle, jusqu'à ce qu'il la domine de sa haute taille. Lui prenant le menton, il l'obligea à le regarder en face.

— Donnez-moi une seule bonne raison pour que je ne vous étrangle pas.

Victoria déglutit.

— Nous devions partir. Cela m'a semblé une bonne idée, sur le moment.

— Une bonne idée ? Cela vous a semblé une bonne idée ?

Il fit un mouvement brusque, et elle tressaillit.

— Je ne vais pas vous frapper, sacrebleu ! Bien que l'idée de vous prendre sur mes genoux pour vous administrer une correction soit formidablement tentante.

Victoria resta muette. Il vit combien elle était effrayée ; ses mains tremblaient. Sa colère diminua d'un cran.

— Asseyez-vous avant de tomber.

Il la poussa sur une chaise à dossier droit, et elle se laissa choir avec soulagement.

— Merci.

— Bien. Maintenant, vous allez pouvoir me dire pourquoi votre sœur et vous avez jugé nécessaire de vous enfuir de chez moi, de monter en fraude sur ce bateau et de vous rendre en France. Et je ne veux pas de contes à dormir debout. Je veux la vérité, Victoria. Tout de suite.

Il put voir que son esprit travaillait, qu'elle cherchait une explication plausible. Mais elle était épuisée, inquiète et craintive, et elle avait perdu beaucoup de sa superbe.

— La vérité, Victoria. Rien d'autre ne me satisfera.

Elle ferma les paupières. Un soupir résigné franchit ses lèvres.

— Je suis celle qui a volé le collier. Je suis celle qui a frappé le baron à la tête. Je me suis servie d'une chaufferette. Une lourde chaufferette en cuivre.

— Une chaufferette.

Elle hocha la tête.

— Il fallait que je l'arrête. C'est la seule chose qui m'est venue à l'idée.

Cord réprima un élan de sympathie.

— Pourquoi ?

— Pourquoi ? répéta-t-elle.

— Pourquoi avez-vous frappé lord Harwood ?

— Oh. Parce que… parce qu'il allait faire du mal à Claire.

Cord inspira à fond pour reprendre le contrôle de lui-même.

— C'est bon. Commencez par le début et n'omettez pas un seul détail. Dites-moi exactement ce qui s'est passé.

Tory crispa les mains dans son giron, essayant de les empêcher de trembler et cherchant à décider ce qu'elle devait dire. Elle promena son regard sur la cabine, mais il n'y avait pas d'échappatoire possible. La pièce était petite et confortable, avec une large couchette et une commode en teck encastrée. Des rideaux garnissaient le hublot et une cuvette et un pichet étaient posés sur la table de toilette.

— J'attends, Victoria.

Elle prit une profonde inspiration et pria en silence qu'il l'aide, ainsi qu'il le lui avait proposé la veille. Elle n'avait pas d'autre choix que de lui dire la vérité — ou du moins une partie de la vérité.

— Nous travaillions à Harwood Hall.

Elle lui jeta un coup d'œil à travers ses cils. A ce qu'il semblait, il n'avait pas encore découvert qu'elle était la belle-fille du baron et elle n'avait pas l'intention de le lui révéler — au moins pour l'instant. La loi donnait au baron le contrôle complet de ses belles-filles. Lord Brant pourrait se sentir tenu de lui restituer ses pupilles.

— Au début, lord Harwood était aimable avec nous. Puis il s'est mis à regarder Claire.

— La plupart des hommes regardent Claire. Il est difficile de ne pas la remarquer.

— La façon dont Harwood la considérait avait de quoi vous donner la chair de poule. Ces yeux noirs et froids, cette petite bouche pincée… Claire avait de plus en plus peur de lui. Je savais qu'il allait lui faire des avances, que ce n'était qu'une question de temps. Quand cette menace est devenue insupportable, nous avons projeté de partir dès que nous le pourrions, mais…

— Mais ?

— Il nous fallait plus d'argent. Nous avions établi qu'en travaillant deux ou trois semaines de plus nous aurions eu assez pour nous enfuir. Et puis, deux jours plus tard, je l'ai entendu entrer dans la chambre de Claire… et je n'ai pu faire autrement que de le suivre pour l'arrêter.

— C'est là que vous l'avez frappé avec la chauffe-rette.

Tory déglutit. Elle avait les nerfs à vif.

— C'est la seule arme que j'avais à ma portée. J'ai longtemps craint de l'avoir tué.

— Et le collier ?

Elle baissa les yeux sur ses mains, qu'elle tenait toujours crispées.

— Je l'avais vu, une fois, en nettoyant la chambre de maître. Comme vous le disiez, nous étions désespérées. J'ai pris le collier et je l'ai vendu à un prêteur sur gages de Dartfield.

Elle expliqua comment elle avait été obligée de se contenter d'une somme ridicule, qu'elles avaient dépensée au cours des semaines où elle avait cherché du travail. Elle regarda de nouveau le comte, essayant de se montrer courageuse, luttant pour ne pas pleurer.

— Rien de tout cela n'est la faute de Claire. Elle ne mérite pas d'aller en prison.

Ses larmes enflèrent et roulèrent sur ses joues. Les larges épaules du comte se raidirent légèrement.

— Il n'est pas question que quelqu'un aille en prison.

Alors Tory ne put se retenir davantage ; elle se mit à pleurer pour de bon. Ce n'étaient pas des pleurs délicats et féminins, comme Claire en aurait versé, mais de gros sanglots qui la secouaient tout entière. Elle ne protesta pas quand lord Brant la souleva dans ses bras, prit place sur la chaise et l'installa sur ses genoux.

— C'est bon, dit-il en lui appuyant la tête sur son épaule. Nous allons trouver une solution. Personne n'ira en prison.

Tory s'affala contre lui, passa les bras autour de son cou et continua à pleurer. Elle avait porté ce fardeau trop longtemps. Cela lui faisait tant de bien de se confier au comte, de penser qu'il pourrait peut-être l'aider. Elle enfouit son visage au creux de son épaule, inhala le parfum d'eau de Cologne et d'embruns qui montait de lui.

Sa chemise était ouverte. Son torse était presque nu, ses muscles visibles. Son souffle était chaud, tandis qu'il murmurait des paroles apaisantes, et la jeune fille n'avait qu'une envie : tourner la tête et presser ses lèvres sur sa peau lisse et tendue.

Elle désirait plus que tout l'embrasser, souhaitait sentir sa bouche sur la sienne comme cette autre nuit. Elle voulait qu'il la touche de nouveau, qu'il caresse ses seins jusqu'à ce que leur pointe durcisse sous sa paume. Elle voulait qu'il aille jusqu'au bout de ce qu'il avait seulement suggéré cette nuit-là.

— C'est bon, ma petite. Tout va bien se passer.

Elle hocha la tête, mais les larmes continuaient à filtrer de ses paupières closes.

Elle sentit sa main sur sa joue. Il lui prit le menton, leva son visage vers lui.

— Tout va bien se passer, répéta-t-il doucement.

Ses yeux, bruns et dorés, soutinrent ceux de Tory, et elle fut certaine qu'en cet instant il avait envie de l'embrasser aussi fortement qu'elle le souhaitait.

Il ne le fit pas.

Et pourtant il la désirait. Elle bougea un peu et sentit son sexe durci sous sa cuisse. Il la souleva, se leva et la mit sur ses pieds, mais il n'essaya pas de la toucher.

Il avait donné sa parole. Apparemment, il n'avait pas l'intention de revenir dessus.

Sauf si elle le lui demandait.

Et, par le ciel, elle en brûlait d'envie. Elle ferma les yeux et s'apprêta à se laisser aller contre lui, juste à l'instant où un petit coup fut frappé à la porte. Elle sursauta et se détourna avec embarras, gênée par ce qu'elle avait failli faire. Le comte traversa la cabine pour aller ouvrir. C'était le duc de Sheffield.

— La jeune fille, Claire… Elle va plus mal.

Rafe tourna les yeux vers Tory qui se tenait au centre de la pièce. C'était un bel homme, constata-t-elle, avec une forte mâchoire, une fossette au menton et de superbes yeux bleus.

— Elle demande sa sœur.

Tory reporta son attention sur le comte.

— Je dois aller la voir… si vous me le permettez.

Il hocha la tête. Elle aurait aimé savoir ce qu'il pensait.

— Le premier matelot doit lui apporter des biscuits et du thé, reprit le duc. Peut-être que cela aidera.

— Oui, peut-être.

Une fois de plus, Tory dévisagea le comte, mais son expression demeurait indéchiffrable.

— Nous reprendrons cette conversation demain matin, dit-il.

Tory fit signe que oui. Elle n'avait pas envie de partir. Elle avait envie de rester avec lui. Ce qui signifiait qu'elle avait intérêt à se diriger en courant dans la direction opposée.

Quand le bateau fut ancré dans la crique, plus tard dans la journée, la mer s'était calmée mais le ciel demeurait couvert et une forte brise balayait le pont. Après sa conversation de la nuit avec Victoria, Cord avait essayé de dormir, mais ses pensées étaient trop embrouillées.

Ses tourments pour Ethan se mêlaient aux tourments qu'il éprouvait pour Victoria et Claire.

Il avait cru à l'histoire de la jeune fille. Il la connaissait assez bien, maintenant, pour savoir jusqu'où elle était prête à aller pour protéger sa sœur. Frapper un homme à la tête avec une chaufferette ! Sapristi ! Harwood pouvait s'estimer heureux qu'elle ne lui ait pas tiré dessus.

Il eut un petit rire à cette idée, puis redevint sérieux. Même si cette histoire était vraie, c'était la parole de deux servantes contre celle d'un aristocrate. Les deux jeunes filles étaient dans une situation critique.

Cependant, Cord estimait que, s'il graissait assez de mains et promettait assez de faveurs çà et là, l'affaire pourrait être réglée.

Il se tourna en entendant un bruit de pas et vit approcher Victoria. Elle était vêtue des effets qu'elle avait portés dans sa cabine la nuit précédente — ceux-là mêmes qui l'habillaient le premier jour où il l'avait vue : une robe gris tourterelle à taille haute, légèrement élimée et d'une coupe simple, mais de bonne qualité.

Elle était jolie et avait la fraîcheur de l'innocence. Toutefois, Cord pensa à tout ce qu'elle avait subi ces derniers mois. Il se remémora combien il avait été doux de la tenir contre lui, la nuit passée. Il la désirait toujours autant, et ses reins se contractèrent. Il ne se souvenait pas d'avoir jamais désiré une femme à ce point, mais il savait que ce ne serait pas juste de céder à ce désir. Victoria méritait beaucoup plus que ce qu'il avait à lui offrir.

Au moins pouvait-il lui proposer son aide.

Elle s'arrêta près de lui et sourit.

— Bonjour, milord.

Ses cheveux n'étaient plus nattés, mais tirés en arrière et ramenés en touffes sur les côtés, ce qui faisait que de douces boucles brunes tombaient sur ses épaules.

— Comment va votre sœur ?

Il avait envoyé Whip Jenkins prendre des nouvelles des deux jeunes filles, ce matin-là, et savait que l'état de Claire s'était amélioré.

— Elle va beaucoup mieux. La mer est plus calme, ici. Ou peut-être qu'elle s'habitue.

— Espérons-le. Il y a encore le voyage de retour.

Victoria détourna les yeux.

— Oui…

Elle ramena son regard sur le visage du comte.

— J'ai réfléchi, milord. Peut-être vaudrait-il mieux que Claire et moi restions en France.

— De quoi parlez-vous ?

— Ainsi, vous n'auriez pas à vous préoccuper de nos problèmes. Si un homme d'équipage nous conduisait à terre, nous pourrions continuer à l'intérieur du pays de la façon que nous avions prévue. Je pourrais trouver une place…

— Comme préceptrice ou bonne d'enfants, je présume. Je crois que c'est ce que vous aviez à l'esprit au départ.

Un peu de couleur monta aux joues de Tory.

— Je pourrais trouver un travail quelconque.

— Non.

— Vous ne croyez pas ce que je vous ai dit ?

— Je le crois.

— Dans ce cas, pourquoi ne voulez-vous pas nous laisser ici ?

Cord n'aurait su dire ce qui le mit en colère, mais il constata qu'il l'était. Il tendit les mains pour la saisir par les épaules, et l'approcha légèrement de lui.

— Parce que vous seriez confrontées aux plus graves dangers. Deux femmes seules, sans escorte. Sans la moindre idée de l'endroit où vous pourriez vous rendre, ni de la façon d'y parvenir, ni des secours que vous pourriez recevoir. Je ne puis l'accepter. Vous allez rentrer à Londres et je vous aiderai à régler cette affaire.

Tory déglutit.

— Et si… vous n'y parvenez pas ?

Il desserra son étreinte, qui se fit plus douce.

— Dans ce cas, je veillerai personnellement à ce que vous regagniez la France dans de bonnes conditions, ou un autre lieu où vous serez en sécurité. Faites-moi confiance, Victoria. Je suis comte et je dispose de certains moyens de pression. Si j'explique la chose aux autorités, elles m'écouteront.

Elle se mordit la lèvre, parut vouloir dire quelque chose, mais finalement elle garda le silence.

— Je peux vous aider, Victoria. A partir du moment où vous m'avez dit la vérité.

— Je vous ai dit exactement ce qui s'est passé.

Il fit courir son pouce le long de la mâchoire de la jeune fille. Sa peau était aussi souple que de la soie, aussi douce que du duvet. Avec le vent dans ses cheveux et ses lèvres humides d'écume, elle était diablement jolie. Il se demanda comment il avait pu la trouver simplement « intéressante ».

Il la désirait si fort que c'en était douloureux.

— Si tel est le cas, vous n'avez rien à craindre.

Victoria se tourna pour contempler la mer, et son regard glissa vers la côte. En cet endroit, la terre sortait de l'eau sous forme de hautes falaises découpées, plates en haut, et plusieurs chemins à pic descendaient jusqu'à la plage. Un canot reposait sur le sable, attendant d'être utilisé la nuit prochaine. Des goélands planaient au-dessus des fentes et des ravines, et leurs cris aigus parvenaient jusqu'au navire qui se balançait doucement dans la crique.

— Il y a autre chose que vous devez me dire, reprit Cord.

Victoria se tourna vers lui, plongeant ses yeux vert clair dans les siens.

— Quoi, milord ?

— Qui vous êtes réellement.

Tory pâlit légèrement.

— Je ne comprends pas ce que vous voulez dire.

— Il est manifeste que Claire et vous avez reçu une excellente éducation. Qu'est-il arrivé à vos parents ? Pourquoi êtes-vous restées seules ?

Elle humecta ses lèvres, ravivant le désir du comte.

— Mon père était un propriétaire terrien du Kent. Il est mort il y a cinq ans. Un soir, à la fin mai, des bandits l'ont attaqué alors qu'il rentrait des champs et il a été tué.

Elle garda les yeux rivés sur la côte.

— Ma mère en a été dévastée. Nous aussi. Deux ans

plus tard, elle est morte. Nous n'avions point de parents, personne pour s'occuper de nous. Nous nous sommes débrouillées de notre mieux toutes seules.

Cord n'avait pas l'intention de la toucher, mais il ne put résister.

— Je suis désolé, dit-il en l'attirant à lui.

Elle se tourna dans ses bras.

— Un jour, j'espère voir punis les hommes qui ont provoqué la mort de mon père.

Il ne pouvait l'en blâmer. Il ressentirait la même chose si quelqu'un qu'il aimait était assassiné, mais il songea que les espoirs de la jeune fille étaient vains. On ne retrouverait pas les coupables après tant de temps.

— J'ai perdu mon père il y a deux ans, dit-il. Je ne m'étais pas avisé avant son décès de ce qu'il représentait pour moi. Vers la fin, il a eu de graves déboires financiers. Il ne les a jamais mentionnés et j'étais trop pris par ma vie égoïste pour lui poser des questions. Il a eu une crise d'apoplexie ; je pense que la tension était trop lourde pour lui. Si je l'avais aidé, peut-être ne serait-ce pas arrivé. Je ne sais pas. Je suppose que je ne le saurai jamais.

Victoria le regarda.

— Vous avez eu à faire front à de nombreux problèmes quand vous avez hérité de votre titre, mais vous les avez surmontés. Vous avez rebâti la fortune que votre père avait perdue.

— Comment diable…

— Dans une maison comme la vôtre, milord, il y a peu de secrets.

Un coin de la bouche de Cord se releva.

— Je m'en aperçois.

— Pourquoi ne vous êtes-vous pas marié ? Je vous ai vu avec Teddy ; il est évident que vous aimez les enfants. Et il y a la question de votre héritier.

Les pommettes de Tory se teintèrent de rose.

— Je suppose que cela ne me regarde pas.

— De fait, j'ai un certain nombre d'obligations. Engendrer un héritier n'est que l'une d'entre elles. Mais j'aimerais fonder une famille, un jour. Tout ce que j'ai à faire, c'est de trouver une épouse qui réponde à mes conditions.

— Vous cherchez une héritière, je l'ai entendu dire aussi. Quelqu'un qui puisse ajouter à vos possessions.

— J'ai une dette envers mon père. J'ai l'intention de la payer. Faire un bon mariage est important pour y arriver.

— Je vois.

Cord se demanda si elle voyait vraiment ce qu'il voulait dire. Si elle pouvait imaginer ce que c'était que d'avoir failli vis-à-vis de la personne qui comptait le plus pour vous au monde.

Quoi qu'il advienne, il ne faillirait plus.

— Vous avez froid, observa-t-il en voyant que Victoria avait la chair de poule sur les bras. Pourquoi ne rentrez-vous pas ?

Elle hocha la tête.

— Je vais rentrer.

Cord contempla le balancement féminin de ses hanches

et déplora qu'elle n'ait pas accepté de devenir sa maîtresse. Peut-être que si Victoria l'attendait, nuit après nuit, il pourrait remplir ses obligations plus aisément — et épouser sans regret une femme fortunée.

9

Le dîner était terminé. Tory raccompagna sa sœur dans la cabine qu'elles partageraient pour le restant du voyage. La mer s'agitait de nouveau, Claire avait recommencé à se sentir plus mal et M. Jenkins lui avait donné une dose de laudanum. Dès qu'elle fut en chemise de nuit, elle se pelotonna sur sa couchette et s'endormit presque instantanément.

Tory n'avait pas du tout sommeil. Elles avaient dîné à la table du capitaine, avec lord Brant et le duc. A la fin du repas, le comte lui avait demandé si elle aimerait le rejoindre sur le pont.

Toute la soirée, il s'était montré plein de sollicitude à son égard, d'une façon qu'elle n'attendait pas. Il devait se sentir désolé pour elle, songea-t-elle, mais la dernière chose qu'elle souhaitait de lui était sa pitié. C'était de son aide qu'elle avait besoin, et il avait accepté de la lui accorder.

Elle pensait pouvoir compter sur lui. Il y avait quelque chose en Cord Easton qui parlait d'honneur et de devoir, quelque chose qui la poussait à lui donner sa confiance. C'était dans ses yeux chaque fois qu'il la regardait, avec autre chose, un besoin, une sorte d'intense nostalgie qui lui traversait le cœur. Il la désirait comme aucun homme ne l'avait désirée avant lui.

Et elle le désirait tout autant.

Elle savait qu'elle avait tort. Elle avait été élevée pour se garder pour l'homme qu'elle épouserait. Mais même si le comte apprenait qu'elle était la fille d'un baron, même s'il parvenait à sauver sa réputation, il avait clairement établi quelle sorte de femme il voulait épouser. Et elle ne serait jamais une héritière.

Lord Brant n'était pas pour elle, elle le savait. Et pourtant, alors qu'elle se le répétait, elle prit sa cape et la jeta sur ses épaules, puis ouvrit la porte de la cabine.

Elle serait forte, se dit-elle. Elle ignorerait l'appel qu'elle lisait dans ses yeux — et la douleur de son propre cœur.

Il était largement plus de minuit et il n'y avait toujours aucun signe du canot qui devait amener Ethan. Claire dormait, mais Victoria était debout sur le pont, près du comte. Par ce qu'elle avait surpris de sa conversation avec le duc de Sheffield, la veille, elle savait qu'il était venu aider son cousin à s'enfuir de prison. Etrangement, elle était heureuse d'être au courant. Elle se disait qu'avoir près de lui quelqu'un qui comprenait son attente pourrait peut-être la lui rendre plus légère.

Le regard de lord Brant se porta sur elle. La brise nocturne soulevait les cheveux de la jeune fille, la lumière de la lanterne accrochée au mât y allumait des reflets cuivrés.

— Etes-vous certaine de ne pas vouloir rentrer ? demanda-t-il. Il se fait tard et l'on sent l'humidité.

Tory resserra un peu sa cape autour d'elle.

— Le froid n'est pas vif et la mer s'est calmée. Je préfère rester ici.

Cord pensa qu'elle restait à cause de lui, pour l'aider à passer le temps pendant cette attente interminable. Il n'avait jamais eu d'amie femme, auparavant. Si ce n'était le désir constant qu'elle lui inspirait, il aurait considéré Victoria comme une amie.

— Regardez !

Elle pointa le doigt vers l'eau.

— Quelqu'un arrive à la rame !

Cord se tourna vers le bastingage au moment où Rafe apparaissait, ses hautes bottes résonnant sur le plancher du pont.

— On dirait qu'ils arrivent, dit ce dernier, en écho aux paroles de Victoria.

Le comte scruta l'obscurité.

— Je ne puis voir si Ethan est à bord.

— Il y a deux hommes, c'est tout ce que je distingue.

Le pouls de Cord s'accéléra tandis qu'il observait le rameur qui approchait le canot du schooner. Dès que la barque se rangea près du flanc du navire, il lança une lourde échelle de corde par-dessus le bastingage et pria le ciel de voir apparaître le visage de son cousin.

Une vive déception l'envahit quand un étranger monta sur le pont et se présenta.

— Max Bradley.

C'était un homme aux traits creusés et aux épais cheveux noirs qui tombaient sur le col de sa redingote de drap bleu.

— Je crains de vous apporter de mauvaises nouvelles.

L'estomac de Cord se contracta.

— Est-il… est-il mort ?

— Je ne pense pas. Il semble qu'ils l'aient déplacé.

— Quand ?

— Il y a moins de deux jours.

Cord eut la sensation qu'une masse de plomb lui tombait sur la poitrine. Ils avaient perdu leur chance. Ethan était toujours en prison. Il déglutit, s'efforçant de ne pas céder au désespoir.

— Nous savions que c'était trop facile, dit Rafe. Nous devrons faire un second voyage.

Un second voyage. Cord releva la tête, les mots de son ami rallumant en lui une étincelle d'espoir.

— Oui. Cela est juste. Nous n'aurons qu'à revenir. Où l'ont-ils emmené ?

— Je n'en suis pas sûr, mais je le découvrirai, dit Bradley. Cette affaire n'est pas terminée, milord. Le capitaine Sharpe est l'un des meilleurs hommes que nous avons. Nous souhaitons le voir de retour chez lui sain et sauf presque autant que vous.

Pas autant, et de loin, pensa Cord qui sentit la tension

des derniers jours s'échapper de lui, le laissant brisé de fatigue.

Bradley regarda le large, derrière eux.

— Je vous conseillerais de repartir pendant qu'il fait encore noir. Dès que j'aurai retrouvé la trace du capitaine Sharpe, je préviendrai Pendleton, comme la première fois.

— Nous serons prêts, dit Cord. Bonne chance.

— Merci.

Bradley enjamba le bastingage et redescendit par l'échelle de corde avec une aisance qui démontrait qu'il n'était pas étranger aux bateaux, puis il s'installa dans le canot.

Cord contempla la barque qui disparaissait dans l'obscurité. Autour de lui, les matelots s'activaient pour remettre les voiles. La chaîne de l'ancre grinça en s'enroulant autour du cabestan. Quelques minutes plus tard, le navire commença à bouger, prêt à reprendre le large. Rafe avait disparu.

Il tourna les talons et prit la direction de sa cabine.

— Milord ?

La voix de Victoria flotta jusqu'à lui. Il avait oublié qu'elle était toujours là.

— Je suis désolé, dit-il. Je ne sais pas à quoi je pensais.

— Vous pensiez à votre cousin.

Le regard de Cord se perdit vers le rivage. Si le canot avait accosté, il ne pouvait le voir.

— Si seulement nous étions venus quelques jours plus tôt…

— Vous le sauverez la prochaine fois.

Il hocha la tête.

— La prochaine fois. Oui… Je me demande où il est, ce soir.

— Où qu'il soit, je prie pour qu'il soit sain et sauf.

Cord inspira, faisant écho à cette prière.

— Venez. Je vais vous reconduire à votre cabine.

Il n'avait pas vraiment envie qu'elle le laisse, mais il posa une main sur sa taille. Victoria ne fit pas un geste pour s'en aller. Elle resta sur place, debout devant lui, scrutant son visage. Il se demanda si elle pouvait y lire sa lassitude et sa terrible déception.

— Je pensais… que je pourrais peut-être vous accompagner dans votre cabine, au lieu de rentrer dans la mienne.

Un long moment de silence s'installa. Pendant une dizaine de battements de cœur, Cord la fixa, incrédule, incapable de concevoir qu'il l'avait bien entendue.

— Mesurez-vous ce que vous proposez ? Ce qui arrivera si vous venez chez moi ?

— Je sais parfaitement ce que j'avance.

Elle tendit une main et la posa sur la joue du comte.

— Je vous demande de prendre possession de moi.

Les pieds de Cord lui parurent rivés au pont. Il se sentait aussi dépourvu qu'un écolier ne sachant pas sa leçon.

— Victoria… En êtes-vous certaine ? Etes-vous sûre que c'est ce que vous voulez ?

— J'ai essayé de me convaincre du contraire, mais

ce n'est pas la vérité. Je veux que vous me fassiez vôtre. C'est pour moi une certitude, milord.

Il s'approcha d'elle, enfin, et prit son visage entre ses paumes.

— Je prendrai soin de vous. De vous deux. Je vous promets que vous n'aurez pas à regretter…

Elle le fit taire en posant un doigt sur ses lèvres.

— N'en dites pas plus, je vous en prie. Nous ignorons ce qui nous attend, quels problèmes nous aurons peut-être à résoudre demain. Cette nuit est à nous. Profitons-en — si vous le voulez.

Par le sang du Christ, Cord n'avait jamais rien souhaité aussi fortement. Il l'enlaça et l'attira à lui, capturant sa bouche en un baiser qui avait la passion du désespoir. Elle avait un goût de miel et de roses, et il sentait son corps tendu de désir pour elle.

Sans un mot, il la souleva dans ses bras et rejoignit à grands pas l'échelle qui descendait à sa cabine.

Le temps que le comte la porte le long de la coursive, ouvre sa cabine et la remette sur pied, Tory tremblait. Un moment de folie l'avait poussée à cette décision, mais elle était là, maintenant, et elle ne pouvait plus reculer. Elle avait senti le besoin éperdu que Cord avait d'elle, ce soir-là, et elle y avait répondu. En outre, elle lui avait dit la vérité : elle voulait qu'il la fasse sienne. Elle le souhaitait plus qu'elle n'avait jamais rien souhaité, autant qu'elle s'en souvienne.

Dans l'obscurité, il referma la porte, la débarrassa de sa cape et se défit de sa redingote. Puis il alla jusqu'à la table de toilette et alluma la petite lampe de marine, en cuivre, posée dessus.

La lumière joua sur son visage, en dessinant les traits virils. Il paraissait si fort, si formidablement beau. Pourtant, quand il rejoignit Tory, une hésitation perça dans les profondeurs de ses yeux dorés.

— Vous ne faites pas ceci pour vous assurer de mon aide une fois que nous regagnerons Londres ? demanda-t-il. Vous ne voyez pas cet abandon comme une sorte de paiement ?

La colère le disputa à la blessure dans le cœur de Tory. Il pensait qu'elle était prête à lui vendre son corps pour se sauver et sauver Claire. En cet instant, elle eut envie de tourner les talons et de quitter la cabine, et l'aurait fait si elle n'avait lu sur le visage de Cord l'intense appel qu'il lui adressait.

— Que vous m'aidiez ou non, ceci n'a rien à voir avec ce que vous ferez pour moi.

Le soulagement du comte fut si manifeste qu'il estompa aussitôt son amertume. Bien que cela lui parût difficile à croire, elle n'était peut-être pas la seule à craindre de souffrir.

— Mon nom est Cord, dit-il. Je veux que vous le prononciez.

Tory rosit légèrement. Elle l'avait déjà appelé ainsi dans ses rêves.

— C'est un très beau nom, murmura-t-elle. Cord…

Il courba la tête et effleura ses lèvres d'un baiser aussi léger que la caresse d'une plume.

— Qu'en est-il de votre sœur ? Elle va s'inquiéter, si vous ne la rejoignez pas.

— M. Jenkins lui a administré une dose de laudanum. D'après lui, elle dormira jusqu'à ce que nous atteignions Londres.

Le comte fit courir un doigt le long de sa joue.

— Alors, cette nuit, vous êtes à moi.

Elle ferma les yeux tandis qu'il la prenait dans ses bras pour l'embrasser. Cette fois, ce ne fut pas un baiser doux et gentiment persuasif, mais un baiser brûlant et plein de passion, qui l'emplit d'une chaleur intense et d'un désir fou de se donner à lui. Ses genoux fléchirent sous elle. Elle glissa les bras autour de son cou pour rester debout.

— Répétez mon nom, chuchota-t-il.

— Cord…

Un baiser plus profond encore s'ensuivit, farouche et possessif. Tory tremblait de tous ses membres, la tête lui tournait.

— Je sais que je devrais aller plus lentement, dit-il. Mais j'ai le plus grand mal à refréner mon envie de vous.

Elle lui sourit, se haussa sur la pointe des pieds pour l'embrasser à son tour et eut droit à un nouveau baiser qui la ravagea tout entière. Puis Cord pressa ses lèvres sous son oreille et sur le côté de son cou, avant de s'emparer de nouveau de ses lèvres. Ce faisant, il défit les boutons de son corselet et le nœud qui fermait sa chemise, exposant les seins de la jeune fille.

Elle gémit sous ses caresses, frémit quand il promena son pouce sur une pointe durcie. Un pur plaisir l'envahit, qui la fit se presser contre lui.

Sa robe s'écarta et il la fit glisser le long de ses épaules, puis de ses hanches. Elle s'affala à ses pieds. Sa chemise suivit, ne la laissant vêtue que de ses bas et de ses jarretelles. Tory combattit l'envie qu'elle avait de se couvrir, pour se protéger de son regard fauve qui la brûlait.

— Je rêvais de vous voir ainsi, murmura-t-il en reprenant possession d'un sein, accroissant le plaisir qu'elle éprouvait déjà.

Elle avait le souffle court, était prise de vertige et ne savait trop que faire. Elle vacilla contre lui quand il baissa la tête pour saisir la pointe d'un sein dans sa bouche.

— Oh, Dieu…

Elle enfila les doigts dans ses cheveux, balançant entre le désir de l'écarter et celui de le presser davantage encore contre elle. La langue de Cord dessinait des cercles de feu sur sa poitrine, il la goûtait, la savourait, la taquinait, et mille sensations s'éveillaient dans le ventre de Tory, alourdissaient ses membres.

Il fit glisser sa main au creux de ses cuisses, dans les boucles brunes qui défendaient la partie la plus intime de sa personne. Elle émit un petit cri étranglé et se cramponna à ses épaules, tremblant si fort qu'il la souleva dans ses bras.

— N'ayez pas peur. La dernière chose que je souhaite est de vous faire du mal.

— Je n'ai… je n'ai pas peur.

Cord avait allumé en elle un véritable incendie. Elle était loin d'être rassasiée de ses baisers passionnés, de ses caresses audacieuses. Elle souhaitait qu'il la touche, et souhaitait le toucher. Elle voulait le goûter à son tour, connaître la texture de sa peau, s'enivrer de son parfum.

Lorsqu'il la remit debout près du lit, elle s'inclina vers lui, se saisit de sa chemise et commença à la sortir de ses culottes. Cord l'aida et fit passer la chemise par-dessus sa tête. Puis il se baissa pour ôter ses bottes et défit les boutons de ses culottes.

Il s'arrêta et leva les yeux, voyant que Tory contemplait fixement son torse. Elle tendit une main vers lui. Il la prit, la retourna et en baisa la paume, puis l'appliqua sur son cœur. Elle en perçut le battement forcené, si vivant, si vital, si semblable à l'homme lui-même.

D'un geste hésitant, elle découvrit la douceur de la toison qui bouclait sur sa poitrine, la surface lisse de sa peau, le dessin de ses muscles sur ses côtes, l'aplat de son estomac. Il ne fit pas un mouvement pour l'arrêter, et cependant elle sentait la tension de son corps, les nerfs qui vibraient sous sa main. Il était tout entier habité par le désir qu'il avait d'elle.

— Je vous veux, dit-il doucement.

Elle atteignit les derniers de ses boutons, frôlant l'épaisse boursouflure qui distendait le devant de ses culottes, et entendit qu'il inspirait vivement.

— Ma téméraire petite Victoria.

Il paraissait satisfait, et ne changea pas d'expression lorsqu'elle s'écarta de lui pour le laisser se dévêtir. Quand il fut nu, elle admira la minceur de son corps, son torse puissant et ses longues jambes musclées. Lorsque ses yeux se posèrent sur son sexe raidi, elle éprouva un mélange de curiosité et d'appréhension.

— Tout va bien, dit-il. Nous n'avons pas à nous précipiter. Nous allons procéder lentement, en douceur.

Il embrassa Tory, lui donnant un long baiser tendre et enivrant, un baiser fait pour la convaincre qu'elle pouvait avoir confiance en lui.

Le désir de la jeune fille s'enflamma de nouveau, se mit à tournoyer en elle, l'enrobant d'une merveilleuse brume de chaleur. Cord l'allongea sur la couchette et l'y rejoignit, s'appuyant sur ses coudes, sans cesser de l'embrasser. Ses mains étaient partout, caressantes et généreuses, lissant sa peau nue, exacerbant son plaisir en prenant possession de ses seins et des replis les plus secrets de son être, la livrant à la volupté la plus complète.

Lorsqu'il s'installa entre ses jambes, elle s'en rendit à peine compte, tant son trouble était grand et l'habitait d'un bonheur intense. Elle sentit sa puissante érection au creux de ses cuisses, mais n'en fut pas effrayée : au contraire, une vive impatience s'empara d'elle. Elle désirait Cord, souhaitait ce qui allait arriver.

L'intérieur de son ventre l'appelait par de violentes et

délicieuses pulsations qu'elle n'avait jamais ressenties auparavant. Cord s'immisça doucement en elle, juste un peu, pour la préparer à l'accepter. Il l'embrassa longuement et profondément, tout en continuant ses caresses jusqu'à ce qu'elle se torde sous lui, gémissant son nom, s'arquant pour s'unir plus complètement à lui. Puis il se coula en elle pour de bon.

L'espace d'un instant, Tory ressentit une douleur qui ressemblait à une brûlure. Il avait rompu l'hymen de sa virginité. A dater de maintenant, elle était changée pour toujours. Mais cette pensée s'effaça vite, et avec elle la douleur. Elle était emplie par le corps de Cord, liée à lui d'une manière qu'elle n'aurait pu imaginer.

— Je suis désolé, dit-il en se tenant au-dessus d'elle. J'ai essayé de ne pas vous faire souffrir.

Mais il y avait dans ses yeux une lueur de triomphe et de possessivité farouche. Il l'avait réellement faite sienne. Tory ne pouvait lui laisser savoir à quel point.

— La douleur disparaît, dit-elle.

Et le plaisir était toujours là, cette douce torture qui renaissait, ce besoin d'aller plus loin sans savoir vers quoi. Elle haussa ses hanches vers lui pour lui permettre de pénétrer plus profondément encore en elle et l'entendit émettre un grognement de plaisir. Puis il se mit à bouger, lentement au début, se frayant doucement un chemin, avivant la passion qui les unissait et faisant trembler Tory.

Elle eut tôt fait de s'accorder à son rythme et commença à se mouvoir au-dessous de lui tandis qu'il allait d'assaut en assaut, plus vite, plus fort, avec plus d'exigence. Quelque chose se formait en Tory, une sorte de boule de feu dont la présence l'extasiait et la rendait folle du désir d'aller plus loin.

Cette boule de tension explosa soudain d'une façon si vive qu'elle cria le nom de Cord. S'arquant contre lui, enfonçant les doigts dans ses épaules, elle eut la sensation que le monde se brisait en mille morceaux.

Les muscles de Cord se raidirent quelques secondes plus tard. Il étouffa un cri rauque en la suivant dans son envolée vers l'extase.

La pendule sonna. Toujours liés l'un à l'autre, ils commencèrent à redescendre sur terre, le plaisir refluant lentement telle une vague. Durant quelques minutes, Tory resta immobile, à faire le tri parmi les émotions qu'elle éprouvait.

— Cela a été quelque chose, dit-elle, et elle entendit le rire sourd du comte.

— Quelque chose, en effet.

Elle tourna la tête pour le regarder, et vit la satisfaction paresseuse qui se lisait dans ses yeux.

— Je n'avais aucune idée…, commença-t-elle.

— De cela, je vous serai éternellement reconnaissant.

Elle ne comprit pas tout à fait ce qu'il voulait dire, mais avant qu'elle ait pu poser la question il l'embrassait de nouveau. La chaleur qui les embrasait dès qu'ils se touchaient renaquit et Cord pénétra de nouveau en elle, plus aisément cette fois. Elle n'aurait jamais pu deviner à quel point faire l'amour avec lui était merveilleux.

Et quoi qu'il advienne le lendemain, elle savait qu'elle ne regretterait jamais cette expérience.

10

Cord devait être objectif. Il fallait qu'il soit certain que Victoria lui avait dit toute la vérité. Ce n'était pas qu'il n'avait pas confiance en elle ; il se méfiait encore juste un peu.

Penser à elle, maintenant qu'ils avaient regagné la maison, lui rappelait les heures qu'ils avaient passées ensemble sur le bateau et lui tira un sourire. Elle était aussi passionnée qu'il l'avait imaginé, peut-être même plus. Il avait détesté la réveiller quand le *Nightingale* s'était approché du port, mais il n'avait pas voulu que sa sœur s'aperçoive de son absence et découvre où elle avait passé la nuit.

Claire apprendrait bien assez tôt les réalités de la vie, une fois qu'il installerait Victoria comme sa maîtresse. Mais cette situation ne pourrait advenir tant que les deux jeunes femmes ne seraient pas complètement exemptes des charges qui pesaient sur elles. Pour ce faire, il avait besoin de savoir ce que Jonas McPhee avait pu trouver au sujet du baron Harwood et de ses deux employées rebelles.

Certes, cela ne faisait que quelques jours que l'enquêteur

avait reçu son message, et deux jours seulement qu'il était rentré de France. Mais McPhee avait pu découvrir quelque chose. Une fois que Cord serait armé de faits précis, il avait l'intention de s'adresser directement au baron.

D'après Rafe, Harwood était d'une grande avarice. De l'argent pour remplacer le collier, avec la menace d'un scandale, devrait suffire à le convaincre d'abandonner ses poursuites.

Et Victoria reprendrait sa place dans son lit.

Tandis qu'il sortait par la grande porte, il sourit encore en songeant à elle, en train de travailler pour lui et faisant comme si rien n'avait changé entre eux, mais incapable de s'empêcher de rougir quand elle le voyait la regarder.

Ce qui n'était pas arrivé souvent ces derniers jours.

La jeune femme l'évitait, il le savait, ne sachant comment se comporter avec lui. Il lui avait promis qu'il trouverait le moyen de régler ses problèmes, mais cela n'avait semblé qu'accentuer sa nervosité. Cord avait l'intime conviction qu'elle lui cachait encore quelque chose, une chose qu'elle voulait lui confier, mais qu'elle n'avait pu se décider à lui révéler.

Peut-être que McPhee comblerait ces vides.

Cord l'espérait. Lorsqu'il poussa la porte du bureau de l'enquêteur, dans Bow Street, il pensa encore à Victoria et sentit une flèche de désir lui traverser les reins.

— Il faut que tu lui dises le reste, Tory.

Victoria avait appris à sa sœur qu'elle avait été contrainte d'avouer la majeure partie de leur histoire au comte, la nuit où on les avait découvertes dans la cale.

— Je sais.

— Lord Brant a dit qu'il allait nous aider, n'est-ce pas ?

Elles étaient en train de travailler dans une chambre du haut, Victoria cirant les meubles de bois de rose et Claire balayant le sol.

— Oui, il l'a dit et je suis certaine qu'il fera ce qu'il pourra, mais…

— Mais tu lui as caché l'une des parties les plus importantes de cette affaire. Tu ne lui as pas dit que le baron est notre beau-père — notre tuteur légal.

— C'est parce que j'ignore comment il réagira en l'apprenant.

Cord serait probablement fort mécontent. Surtout quand il s'aviserait qu'elle était la fille du défunt baron Harwood, un membre de l'aristocratie.

Elle repensa à Miles Whiting et à la façon dont il s'était insinué dans la vie de sa mère en deuil, prenant possession de l'héritage de cette dernière et de sa superbe maison de famille, Windmere. Il avait eu tout ce qu'il désirait. Tory était convaincue qu'il n'avait reculé devant rien pour combler ses vœux.

Pas même devant un meurtre.

— Le comte pourrait parler à lord Harwood, reprit Claire. Le convaincre que nous trouverons un moyen de lui rembourser le prix du collier.

— Harwood veut plus que de l'argent, Claire. Il te veut, toi.

Tout comme lord Brant la voulait, elle. Et il serait furieux quand il apprendrait que ses plans de faire d'elle sa maîtresse se réduiraient en fumée, parce qu'elle était la fille d'un pair du royaume.

— Quoi qu'il advienne, tu dois tout lui dire. Cela me semble juste.

Tory cessa de frotter la table Sheraton et se tourna pour faire face à sa sœur.

— C'est bon. Je lui parlerai ce soir, après le dîner.

Elle se crispa intérieurement à cette idée. Ces deux derniers jours, elle avait évité le comte le plus possible, ce dont il semblait s'être aperçu. Il avait même paru trouver la chose amusante. Les rares occasions où elle l'avait croisé, elle avait lu dans son regard ce qu'il pensait. Elle avait vu la chaleur qui couvait dans ses yeux, et la courbe sensuelle de ses lèvres. Elle s'était remémoré le contact de cette belle bouche sur sa peau, et en avait éprouvé du trouble au creux de son ventre.

Claire se tourna vers la porte.

— Qu'est-ce que c'est ?

— Quoi ? fit Tory en suivant son regard.

— On dirait que quelqu'un t'appelle, dit la jeune fille, les yeux agrandis par la crainte. Je crois que c'est le comte.

Victoria entendit à son tour. Elle reconnut la voix tonitruante de lord Brant, et un frisson glacé la parcourut.

— Il a vraiment l'air furieux, ajouta Claire. Penses-tu que…

— C'est exactement ce que je pense. Tu as intérêt à rester ici.

En souhaitant que son cœur cesse de tambouriner de la sorte dans sa poitrine, Tory prit sa jupe à deux mains, sortit et se dirigea vers l'escalier qui descendait dans le vestibule.

Cord se tenait au bas des marches, les mâchoires contractées, une légère rougeur sur les pommettes.

— Dans mon cabinet de travail ! ordonna-t-il. Tout de suite !

Le pouls de Tory s'emballa plus encore. Il était dans une véritable rage. Juste ciel ! pensa-t-elle. Elle aurait dû tout lui dire avant qu'il soit trop tard. Haussant le menton, elle le précéda dans le couloir. Dès qu'ils furent entrés dans la pièce, il fit claquer la porte derrière eux.

— Vous m'avez menti.

Sa voix était crispée, sa fureur contenue à grand-peine.

La jeune femme s'obligea à rencontrer son regard furibond.

— Seulement par omission, répondit-elle. Ce que je vous ai dit était vrai.

— Pourquoi ? Pourquoi ne m'avez-vous pas dit qui vous êtes ?

— Parce que vous êtes comte et que lord Harwood est baron. Parce que certaines règles ont cours dans l'aristocratie, et que je n'étais pas sûre que vous vouliez les enfreindre.

Cord serra les poings.

— Vous avez donc cru que je vous livrerais à Harwood.

— J'ai pensé que ce serait possible, oui.

Les mâchoires de Cord se contractèrent de plus belle.

— Je puis vous dire la chose que je n'aurais pas faite, si j'avais su qui vous étiez. Je n'aurais pas passé une nuit à vous faire l'amour !

Victoria tressaillit. Peut-être était-ce vrai. Peut-être aurait-il refusé le réconfort de son corps. Elle se demanda si ce n'était pas l'une des raisons pour lesquelles elle lui avait caché son identité.

— Je ne regrette pas ce qui s'est passé entre nous. Le regrettez-vous ?

— Pour l'amour du ciel, bien sûr que je le regrette ! Vous êtes la fille d'un baron ! Mesurez-vous les conséquences de ce que vous avez fait ?

Elle ouvrit la bouche pour lui répondre, pour lui assurer qu'elle ne mentionnerait jamais ce qui s'était produit entre eux, mais des coups secs frappés à la porte l'interrompirent. Cord fronça les sourcils, irrité par ce dérangement, et alla ouvrir. Dès qu'il tira le battant, deux policiers en uniforme entrèrent, suivis par un homme brun, grand et mince, que Tory avait espéré ne jamais revoir.

Son estomac se serra. Cord avait dû l'envoyer chercher. Par le ciel, elle n'aurait pas dû lui faire confiance !

Pourquoi n'avait-elle pas écouté les avertissements que lui avait soufflés sa conscience ? Pourquoi ne s'était-elle pas enfuie avec Claire dès que le bateau avait accosté à Londres ?

Des larmes lui brûlèrent les yeux, mais elle les chassa d'un clignement de cils. Elle se refusait à montrer sa faiblesse devant son beau-père. Elle raidit son épine dorsale quand les policiers s'approchèrent d'elle, mais avant qu'ils aient pu l'atteindre, le comte leur barra le passage.

— Vous pouvez vous arrêter ici, dit-il, les figeant sur place.

Il tourna un regard dur vers le baron.

— Je suppose que vous êtes Harwood.

Ce dernier lui décocha un petit sourire hautain.

— A votre service, milord.

L'homme était mince comme un fil, son visage creusé en aplats implacables. Il était égoïste et dur, et pourtant, durant l'année où il avait courtisé la mère de Tory, il avait paru aimable, presque gentil. C'était le genre de personnage capable de faire n'importe quoi pour arriver à ses fins, et c'était la raison pour laquelle la jeune femme le haïssait autant.

— Avant que ceci n'aille plus loin, dit le comte, je veux que vous sachiez que miss Whiting et sa sœur sont sous ma protection.

— Vraiment ?

— Je viens de découvrir ce matin seulement la relation

qu'elles ont avec vous. J'avais l'intention de vous envoyer un mot, afin que nous réglions cette affaire.

Le fin sourire du baron resta en place.

— Il n'y a rien à régler. Mes belles-filles vont rentrer chez moi, où elles me restitueront le collier qu'elles ont volé, et tout ceci sera terminé. Je vous présente mes excuses, lord Brant, pour les inconvénients qu'elles vous ont causés. Si je puis faire quelque chose…

— Vous pouvez les laisser à mes soins le temps que cette histoire soit résolue. Ma cousine et son époux, lady et lord Aimes, joueront le rôle de chaperons. Victoria et Claire pourront rester chez eux à Forest Glen, leur propriété du Buckinghamshire.

Un faible espoir se fraya un chemin dans le cœur de Tory. Cord ne les avait pas trahies. Il essayait de les aider, ainsi qu'il l'avait promis.

— Vous ne semblez pas comprendre, insista le baron. Il n'y a rien à résoudre. Mes filles vont rentrer avec moi, leur tuteur légal.

La frustration se peignit sur les traits du comte, avec quelque chose qui ressemblait à du désespoir. Il n'allait pas pouvoir les secourir, comme Tory l'avait craint. Elle sentit que son sang se retirait de son visage, et ses genoux se mirent à trembler sous sa jupe. Doux Jésus ! Elle imaginait aisément quelle punition le baron lui infligerait, pour ce qu'elle avait fait.

Mais ce ne serait rien comparé à ce qu'il ferait subir à Claire.

Elle entendit alors sa sœur qui arrivait dans le couloir.

Claire se mit à pleurer quand l'un des policiers la fit entrer dans le cabinet de travail. Elle regarda le comte, terrassée par la déception, pensant visiblement qu'il était responsable de ce qui arrivait.

— Je vous remercie d'avoir veillé sur elles, reprit le baron. Comme le scandale d'avoir résidé plusieurs semaines chez un célibataire ruinerait la réputation de mes filles, je vous saurai gré de garder le secret.

— Je n'en soufflerai pas mot.

Harwood dirigea son attention sur Claire.

— Venez, mon petit. Il est temps que nous rentrions à la maison.

Cord le transperça d'un regard d'avertissement.

— Comme je l'ai dit, ces jeunes dames sont sous ma protection. Si elles devaient être maltraitées d'une manière ou d'une autre, vous m'en répondrez personnellement.

Les lèvres du baron se pincèrent, tandis qu'il s'efforçait de garder son calme.

— Et si je découvrais que du tort leur a été causé durant leur séjour chez vous, milord, c'est vous qui devrez m'en répondre !

Comme s'il s'en souciait, pensa Tory. Mais peut-être craignait-il que le comte ait défloré Claire, ainsi qu'il avait eu l'intention de le faire lui-même. Cela le mettrait vraisemblablement dans tous ses états. Et il serait sans aucun doute stupéfait d'apprendre que c'était l'aînée de ses belles-filles qui avait succombé au charme de lord Brant.

Harwood poussa Claire vers la porte. Tory allait les suivre, quand le comte la prit par le bras.

— Je ne vous laisserai pas là-bas. Je viendrai vous chercher. Je trouverai un moyen d'aider Claire.

Il essaierait, pour le moins. Il ferait de son mieux pour les aider. Mais les tribunaux étaient fort stricts dans les affaires de famille et il n'aurait pas la moindre chance de réussir.

— Tout ira bien pour moi. C'est Claire qui a besoin de vous.

— Je viendrai, répéta Cord d'un ton encore plus farouche.

Ses yeux étaient sombres et durs. L'inquiétude contractait sa mâchoire, quand il leva une main pour la poser sur la joue de la jeune femme.

Tory le contempla une dernière fois, gravant dans sa mémoire ses traits superbes, pensant à la nuit qu'ils avaient partagée. Pour la première fois, elle s'avoua combien il était venu à compter pour elle. De fait, constata-t-elle, elle l'aimait.

Et si Harwood en faisait à sa tête, elle ne le reverrait plus jamais.

11

— Ainsi, cela est vrai.

Cord arpentait le tapis d'Orient qui ornait le salon chinois du duc de Sheffield, dans la somptueuse résidence que ce dernier possédait à Hanover Square et qui dominait le pâté de maisons. Ce salon était luxueusement aménagé, avec des plafonds noir et or, de profonds canapés garnis de soie brochée, des meubles laqués et des vases émaillés.

Rafe haussa ses larges épaules sous sa redingote de drap bleu sombre.

— Nous ne pouvons en être certains, mais Mme Fontaneau est une source d'informations digne de foi dans ce genre de domaine.

— Et elle dit qu'en ce qui concerne les affaires de la chair les appétits d'Harwood vont des très jeunes filles aux garçons, avec tout ce qui peut se trouver au milieu. De surcroît, il est connu pour ses penchants sadiques. Tel est l'homme qui a le contrôle de Victoria et de Claire.

Le duc but une gorgée de cognac.

— Qu'allez-vous faire ?

Cord se passa une main dans les cheveux, déplaçant ses mèches sombres.

— Ce que mon honneur me dicte depuis que j'ai entraîné Victoria dans ma cabine, sur le bateau. Je lui ai pris son innocence, et elle est la fille d'un pair. Je dois l'épouser.

Rafe le considéra par-dessus le bord de son verre.

— Je ne pense pas qu'elle s'y attende. Elle m'a fait l'impression d'une jeune femme fort indépendante.

— Peut-être que le mariage est *exactement* ce qu'elle attend. Peut-être est-ce la raison pour laquelle elle a encouragé mes attentions. Elle voulait échapper à son beau-père. Une fois mariée à moi, elle aura certainement atteint son but.

— Qu'en est-il de sa sœur ? Vous m'avez dit à quel point elle se montre protectrice pour Claire. Croyez-vous réellement qu'elle aurait pu projeter de vous épouser en laissant sa cadette entre les mains d'un prédateur comme Harwood ?

Non, Cord ne le croyait pas le moins du monde.

— Non, répondit-il. Je ne pense pas qu'elle ferait quoi que ce soit qui puisse nuire à Claire.

Il soupira, prit son verre et alla jusqu'au buffet.

— J'ai grand besoin d'un autre cognac.

— Vu les circonstances, vous y avez tout à fait droit.

Cord souleva le bouchon de la carafe et se servit une bonne rasade d'alcool.

— Je suis déjà allé voir le magistrat. Il me dit qu'il a

les mains liées. Harwood étant leur tuteur légal, je ne peux rien faire.

— Hormis offrir le mariage.

Il but longuement.

— Exactement.

Il secoua la tête.

— J'espérais étendre les possessions de la famille. Dernièrement, je considérais sérieusement la possibilité de faire une proposition à Constance Fairchild.

— La petite Fairchild est un jeune tendron à peine sorti de l'école. En un rien de temps, elle vous ennuierait à mourir.

— Il existe des façons de se distraire hors du foyer conjugal.

Cord laissa dériver son regard vers la fenêtre.

— Je ne puis croire que je vais encore faillir à mes obligations envers mon père. Il doit se retourner dans sa tombe.

Rafe sourit.

— D'après ce que j'ai pu voir, je pense que votre père approuverait votre choix.

Cord souffla.

— Victoria viendra à moi sans le sou. Elle n'a ni terres ni héritage.

Il eut un petit rire âpre.

— Par le sang du Christ, je n'aurais jamais pensé épouser ma gouvernante.

Rafe rit à son tour, doucement, et lui posa une main sur l'épaule.

— Elle est loin de n'être que cela, mon bon. A mon avis, elle vous conviendra à merveille. Argent ou pas, votre vie ne sera jamais ennuyeuse.

Cord ne fit pas de commentaire. Victoria lui avait menti, l'avait dupé et avait détruit ses plans pour l'avenir. Il s'était promis de payer la dette qu'il devait à son père, et il ne pouvait tenir sa promesse.

Il était destiné à échouer.

Une fois de plus.

La porte de la chambre s'entrouvrit.

— Tory ?

Claire entra, vêtue de sa chemise de nuit et de son peignoir. La lampe posée près du lit laissait sa mince silhouette dans l'ombre, mais des lignes soucieuses plissaient son joli front.

— Comment te portes-tu ?

Elles avaient roulé toute la nuit, depuis Londres, et étaient arrivées à Harwood Hall tard dans l'après-midi. Après dîner, le baron avait convoqué Tory dans son cabinet de travail et l'avait brutalement châtiée pour le vol du collier et tous les ennuis qu'elle lui avait causés.

Elle tressaillit en s'asseyant dans son lit.

— Je vais bien. J'irai mieux encore demain matin.

En réalité, son dos la brûlait. Elle portait les marques rouges des coups de canne que son beau-père lui avait infligés avec colère. Elle s'était attendue à ce châtiment et elle était parvenue à le subir sans pleurer.

Elle ne s'était pas défendue. Elle avait découvert qu'il prenait plus grand plaisir encore à sa brutalité si elle se rebellait. Mais elle ne le laisserait pas la briser.

— Je t'ai apporté un onguent.

Claire ferma la porte et s'approcha.

— D'après la cuisinière, il aidera à effacer les marques et ôtera un peu la douleur.

Tory s'assit plus droite. Tirant sur le nœud qui fermait sa chemise, elle fit glisser l'étoffe de ses épaules, révélant ses blessures. Claire poussa un gémissement de sympathie, s'installa près d'elle sur le bord du lit et se mit à tapoter doucement le baume sur les vilaines éraflures.

— Pourquoi te bat-il toujours, et pas moi ?

Claire ne comprenait toujours pas vraiment la situation. Elle ne mesurait pas que c'était sa perfection qui attirait leur beau-père. Il ne ferait rien qui puisse y porter atteinte. Au moins pour l'instant.

— Il ne t'a pas battue parce qu'il sait que tu ne le mérites pas. C'est moi qui ai pris le collier. C'est moi qui t'ai encouragée à t'enfuir.

— J'ai peur, Tory.

Tory avait peur aussi, mais pas pour elle-même.

— Peut-être… peut-être que le comte va trouver un moyen de nous aider.

Elle ne pouvait s'empêcher de le souhaiter, et de prier qu'il y parvienne. Mais elle ne croyait pas vraiment que cela arriverait.

Le visage de Claire s'éclaira.

— Oui, dit-elle fermement. Je le crois.

Comme à l'accoutumée, son esprit dériva vers un lieu béni où il n'y avait pas de place pour le mal, mais seulement pour l'espoir et la lumière.

— Lord Brant est un homme plein de ressources, ajouta-t-elle.

L'image de Cord apparut à Tory. Elle le revit, si fort et si farouchement beau. Elle repoussa les souvenirs qui venaient la hanter, ceux de baisers affamés et de chair échauffée, de désir fou et d'une ardente passion.

Elle afficha un sourire de convenance.

— Oui, il l'est. Je suis sûre qu'il trouvera une solution.

Peut-être qu'il la trouverait, de fait, mais combien de temps cela prendrait-il ? Et dans combien de temps le baron reviendrait-il à l'assaut de Claire ? Dès qu'il en avait eu terminé avec Tory, il avait quitté la maison, appelé par des affaires jusqu'à la fin de la semaine. La jeune femme l'avait entendu le dire au majordome. Mais lorsqu'il rentrerait… Dieu du ciel. Elle refusait d'y penser.

Claire tapota le reste de l'onguent sur ses plaies.

— Merci, chérie. Je me sens déjà beaucoup mieux.

Tory remit sa chemise en place et en renoua le ruban.

— Si tu regagnais ta chambre pour aller dormir ? Pour l'heure, lord Harwood est absent ; nous n'avons rien à craindre.

Claire hocha la tête. Elle avait changé, au cours des semaines qui s'étaient écoulées depuis leur départ de Harwood Hall. Un peu de son innocence avait disparu, et si le baron parvenait à ses fins elle disparaîtrait bientôt complètement.

Tory entendit la porte se refermer doucement sur sa sœur. Dans le noir, elle s'allongea sur le côté et compta les ombres qui se dessinaient sur le mur. Devant la fenêtre, les branches d'un grand sycomore se balançaient et griffaient les vitres, faisant un bruit régulier.

Elle ferma les yeux, mais ne put s'endormir.

— Excusez-moi, miss.

Le majordome, un petit homme sec qui avait plus de soixante-dix ans, craignait pour son emploi et travaillait pour une paye inférieure à la normale, se hâta dans le couloir et vint s'arrêter près de Tory qui faisait l'inventaire du placard à linge. Elle n'était plus gouvernante, mais ses tâches avaient peu changé.

— Vous avez un visiteur, miss. Le comte de Brant est ici. Je l'ai fait passer dans le salon.

Le cœur de la jeune femme se contracta, et se mit à battre sourdement. Cord était ici. Elle n'avait pas osé croire vraiment qu'il viendrait.

— Merci, Paisley. Le comte a fait un long voyage, depuis Londres. Demandez à une servante de lui préparer une chambre d'hôte.

Tory ôta le tablier qu'elle avait ceint sur sa robe de mousseline vert pomme et se dirigea vers le salon. Dans le vestibule, elle s'arrêta pour lisser ses cheveux, regrettant qu'ils fussent tirés en arrière d'une façon si peu seyante, et souhaitant que ses mains cessent de trembler.

Debout devant la cheminée, ses longues jambes légèrement écartées, le comte lui tournait le dos. L'espace d'un instant, alors qu'elle pénétrait dans la pièce, Tory prit simplement plaisir à le contempler, avec ses larges épaules, sa taille mince et ses cheveux sombres bien coiffés.

Puis il pivota vers elle et toutes les émotions qu'elle avait tenté de réprimer surgirent d'un seul coup, menaçant de la submerger. Ses yeux la brûlaient. Elle dut faire appel à toute sa volonté pour ne pas courir se réfugier dans ses bras.

— Milord.

Ce mot franchit ses lèvres plus doucement qu'elle ne s'y attendait, mais sa voix était posée, et dissimulait le trouble intense qu'elle ressentait.

Il s'avança vers elle, le regard empli d'inquiétude et d'autre chose qu'elle ne put définir.

— Allez-vous bien ?

Tory déglutit. Son dos la brûlait encore. Elle était toujours raide et meurtrie, après la correction qu'elle avait reçue, mais le baron prenait toujours soin de ne pas laisser de traces visibles.

— Je vais bien, et Claire aussi. Tout de suite après notre arrivée, lord Harwood a été appelé ailleurs.

— Quand doit-il rentrer ?

Les yeux de Cord étaient foncés. Ils recelaient des secrets. Tory se demanda ce que c'était.

— Il devrait être de retour aujourd'hui.

Il hocha la tête.

— Bien. En attendant, nous avons à parler.

Tory lissa le devant de sa robe et prit une profonde inspiration.

— Dois-je demander qu'on nous serve du thé ?

— Un peu plus tard, peut-être.

Traversant la pièce, la jeune femme lui indiqua le canapé de velours vert et ils s'assirent l'un à côté de l'autre, à une distance respectable.

Cord ne s'embarrassa pas de formalités.

— Tout d'abord, je dois vous dire que je suis allé voir le magistrat. Malheureusement, il dit qu'il ne peut rien faire à propos de votre tutelle.

Un petit son de détresse échappa à Tory. Cord lui prit une main et la tint gentiment entre les siennes.

— Cela ne signifie pas que tout est fini. Je travaille à plusieurs autres options. Nous trouverons un moyen d'aider Claire.

Tory essaya de rester optimiste, mais la peur lui contractait la poitrine.

— Comment ?

— Je n'en suis pas encore certain. Et ce n'est pas la raison de ma visite.

Elle fronça les sourcils, surprise.

— Quelle est-elle, alors ?

Il lâcha sa main et se redressa légèrement.

— Je suis ici pour vous faire une proposition.

— Une proposition ?

La jeune femme avait la sensation que son cerveau refusait de fonctionner.

— Vous vous rendez certainement compte que je ne puis devenir votre maîtresse. Plus maintenant.

Un coin de la bouche de Cord s'incurva. A peine.

— Je ne viens pas vous faire une proposition indécente, miss Whiting. Je viens vous proposer le mariage.

Tory vacilla, prise d'un vertige momentané. Lord Brant lui demandait de l'épouser ! Par tous les saints ! Elle n'avait pas mesuré à quel point elle avait désiré qu'une telle chose lui arrive jusqu'à cet instant.

Puis la vérité s'abattit sur elle. Il l'avait déflorée. Elle était la fille d'un baron. Il n'avait d'autre choix que de l'épouser. Elle espéra que sa cruelle déception ne se verrait pas.

— Je comprends que vous estimiez de votre devoir… vu les circonstances… de me faire une telle proposition. Mais je vous assure que je n'ai jamais songé au mariage quand nous… quand je vous ai accompagné dans votre cabine. Nous savons tous les deux que je ne suis pas la femme que vous souhaitez.

— Ce que je souhaite n'a plus d'importance. Le sort est intervenu et nous n'avons d'autre choix que de nous marier.

Elle secoua la tête.

— Vous projetiez d'épouser une héritière. Même si le baron se sentait obligé de verser une dot, elle serait bien piètre, et pas de nature à augmenter vos possessions.

— Quoi qu'il en soit, nous sommes tenus d'agir ainsi.

J'ai déjà obtenu une licence spéciale. Nous nous marierons demain.

Tory ne pouvait le croire. Pensait-il vraiment qu'elle allait accepter tout de go, qu'elle l'épouserait en sachant qu'il ne voulait pas d'elle ? Carrant les épaules, elle se leva.

— Je n'ai pas accepté de vous épouser, milord, et je n'ai pas l'intention de le faire. Ma réponse à votre proposition est non. Je ne veux pas d'un homme qui ne veut pas de moi.

Cord se dressa tout près d'elle.

— Oh, je veux de vous. Je puis vous assurer, ma douce, qu'une nuit avec vous ne m'a pas suffi.

La prenant par les épaules, il l'attira à lui, courba la tête et l'embrassa avec fougue. Tory essaya de le repousser, mais il ne fit que resserrer son étreinte. Elle avait mal au dos, et cependant la chaleur qui émanait de ce baiser était si puissante qu'elle en oublia ses souffrances. Le désir la prit d'assaut, affaiblissant sa résolution, la poussant à rendre ce baiser.

Elle s'appuya contre Cord, s'abandonna à lui, et éprouva une pointe de déception lorsqu'il s'écarta. Quand elle rouvrit les yeux, elle constata qu'il arborait une expression quasi triomphale.

— Nous allons nous marier. Vous feriez bien de vous accoutumer à cette idée.

Tory s'efforça de retrouver sa voix, et secoua la tête.

— Je n'accepterai pas.

Les yeux de Cord lancèrent des éclairs.

— Vous accepterez, sapristi !

Il la reprit par les épaules.

— Ecoutez-moi, Victoria. Il vous faut fuir cette maison avant que votre beau-père ne vous fasse du mal. Et cela mis à part, avez-vous considéré la possibilité que vous pourriez porter mon enfant ?

Elle battit des cils. Cette idée ne lui avait pas traversé l'esprit.

— Il ne suffit certainement pas d'une fois.

La bouche du comte s'incurva légèrement.

— C'est arrivé plus d'une fois, si vous avez bonne mémoire, et même si ce n'était pas le cas, la possibilité subsisterait.

Tory réfléchit. Si les choses étaient différentes, elle adorerait avoir un enfant de Cord. S'il l'aimait. S'il n'était pas contraint à un mariage qu'il ne souhaitait pas.

— Peu importe, répondit-elle. Je ne veux pas vous épouser. Je ne pense pas attendre un enfant, et il y a d'autres choses à considérer.

— Lesquelles ?

Elle leva les yeux vers le plafond, désignant les chambres qui se trouvaient à l'étage.

— Ma sœur. Si... si vous tenez à épouser quelqu'un, épousez Claire. C'est elle qui a besoin de votre aide.

Cord émit un son guttural.

— Ce n'est pas la virginité de Claire que j'ai prise cette nuit-là, sur le bateau. Ce n'est pas le voluptueux petit corps de Claire qui a tremblé, vibré et chanté pour moi. Et ce n'est pas Claire que je veux épouser, mais c'est vous, Victoria !

Tory déglutit, mais ne répondit pas tout de suite. De toute évidence, il n'allait pas accepter son non. Une moitié d'elle-même souhaitait l'épouser si fortement que son cœur en était douloureux. L'autre moitié savait qu'elle venait de trouver la solution pour sauver Claire.

— C'est bon, vous avez gagné, accepta-t-elle enfin. Si vous êtes certain que tel est votre souhait, je vous épouserai.

Une étrange émotion passa dans les yeux de Cord. Si elle l'avait moins bien connu, elle aurait pu jurer que c'était du soulagement.

— Je parlerai à Harwood dès qu'il rentrera. Dès que tout aura été réglé entre nous, nous pourrons nous marier.

Tory le regarda quitter la pièce d'un pas décidé, auréolé par la confiance qu'il avait en lui-même. Elle ne put s'empêcher de penser à leur partie d'échecs. Dans le jeu qu'ils menaient actuellement, elle avait fait le premier mouvement en se rendant dans sa cabine. Il venait de la contrer ce jour-là. Le prochain tour, ce serait à elle de jouer.

Tout jeu requérait des sacrifices.

Elle aurait simplement voulu que ce soit moins douloureux.

Les jours précédents, Cord n'était pas resté inactif. Après sa conversation avec Rafe, il avait rendu une seconde visite au magistrat, aussi vaine que la première. Puis il était retourné voir Jonas McPhee, en lui donnant l'ordre de rassembler toutes les informations qui pourraient l'aider contre le baron — dans l'espoir que cela lui octroierait le poids nécessaire pour libérer Claire.

Il avait également loué les services du meilleur avocat de Londres, pour voir ce que sa position de futur beau-frère lui permettrait de faire. Enfin, il s'était occupé de se procurer une licence de mariage et avait acheté un cadeau pour sa future épouse. Un cadeau de noces, très spécial.

De noces. Cord fronça les sourcils à cette pensée. Lui qui avait voulu épouser une héritière, il allait épouser une jeune femme sans argent. Sa gouvernante, qui plus était. Une part de lui ne pouvait s'empêcher de se sentir en colère, de se sentir dupé. Mais les dés étaient jetés, et il ne pouvait en changer le résultat.

C'était pour cela qu'il était venu à Harwood Hall, pour cette nécessaire mais haïssable entrevue avec le baron. Il poussa un soupir en arpentant la chambre qui lui avait été allouée, repassant en pensée la conversation qu'ils avaient eue dans l'après-midi.

La rencontre avait eu lieu dans le cabinet de travail d'Harwood. Cord avait commencé par annoncer son intérêt pour une union entre lui et Victoria, ce qui avait surpris le baron.

— Quand vous m'avez demandé cet entretien, j'ai pensé que vous vouliez peut-être me demander la main de Claire, avait-il répondu.

Harwood estimait que tout homme trouvait la jeune fille

aussi irrésistible qu'il la trouvait lui-même, avait pensé Cord. Ce qui ne faisait que prouver quel fou il était.

— Votre fille cadette est d'une grande beauté, ainsi que vous le savez, mais elle est fort jeune et incroyablement naïve. C'est votre fille aînée qui a retenu mon attention.

Harwood avait soulevé un petit pichet en porcelaine posé sur l'une des tables Sheraton et l'avait examiné. Comme la première fois où Cord l'avait vu, il était vêtu avec une recherche quelque peu outrée, portant une jaquette de satin bleu et une cravate noire à ruchés. Quoi que Cord pensât de lui, il était manifeste que le baron se prenait pour un bel homme.

— Je ne suis pas sûr que ce soit une bonne idée, avait-il déclaré. Victoria est jeune aussi, et pas tout à fait prête à devenir une épouse.

Ce que Cord avait traduit en ces termes : « Elle régente ma maisonnée gratuitement, et il me plaît de la garder sous mon contrôle. »

— Elle a tout de même dix-neuf ans, et nous savons tous les deux qu'il existe des circonstances aggravantes. Une jeune fille qui a vécu sans chaperon sous le toit d'un célibataire… Tôt ou tard, cette rumeur se répandra. Si les bavards mondains s'en emparent, sa réputation sera ruinée. La vôtre et la mienne en souffriront aussi. Un mariage entre nous étoufferait tout scandale.

Harwood avait reposé le pichet sur la table. Les deux hommes étaient debout, aucun d'eux ne voulant être à son désavantage.

— Il faut que j'y réfléchisse.

— Faites-le. Et pendant que vous y êtes, réfléchissez aussi au fait que vous avez une seconde fille à considérer. En ma qualité de comte et de beau-frère de Claire, je protégerai également la réputation de cette dernière.

Harwood avait joué avec la manchette de sa jaquette.

— Il y a aussi la question du collier. Victoria doit rester ici assez longtemps pour réparer ce vol.

Cord avait eu la certitude que ce sujet serait abordé, et il y était préparé.

— Je paierai volontiers ce qu'il faut pour ce collier. En tant qu'époux de Victoria, je serai évidemment responsable de ses dettes.

Le visage d'Harwood s'était aussitôt éclairé d'un vif intérêt, ainsi que Cord s'y attendait. Pendant la demi-heure qui avait suivi, ils avaient débattu de la valeur du bijou, Cord finissant par s'incliner devant les prétentions exorbitantes du baron.

— La valeur d'un tel objet est infinie, avait conclu Harwood. Il est irremplaçable.

Pas tant que cela, avait pensé Cord, puisqu'il avait réussi à retrouver le collier et à le racheter. Victoria lui avait mentionné le prêteur sur gages de Dartfield auquel elle avait vendu les perles et les diamants pour une somme dérisoire. Il n'avait pas eu de mal à le localiser. En payant beaucoup plus cher que l'homme n'avait déboursé pour cet achat, il avait eu gain de cause.

En tant que futur époux de Victoria, il lui avait semblé honorable de conclure ainsi cette affaire de vol, et au départ il avait eu l'intention de restituer simplement le collier au baron. Et puis, finalement, pour des raisons qu'il ne s'expliquait pas lui-même, il avait décidé de le garder.

Quand il avait vu l'avidité qui se peignait dans les yeux noirs d'Harwood, il avait été heureux de sa décision. Ce magnifique bijou ancien était trop précieux pour appartenir à un homme comme lui.

— Vous voulez bien me rembourser le collier, avait ajouté le baron. Etes-vous prêt, également, à prendre Victoria sans dot ?

La mâchoire de Cord s'était contractée. Il ne manquait de rien financièrement, mais il s'était juré d'accroître sa fortune par son mariage. Ce rappel de son échec lui avait fortement déplu.

— Je n'en demande pas, avait-il répondu sèchement.

Pour finir, Harwood avait accepté ce mariage avec quelque chose qui ressemblait à de la gaieté. Plus parce qu'il pensait qu'une fois Victoria partie il serait délivré du chien de garde de Claire, que par souci de la réputation des deux jeunes femmes, avait songé Cord.

Il continua à arpenter sa chambre un moment, et les souvenirs de cet entretien s'estompèrent tandis qu'il se versait un cognac — laissé à son intention sur un plateau d'argent. La pièce qui lui avait été attribuée était étonnamment agréable, même si les tentures vert foncé étaient loin d'être neuves et si la courtepointe était légèrement usée. Mais tout était propre, et les meubles bien cirés. Le travail de Victoria, sans nul doute, pensa-t-il en s'efforçant de ne pas s'en amuser.

Il rabattit la courtepointe et les draps fraîchement lavés, et eut la surprise de trouver une petite note blanche, pliée et cachetée avec soin, sur son oreiller. Il s'en saisit, brisa le cachet et parcourut les quelques lignes rédigées d'une jolie écriture féminine.

Tandis qu'il absorbait le contenu des mots, des images de Victoria, nue et frémissante sous lui, lui sautèrent à l'esprit. Un vif désir le traversa, et il eut soudain très chaud sous sa robe de chambre.

« Très cher Cord,

» Je vous prie de m'excuser pour ma réticence, cet après-midi. Je vous suis redevable de ce que vous faites pour moi. Et il y a la question de notre attirance mutuelle. Vous m'avez dit que vous me voulez, et, de fait, je vous veux aussi. Venez dans ma chambre ce soir, deux portes plus bas sur la gauche. Je vous attendrai au lit.

Bien à vous, Victoria. »

Doux Jésus ! pensa Cord. Elle n'avait agréé ce mariage qu'avec réticence. Et sachant à quel point elle pouvait être obstinée, il ne s'attendait pas à un tel revirement. Mais il était heureux de voir qu'elle avait accepté la situation, et en pensant à la façon dont elle lui avait rendu son baiser, il savait que son désir pour lui n'était pas feint. Elle le voulait. Et le ciel savait qu'il la voulait aussi.

Il se faisait tard. Cord souffla sa lampe de chevet et traversa le tapis d'Aubusson jusqu'à la porte. Pieds nus, entièrement dévêtu sous sa robe de chambre, il s'assura que personne ne pouvait le voir, puis il s'engagea dans le couloir. Son sang battait fortement dans ses veines, l'excitation qu'il ressentait était presque douloureuse.

Il atteignit la chambre de Victoria et ouvrit la porte sans bruit.

12

Le vent soufflait bruyamment à l'extérieur de la maison, mais il n'empêcha pas Tory d'entendre le bruit de pas familier qui descendait le couloir. Elle pressa l'oreille contre sa porte, et écouta celle de sa sœur qui se refermait doucement. Son pouls battait la chamade, au point de l'assourdir. Et elle se sentait une douleur dans le cœur.

Tu n'as pas le choix, lui souffla une petite voix.

Claire serait mieux lotie qu'elle avec Cord. Avec lui, elle serait en sécurité. Tory était convaincue que Cord était quelqu'un de bien, le genre d'homme qui serait gentil avec sa sœur. Elle pensait qu'il se montrerait patient avec elle, qu'il lui donnerait le temps de s'habituer à l'idée du mariage. Elle se souvint de la douceur qu'il lui avait témoignée, la nuit où ils avaient fait l'amour.

La douleur empira, parut lui envahir toute la poitrine. Elle l'ignora. Cord serait furieux d'avoir été contré de la sorte, mais elle était sûre qu'il ne s'en prendrait pas à Claire.

Comme la plupart des hommes de sa classe sociale, avoir une épouse ne changerait pas nécessairement sa vie. Il possédait plusieurs propriétés. Peut-être pourrait-il rester à Londres et laisser Claire à la campagne. Pour sa part, elle irait rendre de longues visites à sa sœur, qui serait heureuse de mener une existence tranquille.

Elle se répéta tout cela en sortant dans le couloir. Elle se le répéta encore en avançant, tenant à la main une petite lampe en cuivre. La chambre de maître était au bout du couloir ; il n'en faudrait pas beaucoup pour éveiller le baron.

Tory inspira à fond, ouvrit la porte de Claire et se mit à crier.

« Par tous les diables ! » Cord s'écarta avec un sursaut de la silhouette assoupie dans le lit et tournoya sur lui-même. Victoria se tenait sur le seuil, en chemise de nuit, ses cheveux tressés en une longue natte châtaine. Elle hurlait, un doigt pointé sur lui, faisant accourir la moitié des domestiques menés par le baron lui-même.

Cord se retourna vers le lit, l'esprit en déroute, essayant de comprendre ce qui se passait. Une Claire aux yeux ensommeillés se redressa d'un bond sur son séant et le contempla avec une expression ahurie.

« Si vous voulez épouser quelqu'un, épousez Claire. C'est elle qui a besoin de vous. » En un instant, Cord s'avisa de ce que Victoria avait fait.

Ses mâchoires se contractèrent. Sa fureur était si intense qu'il avait l'impression que son crâne allait exploser. Il avait envie d'étrangler Victoria. Il avait envie de la secouer jusqu'à ce que ses dents en claquent. Il avait envie de lui crier après à en perdre la voix.

Le baron avait atteint le seuil de la chambre. Il se tenait là, dans ses vêtements de nuit, une demi-douzaine de domestiques groupés derrière lui dans le couloir.

— Je ne puis le croire, dit Tory, portant une main à sa gorge en un geste théâtral. J'ai entendu du bruit dans la chambre de Claire. J'ai ouvert la porte… et j'ai trouvé le comte penché sur le lit de ma sœur.

Elle ne regardait pas Cord, mais tenait les yeux rivés sur le visage cramoisi du baron.

— Il l'a compromise, milord. Il a complètement ruiné sa réputation.

— Tory ? appela Claire d'une voix tremblante.

Victoria lança un coup d'œil apaisant à la jeune fille.

— Tout va bien, chérie. Tout va s'arranger.

Cord reporta son attention de Claire à Victoria, et un peu de sa colère retomba. Il pouvait lire sur son visage un désespoir sans fond, et la terrible peur qu'elle éprouvait pour sa sœur. A cela se mêlait quelque chose d'autre, une sorte de douleur et de regret, quelque chose qui le toucha étrangement et lui fit mal.

Elle essayait de sauver Claire, quel qu'en soit le prix à payer pour elle. Ce que le baron lui ferait s'il découvrait son stratagème, il n'osait y penser.

Cord se remémora ce qui s'était passé depuis son arrivée dans cette maison. Il avait fait un mouvement calculé en imposant le mariage à Victoria, et celle-ci l'avait habilement contré, le désarçonnant complètement. Il ne put s'empêcher d'en éprouver une pointe d'admiration.

Il pouvait soit lui faciliter les choses, soit les lui rendre plus pénibles encore. Il porta les yeux de Victoria sur le baron, et vit la lueur impitoyable qui brillait dans son regard, la fureur qu'il peinait à contenir.

— Miss Whiting a entièrement raison, dit-il. Si je suis entré dans la chambre de sa sœur, c'est purement par accident, je vous l'assure. Je me suis tout simplement trompé de porte. Mais le dommage a été fait. Je me comporterai de manière honorable, bien sûr.

Le baron frémit, son grand corps mince se raidit.

— Je ne pense pas que ce soit nécessaire.

— Oh, mais cela l'est ! J'épouserai Claire à la place de Victoria, voilà tout. Le résultat sera le même. En tant que comte et beau-frère de Victoria, je protégerai aussi la réputation de votre fille aînée.

— Je… je ne puis le permettre. Claire est trop jeune, trop naïve. En outre, rien ne s'est produit, vous l'avez dit vous-même. Victoria est arrivée à temps.

Cord regarda par-dessus l'épaule du baron et vit la rangée de domestiques qui les observaient, bouche bée. Son torse était exposé dans l'échancrure de sa robe de chambre, il avait les jambes et les pieds nus.

— Je ne pense pas que vous ayez le choix.

Le baron suivit son regard et devint plus rouge encore. Cord décocha à Victoria un sourire si froid que les lèvres de la jeune femme en tremblèrent.

— Des arrangements devront être pris, dit-il. Vous

pouvez compter sur moi pour le faire. Bonne nuit, mesdames.

Il passa devant le baron, salua les domestiques d'un signe de tête et reprit le chemin de sa chambre. Son courroux grandit de nouveau, à tel point qu'il en frémissait de rage ; il était si furieux qu'il n'était plus en état de réfléchir. Une nouvelle fois, Victoria l'avait floué et ridiculisé.

Il ne le tolérerait pas. S'il était piégé, elle le serait aussi !

Son esprit était en effervescence, et passait en revue toutes les solutions possibles. L'une d'elles se dégagea des autres. Il s'y raccrocha avec une détermination farouche, et le coin de sa bouche s'incurva légèrement. Victoria pensait qu'elle avait gagné la partie, mais le jeu était loin d'être terminé.

Cela prendrait plusieurs coups complexes et délicats, mais une fois la dernière attaque lancée, il avait bien l'intention de remporter la reine.

Le temps de Londres changea, devint humide et lourd, jetant une chape épaisse sur la cité. Les jours étaient comptés, Cord le savait. Chaque minute que Tory et Claire passaient à Harwood Hall les mettait en danger. Il priait pour que les menaces à peine voilées qu'il avait lancées au baron le fissent se tenir tranquille jusqu'au mariage.

Cord arpentait le cabinet de travail du duc de Sheffield, une bibliothèque haute de deux étages dont les murs étaient recouverts du sol au plafond de livres reliés de cuir. Deux lampes en cuivre et verre dépoli étaient suspendues au-dessus d'une longue table sculptée flanquée de chaises à haut dossier. Le bureau du duc se trouvait dans un coin, entouré de confortables fauteuils en cuir.

— Quelle heure est-il ?

Le duc jeta un coup d'œil à la pendule dorée posée sur le manteau de la cheminée.

— Dix minutes de plus depuis la dernière fois où vous l'avez demandé. Calmez-vous. Le garçon va arriver.

Il sembla à Cord que des heures s'écoulaient, mais leur visiteur arriva enfin. Blond au teint clair, les joues roses, légèrement nerveux, l'air un peu gauche et excessivement timide. A vingt-quatre ans, Percival Chezwick n'avait pas encore perdu son visage et son allure d'adolescent. Mais une fois qu'il deviendrait un homme fait, il serait fort beau, pensa lord Brant.

Le duc l'accueillit.

— Bonjour, Percy. Merci d'être venu.

— Bonjour, sir Rafael. Bonjour, lord Brant.

Dans les semaines qui avaient suivi le dîner, Percy était passé trois ou quatre fois chez Cord, officiellement pour lui parler de choses et d'autres, mais en réalité pour tenter d'apercevoir Claire.

Cord les avait surpris une fois en train de se parler, tous deux rougissant et balbutiant. Quand Percy avait noté le regard dur du comte, chargé d'un avertissement sans ambages, il s'était excusé et avait quitté la maison.

Le jeune homme était tout aussi nerveux ce jour-là,

comme si le comte l'avait convoqué à cause des pensées secrètes qu'il nourrissait à l'égard de Claire.

— Merci d'être là, Chez.

L'emploi de ce surnom familier parut mettre Percy plus à l'aise.

— C'est toujours un plaisir de vous voir tous les deux, répondit-il.

Le duc de Sheffield lui fit signe de s'avancer dans la pièce.

— De fait, notre invitation dépasse une simple visite de courtoisie. Cord souhaite s'entretenir d'une affaire avec vous. Il a pensé que vous auriez peut-être besoin d'un support moral, c'est pourquoi vous êtes ici et non chez lui. Il est persuadé qu'une fois informé de la chose vous accepterez certainement de l'aider.

— Bien sûr. Je ferai tout mon possible.

— Ne soyez pas si pressé, intervint Cord. Cette affaire peut influer sur le reste de votre vie.

Percy haussa un sourcil blond.

— Vous avez déjà réussi à piquer ma curiosité.

— Je suis heureux de l'entendre, d'autant que cela concerne une dame que vous connaissez. Son nom est Claire. Je pense que vous voyez de qui il s'agit.

Les joues du jeune homme rosirent davantage.

— Votre femme de chambre ?

— Oui. Mais il ressort d'événements récents que Claire n'est pas une domestique. Elle est la fille d'un baron. C'est là que le bât blesse.

Percy parut tout de suite inquiet.

— Quelque chose de fâcheux est-il arrivé ? Claire est-elle en difficulté ?

— Pas encore, répondit Cord. Mais si nous n'agissons pas rapidement, il y a de fortes chances qu'elle le soit.

Il désigna les fauteuils installés devant le bureau.

— Asseyons-nous, et je vous mettrai au courant de tout.

— Je vais vous servir un cognac, offrit Rafe. Je pense que vous en aurez besoin.

Percy déglutit, sa pomme d'Adam montant et descendant.

— Merci. Je le crois aussi.

Près de deux heures plus tard, Cord et Rafe étaient de nouveau seuls dans la bibliothèque.

— Eh bien, je suppose que tout est arrangé, dit le duc.

— On le dirait.

Sheffield gloussa.

— Le garçon rayonnait carrément. De toute évidence, il est fort épris de cette jeune fille. Quand vous avez suggéré un mariage entre eux, il a paru ne pas pouvoir croire à sa bonne fortune. Et lorsqu'il a appris les desseins d'Harwood à son sujet, j'ai cru qu'il allait bondir de son fauteuil.

— Chez va devoir parler à son père, mais avec votre appui et le mien, je ne pense pas que Kersey pose des problèmes à son fils.

— Et Claire ? s'enquit le duc. Sera-t-elle d'accord ?

— Elle est extrêmement naïve, mais elle n'est pas sotte. Elle comprendra qu'elle n'a pas d'autre choix. Elle ne pourra rester à Harwood Hall une fois que Victoria sera partie. Et il semble que Percy lui plaise.

— Il ne la bousculera pas.

— Non.

Cord avait expliqué au jeune homme à quel point Claire était innocente, et Chez avait accepté de lui laisser tout le temps dont elle aurait besoin, lorsqu'ils seraient mariés, pour s'adapter à son rôle d'épouse.

Rafe sourit.

— Timide comme il est, on peut se demander s'il réussira à consommer le mariage.

Cord eut un petit rire amusé. Ils parlèrent encore un peu, puis ils se levèrent.

— Je suppose que vous avez bon nombre de choses à régler, dit le duc.

Le comte hocha la tête.

— Sarah s'occupe des détails. Un petit mariage à Forest Glen, avec la famille et quelques amis. Vous y serez, n'est-ce pas ?

Rafe sourit largement.

— Je ne manquerais cela pour rien au monde. Je puis à peine croire que vous êtes sur le point de vous mettre la corde au cou.

Un peu de la satisfaction de Cord s'envola.

— J'ai peine à le croire moi-même, dit-il sombrement.

***

C'était une journée déprimante. La semaine l'avait été aussi, avec un temps couvert et venté ; le baron était souvent entré dans des crises de rage, traitant lord Brant de débauché, arrachant presque ses cheveux qui commençaient à s'éclaircir. Au moins n'avait-il pas découvert la vérité sur ce qui s'était produit — à savoir que Tory avait manigancé les événements de cette soirée.

Souhaitant pouvoir oublier ce souvenir, la jeune femme monta l'escalier qui menait au deuxième étage de la maison. Elle portait une petite lampe en cuivre et continua son ascension jusqu'au grenier, déterminée à accomplir la tâche qu'elle s'était fixée.

Le mariage aurait lieu dans deux jours. Cette pensée lui retournait l'estomac. Claire avait pleuré et supplié de ne pas épouser le comte, mais Tory avait fini par la convaincre.

— Claire, ma chérie, tu dois le faire. C'est la seule façon de te mettre en sécurité. Je sais que tu connais fort peu… ce qui se passe entre un homme et une femme, mais tu te souviens de ce qui est arrivé la nuit où le baron est venu dans ta chambre. Tu sais qu'il te voulait du mal. C'est un homme pervers, Claire. Au fond de toi, tu sais que c'est pour cela que tu as peur de lui.

Les grands yeux bleus de Claire s'étaient emplis de larmes.

— Je le hais. Si seulement maman ne l'avait pas épousé…

— C'est ce que je pense aussi, chérie, mais une fois

que tu seras partie le comte veillera sur toi. Il sera gentil avec toi.

Il le serait, s'était répété Tory. Cord était doté d'un terrible caractère, mais il ne l'avait jamais vraiment effrayée. Elle ne pensait pas qu'il s'en prendrait à Claire.

Sa gorge s'était serrée. Elle aimait Cord, mais c'était Claire qu'il était contraint d'épouser.

— Et toi, Tory ? Que vas-tu devenir si tu restes ici ? s'était enquis la jeune fille.

Un frisson avait parcouru Tory. Elle n'avait aucune idée de ce que le baron ferait. C'était un homme vicieux et imprévisible. Toutefois, elle était plus à même de se défendre que Claire.

— Tout ira bien, avait-elle répondu. A la longue, je trouverai un moyen de me faire une vie à moi.

Cette conversation n'avait eu lieu que la veille, et pourtant Tory avait l'impression qu'elle remontait à des semaines. Elle perdait la notion du temps, avait un mal fou à se concentrer.

Portant toujours sa lampe, elle atteignit le haut de l'escalier et ouvrit la porte du grenier. Seule une pâle lumière d'après-midi s'immisçait par les petites fenêtres basses. Lorsqu'elle pénétra dans la pièce, la lampe jeta des reflets fantomatiques sur les murs, et des paquets de poussière tournoyèrent à ses pieds.

Elle était venue voir les malles de sa mère, celles que ses parents utilisaient chaque année lorsqu'ils se rendaient à Londres. A leur retour, les bagages étaient souvent emplis de jouets et de cadeaux pour leurs filles.

Après les funérailles de Charlotte Whiting, Tory avait eu l'intention d'en trier le contenu, de choisir parmi les vêtements que les domestiques avaient rangés ceux qu'elle pourrait donner au pasteur, pour les pauvres. Mais la pensée de fouiller parmi les affaires de sa mère lui avait été trop pénible. Elle n'en avait jamais eu le courage.

Maintenant, Claire allait se marier, et une jeune épousée devait porter le jour de ses noces quelque chose qui avait appartenu à sa mère. Tory ignora la douleur qui accompagnait cette idée et s'enfonça plus profondément dans le grenier.

Les bijoux de sa mère étaient rangés dans l'une des malles. Son beau-père avait pris tout ce qui avait de la valeur, mais il restait de jolies épingles et des broches, des babioles que Charlotte avait aimé porter. Elle songea au collier de perles et de diamants, et au bel effet qu'il aurait produit au cou de Claire. Le collier avait disparu, mais elle espérait trouver un autre bijou pour sa sœur.

Tory s'efforçait de ne pas penser à l'homme que Claire allait épouser. Elle ne voulait pas se rappeler la rapidité avec laquelle Cord avait accepté la situation dans laquelle il se trouvait, et l'idée d'un mariage avec Claire. Elle essayait de ne pas se sentir trahie.

Après tout, elle avait voulu ce qui arrivait. C'était elle qui en était responsable, pas le comte.

Et pourtant cela lui faisait mal. Elle avait espéré qu'il tenait au moins un peu à elle.

Elle soupira dans la pénombre du grenier, déterminée à ne plus penser à Cord. Elle s'agenouilla devant la première malle, en souleva le couvercle et commença à en fouiller le contenu. Il s'agissait surtout de robes et de gants, avec un bonnet à plume d'autruche, un turban en satin plissé, un joli manchon en hermine. Les robes étaient légèrement démodées, elles avaient été achetées du vivant de son père, mais elles restaient très belles.

La deuxième malle contenait un assortiment de pantoufles en chevreau, de bas, de jarretelles, ainsi qu'une charmante chemise en linon fermée par de petits nœuds roses. Tory passa un doigt sur le vêtement, pensant à sa mère, et s'autorisa à éprouver le sentiment de solitude qu'elle avait repoussé ces dernières années.

« Oh, maman, vous me manquez. »

Elle souhaita que leur mère fût encore avec elles, que leur père fût encore en vie et que rien de tout cela n'ait eu lieu. Elle referma le couvercle du coffre, en se disant qu'il était inutile de désirer quelque chose qui était impossible. Leurs parents étaient morts. Il n'y avait personne pour prendre soin d'elles. Elles devaient se débrouiller seules.

Elle souleva le couvercle de la troisième malle, y trouva un petit éventail de dentelle noire, une jaquette en velours ornée de brillants et plusieurs châles colorés. Ecartant avec soin les articles qui la gênaient, elle finit par découvrir tout au fond un coffret de laque noire incrusté de nacre. Elle fit glisser un doigt sur sa surface lisse et brillante, puis elle le sortit et le posa devant elle.

Sa main tremblait lorsqu'elle ouvrit le coffret. Elle se souvenait des pièces nichées dans la doublure de velours bleu : le camée de jais, une jolie broche en cristal de roche que sa mère portait souvent sur sa pelisse, un col brodé, un collier de petites pierres roses avec des boucles d'oreilles assorties.

Quelque chose, sous le collier, attira son attention. Elle dégagea l'objet en question, enveloppé dans du satin comme si on avait voulu le cacher. Elle déplia l'étoffe, et quand elle vit ce qu'elle contenait, elle en eut le souffle coupé.

Les doigts tremblant plus fort encore, elle saisit la lourde bague de grenat qu'elle avait tout de suite reconnue. Cette bague avait appartenu à son père. Il la portait le jour où il avait été tué. Les brigands qui l'avaient massacré l'avaient volée, avec sa bourse et tous les objets de valeur qu'il avait sur lui.

Cette bague avait appartenu au père de son père, et à son grand-père avant lui. Elle avait une forte valeur sentimentale. Sa mère avait été désespérée de cette perte.

Où avait-elle retrouvé ce bijou ? Pourquoi ne lui en avait-elle pas parlé ? Et pourquoi l'avait-elle caché ?

Tory sentit ses cheveux se dresser sur sa nuque, tandis que ses soupçons grandissaient. Regardant autour d'elle, elle commença à chercher frénétiquement le journal de sa mère. Peut-être y trouverait-elle les réponses qu'elle désirait.

Mais le journal n'était nulle part.

La jeune femme se souvenait que sa mère écrivait presque chaque jour dans son journal, mais elle n'avait aucune idée de l'endroit où ce gros cahier avait pu échouer après la mort de Charlotte.

Le soleil d'après-midi qui filtrait dans le grenier avait pâli. La journée tirait à sa fin, et Claire allait s'inquiéter. Tory enveloppa la bague dans le morceau de satin, la mit dans sa poche, prit le collier et les boucles d'oreilles et referma le coffret, qu'elle rangea au fond de la malle. Alors qu'elle descendait l'escalier, elle glissa une main dans sa poche. Même à travers l'étoffe, la bague semblait lui brûler les doigts.

13

Le jour du mariage se leva, froid et venté. De lourds nuages gris dominaient un monde maussade et humide, et le soleil se cachait dans le ciel couvert. Sur la terrasse du jardin de Forest Glen, une arcade ornée de fleurs avait été installée, ainsi qu'un petit nombre de chaises en rotin blanc qui attendaient les invités à la noce.

Ceux-ci commençaient à arriver, les dames en robes de soie à taille haute, les hommes en jaquette, gilet et cravate. De la fenêtre de la chambre qui lui avait été attribuée, Tory pouvait voir les gens qui s'asseyaient pour assister à la cérémonie.

Vêtue d'une robe de soie bleu pâle, ses cheveux coiffés en douces boucles émaillées de boutons de roses blanches, elle était prête à affronter les conséquences de ses actes.

Les événements récents tourbillonnaient dans sa tête : Claire et le baron, le vol du collier, son désespoir à Londres, sa rencontre avec Cord, l'amour qu'elle avait découvert avec lui. Et, enfin, le piège qu'elle lui avait tendu pour qu'il épouse Claire.

Elle était responsable de presque tout ce qui était

arrivé, et pourtant elle avait l'impression que les choses échappaient à son contrôle, que c'était le destin qui l'avait conduite là, derrière cette fenêtre qui donnait sur le jardin, alors qu'elle souhaitait de tout son cœur être n'importe où ailleurs.

Un petit coup résonna à sa porte. Lady Aimes entra sans bruit et referma derrière elle.

— Etes-vous prête ?

Tory hocha la tête. De fait, elle ne serait jamais prête à voir Cord épouser quelqu'un d'autre qu'elle, pas même Claire.

— Vous êtes splendide, dit Sarah.

Tory déglutit.

— Merci.

La cousine de Cord était plus grande encore que Claire, mince, blonde et ravissante dans une robe de soie rose brodée de petites fleurs à la taille et le long de l'ourlet. Elle avait des traits doux, et une magnifique sérénité semblait l'habiter, comme si le bonheur l'illuminait de l'intérieur. Tory l'envia.

— Il faut que je voie ma sœur, que je m'assure que tout va bien pour elle.

— Je suis désolée, je crains que Claire ne soit déjà descendue.

Tory aurait dû quitter sa chambre plus tôt, elle le savait. Mais une terrible léthargie s'était emparée d'elle, qu'elle semblait incapable d'écarter.

— Nos invités attendent. Je vais descendre avec vous.

Lady Aimes lui tendit quelque chose, et Tory vit que c'était un charmant bouquet de roses blanches, noué de rubans bleus et reposant sur un cercle de dentelle de Bruges.

— Ces fleurs sont-elles pour Claire ?

— Non, Claire a son propre bouquet. Celui-ci est pour vous.

Tory accepta ce présent, qu'elle trouva ravissant, et huma le doux parfum des roses. Sa main trembla tandis qu'elle se dirigeait vers la porte que Sarah avait ouverte pour elle. Elle essaya d'afficher un sourire, mais ne parvint pas à incurver ses lèvres en précédant la comtesse dans le couloir.

La plupart des invités avaient pris place sur la terrasse. Tory entendait le murmure des voix qui lui parvenait par les portes-fenêtres du salon. Le petit Teddy attendait sa mère dans le vestibule, une réplique en miniature de son père, avec sa redingote bleu marine, son gilet de piqué blanc et ses culottes gris foncé.

Il leva les yeux vers Tory et lui adressa un grand sourire lorsqu'elle arriva au bas des marches.

— Vous êtes jolie.

Elle parvint enfin à sourire.

— Merci. Comment va votre chiot ?

— Il s'appelle Rex. Et il grossit tout le temps.

— Oui, je veux bien l'imaginer.

Jonathan Randall s'avança.

— Mon fils a raison. Vous êtes délicieuse.

A la surprise de Tory, il se pencha et posa un baiser sur sa joue.

— Vous êtes fort aimable, dit-elle.

Le vicomte se détourna et offrit un doux sourire à sa femme.

— Vous êtes toutes les deux très belles.

Il enveloppa la taille de Sarah, et prit son fils par la main.

— Venez, chérie. Il nous faut gagner nos sièges.

Lady Aimes sourit à Tory, qui crut lire dans son sourire une trace de sympathie.

— C'est un homme bien. Claire sera heureuse.

Une boule se forma dans la gorge de la jeune femme. Elle se tourna pour chercher Claire, mais ce fut le comte de Brant qui vint vers elle. Il avait l'air si imposant, et il était si beau. Il portait une jaquette marron foncé à col de velours, et des culottes beiges bien ajustées. Une cravate blanche surmontait son gilet mordoré, assorti à ses yeux. L'espace d'un instant, Tory oublia ce qui allait se passer et s'autorisa simplement à le contempler.

Puis un valet passa promptement près d'eux, portant un plateau en argent chargé de verres en cristal, et ce moment de répit s'évanouit. Le comte s'arrêta devant elle, et elle s'obligea à l'affronter.

— Je suis désolée, dit-elle. Je sais que cela est fort peu, mais j'aurais aimé que rien de tout ceci n'advienne.

Cord ne dit rien.

— Je suppose, en ces circonstances, que vous n'êtes pas prêt à recevoir des excuses.

— Pas pour le moment.

Tory détourna son regard de lui, incapable de supporter plus longtemps la censure de ses yeux. Elle scruta le vestibule, puis la montée d'escalier.

— Où est Claire ?

L'expression du comte changea, et se fit triomphante.

— Je crains que votre sœur ne soit plus ici. Elle s'est enfuie avec lord Percival Chezwick. Ils sont partis se marier à Gretna Green.

Le cœur de Tory lui sembla se glacer et cesser de battre. Elle sentit le sang se retirer lentement de son visage.

— Que… que dites-vous là ?

Cord la prit par le bras et la conduisit dans l'un des salons.

— Je vous dis que votre sœur va bien se marier, mais que son époux a changé.

Les jambes de la jeune femme ployèrent sous elle. Cord la fit asseoir dans le fauteuil le plus proche.

— Comment cela ? Quand sont-ils partis ? Je ne comprends plus rien.

— Alors permettez-moi de vous expliquer. Comme vous l'aviez fort bien déduit, votre sœur avait besoin d'un mari pour la sauver de Harwood. J'ai simplement pensé que lord Percy serait plus approprié à la situation. Par chance, il a accepté. Je suis certain qu'ils seront très heureux ensemble.

— Je ne puis le croire.

La tête de Tory lui tournait.

— C'est pourtant la stricte vérité. Et il y a un autre petit détail.

— Lequel ?

— Comme je n'ai plus de fiancée, c'est vous qui allez jouer ce rôle.

— Quoi ?

Tory quitta son siège d'un bond.

— C'est la réalité, mon adorable future jeune épousée. En d'autres termes que vous comprendrez peut-être mieux, j'ai capturé votre pion et vous, ma reine, serez également en danger si vous essayez encore de me contrecarrer.

Le cerveau de Tory tournoyait abominablement.

— Vous ne pouvez pas… Vous ne pouvez juste… Que penser du scandale ? D'abord vous deviez m'épouser, et ensuite vous deviez épouser Claire. Les invités ont tous dû recevoir des invitations ! Vous… vous ne pouvez tout simplement apparaître avec une fiancée différente !

Cord eut un sourire de loup. Glissant la main dans la poche de son gilet, il en sortit une invitation écrite en lettres dorées et la lui tendit.

Tory lut les mots qui étaient inscrits là, de plus en plus incrédule. Au lieu du nom de Claire, elle vit le sien.

— Mais… c'est lady Aimes qui a envoyé ces invitations ! Elle… elle a donné son accord à un tel traquenard ?

— Je lui ai expliqué la situation et elle m'a proposé de m'aider. Elle approuve l'union entre lord Percy et votre sœur. Et, apparemment, vous avez aussi son approbation.

Tory déglutit, les pensées en débandade. Alors qu'elle

était gouvernante, elle avait vu plusieurs fois Percival Chezwick chez le comte. Il lui avait paru timide et réservé, et d'une beauté juvénile. Elle se souvint que Claire l'avait mentionné une fois ou deux. Mais qu'en avait-elle dit ? Elle ne se le rappelait pas.

Elle se remémora alors les paroles de la vicomtesse : « C'est un homme bien. Claire sera heureuse. » Elle ne parlait pas de Cord, mais de Percy !

Tory pria pour que ce soit vrai.

— Vous êtes toute pâle. Peut-être que le cadeau que j'ai pour vous en l'honneur de cette occasion vous rendra quelques couleurs.

Cord glissa la main dans la poche intérieure de sa redingote, cette fois, et en tira un écrin de velours bleu dont il souleva le couvercle. Une rangée de perles fines, séparées par des diamants étincelants, brillait sur un lit de satin blanc. Tory comprit tout de suite qu'il s'agissait du collier qu'elle avait volé, le merveilleux collier qui avait appartenu jadis à la jeune épousée de lord Fallon. Ce n'était pas une réplique, elle en était sûre.

Elle déglutit, incapable de détacher les yeux de ce splendide bijou. Le collier la captivait, la mettait dans une sorte de transe. Les diamants qui étincelaient lui paraissaient être des amis perdus de longue date. Les perles crémeuses, qui brillaient d'un éclat doux, semblaient appeler ses doigts.

— Le Collier de la Jeune Mariée, murmura-t-elle, fascinée.

— Si tel est son nom, il est bien choisi.

Sortant le collier de l'écrin, Cord le lui passa autour du cou et ajusta le fermoir en diamants. Les perles étaient fraîches sur sa peau, mais, dans son esprit, elles étaient brûlantes d'accusation. Elle avait volé ce collier ancien. Maintenant, il encerclait sa gorge pour lui rappeler ce qu'elle avait fait.

Un léger frisson la parcourut. Elle avait envie d'arracher le collier et de s'enfuir de cette pièce, de cette maison. En même temps, rien ne lui semblait plus juste que le magnifique cadeau que Cord lui avait offert.

— Que… que va dire mon beau-père ? balbutia-t-elle. Quand il verra ce collier, il va…

— Harwood a été hautement dédommagé de sa perte. J'imagine toutefois que, lorsqu'il le verra sur vous, il va passer par plusieurs nuances de vert.

— Il est… il est magnifique.

Elle se demanda si Cord connaissait la légende, s'il avait pu lui offrir ce collier dans l'espoir qu'il pourrait réparer tous les ennuis qu'elle avait causés.

Il baissa les yeux sur elle, et le dessin de ses lèvres exprima une pointe de satisfaction.

— Le jeu est terminé, mon ange. Vous êtes échec et mat. Votre beau-père attend dans l'entrée, si furieux qu'il n'arrive plus à dire un mot. Votre seul mouvement possible, à mon sens, est de prendre son bras et de le laisser vous conduire à l'autel.

Tory avala sa salive. Sa main tremblait quand elle toucha les perles qui ornaient sa gorge. Elles étaient plus chaudes, à présent, et étrangement réconfortantes. Le jeu était bel et bien fini, et Cord avait gagné. Elle se demanda quel prix il lui ferait payer pour sa victoire.

Il posa une main ferme sur sa taille.

— Prête ?

Comme elle restait sur place, perdue et incapable de bouger, sa voix grave s'adoucit.

— Vous serez en sécurité, Victoria. Et votre sœur aussi.

Claire serait peut-être saine et sauve. Elle priait pour que lord Percy soit bon avec elle. Mais en ce qui la concernait, le comte représentait pour elle une menace pire que le baron.

L'homme qui allait devenir son mari aurait voulu épouser quelqu'un d'autre.

Le mariage se déroula dans une sorte de brouillard. Grâce à Dieu, Gracie était là. Apparemment, le comte avait découvert leur amitié — il ne semblait pas y avoir de limites à ce qu'il savait. Quand la jeune fille eut compris ce qui se passait, elle accepta très volontiers d'être demoiselle d'honneur, et l'avoir auprès d'elle donna à Tory le courage dont elle avait grand besoin.

La cérémonie lui parut durer une éternité, et, en même temps, s'achever très vite. Quand le pasteur les déclara mari et femme, Cord lui donna un baiser dur, qui ressemblait à une punition. Après coup, un repas de noce fut servi à l'autre bout de la terrasse. Debout près de Tory, le comte reçut les félicitations des invités avec décontraction, tandis que la jeune femme devait nouer toute sa concentration pour simplement sourire et hocher la tête.

— Nous allons bientôt partir, lui dit-il. Riverwoods n'est pas très loin. On nous y attend. Nous y passerons notre nuit de noces.

Leur nuit de noces. A ces mots, un nœud se forma dans l'estomac de Tory. Cord voudrait consommer leur mariage, même si l'acte avait déjà été commis. Ils étaient mari et femme. Il jouait fort bien son rôle, mais sous son calme de surface, elle savait qu'il était furieux d'avoir été obligé de l'épouser.

— Riverwoods ? Est-ce votre propriété de campagne ?

Il hocha la tête.

— J'en ai une autre dans le Sussex.

Et il aurait eu plus de terres encore s'il avait épousé une héritière, comme il le souhaitait. Tory se concentra sur l'assiette de bonnes choses que son mari avait posée devant elle, sur la table recouverte d'une nappe blanche. Du faisan avec des carottes glacées, des huîtres dans une sauce à l'anchois, une tourte du Périgord à la truffe. L'odeur de la nourriture lui donna presque la nausée.

Grace était assise à sa droite, près du duc de Sheffield. Ils formaient un beau couple, pensa Tory. Rafe grand et sombre, Grace avec ses cheveux de feu, ses joues roses et ses yeux couleur d'émeraude qui pétillaient d'excitation.

Mais Grace n'était pas intéressée par le duc autrement que comme un ami, et il semblait éprouver la même chose pour elle. Jonathan et Sarah Randall étaient assis à la gauche de Cord. Le petit Teddy avait été conduit à l'étage par sa nourrice, pour y faire la sieste.

Grace se pencha vers Tory.

— Alors, quel effet cela vous fait-il d'être mariée ?

Tory haussa un sourcil.

— Je suis mariée ? Pourquoi ne m'en a-t-on rien dit ?

Gracie se mit à rire.

— Je gage que vous serez fixée d'ici à demain matin. Je n'ai jamais vu un homme regarder une femme comme le comte vous regarde.

Tory porta vivement les yeux vers son époux, mais il était en grande conversation avec le vicomte.

— Il ne souhaitait pas m'épouser, dit-elle sombrement. Il avait l'intention d'épouser une héritière.

Cord rit à quelque chose que Jonathan Randall lui avait dit, et Grace étudia son beau profil.

— Quelquefois, les plans changent. Il est évident qu'il a des sentiments pour vous. J'imagine qu'il vous les montrera ce soir quand il vous rejoindra dans votre lit.

— Gracie !

La jeune fille rit de plus belle. Elle avait toujours été un peu irrévérencieuse ; c'était l'une des choses que Tory préférait en elle.

— Ce n'est que la vérité. Le comte jouit d'une certaine réputation. On prétend qu'il est fort à son aise dans une chambre à coucher. Quoi qu'il advienne au cours de votre mariage, je suis sûre que vous apprendrez beaucoup de choses sur le plaisir.

Les joues de Tory s'enflammèrent.

— Gracie, je vous en prie…

Les sourcils cuivrés de Grace se rejoignirent. Elle fixa Tory avec une attention soutenue.

— Oh, mon Dieu ! Comment ai-je pu être aussi stupide ? Il vous a déjà fait l'amour !

— Gracie ! On va vous entendre.

Tory détourna les yeux, mortifiée que Grace ait deviné son secret.

— Pour l'amour du ciel, j'espère que cela ne se voit pas.

— Bien sûr que non, jeune sotte. Je suis la seule à m'en être doutée.

Grace jeta un coup d'œil au comte, dont le regard s'était porté sur sa femme. Un coin de sa bouche se releva et une vive chaleur se répandit dans ses yeux. L'espace d'un instant, Tory ne put plus respirer.

— Vous devez être amoureuse de lui, chuchota Gracie. Sans cela, vous ne l'auriez pas laissé prendre des libertés avec vous.

La gorge de la jeune femme se serra. Elle baissa la tête.

— Je ne sais comment c'est arrivé. J'ai essayé de m'en empêcher. Je savais que je n'étais pas celle qu'il voulait. Rien de ce que j'ai pu faire n'a réussi.

Gracie lui prit la main, qui était plus froide que la sienne.

— Vous ne devez pas avoir de regrets. Dès qu'il

apprendra à vous connaître, il tombera obligatoirement amoureux de vous.

Mais Tory n'était pas convaincue. Le comte était un homme doté de forts appétits charnels. Il avait voulu d'elle comme sa maîtresse, pas comme sa femme. Il était aussi un homme d'honneur. Il ne lui aurait jamais fait l'amour si elle lui avait dit qu'elle était la fille d'un pair. Elle se demanda s'il pourrait jamais lui pardonner.

Cord avait trop bu. Heureusement, une berline attelée de quatre chevaux les attendait devant la maison pour les conduire à Riverwoods. Victoria prit place sur la banquette face à lui, étudiant nerveusement chacun de ses gestes. De son côté, Cord la trouvait fort jolie, ce jour-là. Elle était si féminine, si charmante, et un peu hésitante. Le seul fait de la contempler avivait son désir.

Durant les deux heures que durait le trajet, Cord envisagea de la prendre sur la banquette, dans la voiture. Elle était sa femme. Il avait tous les droits. Et il était en colère. Il n'était pas marié à la femme qu'il souhaitait, et tout était la faute de Victoria.

Il songea à Constance Fairchild, la riche héritière qu'il avait compté épouser. Elle était blonde et jolie, jeune et docile. Elle aurait servi ses desseins à merveille.

Ce n'était pas comme la femme qu'il avait épousée, la femme qui l'avait floué, qui lui avait menti, qui l'avait ridiculisé plus d'une fois !

Arrivé à Riverwoods, il continua à boire mais ne parvint

pas à s'enivrer. Il arpenta le salon, pensant à Victoria. Sa *femme* l'attendait dans la suite voisine de la sienne. Elle lui appartenait, désormais, quelle que soit la façon dont c'était arrivé, et il la convoitait. Il avait bien l'intention de la posséder.

Il reposa son verre de cognac sur la table Hepplewhite et se dirigea vers l'escalier. Il se rendit dans sa chambre, ôta sa jaquette, son gilet et sa cravate, mais garda sa chemise et ses culottes. Puis il marcha à grands pas jusqu'à la porte qui donnait sur la chambre de Victoria, l'ouvrit d'un coup sec et entra.

La jeune femme était assise devant le miroir de sa table de toilette, vêtue d'une longue chemise de nuit de satin bleu que lui avait offerte Sarah. Dans la glace, Cord vit que le corselet était constitué de dentelle blanche et qu'il révélait la rondeur de ses seins, ainsi que les aréoles rose sombre qui les couronnaient. Elle se tourna vers lui, ses pieds minces pointant sous l'ourlet de sa chemise, et il aperçut deux fines chevilles blanches.

Il se retrouva tendu par le désir avant de refermer la porte.

Victoria quitta son siège. Elle porta une main à sa gorge, et il constata qu'elle portait toujours le collier.

— Je... je n'ai pu le défaire, dit-elle.

Le bijou brillait à la lueur des bougies disposées dans un chandelier en argent, sur la commode. Cord eut une image de Victoria dévêtue, ne portant que le collier. Ses reins se contractèrent.

— Je sais que vous êtes en colère. Si je pouvais changer les choses, je le ferais.

— Il est trop tard pour cela. Venez, Victoria.

Pendant un instant, elle ne bougea pas. Puis elle prit une inspiration tremblante et s'avança vers lui. Ses cheveux flottaient sur ses épaules, sombres mais avec des reflets d'or bruni. La chemise de nuit se mouvait sur ses seins à chacun de ses pas, en caressant doucement les pointes. Le sang de Cord s'embrasa dans ses veines.

Elle s'arrêta devant lui et leva les yeux. Cord glissa une main dans ses lourdes mèches châtaines, lui renversa la tête en arrière et écrasa sa bouche sur la sienne.

Ce baiser n'avait rien de tendre. C'était un baiser sauvage, farouche, exigeant, qui faisait comprendre à Tory ce que Cord ressentait. Elle se raidit, mais il continua à l'embrasser, prenant ce qu'il voulait, emplissant ses paumes de ses seins. Elle ne fit pas un geste pour l'arrêter, mais elle ne répondit pas non plus à ses avances.

Cord la plaqua plus étroitement contre lui et posa une main sur ses reins, la moulant contre son sexe durci, lui montrant qu'il avait l'intention de la posséder. Il la sentait trembler et se disait que c'était ce qu'il voulait, qu'il souhaitait la punir pour ses mensonges et pour l'avenir qu'elle lui avait volé.

— Otez votre chemise, ordonna-t-il. Je veux vous prendre avec seulement le collier sur vous.

Elle s'écarta de lui, les yeux rivés sur son visage. Il y avait des ombres dans ses prunelles, et Cord sentit quelque chose se contracter dans sa poitrine. Levant les mains, elle fit glisser les manches de la chemise sur ses épaules, sortit les bras et laissa le vêtement glisser sur ses hanches. Il s'affala à ses pieds. Elle se tenait debout, glorieusement nue, aussi royale qu'une reine d'ivoire, comme Cord l'appelait en secret.

— Je suis désolée que vous ayez dû m'épouser, dit-elle. Si j'avais su ce qui arriverait, je ne vous aurais jamais demandé de me faire vôtre sur ce bateau.

— Pourquoi l'avez-vous fait ?

— Je n'en suis pas complètement sûre. Peut-être avais-je peur de l'avenir. Je voulais savoir ce que c'était d'être avec un homme que je désirais. Je n'étais pas certaine d'avoir une seconde chance.

Cord s'efforçait d'entretenir sa colère, mais elle lui avait déjà échappé en partie.

— Vous êtes ma femme. Je vous prendrai chaque fois que je le voudrai.

— Oui.

Le coin de sa bouche s'incurva.

— Mais ce ne sera pas comme avant. C'est ce que vous pensez, n'est-ce pas ?

Elle restait immobile, avec un adorable petit air de défi. Elle était jeune, et douce, et plus femme qu'aucune femme qu'il avait connue.

— Ce ne sera pas la même chose… sauf si vous voulez que ce le soit.

Ces mots déferlèrent dans la tête de Cord. Que *voulait-il*, de fait ? Il la voulait telle qu'elle avait été sur le bateau, il voulait qu'elle lui rende ses baisers avec le même abandon sauvage, qu'elle réponde aussi fiévreusement à ses caresses. Il voulait qu'elle murmure son nom, qu'elle le moule avec une telle douceur qu'il ne pourrait que grogner de plaisir.

Tendant la main, il la posa sur sa joue.

— Je vous veux, Victoria. Je veux que ce soit comme avant.

Tory dévisagea l'homme qu'elle avait épousé et sa gorge se serra. Elle avait entendu les mots qu'il avait prononcés, et la douceur avec laquelle il les avait prononcés, et l'espoir renaquit en elle. Elle n'avait pas oublié la façon dont il l'avait regardée cette nuit-là sur le bateau, le besoin d'elle qu'elle avait lu sur son visage. Ce besoin était de nouveau présent, et la touchait comme la première fois.

Il l'embrassa de nouveau, de la manière dont elle aurait voulu qu'il l'embrasse auparavant, avec une tendresse qui dépassait sa passion. Tory lui rendit son baiser, avec hésitation d'abord, puis ce fut comme si un grand feu jaillissait entre eux. Leurs baisers devinrent sauvages et débridés. Elle lui enlaça le cou d'un bras, pressa son corps contre le sien, fit courir ses doigts sur les muscles de son torse.

Cord la souleva dans ses bras, la porta jusqu'au lit et la déposa sur le matelas de plumes. Il l'embrassa en s'allongeant sur elle, pressa sa bouche sous son oreille, le long de son cou, sema des baisers sur ses épaules.

C'est alors qu'il aperçut les marques. Tory avait prié qu'elles ne se voient pas dans la pénombre.

Il la fit se redresser, et toucha d'un doigt hésitant l'une des cicatrices qui commençaient à disparaître dans son dos.

— Harwood, dit-il d'un ton âpre. C'est Harwood qui vous a fait cela.

— Ce qui a eu lieu appartient au passé. Il ne peut plus rien contre moi, maintenant.

— Je vais le tuer !

La colère assombrissait les traits de Cord.

— Je vais le provoquer en duel.

Il commença à se relever, si furieux que ses mains tremblaient. Tory lui prit le bras.

— Non, Cord, je vous en prie ! Le baron est un escrimeur de premier ordre. Il s'entraîne presque chaque jour. Il se targue de ses succès au pistolet et à l'épée.

Un sourire ironique se peignit sur les lèvres du comte.

— Vous ne me croyez pas capable de le battre ?

— Je ne veux pas que vous soyez blessé !

Il se leva, mais Tory ne relâcha pas son bras.

— Pensez au scandale que ce serait. Vous avez votre famille à considérer. Et la mienne. Quoi qu'il ait fait, cela est terminé. Je suis votre femme, à présent. Je suis en sécurité avec vous. Harwood ne peut plus me blesser.

Un muscle bougea dans la mâchoire de Cord.

— Non, dit-il d'un ton dangereusement doux. Il ne vous blessera plus jamais.

— Je vous le demande, Cord, je vous en supplie… Ne vous en prenez pas à lui. Cela ne pourrait causer que des douleurs supplémentaires.

Au fond de lui, il savait qu'elle avait raison. Tory put voir la résignation qui se peignait sur son visage. Le scandale serait brutal, et il était chef de famille. Il devait penser à ses proches.

— Harwood s'est fait un ennemi. Je n'oublierai pas ce dont il s'est rendu coupable.

De nouveau, il passa doucement un doigt sur l'une des cicatrices de Tory.

— Si cela vous fait mal, il y aura d'autres nuits…

— Ces marques ne sont plus du tout douloureuses. Et cette nuit n'est pas une nuit ordinaire, c'est notre nuit de noces.

La faim revint dans les yeux de Cord, les faisant étinceler et paraître plus dorés encore. Il l'embrassa profondément, et elle lui rendit son baiser. Elle désirait cette nuit, voulait ressentir de nouveau le plaisir qu'il lui avait procuré la première fois. Il se saisit de ses seins, les prit l'un après l'autre dans sa bouche, et elle poussa un soupir de volupté. Il en lécha la pointe, l'aspira, la goûta, et une vive chaleur se répandit dans tout le corps de Tory. Tandis qu'il poursuivait ses caresses, elle avait l'impression de se liquéfier tout entière.

Elle avait oublié à quel point c'était bon, quand il la touchait ainsi. A quel point il l'emplissait d'une faim égale à la sienne. Il sema une traînée de baisers sur son ventre, descendit plus bas encore, lui écarta les jambes et embrassa le creux de sa féminité.

Elle s'arqua sur le lit, les doigts dans ses cheveux. Elle se mordit la lèvre pour ne pas crier, tandis que les sensations les plus merveilleuses s'emparaient d'elle. Cord glissa une main sous ses reins pour mieux la saisir, pour lui donner plus de plaisir encore, et peu à peu la résistance de la jeune femme céda tout à fait. Il continua à l'exciter jusqu'à ce qu'elle atteigne l'extase et crie son nom au moment où elle se brisait de volupté.

Cord remonta au-dessus d'elle, l'embrassant tendrement d'abord, puis approfondissant son baiser. Elle sentit son désir pressé contre son ventre, puis il s'insinua lentement en elle.

Il ranima aussitôt la flamme qui venait de consumer Tory. Tandis qu'il multipliait ses assauts, elle enfonça ses ongles dans la chair de ses épaules. Le plaisir l'envahissait tout entière, si doux et si brûlant qu'elle en tremblait. Son corps se raidit, se resserra autour de Cord, et elle se perdit une nouvelle fois dans l'univers enivrant du plaisir absolu.

Ils restèrent enlacés, l'une des longues jambes de Cord passée sur celles de Tory. Il fermait les yeux, et ses cils sombres reposaient sur ses joues. Elle eut envie de tendre la main vers lui pour caresser son visage, en se demandant si, avec le temps, il y avait une chance qu'il en vienne à l'aimer autant qu'elle l'aimait.

Il releva les paupières, et son regard se fixa sur le

collier qu'elle portait toujours. Tory le toucha, fit courir ses doigts sur les perles satinées.

— C'est une vraie beauté, dit-elle.

Cord se tourna sur le côté et s'appuya sur un coude.

— Oui, une vraie beauté, répéta-t-il.

Mais il la regardait elle, et non le collier.

Elle sourit quand il le toucha à son tour, avant de laisser glisser son doigt sur sa poitrine.

— Connaissez-vous la légende ? demanda-t-elle.

Le regard de Cord se reporta sur son visage et il haussa un sourcil.

— Il existe une légende à son sujet ?

Tory caressait les perles, en admirant la rondeur et la texture.

— Elle a commencé à courir il y a près de cinq cents ans, quand ce collier a été fabriqué pour lord Fallon. C'était un cadeau pour sa fiancée, Ariana of Merrick.

— Le Collier de la Jeune Mariée.

— Oui, c'est exact. On raconte qu'ils étaient fort épris l'un de l'autre. Lord Fallon a envoyé le collier à Ariana avec un message l'assurant de sa dévotion, et elle a été ravie de ce cadeau. Le mariage approchait, mais en se rendant au château de sa bien-aimée lord Fallon a été attaqué par des brigands. Le comte et tous ses hommes sont morts dans l'escarmouche.

Cord étudia la rangée de perles.

— De mauvaises nouvelles pour la fiancée.

— Ariana a été dévastée, et si désespérée qu'elle est montée sur les remparts pour se jeter sur les rochers qui se trouvaient au-dessous. Apparemment, elle était déjà enceinte de plusieurs mois. Quand on a trouvé son corps, elle portait le collier. On l'aurait enterré avec elle, mais il était trop précieux, et il a été vendu.

Cord émit un grognement.

— Je suis content de n'avoir pas su tout cela avant d'avoir acheté ce maudit collier.

Tory sourit.

— Les gens croient qu'un sortilège est attaché à ce collier. Il est dit que ceux qui le possèdent peuvent connaître une très heureuse fortune ou être exposés au contraire à de terribles tragédies — selon la pureté de leur cœur.

Cord souleva le collier, faisant miroiter les diamants à la lueur des chandelles, puis il promena son pouce sur la rondeur crémeuse des perles.

— Quand je l'ai découvert, j'ai pensé que c'était le plus beau bijou que j'avais jamais vu.

— Etes-vous certain que vous ne l'avez pas acheté pour me donner mauvaise conscience et me punir des ennuis que je vous ai causés ?

Cord se pencha vers elle et la regarda dans les yeux.

— Peut-être, au départ… Mais à présent j'aime juste la façon dont il orne votre très jolie gorge.

Pour le prouver, il courba la tête et embrassa le côté de son cou, remonta jusqu'à son oreille, puis s'empara de ses lèvres. Il la désirait de nouveau, constata Tory, et elle le désirait aussi. Ils essayèrent de s'aimer en douceur, mais la passion les emporta et ils perdirent le contrôle d'eux-mêmes. Ils atteignirent l'extase ensemble, après quoi ils s'endormirent l'un contre l'autre.

Ils refirent encore l'amour juste avant l'aube. Quand Tory s'éveilla, Cord était parti. Alors qu'elle se glissait hors du lit, ses pensées étaient troublées. Quelle sorte de mariage pouvait-elle avoir avec un homme qui ne l'aimait pas ? Quel avenir l'attendait ?

Et, par le ciel, qu'advenait-il de Claire ?

14

Claire remua sur la banquette de la voiture et s'éveilla lentement. Quand elle s'aperçut qu'elle était blottie contre l'épaule de lord Percy, qui la maintenait d'un bras contre lui, elle se redressa. Ils étaient en route pour Gretna Green, juste au-delà de la frontière écossaise. Jamais, au grand jamais, elle n'aurait cru qu'elle serait bientôt mariée à un homme qu'elle connaissait à peine.

Embarrassée, elle s'assit plus droite encore et il s'empressa de la libérer.

— Pardonnez-moi, dit-il. Je voulais juste… vous offrir mon appui pour que vous puissiez dormir.

Claire scruta ses yeux bleu pâle et y lut de la sollicitude, mêlée à de la fatigue.

— Qu'en est-il de vous ? Vous avez voyagé aussi longtemps que moi.

Percy secoua la tête. Ses cheveux étaient d'un blond plus foncé que ceux de la jeune fille. Leur couleur évoquait celle de l'or, et la faisait penser au trésor d'un pirate.

— Je me sens tout à fait bien. J'ai un peu somnolé pendant que vous étiez endormie.

Il lui avait demandé de l'appeler Percy. Elle supposait qu'elle le devait, puisqu'elle allait être sa femme.

Sa *femme*. Un petit frisson la parcourut. Elle comprenait à peine ce que cela signifiait. Quand elle était plus jeune, elle s'était imaginé devenir un jour une jeune mariée — dans un lointain avenir. Et maintenant que ce jour arrivait, elle se sentait telle une feuille au vent, sans rien à quoi se raccrocher.

Elle essayait très fort de ne pas être effrayée.

Si seulement Tory était là, pensa-t-elle. Sa sœur lui expliquerait ce qu'une épouse devait faire, lui dirait ce que Percival Chezwick allait attendre d'elle.

Au moins Tory était-elle en sécurité, maintenant. Et Claire avait le sentiment qu'elle tenait vraiment au comte. Elle avait vu la façon dont sa sœur regardait lord Brant ; il y avait dans son regard quelque chose de spécial, quelque chose que Claire n'avait jamais vu dans ses yeux auparavant. Et le comte prendrait soin d'elle, la protégerait de lord Harwood.

— Claire ?

Elle battit des cils, refit face à l'homme assis auprès d'elle et rassembla ses pensées éparses. Son futur époux était certainement fort beau, grand et mince, avec des yeux très doux et ses cheveux dorés soigneusement partagés au milieu.

— Milord ?

— Appelez-moi Percy. L'avez-vous déjà oublié ?

Elle rougit.

— Non, bien sûr… Percy.

— Je vous demandais si vous aviez faim. Nous avons voyagé toute la nuit et nous arrivons bientôt dans un village. Je pense que vous devez avoir envie de vous reposer un peu et de rompre votre jeûne.

La rougeur de Claire s'accentua. Elle changea de position sur la banquette. Leur dernière étape remontait à plusieurs heures et elle éprouvait un vif besoin de se soulager.

— Oui, merci. J'ai grand faim. J'apprécie votre prévenance, Percy.

Il hocha la tête et frappa au plafond de la voiture. Il s'agissait d'une berline solide et confortable, faite pour de longs trajets et tirée par quatre robustes chevaux bais. Le jeune homme avait expliqué à Claire que son frère aîné, le comte de Louden, lui avait prêté cet attelage quand il avait appris qu'il voulait s'enfuir avec une jeune fille — cela avec le consentement de leur père, bien sûr.

— Nous aurons un vrai mariage quand nous rentrerons, avait-il précisé.

Mais Claire ne voulait pas d'un grand mariage. De fait, elle ne voulait pas de mariage du tout. Toutefois, lord Brant lui avait exposé qu'elle devait épouser Percy pour qu'elle-même et Tory soient protégées du baron, et elle faisait confiance au comte ; elle était sûre qu'il lui avait dit la vérité.

En outre, lord Percy lui plaisait. Il lui plaisait vraiment. Il lui rappelait le prince charmant qui escaladait une tour pour délivrer sa belle, dans l'histoire que sa mère lui racontait quand elle était enfant.

La voiture s'arrêta devant une auberge nommée *Le Bœuf*

gras, où Percy lui loua une chambre pour qu'elle puisse se rafraîchir avant qu'ils prennent leur petit déjeuner. Il était aux petits soins pour elle et il agissait toujours avec une grande douceur. Elle souriait souvent à ce qu'il lui disait, ou lorsqu'il la contemplait de cet air tendre qui lui était coutumier.

Ils reprirent leur voyage assis l'un en face de l'autre. Même si cela était plus convenable, Claire regretta sa présence rassurante auprès d'elle.

Lord Percy changea soudain de position, et elle s'aperçut qu'il l'observait. Quand il réussit à accrocher son regard, il se racla la gorge et de petites taches rouges apparurent sur ses joues.

— Je suis heureux que nous soyons sur le point de nous marier, Claire, dit-il doucement.

La jeune fille s'empourpra.

— J'essaierai d'être une bonne épouse, Percy.

Elle le souhaitait, désirait faire le bonheur de son mari comme une femme était censée y parvenir.

Dès qu'ils rentreraient, elle demanderait à Tory de lui expliquer ses devoirs conjugaux. Sa sœur avait suivi les cours de l'académie privée de Mme Thornhill, après tout. On y étudiait ce genre de chose. Et, de surcroît, Tory était maintenant une épouse, elle aussi.

Oui, pensa Claire. Tory lui indiquerait la façon dont elle devrait se comporter avec son mari.

*
* *

— Croyez-vous que tout va bien pour elle ?

C'était la troisième fois que Tory posait cette question à son époux. Assis à son bureau, Cord commença à froncer les sourcils.

— J'en suis sûr, répondit-il. Lord Percy a donné sa parole qu'il traiterait bien Claire, et c'est un gentleman. Il ne profitera pas d'elle. Il ne lui fera pas d'avances déplacées tant qu'elle ne sera pas prête à les accepter.

— Claire est si différente de moi ! Elle n'est pas…

Cord leva les yeux de son travail et haussa un sourcil ironique.

Tory rougit.

— Elle est plus réservée que moi.

Son mari se leva et vint la rejoindre.

— Elle n'est pas la créature passionnée que vous êtes, est-ce ce que vous voulez dire ?

Il la prit légèrement par les épaules.

— Vous êtes un ravissement dans ce domaine, et il ne se passe guère de moment où je n'ai envie de vous entraîner au lit. Ce qui signifie que si vous ne me laissez pas travailler, je vais vous emmener au premier sur-le-champ et vous donner l'occasion de me prouver votre passion.

Elle rougit de plus belle et recula, ne sachant si elle devait se sentir flattée ou insultée.

— Dans ce cas, je suppose que je vais devoir vous laisser. Je ne voudrais pas interférer dans vos obligations.

La bouche de Cord s'incurva, et pourtant Tory se rendit compte que son esprit était déjà retourné au monceau de papiers qui l'attendaient sur son bureau. Poussant un soupir, il regagna son fauteuil et se replongea dans son travail.

Elle l'observa un moment, mais il avait déjà oublié qu'elle était là. Depuis leur nuit de noces, il avait passé le plus clair de son temps dans son cabinet de travail, passant en revue une montagne de documents. Maintenant qu'il était résigné à être marié à une épouse sans argent, à la place d'une héritière, il semblait déterminé à compenser cette perte en travaillant encore plus qu'auparavant.

Tory soupira en quittant la pièce et en longeant le couloir. Physiquement, ils semblaient bien accordés. Un regard brûlant de son mari suffisait à lui couper le souffle. Dès qu'il l'embrassait, elle voulait davantage. Et il paraissait éprouver la même chose : il lui faisait l'amour plusieurs fois par nuit.

Mais il ne venait jamais dans sa chambre avant minuit et il la quittait toujours avant l'aube. Il avait des devoirs, expliquait-il, des responsabilités qu'il ne pouvait ignorer.

A cela s'ajoutait sa quête ininterrompue de son cousin.

L'endroit où se trouvait le capitaine Sharpe était encore à déterminer. S'il était à peu près sûr qu'il était encore en vie, on ignorait toujours dans quelle prison il était détenu. Et combien de temps il pourrait résister aux dures conditions des prisons françaises.

Le compte à rebours s'égrenait, la nécessité de retrouver Ethan au plus vite reposant lourdement sur les épaules du comte. Il était pris par toutes ces choses importantes, et passer du temps avec sa femme, apparemment, n'en faisait pas partie.

L'estomac de Tory se contracta à cette idée. Si elle ne pouvait être avec lui, comment parviendrait-elle à le rendre amoureux d'elle ? Et s'il ne l'aimait pas, combien de temps s'écoulerait-il avant qu'il ne se lasse d'elle et se tourne vers une autre femme ?

— Je vous demande pardon, milady.

Alors qu'elle se tenait encore dans le couloir, elle se tourna en entendant la voix du majordome.

— Votre voiture a été avancée, ainsi que vous l'avez demandé.

— Merci, Timmons.

Tory avait décidé d'aller voir sa sœur. Claire était bien rentrée à Londres ; son mari et elle vivaient dans la petite mais élégante maison de ville que lord Percy possédait près de Portman Square. Toutefois, Tory savait que Claire se sentait seule, et encore incertaine quant à sa nouvelle vie. Elle espérait qu'avec le temps les choses s'arrangeraient.

Elle suivit Timmons dans le vestibule, prit son réticule sur la console et attendit qu'il lui ouvre la porte. Depuis son retour en qualité d'épouse du comte, le personnel se montrait étonnamment cordial avec elle. Quand les domestiques avaient appris qu'elle n'était pas une servante, mais la fille d'un baron, ils avaient paru admirer le fait qu'elle ait travaillé aussi durement qu'eux pendant la période où elle était gouvernante.

La seule exception était Mme Rathbone, qui restait aigre et se montrait respectueuse avec beaucoup de réticence. Mais elle était au service de Cord depuis des années et Tory se refusait à la congédier.

Claire l'attendait avec impatience sur le perron de devant quand elle arriva. Dès qu'elle descendit de sa voiture, sa sœur courut vers elle pour se jeter dans ses bras.

— Oh, Tory, je suis si heureuse de te voir !

— Cela ne fait que quelques jours, chérie.

— Je sais, mais cela m'a semblé si long !

Claire prit la main de Tory et l'entraîna dans la maison qui était fort bien décorée, avec un vestibule dallé de marbre et un salon ivoire et or.

Un majordome grand et mince apparut. Alors que Claire le regardait, il sourit.

— Peut-être voudrez-vous prendre le thé avec votre invitée, milady.

— Oh, oui ! Merci, Parkhurst. Ce serait très agréable.

— A votre service, milady.

Le domestique sourit de nouveau avec indulgence. Il était visiblement sous le charme de sa nouvelle maîtresse.

Les deux sœurs pénétrèrent dans le salon qui était petit mais fort bien meublé, avec une cheminée en marbre de Sienne, des lampes en cristal et des pendules de porcelaine posées sur les tables Sheraton.

Claire sourit en entrant dans la pièce, mais son sourire semblait forcé.

— Tu me parais un peu pâle, chérie, dit Tory. Est-ce que tu te sens bien ?

Claire détourna son regard.

— Je vais bien.

Une pointe d'inquiétude s'immisça dans le cœur de Tory.

— Est-ce que tout va bien… entre toi et lord Percy ?

— Je suppose que oui.

La jeune femme soupira et prit place sur le canapé.

— C'est juste que…

— Que quoi, chérie ? N'apprécies-tu pas la compagnie de ton mari ?

Claire hocha la tête, son sourire moins crispé.

— Oh, si. Il me plaît beaucoup. Mais…

Parkhurst entra avec le chariot à thé.

— Pourquoi ne sers-tu pas le thé toi-même ? Ensuite, tu pourras me dire ce que tu as sur le cœur.

Le majordome laissa le chariot et referma la porte, les laissant seules. Tory s'installa sur le canapé à côté de sa sœur, qui prit soin d'arranger les plis de sa jolie robe vert pâle en mousseline. Tory portait elle aussi une robe de mousseline, couleur safran, avec un décolleté carré incrusté de broderies de soie.

Claire était mariée au fils d'un marquis ; Tory était l'épouse d'un comte. Cord et Percy avaient fait des dépenses considérables pour que leurs épouses soient bien habillées.

Claire but une gorgée de thé.

— Parfois, quand je suis avec lui, je ne sais pas… Il

me rend nerveuse d'une étrange façon. Il est très beau, bien sûr, et se comporte en parfait gentleman. Toutefois, quand il me prend la main, mes paumes deviennent moites. Et lorsqu'il m'embrasse cela me plaît beaucoup, mais lorsqu'il s'arrête je me sens agitée et je voudrais qu'il continue.

Tory se mordit la lèvre. Elle savait ce que sa sœur ressentait. Cord lui faisait éprouver ces choses-là, et bien plus encore. Mais comment expliquer le désir entre un homme et sa femme ?

— Ce que tu ressens est naturel, Claire. Quand une femme admire un homme, elle éprouve souvent ce genre de choses. Contente-toi de suivre la conduite de ton mari, et, avec le temps, tout ira bien.

Du moins l'espérait-elle.

— Ce soir, il m'emmène à l'Opéra. Je n'y suis jamais allée et je brûle d'impatience. Il a projeté quelque chose pour chaque soir de cette semaine. Tout cela est très excitant.

Lord Percy courtisait sa sœur, pensa Tory. Cette idée lui fit plaisir.

— Percy m'a dit de te demander si lord Brant et toi voudriez nous accompagner. Le marquis possède une loge privée et Percy pense que vous apprécieriez tous les deux ce spectacle.

« Oh, comme j'aimerais aller à l'Opéra ! » songea Tory. Et dans une loge privée, qui plus était. Mais Cord serait occupé, elle le savait. Il travaillerait tard, comme d'habitude, et ne pourrait se libérer. Elle essaya de ne pas se laisser ennuyer par cette pensée, mais depuis quelque temps cela la touchait.

— Cord aura certainement du travail, dit-elle. Toutefois, j'essaierai de le convaincre.

— Si le comte n'est pas libre, tu pourrais peut-être venir avec nous quand même. Cela me plairait tant !

Cela plairait aussi beaucoup à Tory, mais elle préférerait se rendre à l'Opéra avec son mari.

Elle pensait à Cord, plusieurs heures après, quand elle rentra chez elle et se dirigea tout droit vers son cabinet de travail.

— Je suis désolée de vous interrompre, milord.

Cord s'appuya à son dossier et se massa la racine du nez.

— Ce n'est pas grave. Je puis m'arrêter un moment. Comment se porte votre sœur ?

— Elle s'adapte. Lord Percy la traite fort bien. De fait, ils nous invitent à les accompagner à l'Opéra ce soir. J'espérais que peut-être…

Le comte poussa un soupir las.

— Je suis navré, ma douce. J'ai malheureusement une entrevue avec le colonel Pendleton, ce soir. Je suis sûr que Percy ne verra pas d'inconvénient à escorter deux jolies femmes plutôt qu'une.

La question de la libération du capitaine Sharpe était certainement plus importante qu'une soirée à l'Opéra. Tory ne pouvait s'élever contre cela. Et si son mari était absent, pourquoi ne sortirait-elle pas seule, après tout ?

— Etes-vous sûr que cela ne vous ennuiera pas ?

— Allez-y, la pressa-t-il. Cela vous fera du bien de sortir un peu de cette maison.

Tory n'avait guère envie de se distraire sans lui, mais rester seule chez elle chaque soir n'était pas très drôle non plus.

C'est ainsi que cela commença, assez innocemment, comme une simple raison de quitter la maison pendant que Cord travaillait. Trois ou quatre fois par semaine, Tory se mit à accompagner sa sœur et son beau-frère dans une série d'événements mondains. Contrairement à Cord, Percival Chezwick n'avait que peu de responsabilités. Il jouissait d'une fortune assez importante, à laquelle s'ajoutait un héritage de son grand-père, et il était jeune et plein d'entrain.

De surcroît, il était très fier de sa magnifique épouse et saisissait chaque occasion de la montrer en société.

Ce fut lors d'une soirée chez le comte de Marley que le cousin de Percy, Julian Fox, les accompagna pour la première fois.

Julian était le fils d'un vicomte. Il avait plusieurs années de plus que Percy et se trouvait à Londres pour la saison mondaine. Les cheveux noirs et les yeux bleus, il était plus sophistiqué que son cousin et pas timide le moins du monde. Il était beau et tout à fait charmant.

Il plut à Tory dès qu'elle fit sa connaissance, et elle parut lui plaire aussi. Durant toute la soirée, il fut abordé par des femmes ; mais bien qu'il se montrât aimable, il les ignora pour la plupart, restant auprès de Tory, de Percy et de Claire.

Le lendemain soir, ils se rendirent au théâtre, voir *Le Roi Lear* de Shakespeare, et Julian les accompagna de nouveau. S'il avait fait la moindre avance déplacée, Tory aurait pu se sentir mal à l'aise, mais il se comporta en parfait gentleman.

Au cours des semaines qui suivirent, ils continuèrent à sortir à quatre, au théâtre, à l'Opéra et dans une suite incessante de soirées. Ce soir-là, ils assistaient à un bal donné en l'honneur de l'anniversaire du maire. De temps à autre, Tory nota qu'on les regardait, mais il ne lui vint jamais à l'esprit que les gens pouvaient jaser à leur sujet.

Ce fut plus tard, seulement, qu'elle comprit qu'elle était sur une pente dangereuse.

Percy se tenait près de sa femme dans la salle de bal.

— Où est Tory ? demanda Claire en parcourant la salle du regard. Je ne la vois nulle part.

— Elle est probablement dans la salle de jeu avec Julian. A moins qu'ils ne dansent.

— Votre cousin et ma sœur sont devenus de si bons amis ! dit Claire. Toutefois, je sais que Tory adorerait que lord Brant l'accompagne quelquefois. Peut-être devriez-vous lui parler, lui dire à quel point elle serait heureuse qu'il sorte avec nous de temps en temps.

Le pouls de Percy s'emballa quand elle riva sur son visage ses beaux yeux bleus. Il hocha la tête sans s'engager, et ne répondit pas. Ce n'était pas son rôle, pensa-t-il, de s'immiscer entre un homme et sa femme. En outre, il avait assez de problèmes à résoudre avec son propre mariage.

Claire lui prit la main.

— Pourrions-nous danser ? S'il vous plaît, Percy !

— Si tel est votre désir, mon cœur, j'en ferai un ordre.

Il lui sourit et la conduisit sur la piste. Il lui accordait tout ce qu'elle lui demandait, lui donnait tout ce qu'elle souhaitait, bien qu'elle ne fût pas très exigeante. Il était fou amoureux de son épouse, au point d'en perdre la raison.

Pourtant, elle n'était pas encore devenue sa femme. Leur mariage restait encore à consommer, et il y pensait vingt-quatre heures sur vingt-quatre. Mais le moment de passer à l'acte ne lui semblait pas encore venu.

Claire ignorait tout du côté physique du mariage. Cependant, si les baisers étaient un art, elle était devenue experte en la matière. Elle se montrait si agréable dans ce domaine que Percy n'osait pas l'embrasser trop longtemps, de peur de perdre le contrôle de lui-même.

Il écarta cette ennuyeuse pensée et lui sourit. La laissant le conduire sur la piste, il lui prit la main et l'entraîna dans une contredanse, savourant la façon dont elle lui souriait chaque fois qu'ils se croisaient. Dès qu'elle le touchait, son désir s'exacerbait et il se sentait rougir. La coupe ajustée de ses culottes l'inquiétait, et il essayait de penser à autre chose qu'à la charmante rondeur des seins de sa femme dans le décolleté de sa robe de soie mauve.

Il la regarda exécuter une gracieuse pirouette, les plis de la soie flottant doucement autour de ses jambes. L'espace d'un instant, elle fixa ses beaux yeux sur les siens et elle s'empourpra légèrement. Percy s'obligea à détourner son regard, priant de toutes ses forces de parvenir à continuer à se contrôler en ce qui concernait sa délectable épouse.

La soirée se poursuivit. Tory quitta la salle de jeu, se demandant où était sa sœur.

— Vous voici. Je vous cherchais partout.

Julian Fox s'avança vers elle et lui sourit en prenant sa main. Il était aussi grand que Cord, et fort séduisant dans sa jaquette bourgogne et ses culottes gris clair.

— Ils commencent les divertissements dans le jardin, dit-il. J'ai pensé que vous aimeriez les voir.

— Je jouais au whist, sans grande chance. Je préfère de loin assister à ces divertissements plutôt que de continuer à perdre mon argent.

— Des danseurs cosaques des steppes de Russie. Il ne s'agit probablement que de bohémiens errants, mais qui s'en soucie ? lui chuchota Julian à l'oreille, en se penchant vers elle. Venez. Si nous nous pressons, nous pourrons encore trouver des chaises.

Il la guida à travers les portes qui donnaient sur la terrasse. Tory savait qu'il se sentait à l'aise avec elle, et qu'elle lui permettait d'éviter le grand nombre de femmes qui essayaient d'attirer son attention. Hormis sa beauté et son charme, Julian avait de l'argent et une position sociale. Il était considéré comme un très bon parti par les jeunes filles en quête d'un époux. Mais cela ne paraissait pas l'intéresser. Tory se demandait si une femme l'avait blessé, par le passé, et s'il protégeait son cœur avec soin.

Ce qui était sûr, c'était qu'elle ne l'intéressait pas non plus, raison pour laquelle elle se sentait bien en sa compagnie. Ils étaient amis, rien de plus, et en vérité elle eût de beaucoup préféré être avec son mari.

Cependant, son mariage avec Cord était loin d'être le mariage dont elle avait rêvé. Elle le comparait avec celui de ses parents, qui faisaient des choses ensemble et appréciaient d'être en compagnie l'un de l'autre.

Elle soupira en laissant Julian l'installer sur une chaise au fond de plusieurs rangées. Il n'était pas Cord, mais c'était un compagnon agréable. Elle se prépara à jouir du spectacle.

Cord quitta son bureau. Il était bien plus d'1 heure du matin, et Victoria n'était toujours pas rentrée. Ces sorties nocturnes commençaient à l'irriter.

Certes, nombreuses étaient les épouses qui sortaient en société sans leur mari, et ce n'était sûrement pas la faute de sa femme s'il n'avait pas le temps de l'accompagner. De fait, il aurait dû se réjouir que son beau-frère ait accepté de jouer ainsi le rôle de chaperon. Grâce au ciel, le jeune homme appréciait ce genre de chose.

Quant à lui, il était occupé par l'achat d'un immeuble

sis Threadneedle Street, un bâtiment vide dans un quartier de bureaux prestigieux. Avec de faibles travaux de rénovation, cet investissement prendrait le double de sa valeur.

Il n'était pas bien vu pour un membre de l'aristocratie de se consacrer à un travail quelconque, mais Cord avait découvert qu'il aimait cela. Afin d'apaiser la haute société, il avait fait passer son intérêt pour les finances pour un simple passe-temps, et cela avait été accepté.

Ce qui le préoccupait avant tout, cependant, c'était sa prochaine tentative pour libérer Ethan.

Deux nuits plus tôt, le colonel Pendleton avait été averti que le capitaine avait été transféré dans l'intérieur du pays, dans une prison située à l'est de Nantes. Cet endroit était beaucoup moins accessible que la prison de Calais, mais la Loire qui coulait près de Nantes se jetait dans la mer à Saint-Nazaire, et si la libération d'Ethan était possible, le colonel comptait sur Max Bradley pour la préparer.

Comme la première fois, Cord avait l'intention de tenir un bateau prêt pour ramener Ethan en Angleterre, dès que les deux hommes atteindraient la côte.

Il tira une chaîne en or de la poche de son gilet, ouvrit le couvercle de sa montre et la consulta. 1 h 30. Il referma le couvercle d'un coup sec et laissa courir son regard vers l'échiquier disposé dans un coin. Il n'avait plus joué aux échecs avec Victoria depuis leur mariage. Il n'en avait pas eu le temps, tout simplement.

Ou peut-être n'était-ce qu'une excuse.

Se tenir occupé l'aidait à détacher son esprit de sa femme, l'empêchait de se laisser prendre par elle plus qu'il ne l'était déjà. Elle s'était emparée de lui dès le début, bien qu'il ne pensât pas qu'elle le sût. La dernière chose qu'il souhaitait était de tomber plus avant dans le piège qu'elle lui tendait.

Pour l'amour du ciel, il ne voulait pas terminer comme ce jeune sot, lord Percy.

Les choses lui plaisaient telles qu'elles étaient : Victoria le satisfaisant au lit, tandis qu'ils menaient des existences parallèles et séparées.

Il entendit du bruit dans le vestibule et se dirigea vers la porte de son cabinet de travail. Victoria rentrait enfin. Il était grand temps. Longeant le couloir à grands pas, il l'aperçut dans l'entrée, vaporeuse vision vêtue de soie safran et de dentelle crème.

— Je vous attendais plus tôt, dit-il sombrement en s'approchant d'elle.

Elle se détourna au son de sa voix et haussa le menton.

— Claire et Percy voulaient rester un peu plus tard. Comme j'étais leur invitée, je n'avais d'autre choix que de rester aussi. Si vous étiez venu avec moi…

— J'étais occupé, vous le savez parfaitement.

— Dans ce cas, il semble que le problème soit le vôtre, pas le mien.

Cord plissa les paupières. Il voulut dire quelque chose, mais il savait qu'en un sens elle avait raison. En outre, elle était si délicieuse avec ses joues empourprées et son nez en l'air qu'une flèche de désir le transperça. Elle poussa un petit cri de surprise quand il la souleva dans ses bras et se mit à gravir l'escalier.

Ils pourraient discuter de son retour tardif le lendemain. Pour l'heure, il avait besoin d'elle et avait bien l'intention de la posséder.

Elle noua les bras autour de son cou, ses seins doux pressés contre son torse, et il sentit son corps se tendre du désir d'être en elle. Le mariage présentait des avantages auxquels il n'avait pas songé auparavant. A partir du moment où il conservait une certaine distance et où il pensait avec sa tête, non avec son cœur, il pouvait y prendre du plaisir.

Il se jura que c'était exactement ce qu'il allait faire.

15

Tory commençait à se lasser de ce tourbillon social sans fin. Il y avait des soirs où elle avait envie de rester chez elle, simplement, mais si elle le faisait elle se retrouverait seule dans le salon, à lire ou à broder. Cord serait terré dans son cabinet de travail et ne voudrait pas être dérangé.

Elle soupira. Elle ferait aussi bien de sortir.

Traversant la pièce, elle alla sonner sa femme de chambre, Emma Conklin, pour qu'elle l'aide à choisir sa tenue de la soirée.

Emma était une simple servante lorsqu'elle était gouvernante. Les hanches larges, des cheveux blonds bouclés et dotée d'un léger accent populaire, Emma avait révélé un jour son rêve de devenir femme de chambre, quelque chose qui avait fort peu de chances de lui arriver. Mais elle adorait les toilettes et s'était révélée une couturière fort compétente, raisons pour lesquelles, quand Tory était devenue l'épouse de Cord, elle avait décidé d'exaucer son vœu.

Emma entra et donna aussitôt son avis sur la robe que Tory avait choisie.

— Diable, milady, celle-ci est sûrement très belle. C'est l'une de mes préférées.

— Vous ne pensez pas que ma robe en satin gris perle conviendrait mieux ?

— Elle est très jolie aussi, mais celle-ci, avec sa soie rose recouverte de mousseline assortie et ses bouquets de feuilles de chêne brodés sur le corsage, elle est parfaite, milady.

Tory sourit. Elle appréciait la compagnie d'Emma et son franc-parler.

— Ce sera donc la rose.

Emma l'aida à enfiler sa robe et en ferma les boutons dans son dos. Puis la jeune femme choisit des bijoux pour aller avec.

Comme elle plongeait la main dans son coffret, elle effleura le morceau de satin blanc qui enveloppait la bague de son père. Un petit frisson la parcourut tandis qu'elle sortait le paquet et déroulait le tissu.

Incrusté dans de l'or massif, le grenat rouge sang semblait la narguer, lui rappelant des souvenirs douloureux et les soupçons qui la hantaient. Pendant des semaines, elle avait repoussé ces soupçons à l'arrière de son esprit. Il lui avait fallu protéger Claire, et se protéger elle-même. Elle avait été occupée à leur épargner la prison. Mais à présent, avec ses soucis constants à propos de son mariage, les questions qu'elle se posait au sujet du meurtre de son père revenaient la tourmenter.

Comment cette bague avait-elle pu aboutir en la possession de sa mère ?

Pourquoi Charlotte Whiting n'avait-elle jamais mentionné qu'elle l'avait retrouvée ?

Tory était de plus en plus certaine que les réponses figuraient dans le journal de sa mère — s'il existait toujours. Elle pensait que sa mère avait découvert la bague parmi les possessions de son second mari. Et si Miles Whiting avait eu cette bague, cela signifiait qu'il était responsable de la mort de son père, ainsi qu'elle le soupçonnait depuis des années.

Si seulement elle pouvait le prouver.

Le journal était la clé de ce mystère. D'une manière ou d'une autre, il fallait qu'elle le retrouve. Elle devrait retourner à Harwood Hall et fouiller le grenier. Elle aurait voulu en parler à Cord, lui demander son aide, mais il était toujours si occupé... Et elle lui avait déjà causé assez de perturbations comme cela.

Elle replia la bague dans le morceau de satin et la remit dans le coffret. Puis elle prit l'écrin de velours bleu, le sortit et en ouvrit le couvercle. Le collier de perles et de diamants l'éblouit de son éclat. Elle s'en saisit et le posa sur sa gorge.

Il était parfait avec sa robe de soie rose. Les perles étaient fraîches et rassurantes sur sa peau. Le fermoir de diamants joua avec un petit déclic très doux. Elle se rappela la nuit où Cord lui avait demandé de ne garder sur elle que ce collier, et où il lui avait fait l'amour avec passion. Elle souhaita qu'il pût l'accompagner ce soir-là.

Ignorant le sentiment de désespoir qui l'envahissait, elle jeta un coup d'œil à la pendule. Sa sœur et son beau-frère, son escorte habituelle, allaient arriver. Elle prit le châle de soie blanche richement brodé qu'Emma lui tendait et descendit l'escalier.

La semaine s'étira, interminable. En retour de leur sollicitude à son égard, Tory avait décidé de donner un dîner en l'honneur de Claire et de Percy. Si son mari refusait de l'accompagner en société, s'était-elle dit, elle allait amener la société jusqu'à lui.

Leurs hôtes étaient sur le point d'arriver. Jetant un coup d'œil dans le vestibule, Tory aperçut leur fort efficace gouvernante, Mme Gray, qui se précipitait vers elle avec une liste d'ultimes détails à régler. Tory répondit à toutes ses questions et alla vérifier l'emplacement des invités dans la salle à manger.

Cord s'habillait en haut, et ne descendrait pas avant quelques minutes. Il était rentré tard d'un entretien avec le colonel Pendleton. Ils n'étaient pas encore prêts à tenter de délivrer le capitaine Sharpe, mais ils espéraient avoir une chance de le faire très bientôt.

Elle vit son mari qui descendait l'escalier à l'instant où les premiers invités arrivaient, et durant un instant elle resta figée sur place, à l'admirer. Il était si grand, si large d'épaules, ses traits étaient si virils! Il la prit par le bras et la balaya du regard. Elle nota son expression approbatrice, accompagnée d'une lueur de désir.

Cette dernière s'estompa alors qu'ils se portaient à la rencontre des premiers arrivants, le Dr Chastain, sa femme et leur fille. Récemment, à l'occasion d'une soirée ou d'une autre, Grace et Tory avaient eu le plaisir de passer beaucoup de temps ensemble.

— Maman est déterminée à me marier à quelque vieillard décrépit et fort riche, avait déclaré un jour la jeune fille. A partir du moment où le prétendant a un titre, c'est tout ce qu'elle considère. Vous auriez dû la voir la semaine dernière, chez lord Dunfrey. Elle a insisté pour que je m'assoie à table près du vicomte Tinsley. Ce dernier est borgne, et si gâteux qu'il n'aurait su dire s'il mangeait du hareng bouilli ou de l'oie rôtie.

— J'en conclus que vous êtes toujours décidée à ne vous marier que par amour, avait répondu Tory.

Grace avait haussé le menton.

— Si je ne puis avoir d'amour, je refuserai de me marier, voilà tout.

Mais, pour l'heure, elle n'avait pas encore trouvé l'homme de son choix.

Même Julian Fox ne l'intéressait pas.

Celui-ci arriva quelques minutes plus tard, en compagnie de Claire et de Percy. Bien que Tory ait parlé plusieurs fois de Julian à Cord, les deux hommes ne se connaissaient pas.

Elle lui sourit lorsqu'il entra.

— Julian ! Je suis si heureuse que vous ayez pu venir.

Il se courba galamment sur sa main.

— Le plaisir est pour moi, Victoria.

— Il est grand temps que vous rencontriez mon mari.

Elle le conduisit jusqu'à Cord, qui se tenait près de son ami Rafael Saunders.

— Cord, voici Julian Fox.

— Monsieur Fox.

— Lord Brant.

— Je crois que vous connaissez Sa Grâce, le duc de Sheffield.

— Oui, dit Julian. Nous nous sommes rencontrés plusieurs fois.

Les réponses appropriées furent faites, mais Cord demeura étrangement distant. Tory put voir que son époux mesurait Julian du regard, comme tous les hommes le faisaient, et se demanda ce qu'il pensait.

Elle ne tarda pas à être fixée. Il l'isola alors qu'ils se rendaient à la salle à manger, l'attirant en retrait de leurs invités.

— Ainsi, j'ai enfin fait la connaissance de votre cher M. Fox.

— Oui, je suis heureuse qu'il ait pu venir.

— Vous ne m'avez jamais dit à quel point il est charmant.

Tory n'aima pas la façon dont il la considérait, le regard plus dur que de coutume.

— Je vous ai dit qu'il était quelqu'un de très agréable.

— Vous n'avez jamais précisé non plus qu'il était si

grand, si bien bâti, et l'un des plus beaux hommes de Londres.

Elle haussa le menton.

— Je ne pensais pas que son apparence ait une quelconque importance.

— Vraiment ?

— J'espérais qu'il vous plairait.

— Oh, il me plaît tout à fait.

Là-dessus, Cord lui prit le bras et le passa sous le sien, l'entraînant assez fermement vers la salle à manger.

Une fois assise, Tory commença à se détendre. Cord se mit à bavarder aimablement avec leurs hôtes, et elle pensa que lorsqu'il le voulait il pouvait être encore plus charmant que Julian. Il donnait l'impression d'être le parfait maître de maison, à l'aise, riant, mais elle sentait ses yeux se poser sur elle à tout bout de champ.

Le Dr Chastain relata une histoire troublante, celle de jumelles siamoises qu'il avait mises au monde.

— Il aurait fallu que vous les voyiez. Elles étaient jointes par la tête. Je n'avais jamais rien vu de pareil. Elles sont mortes avant d'avoir eu deux semaines. Une bénédiction, cela est sûr.

Il allait se lancer dans une autre anecdote médicale aussi peu ragoûtante quand Julian intervint poliment.

Avec un coup d'œil à Tory, il conta en souriant l'histoire des cosaques engagés lors du bal donné pour l'anniversaire du maire, et qui n'étaient en réalité que des bohémiens.

— Ils se sont montrés fort distrayants, même s'ils n'étaient que des escrocs.

Tout le monde rit et Tory lui décocha un sourire de gratitude. Puis il mentionna l'opéra auquel ils avaient assisté, le *Don Giovanni* de Mozart.

— C'était de loin le meilleur spectacle que j'aie vu depuis des années. N'êtes-vous pas de mon avis, Victoria ?

Elle sourit.

— C'était remarquable. Bien sûr, il y a peu de temps que je suis retournée à l'Opéra, depuis l'époque où mes parents nous emmenaient à Londres, Claire et moi, il y a des années. Mais c'était encore plus magnifique que ce que nous avions vu alors.

— C'était une vraie merveille, renchérit Claire. Vous auriez dû venir avec nous, milord, ajouta-t-elle à l'intention de Cord. Cela vous aurait plu.

Les yeux de Cord brûlèrent Tory.

— J'en suis certain.

Le Dr et Mme Chastain, qui avaient également assisté à cet opéra, insistèrent sur la qualité de l'interprétation. Grace ne s'y était pas rendue avec eux. La jeune fille et son père n'avaient jamais été proches l'un de l'autre, et ces dernières années ils étaient devenus encore plus distants. Cela tourmentait Grace, mais il semblait qu'elle ne pût rien y faire.

La conversation resta animée durant tout le dîner. Cord hochait la tête et souriait, mais il se fit de plus en plus silencieux. Puis les hommes demeurèrent dans la salle à manger pour prendre un cognac et un cigare, tandis que les dames se retiraient dans le salon.

Lorsqu'ils se retrouvèrent tous ensemble, l'atmosphère continua à être plutôt cordiale, même si Cord se montra de plus en plus taciturne. Quand leur dernier invité s'en alla, il était d'une humeur noire. Il pressa Tory de monter au premier, la suivit dans sa chambre, referma la porte derrière lui et s'adossa au panneau, les bras croisés.

— Ainsi, vous avez apprécié cet opéra, n'est-ce pas ?

Son ton déplut à la jeune femme.

— Oui, je l'ai beaucoup apprécié. Vous m'aviez conseillé de m'y rendre, si je me souviens bien. Si vous n'aviez pas été occupé, comme d'habitude, vous auriez pu m'accompagner.

— J'avais des choses à faire. Contrairement à votre bon ami Julian, j'ai un certain nombre de responsabilités.

— Julian sait apprécier la vie. Il n'y a rien de mal à cela.

Cord s'éloigna de la porte.

— Je ne veux plus que vous ressortiez avec lui.

— De quoi parlez-vous ? Je ne suis jamais sortie seule avec Julian. Il a été assez aimable pour transformer notre groupe de trois personnes en groupe de quatre, et je lui en sais gré.

— Vous avez entendu ce que j'ai dit. Je ne veux plus qu'il vous escorte où que ce soit. S'il doit se joindre à son cousin et à votre sœur pour une soirée, vous resterez à la maison.

L'humeur de Tory commença à s'échauffer.

— Vous n'êtes pas mon geôlier, Cord.

— Non, je suis simplement votre mari, pour le cas où vous l'auriez oublié.

Elle riva ses mains sur ses hanches.

— Qu'est-ce qui vous déplaît en lui ?

— Je vous ai dit qu'il me plaît assez. Je ne veux pas qu'il se montre en compagnie de mon épouse, voilà tout.

— Pourquoi ?

— Pour commencer, je crains que si vous le fréquentez autant les commérages ne se déchaînent. Je ne veux pas que le nom de ma femme soit traîné dans la boue.

— Julian n'est qu'un ami. Au-delà de cela, je ne l'intéresse pas et il ne m'intéresse pas.

— Je suis fichtrement heureux de l'entendre.

Les yeux de Tory s'élargirent sous l'effet de l'incrédulité.

— Pour l'amour du ciel, vous n'êtes pas jaloux ?

— Sûrement pas. Comme je vous l'ai dit, je me soucie simplement de protéger la réputation de ma femme.

Mais il était toujours courroucé. Tory comprit qu'il était bel et bien jaloux, et cette découverte la ravit. A l'exception de ses attentions amoureuses, Cord l'avait ignorée la plupart du temps depuis qu'ils étaient mariés. Exciter sa jalousie n'était pas à ses yeux la recette d'un mariage heureux, mais elle avait peut-être, enfin, trouvé un moyen de piquer son intérêt.

Elle se sentit soudain pétiller d'excitation. Elle aurait dû y penser avant.

Comme elle se dirigeait vers son lit pour tirer sur le

cordon et appeler sa femme de chambre, Cord la retint par le bras.

— Tournez-vous, déclara-t-il sombrement. Vous n'aurez pas besoin de votre femme de chambre, ce soir.

Sans discuter, Tory lui tourna le dos et il commença à la dévêtir avec des gestes prompts et sûrs, qui prouvaient amplement qu'il avait une grande habitude de ce genre de chose.

Lorsqu'elle n'eut plus sur elle que ses bas et ses jarretières, il retira les épingles qui retenaient ses cheveux, coula les doigts dans leur masse épaisse, l'obligea à pencher la tête en arrière et l'embrassa avec fougue.

Elle était à bout de souffle lorsqu'il s'arrêta, et son corps frémissait de désir. Cord la souleva dans ses bras et franchit la porte qui séparait leurs chambres pour la porter dans la sienne, jusqu'à son immense lit à baldaquin.

Ils n'avaient encore jamais fait l'amour dans sa chambre. Il venait toujours retrouver Tory dans la sienne, et la quittait avant l'arrivée des domestiques. Là, il ne prit pas la peine de tirer la courtepointe de velours bleu nuit et la déposa simplement au milieu du matelas de plumes, où il la rejoignit pour ravager sa bouche.

Ils s'aimèrent avec sauvagerie, Cord prenant possession du corps de Tory avec une ardeur qu'il ne lui avait encore jamais montrée. Il avait été troublé par la présence de Julian, pensa-t-elle. Peut-être signifiait-elle plus pour lui qu'il ne s'en rendait compte lui-même.

Si tel était le cas, il restait un rayon d'espoir.

Si seulement elle pouvait trouver le moyen de lui ouvrir les yeux…

— Bonne nuit, Claire.

— Bonne nuit, Percy.

Claire sourit, mais dès que la porte se referma doucement sur son mari, elle lança sa brosse contre le panneau.

— Milady !

Sa femme de chambre se précipita pour ramasser la brosse.

Claire soupira.

— Je suis désolée, Frances. Je ne sais pas pourquoi je suis en colère, sauf que…

— Sauf que quoi, milady ?

Frances avait dix ans de plus que sa maîtresse. C'était une petite femme aux cheveux noirs, qui gardait de son enfance des traces de petite vérole sur le visage.

Claire se tourna sur son pouf et leva les yeux vers elle.

— Est-ce que votre mari et vous… dormez dans le même lit ?

La servante rougit.

— Oui, milady. Et cela est fort plaisant, je puis vous le dire.

— Parfois, je souhaite… je souhaite que lord Percy reste avec moi. Nous sommes mariés. Mon père et ma mère dormaient dans le même lit. Si Percy était avec moi, je ne me réveillerais pas au milieu de la nuit en me sentant si seule.

Frances fronça les sourcils.

— Ce n'est pas ma place de vous demander cela, milady, mais j'ai souvent pensé… Je sais que votre mère est morte, Dieu ait son âme, et je me demandais si…

Elle secoua la tête.

— Ce n'est pas ma place.

Claire lui prit le bras.

— Vous vous demandiez quoi ? Dites-le-moi, Frances.

— Eh bien… je me demandais si vous et votre époux… étiez arrivés à faire l'amour.

Claire haussa les épaules, reprit sa brosse et la passa dans ses cheveux.

— Je suppose que oui. Il m'embrasse tout le temps.

— Ah, ouiche ! S'embrasser fait partie de l'affaire, c'est sûr, mais c'est loin d'être tout.

Claire arrêta son geste et se tourna vivement vers elle.

— Loin d'être tout ? répéta-t-elle.

— De fait, milady. Je pense que, peut-être, avec votre mère partie, personne ne vous a appris la façon dont se passent les choses.

— De quelles choses parlez-vous ?

Frances se mordit la lèvre.

— Je ne sais pas si je devrais vous le dire, milady.

— J'ai besoin de le savoir. Je vous en prie, Frances, dites-le-moi. Je veux rendre mon mari heureux.

— Vous avez certainement raison là-dessus. Lord Percy sourirait de temps en temps, s'il obtenait ce que les autres hommes obtiennent de leur épouse.

Pour l'amour du ciel ! pensa Claire, anéantie. Lui avait-elle manqué sans le savoir depuis tout ce temps-là ?

— Dites-moi tout, Frances, je vous en supplie. Je tiens vraiment à le savoir.

Deux heures plus tard, une Claire abasourdie souhaita une bonne nuit à sa femme de chambre et se mit au lit. Elle essaya de dormir, mais chaque fois qu'elle fermait les yeux, elle ne cessait de se rappeler les choses outrageantes que Frances lui avait dépeintes.

Dès que le soleil fut assez haut dans le ciel pour permettre une visite décente, Claire décida d'aller trouver Tory. Elle avait besoin de se faire confirmer ce que sa femme de chambre lui avait confié — et de savoir si sa sœur avait fait ces choses-là avec le comte.

D'ici au milieu de l'après-midi, Claire fut définitivement fixée sur les surprenantes réalités de la vie.

Non seulement sa sœur avait acquiescé en rougissant aux informations que Frances lui avait données, mais elle lui avait prêté un livre de la bibliothèque du comte, *De la sexualité entre les hommes et les femmes.*

— Tu aurais dû m'avertir, avait dit Claire.

— Je sais. Je suis navrée de ne pas l'avoir fait. Mais ce n'est pas un sujet facile à aborder, même entre deux sœurs aussi proches que nous le sommes. J'espérais… que ton mari prendrait les choses en main.

Mais Percy était encore plus timide que Claire.

Celle-ci était assise sur le bord du canapé.

— Comment est-ce ?

Tory avait rougi de plus belle. Elle avait pris une profonde inspiration, puis avait souri.

— L'amour physique est merveilleux, Claire.

Claire était rentrée chez elle et avait passé le reste de la journée dans la bibliothèque, plongée dans le livre que Tory lui avait prêté. Le soir venu, elle invoqua une migraine pour se reposer avant de sortir, et se retira dans sa chambre. Le livre à la main, elle traversa la pièce et alla se pelotonner dans l'embrasure de la fenêtre.

Elle rouvrit l'ouvrage relié de cuir à la page où elle avait dû s'arrêter. De temps à autre, elle s'empourprait à la lecture des mots audacieux qu'elle parcourait des yeux, mais elle n'avait jamais rien lu d'aussi passionnant.

Elle ne s'habilla pas avant d'avoir lu la dernière phrase.

Plus tard, ce même soir, Tory se prépara à sortir. Son après-midi avait été plein de surprises. Bien qu'elle fût soulagée que Claire ait enfin compris l'aspect physique du mariage, et parût même impatiente de l'expérimenter, son propre mariage se changeait en un échec cuisant.

Elle enfila une robe à taille haute, en satin doré orné

de brillants, et se tint avec raideur pendant qu'Emma en fermait les boutons.

Elle était en colère. Et déçue. Le duc de Tarrington donnait un bal dans sa somptueuse résidence des abords de la cité, et Cord avait accepté de l'accompagner. Elle avait été surexcitée toute la semaine, impatiente de porter la nouvelle robe qu'elle avait achetée pour lui, et se réjouissant surtout d'être avec lui.

Et puis, ce soir-là, au tout dernier moment, il lui avait dit qu'il ne pourrait pas venir.

— Je sais que vous vous faisiez un plaisir de sortir avec moi, mais quelque chose est intervenu. Je crains d'avoir à annuler cette soirée.

— Vous ne venez pas ?

Elle avait eu peine à croire qu'il l'abandonne ainsi, après lui avoir promis de l'accompagner.

— Qu'est-il advenu de si important ?

— Une question d'affaires, rien dont vous ne dussiez vous préoccuper.

— Une *question d'affaires*, avait-elle répété en essayant de contenir sa colère. Nous avions projeté cette soirée ces deux dernières semaines. Grace y va. Ma sœur et Percy y seront. Quelles que soient vos obligations, elles peuvent certainement attendre demain.

— Je suis désolé, mais c'est impossible. Il y aura d'autres occasions. La saison n'est pas terminée.

Tory avait ravalé sa rancœur. Au lieu de discuter, elle avait attendu que Cord quitte la maison et avait envoyé un billet à Gracie, lui expliquant que le comte avait été contraint d'annuler sa soirée et lui demandant de se joindre à elle et à ses parents.

Grace en avait été ravie, bien sûr. Il lui était plus facile d'éviter ses parents et les prétendants qu'ils ne cessaient de lui imposer quand Tory était avec elle.

Quand le coupé des Chastain arriva devant la maison, Tory les attendait, sa colère couvant sous une attitude souriante.

La circulation était fort dense dans les rues qui étaient encombrées de chariots et de fiacres, ainsi que de beaux attelages se dirigeant vers la même destination. Lorsqu'ils atteignirent Tarrington Park, le bal avait déjà commencé ; un flot d'hommes et de femmes élégamment vêtus emplissait la demeure, se répandait sur la terrasse et dans les jardins illuminés par des torches.

Tory salua des visages connus, tout en cherchant des yeux Claire et son mari. Elle sourit en voyant un ami qui s'approchait d'elle dans le vestibule dallé de marbre. Le bel homme aux cheveux noirs lui prit les mains, se pencha vers elle et l'embrassa sur la joue.

— C'est un grand plaisir de vous voir, Victoria.

— Vous de même, Julian.

Quand Cord eut achevé son entretien, il avait trop de choses à l'esprit pour rentrer simplement chez lui.

Et il avait des remords d'avoir déçu sa femme.

Il savait à quel point Victoria espérait se rendre à ce bal avec lui. Mais l'achat de l'immeuble de Threadneedle

Street touchait à sa fin, et le vendeur quittait Londres le lendemain matin. A la dernière minute, celui-ci lui avait demandé un rendez-vous pour clarifier certaines clauses, et Cord n'avait eu d'autre choix que d'accepter.

Du moins était-ce ce qu'il s'était dit.

Au lieu de regagner sa demeure, il ordonna à son cocher de l'emmener chez le duc de Sheffield. Mais tandis que la voiture roulait dans cette direction, il ne put s'empêcher de se demander si cette importante entrevue n'avait pas été un autre prétexte pour lui éviter de passer du temps avec sa femme.

Il soupira. Chaque minute qu'il passait avec elle semblait accentuer le charme sous lequel elle le tenait.

Cela l'inquiétait. Par tous les diables, cela le terrifiait.

Il était un homme qui avait appris à ne compter que sur lui-même. Il n'aimait pas les attachements, surtout avec une femme. Il n'aimait pas tenir trop à quelqu'un. Il se souvenait de sa souffrance, quand sa mère était morte. Il n'était qu'un petit garçon, à l'époque, et le chagrin l'avait ravagé. Au fil des années, il avait appris à garder ses distances et à contrôler soigneusement ses émotions. C'était la seule façon dont un homme pouvait se protéger.

La voiture s'arrêta devant la maison. Des lampes étaient allumées dans les pièces du rez-de-chaussée, ce qui signifiait que Rafe était probablement chez lui. Cord descendit et suivit l'allée de brique qui menait au perron.

Deux coups frappés à la porte, et le majordome lui ouvrit. Il eut la surprise de trouver son ami dans le vestibule.

— Je sais qu'il se fait tard, dit-il, mais j'ai vu de la lumière.

Il parcourut des yeux la tenue de soirée du duc.

— A ce qu'il semble, vous étiez sur le point de sortir.

— Oui. Je me rends au bal de lord Tarrington. Je pensais que vous y alliez aussi.

Cord ignora la pointe de culpabilité qui le traversa.

— J'avais l'intention d'y aller. Quelque chose est survenu entre-temps.

Rafe sourit.

— Il n'est pas trop tard. Vous avez encore le temps de vous changer. Peut-être que Victoria et vous pourriez vous joindre à moi.

Cord réfléchit. Il avait encore du travail, la dernière main à mettre à sa transaction. Cependant, il avait promis à Victoria de la conduire à ce bal et il lui déplaisait d'être revenu sur sa parole.

— Fort bien. Nous allons passer chez moi, voir si elle a encore envie d'y aller.

Dix minutes plus tard, ils pénétrèrent dans le vestibule de lord Brant.

— Je crains que madame la comtesse ne soit pas là, l'informa Timmons. Elle a accompagné son amie, miss Chastain, et les parents de cette dernière au bal du duc de Tarrington.

Cord en éprouva de l'irritation. Pourtant, il ne voyait

pas vraiment d'inconvénient à ce que Victoria soit sortie sans lui. C'était l'usage de la haute société de mener des vies séparées, et c'était ce qu'il souhaitait.

— Puisque votre femme est déjà là-bas, dit Rafe, vous pourriez vous habiller et la rejoindre avec moi.

Cord allait refuser, en prétendant qu'il avait une foule de choses à faire, mais le duc le prit par le bras.

— Il y a des rumeurs, déclara-t-il à voix basse. Des commérages concernant votre épouse et Julian Fox. Je ne pense pas un instant qu'ils soient fondés, et cependant… ce serait bien pour vous deux que vous escortiez votre femme à l'occasion.

Des *rumeurs*, pensa Cord. Des commérages au sujet de sa femme et d'un autre homme. La colère l'envahit. Il avait défendu à Victoria de revoir Fox. Lui avait-elle désobéi ?

— J'en ai pour un instant, dit-il. Servez-vous un cognac en attendant que je redescende.

16

Il ne serait pas cocu, par tous les diables!

Transportés dans l'impressionnant carrosse noir et doré du duc, tiré par quatre chevaux noirs, Cord et Rafe traversèrent les rues animées de Londres et atteignirent Tarrington Park une demi-heure plus tard. Cord parla peu durant le trajet, mais sa colère couvait.

Il n'était pas sûr de ce qu'il allait découvrir au bal, ni de ce qu'il ferait s'il trouvait Victoria avec Fox, mais les paroles de son ami l'avaient tiré de son apathie concernant sa femme.

Le bal battait son plein lorsqu'ils arrivèrent. La musique de l'orchestre apaisa un peu ses nerfs tendus à craquer.

Mais s'il trouvait Victoria avec Fox…

Il jeta un coup d'œil dans le grand salon, une pièce immense avec des colonnes dorées, des canapés recouverts de brocart et des vases débordant de roses roses. Dans le salon de jeu, le Dr Chastain était assis à une table de whist, une bonne pile de jetons posée devant lui. Peu après, il découvrit dans le vestibule Mme Chastain qui sortait de la pièce réservée aux dames.

Elle lui sourit.

— Milord, il est si agréable de vous voir. Lady Brant disait que vous ne pourriez assister à ce bal.

— Par chance, j'ai pu modifier mes plans au dernier moment.

Il regarda dans le couloir, mais ne vit nulle trace de sa femme. En revanche, il aperçut Julian Fox en grande conversation avec le fils du duc de Tarrington, Richard Worthing, marquis de Wexford. Il ne fut qu'à peine soulagé de ne pas voir Victoria à proximité.

— Savez-vous où je pourrais trouver ma femme ? demanda-t-il à l'épouse du médecin.

— La dernière fois que je l'ai vue, elle était avec Grace. Elles se rendaient dans la salle de bal.

Cord sourit poliment.

— Merci.

Ainsi, elle dansait. Mieux valait cela, plutôt qu'elle passât du temps avec Fox. Mais lorsqu'il franchit la porte, Victoria n'était pas sur la piste de danse. Elle se tenait près de Grace, entourée d'un cercle d'admirateurs.

Tandis qu'il traversait la salle, il observa le groupe qui conversait et se rendit compte que chacun des hommes souriait, cherchant à attirer l'attention de sa femme. Il n'avait jamais songé que Victoria pouvait être une séductrice, même si elle l'avait puissamment séduit dès le début.

Et maintenant, alors qu'il laissait courir son regard sur le profond décolleté de sa robe de satin doré et sur ses seins voluptueux, il comprit qu'elle s'était épanouie en une magnifique tentatrice. Sa beauté mise à part, elle irradiait d'assurance, ce qui faisait d'elle l'une des femmes les plus charmantes et les plus captivantes de la salle.

Même si elle n'avait pas l'air de le savoir.

Elle sourit à ce que quelqu'un lui dit, et Cord nota la façon dont ses épais cheveux châtains étaient relevés, vit comment ils luisaient à la lumière des bougies qui brûlaient dans des chandeliers en cristal. Il eut envie d'en défaire les épingles et d'en sentir la lourde masse crouler sur ses épaules, puis de couler les doigts dans ses mèches soyeuses.

Son rire féminin flotta dans la salle, et une vague de désir le submergea. Son sang s'embrasa dans ses veines, ses reins se contractèrent. Il n'aimait pas la manière dont ces hommes la regardaient. Elle était sa femme, sapristi ! C'était à lui qu'elle appartenait, et à nul autre !

La jalousie se mêla à la concupiscence qu'il éprouvait, et son humeur s'enflamma. Elle ne fut que légèrement adoucie par le chaud sourire de bienvenue que lui adressa Victoria au moment où elle le vit s'avancer vers elle. Ce fut un sourire qui le transperça, et qui le fit la désirer plus que jamais auparavant.

Ou peut-être était-ce le fait de savoir que tous les hommes présents la convoitaient autant qu'il la convoitait.

— Milord, dit-elle en gardant son sourire. Je suis contente que vous soyez venu.

Il garda les yeux rivés sur son visage tandis qu'il se courbait galamment sur sa main.

— Vous êtes fort belle ce soir, lady Brant.

— Et vous êtes fort beau aussi, milord. Je suis heureuse que vous ayez changé d'avis.

Cord songea à Fox et se demanda si elle disait vrai.

— L'êtes-vous, vraiment ?

Sans attendre sa réponse, il se tourna vers ses admirateurs avec un sourire qui contenait un avertissement.

— Messieurs, si vous voulez bien nous excuser, j'ai besoin d'un moment d'intimité avec ma femme.

Le cercle s'écarta avec nervosité.

— Bien sûr, milord, dit l'un des hommes, un vicomte Nobby ou Nibby.

Cord posa la main gantée de Victoria sur la manche de sa jaquette et l'entraîna vers la porte.

— Où allons-nous ? demanda-t-elle, comme il la guidait dans un labyrinthe de couloirs.

— Dans un endroit où nous pourrons être seuls.

Il n'y avait pas de chambres à cet étage. Cord ouvrit une porte, vit qu'elle donnait sur l'imposant cabinet de travail du duc où plusieurs invités discutaient. Il la referma et reprit sa marche.

— Cord, qu'y a-t-il ? Est-ce que quelque chose ne va pas ?

C'était possible, mais il n'en était pas certain.

— Pas que je sache, répondit-il.

Une autre porte se révéla aussi infructueuse que la première, mais la troisième lui fournit exactement le lieu qu'il cherchait. C'était un cabinet à linge, garni de draps fraîchement pliés et de serviettes qui absorberaient le bruit qu'ils pourraient faire.

— Cord, qu'avez-vous donc à…

Tory s'interrompit dans sa phrase quand il la tira à l'intérieur et referma la porte derrière eux.

— Vous m'avez manqué quand je suis rentré à la maison. Je n'ai mesuré à quel point que lorsque je vous ai vue dans cette salle de bal.

— Mais c'est un cabinet…

Il la fit taire d'un baiser. Un long baiser brûlant, qui mit un terme à ses questions et la fit se presser contre lui en murmurant doucement son nom.

Il faisait sombre dans la resserre qui fleurait bon le savon, l'amidon et la lavande. Les bras minces de Victoria se nouèrent autour du cou de son mari, et elle l'embrassa avec la même fougue que lui. Elle avait la langue dans sa bouche et il en jouait avec la sienne, tout en relevant l'ourlet de sa robe pour trouver sa féminité.

Elle l'attendait déjà, constata-t-il avec un sentiment de triomphe. Et elle se montra plus prête encore lorsqu'il se mit à la caresser.

— Cord, vous ne pouvez pas songer à… à…

Un autre baiser lui démontra que c'était exactement ce qu'il avait l'intention de faire. Il réussit à défaire assez de boutons pour pouvoir abaisser son corselet, ce qui lui donna accès à ses seins. Il en prit le globe dans ses paumes, puis en pinça doucement les pointes qui durcirent instantanément, et il entendit Victoria qui retenait son souffle.

L'obscurité qui les entourait formait un cocon érotique où leur sens du toucher et leur odorat décuplaient le désir qui montait rapidement entre eux. La main de Cord se promena sur un sein satiné, tandis qu'il humait le léger parfum de Victoria.

Courbant la tête, il en prit la pointe dans sa bouche et sa femme s'arqua contre lui. Elle trembla lorsqu'il se saisit de nouveau de sa robe pour la remonter jusqu'à sa taille, effleurant ses cuisses et la courbure de ses reins. Il la souleva et noua ses jambes autour de lui, la laissant offerte à ses caresses. Il les poursuivit jusqu'à ce qu'elle frémisse contre lui, le suppliant de la prendre.

Cord défit les boutons de ses culottes et se mit en position. Il la posséda d'un seul élan.

« Le ciel ne pouvait être plus doux que cela », songea Victoria. Elle émit un petit bruit de gorge, l'invitant à bouger en elle, mais il se retint, savourant le plaisir d'être enveloppé par son corps brûlant. Elle resserra ses bras autour de son cou, ses seins adorables pressés contre son torse.

Elle se trémoussa.

— Cord, je vous en prie…

Il se mit à bouger, excité par le besoin qu'il percevait dans sa voix, un besoin qui ne faisait que décupler le sien. Maintenant ses hanches en place, il la prit d'assaut avec ardeur, tandis que son sang s'embrasait dans ses veines.

Les petits miaulements que Victoria émettait fouettaient encore son désir, le poussant à la posséder plus profondément, plus vite, plus fort. Quand il la sentit venir à lui et qu'elle poussa un cri de plaisir, il espéra que l'épaisseur du linge, jointe aux bruits de voix et à la musique qui venaient de l'extérieur, l'avait étouffé.

Un sentiment de triomphe s'empara de lui quand elle se contracta sous l'effet de la volupté.

Elle était toute molle entre ses bras lorsqu'il s'abandonna enfin à la culmination de son propre plaisir, quelque chose de si fort et de si farouche qu'il en fut totalement comblé. Il lui fallut un moment pour se ressaisir et reprendre le contrôle de lui-même, puis quelques secondes de plus pour se convaincre qu'il devait quitter Victoria.

Il la remit sur pied et chercha à tâtons une serviette qu'il lui tendit. Pendant qu'elle se rafraîchissait, il la fit se retourner et referma les boutons de sa robe.

— Je dois avoir l'air terrible, dit-elle. Je ne puis croire que nous ayons fait cela.

Cord sourit dans le noir, content de lui.

— Je le peux, moi.

Ce n'était pas la première fois qu'il possédait une femme dans un endroit inhabituel, mais cela n'avait jamais été aussi satisfaisant.

La seule chose qui le préoccupait, c'était la force avec laquelle il l'avait désirée.

Et que cette femme était *sa femme*.

Tarrington Park était une merveille. Claire dansait sous des candélabres en cristal, sur la musique d'un orchestre de vingt musiciens en livrée de satin bleu et perruques blanches.

Un bataillon de valets, également vêtus de la livrée bleue du duc, s'empressaient dans la salle de bal, portant des plateaux d'argent chargés de toute sorte de nourriture exotique allant des huîtres au caviar, en passant par du cygne rôti et des langoustes ; il y avait aussi de délicieux assortiments de tartelettes aux fruits, de crèmes aux œufs et de petits-fours.

C'était une nuit de conte de fées, le genre de nuit dont elle avait rêvé mais à laquelle elle n'aurait jamais pensé assister. Et elle devait tout cela à son mari, le preux chevalier qui l'avait sauvée d'un sort qu'elle n'osait pas imaginer.

Claire dansait avec le cousin de Percy, Julian, qui s'occupait d'elle comme d'une petite sœur tendrement aimée. Quand l'orchestre acheva son morceau, il la ramena à son mari. Percy leur dédia l'un de ses rares et doux sourires, et elle lui sourit timidement en retour.

Le regard du jeune homme caressa les épaules de sa femme et la rondeur de sa poitrine. Il changea de position, mal à l'aise, et son sourire s'estompa. Il était toujours si sérieux, pensa Claire. Elle ne put s'empêcher de se demander s'il sourirait plus souvent, comme le lui avait dit Frances, lorsqu'ils auraient enfin fait l'amour.

Mais cela n'avait toujours pas eu lieu. Chaque soir, lorsqu'il la ramenait chez eux, elle dormait seule dans son grand lit à baldaquin, tandis que Percy dormait seul dans le sien.

— Je vous la rends, dit Julian en s'inclinant galamment sur sa main. Pour ma part, je crois que je vais me retirer.

Claire était elle-même un peu fatiguée, mais elle ne voulait pas gâcher la soirée de Percy. Ce soir-là, elle aurait aimé qu'ils rentrent un peu plus tôt et qu'ils passent un moment seuls ensemble, à s'embrasser et à se toucher. Peut-être même qu'ils pourraient faire certaines des choses décrites dans le livre qu'elle avait lu.

Elle souhaitait avoir le courage de lui demander de lui faire l'amour. Tory l'aurait certainement osé, à sa place, mais elle n'était pas aussi téméraire que sa sœur.

— Eh bien, si ce n'est pas ma merveilleuse *fille !*

Le regard de Claire sauta des boutons étincelants qui fermaient la jaquette de Percy à l'homme qui venait de s'approcher d'elle. Ses jambes se mirent à trembler et sa bouche s'assécha. Elle repensa à la nuit où son beau-père était entré dans sa chambre et elle eut envie de partir en courant.

Au lieu de cela, elle se rapprocha de Percy qui passa un bras protecteur autour d'elle.

— Baron Harwood, dit-il. J'ignorais que vous étiez en ville.

— J'avais certaines affaires à régler. J'espère que vous avez reçu mon billet de félicitations. Je présume que tout va bien pour vous deux.

— Fort bien, répondit Percy.

— Je suis heureux de l'entendre.

Mais Claire voyait bien que ce n'était pas le cas. Le baron était furieux d'avoir été dupé, cela se lisait dans ses yeux noirs et froids. Elle chercha quelque chose à dire. Elle avait espéré ne plus jamais revoir son beau-père, maintenant qu'elle était mariée.

— Je… j'espère que tout va bien à Harwood Hall, balbutia-t-elle.

Le baron hocha la tête.

— Hormis les problèmes habituels avec des domestiques indociles. Il faudra que vous veniez en visite, un jour.

Il jeta un coup d'œil à Percy.

— Avec votre mari, bien sûr.

La mâchoire de Percy ressemblait à du granit.

— Ne nous attendez pas de sitôt, milord.

Les yeux de Claire s'élargirent. Son mari s'exprimait toujours avec tant de douceur ! Elle ne s'attendait pas à le voir tenir tête à lord Harwood.

— Je vois, dit ce dernier.

— Je l'espère, conclut Percy.

Harwood les salua avec raideur et s'excusa, et Claire lutta pour s'arrêter de trembler.

— Tout va bien, ma douce, dit Percy qui suivait le baron du regard. Je ne le laisserai jamais vous blesser.

— Nous devons faire savoir à Tory qu'Harwood est revenu en ville.

Mais sa sœur et son mari avaient déjà quitté le bal.

— J'enverrai un billet à lord Brant demain matin.

Claire jeta un dernier coup d'œil à la silhouette du baron, qui s'éloignait.

— Je détesterais gâcher votre soirée, milord, mais si vous n'y voyez pas trop d'inconvénient, j'aimerais rentrer.

Percy se pencha et posa un baiser sur ses cheveux.

— Vous ne gâchez rien du tout. Je crois que j'aimerais rentrer, moi aussi.

Il la conduisit hors de la salle de bal, fit appeler sa voiture et dans l'heure ils se retrouvèrent chez eux. Percy accompagna sa femme jusqu'à sa chambre comme il le faisait chaque soir, mais au moment où il se tournait pour partir elle le prit par le bras.

— Pensez-vous que vous pourriez rester, juste un instant ?

Il la regarda et pressa une main sur sa joue.

— Je resterai aussi longtemps que vous le souhaitez, mon cœur.

Elle eut envie de lui demander s'il accepterait de rester avec elle toute la nuit, mais elle n'osa pas : s'il refusait, elle en serait dévastée. A la place, elle le conduisit jusqu'au canapé de son confortable petit salon, et ils s'assirent devant la cheminée.

— Je sais que je manque de courage, mais mon beau-père me fait si peur ! J'ai été heureuse que vous ayez été avec moi, ce soir.

Les traits de Percy se durcirent, ce qui était fort rare.

— Vous êtes ma femme. Vous n'avez pas à avoir peur de quiconque.

Elle scruta son beau visage, déterminée à ne plus penser à lord Harwood.

— Voudriez-vous… m'embrasser ?

C'était une requête audacieuse, elle le savait, mais elle avait besoin du réconfort de son mari, ce soir-là.

Percy déglutit et se pencha vers elle, puis il posa tendrement sa bouche sur la sienne. Le baiser ne tarda pas à s'approfondir et Claire le lui rendit, laissant de merveilleuses sensations s'emparer d'elle. S'il ne s'agissait que de « préliminaires », comme disait le livre, qu'est-ce que cela devait être de faire vraiment l'amour !

Percy commença à s'écarter, mais elle refusa de le lâcher. Elle se saisit des revers de sa jaquette et l'embrassa de nouveau. Percy grogna et lui rendit son baiser, introduisant sa langue dans sa bouche.

Claire émit un petit son étranglé à cette nouvelle sensation, et Percy se recula comme s'il s'était brûlé. Il changea de position sur le canapé et fixa le feu.

— Vous êtes tellement innocente, dit-il.

— Toutes les femmes sont innocentes, durant un certain temps.

Mais Percy paraissait nerveux. Il se racla la gorge.

— Vous devez être fatiguée. Il se fait tard. Pourquoi n'allez-vous pas dormir ?

Claire était peut-être un peu fatiguée, mais elle n'avait plus du tout sommeil. Elle voulait lui dire qu'elle aimait qu'il l'embrasse, et qu'elle avait envie qu'il recommence. Au lieu de cela, elle dit simplement :

— Dormez bien, milord.

— Vous aussi, mon ange.

Cord reçut deux messages le lendemain matin. L'un de Percival Chezwick l'informant que Miles Whiting était de retour à Londres, l'autre du colonel Pendleton, lui apprenant que l'heure était venue de libérer Ethan.

Il se demanda s'il devait mettre Victoria au courant du retour de son beau-père, mais pensa qu'il ferait mieux de la prévenir s'ils devaient se rencontrer par hasard. Pour finir, il la convoqua dans son cabinet de travail et lui tendit le billet de lord Percy.

— Harwood est ici ? s'exclama-t-elle, debout face à son bureau.

Cord vint la rejoindre et lui prit les mains. Elles étaient plus froides qu'elles n'auraient dû l'être.

— Tout va bien, mon cœur. Si ce scélérat s'approche à cent pas de vous, il aura affaire à moi.

Mais il serait absent les prochains jours, voguant vers la France dans l'espoir de ramener Ethan.

Ce serait un voyage beaucoup plus long que le premier ; ils devraient contourner la pointe ouest de la France, puis descendre vers le sud jusqu'au rendez-vous de Saint-Nazaire. L'idée de laisser Victoria aussi longtemps ne lui plaisait pas, avec Harwood à Londres.

— Soyez prudente, lui dit-il. Pendant que je serai parti, je veux que vous restiez à la maison. Je n'ai pas confiance en Harwood et je ne veux pas qu'il puisse vous approcher. Je vous demande la plus grande prudence.

— Je serai prudente… si vous me promettez de l'être aussi.

Elle lui avait demandé de l'accompagner, avait insisté au point de le supplier, mais il n'avait rien voulu entendre.

— Etre au milieu d'une guerre n'est pas une place

pour une femme, avait-il tranché. Je veux que vous soyez en sécurité. Et si vous songez ne fût-ce qu'un instant à me désobéir et à monter en fraude à bord de ce bateau, je vous jure que je vous enfermerai dans votre chambre jusqu'à la fin de la saison.

Pour l'heure, ignorant son air rebelle, il la força à lever le menton et à le regarder dans les yeux.

— Je ne veux pas que vous soyez blessée, ma douce. Pouvez-vous le comprendre ?

Quelque chose vacilla dans les yeux verts de Victoria. Elle posa une main sur sa joue.

— Je ne veux pas non plus que vous soyez blessé.

Cord détourna son regard. Ces mots, prononcés doucement, l'émurent plus qu'il ne l'aurait voulu.

Il s'obligea à sourire.

— Je vous promets que je ferai le nécessaire pour vous revenir entier.

Ils parlèrent encore un peu, Cord expliquant les plans que Rafe et lui avaient faits, les dangers qu'Ethan et Max Bradley courraient lorsqu'ils auraient quitté la prison et tenteraient de rejoindre la côte. Le lendemain soir, ils mettraient les voiles vers la France.

Et, cette fois, il priait pour que sa mission réussisse.

Il ne plaisait guère à Tory de rester chez elle pendant que son mari voguait vers le danger. Mais il avait raison. Comme Claire et elle l'avaient appris de première main, un bateau en temps de guerre n'était pas un endroit où elle souhaitait être.

En outre, avec Harwood à Londres et Cord hors de la ville, il lui vint à l'idée qu'elle tenait l'occasion rêvée de retourner à Harwood Hall pour y chercher le journal de sa mère.

— Tu veux te rendre à Harwood ?

Assise près d'elle sur un canapé du salon bleu, Claire ouvrit de grands yeux.

— Tu ne peux être sérieuse.

— Je le suis tout à fait. Si je te préviens, c'est pour que tu saches où me chercher si par le plus grand des hasards quelque chose allait de travers.

Claire se mordilla la lèvre.

— Je ne sais pas, Tory. Je ne pense pas que tu devrais aller là-bas. Que se passera-t-il si Harwood quitte Londres pour rentrer chez lui, ou s'il découvre que tu es venue en son absence ?

— Il vient juste d'arriver. Il ne rentrera pas de sitôt.

— Tu ne peux en être sûre.

— Même s'il rentrait, Greta ou Samuel me préviendraient.

Greta et Samuel étaient des domestiques de confiance qui travaillaient pour la famille depuis bien avant que Miles Whiting n'ait hérité du titre.

— Ils le haïssent presque autant que nous.

— Lord Brant sera furieux, s'il apprend ce que tu as fait.

— Il ne le saura pas. Grace a accepté de m'aider.

Officiellement, elle et moi allons rendre visite à son amie Mary Benton, à la campagne. Le passe-temps favori de Grace est de contempler les étoiles, et Mary partage cet intérêt. Elle connaît le nom des constellations, et une foule d'autres choses. En réalité, seule Grace ira la voir. Je quitterai la voiture à mi-chemin et continuerai vers Harwood Hall.

— Grace a accepté cela ?

— Naturellement !

— Elle est aussi folle que toi.

Tory se mit à rire.

— Tout ira bien, tu verras.

— Je l'espère.

Tory l'espérait aussi. Mais quoi qu'il advienne, c'était la chance qu'elle attendait — la chance de prouver qu'Harwood avait tué son père — et elle ne voulait pas la laisser passer.

Le bateau de Cord, le *Nightingale*, partit ce soir-là. Le lendemain matin, Tory prévint Timmons qu'elle allait accompagner Grace Chastain chez une amie. Une heure plus tard, elle monta à bord de la voiture des Chastain et elles quittèrent la ville.

Assise face à elle sur la banquette capitonnée, Grace ôta une peluche de sa robe de mousseline crème.

— Ils étaient contents de se débarrasser de moi, déclara-t-elle d'un ton sombre. Ils le sont toujours.

Tory ne put s'empêcher d'être désolée pour son amie. Alors qu'elle avait eu la chance d'avoir des parents aimants, Grace avait été envoyée au pensionnat et elle était la plupart du temps ignorée des siens.

— Vos parents vous aiment certainement. Vous êtes leur fille.

Grace leva les yeux.

— Je suis la fille de ma mère. Le Dr Chastain n'est pas mon vrai père.

Pendant un moment, Tory la fixa, interdite. L'infidélité était chose courante dans les classes supérieures, mais elle n'aurait jamais pensé que la mère de Grace s'en soit rendue coupable.

— Cela ne peut être vrai !

— J'ai bien peur que si. Il y a deux ou trois jours, je les ai entendus parler. Mon père avait bu ; il avait perdu beaucoup d'argent au jeu. Il s'est mis à crier après ma mère. Il lui a dit que si elle ne s'était pas comportée comme une… catin, il ne serait pas obligé d'élever sa bâtarde.

Le cœur de Tory se serra pour son amie. Qu'aurait-elle ressenti, si elle avait découvert que son père n'était pas celui qu'elle avait connu ?

Grace releva de nouveau les yeux ; ils étaient pleins de larmes.

— Toutes ces années, je me suis demandé pourquoi je ne parvenais pas à me faire aimer de lui. Maintenant, je le sais.

— Oh, Gracie.

Tory se pencha en avant pour l'enlacer. Elle sentit que la jeune fille tremblait, et son affection pour elle s'accrut encore.

— Cela n'a aucune importance, dit-elle fermement. Vous êtes la même personne, quel que soit votre père.

Grace prit une inspiration mal affermie et s'appuya au dossier.

— Je suppose que oui. En vérité, d'une certaine manière, je suis heureuse qu'il ne soit pas mon père. Je voudrais juste savoir qui est mon vrai père.

— Peut-être que votre mère vous le dira.

— Peut-être. Si j'ai un jour le courage de le lui demander. Le problème, c'est que je ne suis pas vraiment sûre de vouloir le savoir.

Elles n'en dirent pas plus sur ce sujet. Elles roulèrent la majeure partie de la journée, Grace tout excitée à l'idée de se rendre à la campagne, car le ciel de Londres, obscurci par les fumées et souvent nuageux, l'empêchait d'observer les étoiles comme elle le voulait. A un carrefour situé dans la petite ville de Perigord, Tory prit congé de son amie. Elle passa la nuit à l'auberge du *Chien noir*, un endroit où elle avait dormi avec ses parents lorsqu'ils se rendaient à Londres, et elle prit la malle-poste pour Harwood Hall le lendemain matin.

En fin d'après-midi, elle se retrouva entre les murs familiers de sa maison de famille, les domestiques heureux de la revoir, surtout Greta, la gouvernante, et Samuel, le majordome. Elle leur fit jurer de garder le secret sur sa visite et ils lui promirent de faire en sorte que les autres serviteurs se taisent aussi.

Même si le baron découvrait qu'elle était venue, se dit

Tory, il ne saurait pas qu'elle cherchait ce journal. Et, d'ici là, elle serait repartie depuis longtemps.

Elle eut plaisir à revoir de vieux amis, mais ses recherches progressèrent fort lentement, car elle ne cessait de penser à de nouveaux endroits où regarder.

Malheureusement, quand le lendemain matin arriva et qu'elle dut repartir pour Londres, ses efforts n'avaient rien donné. Greta était la seule à savoir qu'elle cherchait le journal de sa mère, même si elle ignorait pourquoi elle tenait tant à le retrouver. Au moment où Tory allait partir, la déception inscrite sur son visage, la gouvernante lui fit une suggestion :

— Peut-être que votre mère, Dieu ait son âme, a laissé son journal à Windmere.

— Oui, j'y ai pensé. J'essaierai de m'y rendre prochainement.

— A moins qu'elle ne l'ait laissé dans la maison de Londres.

Tory releva vivement la tête. Elle n'avait pas songé à la petite résidence citadine que ses parents n'utilisaient que rarement.

— Pensez-vous que ce soit possible ? Mon père et elle n'y passaient jamais beaucoup de temps.

— Votre mère et votre père ne s'y rendaient pas souvent, mais votre beau-père a toujours apprécié la vie en ville, surtout durant la saison. Votre mère et lui s'y trouvaient juste avant qu'elle ne tombe malade.

— Mais le baron a vendu la maison à sir Winifred Manning. Comment y entrerai-je ?

Greta haussa ses minces épaules.

— Je pensais juste que cela valait la peine d'être mentionné.

Tory lui donna une accolade.

— Vous avez bien fait. Merci, Greta.

Ses espoirs quelque peu ravivés, elle sortit prendre la malle-poste et retourna à l'auberge attendre Gracie, qui devait repasser par là le lendemain.

Elles arrivèrent à Londres en début de soirée.

Manque de chance, Cord l'attendait quand elle rentra chez elle.

17

Cord arpentait son cabinet de travail. Il s'était attendu à trouver Victoria à la maison, lorsqu'il était rentré en fin d'après-midi. Il était exténué, plus las de son nouvel échec pour libérer Ethan que des heures sans sommeil qu'il avait passées en mer.

A l'arrivée au point de rendez-vous, au large de Saint-Nazaire, au lieu du capitaine Sharpe c'était un Max Bradley ensanglanté et trempé d'eau de mer qui avait escaladé le bastingage. Il avait une balle dans l'épaule et une blessure au visage.

— Le capitaine s'est échappé de sa prison comme nous l'avions prévu, avait-il rapporté d'une voix faible. Nous approchions de la côte quand ils nous ont rattrapés. Nous nous sommes bien battus, mais l'un d'eux m'a tiré dessus. Ils ont cru que j'étais mort, sans quoi je ne serais pas ici.

— Et Ethan ? avait demandé Cord, l'estomac noué.

Bradley avait relâché un souffle tremblant, tandis que le chirurgien que Rafe avait eu la bonne idée d'emmener nettoyait ses blessures.

— Il est vivant. Ils vont le reconduire en prison. Il s'est fait un ennemi quelque part. J'ignore qui c'est.

Il avait tressailli pendant que le chirurgien recousait la plaie qu'il avait au front.

— Ils sont déterminés à ne plus le laisser s'échapper.

— Alors, c'est fini, avait dit Cord sombrement, les doigts crispés sur la chaise voisine de la couchette de Bradley.

— Je n'ai pas dit cela.

L'homme du colonel Pendleton avait esquissé un sourire.

— Ce n'est pas fini tant que Max Bradley n'en a pas décidé, et ce moment est loin d'être arrivé.

Ces mots avaient réconforté Cord, mais un peu seulement.

Il s'était efforcé d'écarter ses soucis et de penser à Victoria, imaginant ses bras minces autour de son cou, son corps menu pressé contre le sien tandis qu'elle lui prodiguerait sa chaleur féminine. Il s'était représenté la manière dont elle s'occuperait de lui, essayant de lui rendre du courage, et s'était vu l'emportant au premier étage pour lui faire l'amour, afin d'oublier un moment dans une étreinte passionnée les épreuves subies par Ethan.

Mais voilà : dès qu'il avait franchi la porte, Timmons l'avait informé que la comtesse était partie avec Grace Chastain, pour aller rendre visite à une amie de Grace à la campagne. Le majordome n'avait pas su lui dire à quel moment sa femme rentrerait.

Cord cessa de faire les cent pas et s'assit à son bureau. Il essaya de fixer son esprit sur les papiers qui le recouvraient, mais ne put se concentrer.

Où était Victoria ?

Il lui avait dit de rester à la maison. Il l'avait prévenue qu'Harwood était à Londres. Est-ce que quelque chose était arrivé ? Avait-elle des ennuis ?

Repoussant son fauteuil, il se leva et se remit à marcher. Les aiguilles de la pendule dorée posée sur le manteau de la cheminée indiquaient 7 heures quand il entendit des voix dans le vestibule, et sut que sa femme était rentrée.

Cord sortit de son cabinet de travail, ses enjambées s'allongeant proportionnellement à sa colère. Il aperçut Victoria qui souriait à Timmons comme si elle n'avait pas le moindre souci au monde, et sa fureur menaça d'exploser.

Il s'arrêta à quelques pas d'elle et s'adossa au mur, les bras croisés.

— Ainsi, vous êtes revenue.

Alors qu'elle détachait les rubans de son bonnet, elle pirouetta sur elle-même au son de sa voix, et le bonnet voltigea dans un coin.

— Vous… vous êtes rentré. Vous avez regagné Londres plus tôt que je ne le pensais.

— C'est ce qu'il semble.

Le majordome, stoïque, ramassa le bonnet et le lui tendit.

— Merci, Timmons, dit-elle.

— Ce sera tout, Timmons, déclara Cord d'un ton bref, et il attendit impatiemment que le domestique s'éloigne.

Il tourna un regard dur vers sa femme.

— Est-ce la manière dont vous obéissez à mes ordres ? Partir Dieu sait où est votre façon de rester à la maison ?

— Je… je… Cette occasion s'est présentée de manière inattendue.

— Vraiment ?

— Je ne pensais pas que vous en seriez fâché.

Il prit son petit sac de voyage en tapisserie et désigna l'escalier d'un signe de tête, indiquant qu'il le porterait pour elle. Victoria passa près de lui et s'empressa de gravir les marches, puis elle se dirigea vers sa suite.

Elle se détourna quand Cord pénétra derrière elle dans la pièce et referma la porte d'une main ferme.

— Qu'en est-il d'Ethan ? demanda-t-elle en changeant de sujet et en s'efforçant d'avoir l'air naturel — sans le moindre succès pour ce qui était de Cord.

— Sa tentative d'évasion a échoué. Mon cousin reste emprisonné en France.

Elle s'avança vers lui.

— Oh, Cord ! Je suis désolée.

Il leva une main, l'arrêtant sur place.

— Pourquoi avez-vous désobéi à mes ordres ? Pourquoi

êtes-vous partie alors que je vous avais demandé de rester à la maison ?

— Je… je ne pensais pas que vous en seriez contrarié. Harwood étant à Londres, j'étais plus en sécurité hors de la ville, après tout.

Cord fronça les sourcils. Il y avait quelque chose dans son expression…

— A qui êtes-vous allée rendre visite, déjà ?

— A Mary Benton, une connaissance du pensionnat. Grace et elle sont très amies.

Il n'aimait pas la façon dont le regard de Victoria esquivait le sien.

— Benton… Benton… Cette Mary est-elle la fille de Richard Benton ? Ou celle de Robert, son cousin ?

Tory déglutit.

— Mary est la fille de Simon Benton. Il est lui-même apparenté à Richard et à Robert, mais… je ne sais exactement dans quelle mesure.

— Je vois.

Il voyait fort distinctement que sa femme lui mentait.

— Je trouve cela très intéressant, car Robert et Richard Benton n'existent pas. Je viens de les inventer.

Tory blêmit.

— C'est que… j'ai dû me tromper.

Cord traversa la pièce, la prit par les épaules et la souleva sur la pointe des pieds.

— Vous mentez, Victoria. S'il existe une personne nommée Mary Benton, vous n'étiez pas chez elle, c'est évident. Où étiez-vous ? Je veux la vérité, et je la veux maintenant.

Elle le regarda, les yeux élargis, puis la raideur quitta ses épaules.

— C'est bon. Je vais vous dire la vérité, si vous me promettez de ne pas vous mettre en colère.

Il contracta les mâchoires et la remit sur ses pieds.

— Je suis si furieux que je dois me retenir de ne pas vous étrangler. Dites-moi où vous étiez.

Avec l'air de vouloir s'enfuir en courant, Tory humecta nerveusement ses lèvres.

— A Harwood Hall.

— Harwood Hall ! Ce n'est pas possible. Vous ne pouvez être écervelée à ce point.

— Ce n'est pas aussi grave que cela le paraît. Le baron était à Londres. C'était l'occasion parfaite.

La colère de Cord atteignit des sommets. Il lutta pour garder le contrôle de lui-même.

— Vous avez désobéi à mes instructions et quitté la sûreté de cette maison pour vous rendre à Harwood Hall, ce nid de vipère ? J'ai beau chercher, je ne vois pas pourquoi ni comment vous avez fait une chose aussi folle !

Tory releva le menton.

— Parce que Miles Whiting a tué mon père, ou du moins suis-je convaincue qu'il l'a fait. J'ai trouvé dans les affaires de ma mère la bague que mon père portait le jour où il a été assassiné. Je pense que le baron la lui a prise ce jour-là, et que ma mère l'a découverte. Si tel est le cas, il y a de fortes chances qu'elle l'ait écrit dans son journal. C'est ce journal que je suis allée chercher à Harwood Hall. C'est la seule façon dont je peux prouver qu'Harwood est coupable.

La rage embrasait toujours le sang de Cord, tandis qu'il soupesait ses paroles. Il se souvenait que Victoria lui avait parlé du meurtre de son père, et de son espoir de faire arrêter le coupable. Elle ne lui avait pas dit qu'elle croyait que c'était le baron.

Aussi fou qu'ait été ce voyage à Harwood Hall, elle était assez téméraire pour l'avoir entrepris. Elle s'était bien glissée en fraude à bord du *Nightingale*. Cependant, les paroles de Rafe lui revinrent à l'esprit.

« Il y a des rumeurs concernant votre femme et Julian Fox. »

— Ainsi, vous vous êtes rendue à Harwood Hall sans être accompagnée ? Comment y êtes-vous parvenue ?

Un instant, elle parut mal à l'aise et les soupçons de Cord s'amplifièrent.

— J'ai pris la malle-poste. Je connaissais bien la route. Je l'avais faite bon nombre de fois quand j'étais jeune fille.

Un muscle tressaillit dans la mâchoire du comte.

— Avec vos parents, Victoria ! Pas toute seule !

Sa colère flamba de plus belle.

— Avez-vous une idée des dangers que vous avez encourus ? Une jeune femme attirante, seule en chemin ! Il y a des bandits et des brigands sur les routes, qui n'attendent qu'une occasion pour attaquer une personne aussi tentante que vous. Vous auriez pu être violentée, peut-être même tuée ! Je devrais vous enfermer dans votre chambre et jeter la clé !

— Rien de mauvais ne m'est arrivé, milord. Ainsi que vous le voyez, je suis de retour, saine et sauve.

— Et le journal ? L'avez-vous trouvé ?

Elle secoua la tête.

— Il n'était pas à Harwood Hall. Je pense qu'il peut être à Windmere.

La propriété de famille de sa mère. Elle en avait parlé à plusieurs reprises, avec nostalgie.

— S'il est là-bas, il y restera. Si vous songez à vous enfuir de nouveau, je vous jure que je vous battrai jusqu'à ne vous laisser qu'un souffle de vie !

Elle inclina la tête et baissa les paupières, mais un petit sourire joua au coin de ses lèvres. Cette maudite femme savait qu'il ne lèverait pas la main sur elle. Pourtant, dans des occasions comme celle-ci, il était furieusement tenté de la prendre sur ses genoux pour lui donner une fessée.

— Dites-moi que vous ne m'en voulez pas, murmura-t-elle, le regardant à travers ses cils baissés.

Il était toujours en colère, mais un peu moins. Alors elle s'approcha de lui, et il ne put plus penser qu'à la douce expression qui s'était peinte sur son visage, qu'au contact léger de la main qu'elle posa sur sa joue. Une flèche de désir le traversa, accompagnée d'autre chose qu'il se refusa à nommer.

— Vous devez être épuisé, dit-elle. Pourquoi ne vous allongez-vous pas un peu avant le dîner ?

Elle fit glisser sa redingote de ses épaules, commençant à s'occuper de lui comme il avait rêvé qu'elle le fasse.

— Laissez-moi vous aider à vous dévêtir. Dans un moment, vous vous sentirez mieux.

Il la laissa lui ôter son gilet de piqué blanc. Quand elle commença à défaire les boutons de sa chemise, il lui prit le poignet et l'attira dans ses bras.

— Je m'allongerai si vous vous allongez avec moi.

Elle jeta un coup d'œil vers la porte.

— J'ai été absente, il y a des choses dont je dois m'occuper.

Cord aurait préféré qu'elle ne le lui rappelle pas. Se remémorer les dangers qu'elle avait encourus raviva sa colère. L'ardent désir que lui inspirait son corps souple pressé contre le sien fit le reste.

— Vous resterez si je vous le dis, et je vous le dis.

L'obligeant à se tourner, il défit les boutons de sa robe. Quelques minutes plus tard, il l'avait sous lui et il était enfoui en elle. Elle émettait ces petits sons étranglés qu'il aimait tant, les doigts enfoncés dans ses épaules.

Si seulement il pouvait la garder nue et au lit en permanence, pensa-t-il, il n'aurait pas à s'inquiéter pour elle. Elle s'arqua contre lui, le pressant de la posséder plus profondément encore, et il obéit en l'embrassant avec fougue. Pour un moment au moins, son corps allait prendre le contrôle et son esprit pourrait se reposer.

Pour un moment, au moins, il ne serait pas consumé par les pensées que lui inspirait l'incommodante petite personne qu'il avait épousée.

***

Cord l'ignorait de nouveau. Durant les premiers jours qui avaient suivi son retour de France, il avait été maussade et de mauvaise humeur, sous le coup de son nouvel échec et de l'inquiétude que lui causait son cousin. Il s'était enfoui dans son travail et Victoria l'avait laissé faire, espérant qu'il en viendrait à accepter quelque chose qu'il ne pouvait changer.

Cela remontait à deux semaines, à présent. Pendant tout ce temps, elle avait passé ses soirées chez elle, seule. Elle était lasse à en mourir de rester dans le salon, à broder, ou dans la bibliothèque, à lire. Quand sa sœur passa la voir, elle lui exprima ses doléances et Claire l'enjoignit à reprendre ses sorties avec Percy et elle.

— D'une certaine manière, c'est amusant, dit-elle. Tu es fatiguée de rester chez toi et je commence à me lasser de sortir tout le temps.

— Je ne serais pas fatiguée de rester chez moi si mon mari ne passait pas ses nuits enfermé dans son cabinet de travail. La plupart du temps, j'ai l'impression qu'il oublie que j'existe.

Claire sourit.

— Il ne l'avait pas oublié la nuit du bal de lord Tarrington. J'ai vu la façon dont il te regardait. Il était vert de jalousie. Il avait l'air de vouloir te posséder sur-le-champ.

Tory rougit au souvenir de ce qui s'était passé dans la resserre à linge.

— Comment peux-tu parler ainsi ? demanda-t-elle. Est-ce que Percy et toi… avez fait l'amour, finalement ?

Le sourire de Claire s'estompa.

— Nous nous sommes engagés dans les préliminaires.

Tory faillit s'étrangler en buvant une gorgée de thé.

— Les préliminaires ?

— C'est le nom que l'on donne à ces choses-là, dans le livre.

— Tu veux dire quand un homme caresse les seins d'une femme, ou d'autres parties de son corps ?

— Les autres parties sont encore à découvrir, mais hier soir il a caressé mes seins. Il dit qu'ils sont adorables.

Tory sourit largement.

— Tu n'auras plus longtemps à attendre, maintenant.

— C'est ce que j'espère. Nous allons partir passer une semaine à Tunbridge Wells pour y prendre les eaux. Cela arrivera peut-être là-bas.

— Lord Percy est extrêmement timide. Tu m'as dit qu'il s'inquiète de ton innocence. Peut-être a-t-il peur de ne pouvoir contrôler sa passion, s'il commence à te faire l'amour.

Claire reposa sa tasse sur sa soucoupe.

— Tu le crois vraiment ?

— D'après ce que tu m'as dit, je gagerais que c'est fort probable.

— S'il en est ainsi, que dois-je faire ?

Tory but une autre gorgée de thé, en réfléchissant à cette question.

— Je pense que tu devrais le tenter. Le rendre fou

de désir, puis lui dire que tu veux qu'il te fasse l'amour. Arrivé à ce point-là, il ne pourra te résister.

Claire se remit à sourire.

— Je suis prête à devenir la femme de Percy de toutes les manières. Je ferai ce que tu me dis. Il m'a déclaré qu'il avait loué une maison assez grande, et nous avons déjà invité quelques personnes. Cord et toi pourriez vous joindre à nous. J'aimerais t'avoir à proximité, si jamais quelque chose n'allait pas.

Tory soupira.

— J'adorerais t'accompagner, chérie, mais Cord ne sera jamais d'accord. Il est toujours trop occupé.

— Dans ce cas, tu dois venir seule. J'aurais tellement plus de courage ! Il me suffirait de penser « Victoria ne se comporterait pas ainsi », et mes craintes s'envoleraient.

Tory réfléchit. Elle était lasse de l'inattention de Cord. Ils étaient jeunes mariés, mais il ne s'intéressait à elle que lorsqu'il lui faisait l'amour.

— Fort bien. Je viendrai.

Claire l'enlaça avec excitation.

— Oh, Tory, je te remercie vivement.

Et si Cord était contrarié, pensa la jeune femme, il n'aurait qu'à faire ses bagages et l'accompagner.

Cord n'apprécia pas cette idée. Pas le moins du monde. L'achat de l'immeuble de Threadneedle Street avait capoté après sa dernière rencontre avec le vendeur, et il voulait résoudre cette affaire. Mais il était évident que Victoria était décidée à partir, avec ou sans lui.

Finalement, il accepta avec réticence de se joindre aux invités de Claire et Percy pour deux ou trois jours, sur les cinq que Victoria passerait à Tunbridge Wells.

Il soupira. En vérité, il serait heureux de marquer une pause, après les heures de travail acharné auxquelles il s'était adonné depuis son mariage. En plus de sa détermination à remplir les coffres de sa famille, il s'était entièrement consacré à ses tâches pour éviter ce qu'il souhaitait vraiment faire : passer plus de temps avec Victoria. Elle l'attirait par son esprit autant que par son délicieux petit corps, et il n'aimait pas du tout cela.

Chaque fois qu'il voyait Percival Chezwick, avec sa mine d'amoureux éperdu, cela le renforçait dans sa résolution de garder ses distances avec sa femme.

Au fil des années, il avait pris soin de ne jamais laisser une femme devenir trop proche de lui, même si un certain nombre avait essayé de lui mettre le grappin dessus. Une épouse devait demeurer à sa place — le rendre heureux au lit et tenir sa maison. Victoria réussissait fort bien dans ces deux domaines, et il avait bien l'intention que les choses en restent là.

Les rumeurs dont lui avait parlé Rafe lui revinrent une nouvelle fois à l'esprit.

Peut-être devrait-il cependant accorder un peu plus d'attention à sa femme. Il nota mentalement de faire quelque chose à ce sujet quand Victoria et lui regagneraient Londres.

Il s'adossa à la banquette de sa voiture, écoutant le bruit des roues. Par la vitre de la portière, il apercevait des vaches qui paissaient dans des champs verts et vallonnés. Un faucon plongea sur un écureuil, dans un pré, mais repartit les serres vides.

Il arriverait à Tunbridge Wells en fin d'après-midi. Ce qui le préoccupait, c'était que Victoria n'était partie que la veille, et qu'elle lui manquait déjà.

Par chance, il connaissait les pièges à éviter en ce qui concernait les femmes.

Et il serait intéressé de voir si Julian Fox figurait sur la liste des invités.

18

L'automne approchait, ce qui se voyait aux feuilles qui prenaient des tons d'or, d'orangé et de rouille. Une brise fraîche soufflait sur les grands champs verts qui entouraient Parkside Manor, la vaste résidence en pierre que lord Percy avait louée pour son séjour d'une semaine à la campagne.

— Tory !

Claire s'élança à la rencontre de sa sœur, les bras ouverts, et cette dernière l'enlaça avec affection.

— Je suis si heureuse que tu aies pu venir.

— Merci de nous avoir invités. Je dois admettre que cela fait du bien de sortir de la ville.

Claire jeta un coup d'œil dans le vestibule.

— Je pensais que Cord viendrait avec toi.

— Il ne pouvait quitter Londres tout de suite, mais il a promis de me rejoindre. J'espère qu'il ne changera pas d'avis.

Claire passa son bras sous celui de sa sœur.

— Il n'a pas intérêt. Entre-temps, je vais te montrer la maison et te présenter nos hôtes.

Tory sourit et se laissa conduire. Cord et elle disposaient de deux grandes pièces aérées qui se trouvaient non loin de la suite du maître de maison. Il y avait deux ailes réservées aux invités, avec des portes donnant sur des chambres élégamment meublées, et le rez-de-chaussée était impressionnant.

La maison était ancienne, de l'époque jacobine, avec des poutres sculptées à la main et des fenêtres à meneaux. Ajoutée au fil des siècles, la partie en grès gris de trois niveaux donnait sur une petite rivière.

L'endroit était spacieux et accueillant. Comme l'avait dit Claire, tous les hôtes pouvaient se sentir chez eux, et la « petite » liste d'invités comportait un assortiment de personnes assez intéressant. Il y avait le père de Percy, le marquis de Kersey ; son frère et sa belle-sœur, le comte et la comtesse de Louden ; la cousine de Cord, Sarah, avec son mari et son fils ; Rafael Saunders, duc de Sheffield, et Julian Fox.

Cord arriva le lendemain en fin d'après-midi.

— Bonjour, Victoria, dit-il avec un sourire poli.

— Bonjour, milord, répondit-elle avec une égale courtoisie.

— J'espère que votre voyage n'a pas été trop éprouvant.

— Pas le moins du monde.

— La route était un peu boueuse, mais nous avons été assez rapides.

Et, de toute évidence, il n'était pas pressé d'arriver, pensa Victoria. Il ne donnait pas l'impression d'avoir envie d'être là, avec son air distant et poli. Il salua quelques hôtes qui traversaient le vestibule, puis Tory le conduisit à leur chambre. Même s'ils bavardaient assez plaisamment, Cord garda un sourire neutre et une attitude légèrement indulgente. Le parfait mari aristocrate, songea encore la jeune femme. Comme la fin de la journée s'écoulait, elle trouva la réserve de son époux de plus en plus irritante.

Elle était sa femme. Son amante, pour l'amour du ciel ! Pas n'importe quelle personne partageant sa chambre. Elle était déterminée à faire quelque chose pour ébranler sa façade figée, mais, finalement, elle n'eut pas à se donner cette peine. Dès l'instant où il comprit que Julian Fox était l'un des invités, son attitude changea.

— Je vois que votre ami M. Fox est ici.

— Oui. Il est le cousin de Percy, après tout.

Cord ne dit rien de plus, mais quand elle le regarda son expression neutre avait disparu, remplacée par une légère crispation de sa mâchoire.

Voir son mari férocement jaloux d'un autre homme était quelque chose d'assez enivrant, pensa Tory. Et de fort tentant.

Plus que tout, elle souhaitait que Cord l'aime. Elle désirait le genre de mariage que ses parents avaient eu, une relation aimante qui incluait leurs enfants.

Au moins Cord remplissait-il diligemment ses devoirs dans ce domaine. Dès qu'il avait franchi le seuil de leur chambre, ses yeux s'étaient assombris de désir. Tôt ou tard, elle en était certaine, elle attendrait un enfant.

Ce qui la tiendrait occupée et loin de ses basques, ce qui semblait être son plus vif désir.

Tory voulait des enfants, bien sûr. Elle les adorait et avait toujours rêvé d'en avoir une pleine maisonnée. Mais elle avait espéré en concevoir avec un homme qui l'aimerait.

Elle observa la façon dont Cord fixait Julian Fox dès que ce dernier apparaissait. Il n'aimait pas le jeune homme, mais elle savait que cela était dû plus à l'amitié qui la liait à Julian qu'à l'individu en lui-même.

— Je pense que votre mari est jaloux, lui dit Julian alors qu'ils se tenaient dans le salon avant le dîner.

Il s'était penché vers elle pour lui chuchoter ces mots à l'oreille, pas tourmenté le moins du monde par le fait que Cord rivait sur lui un regard aussi acéré qu'une dague. Au contraire, cela semblait le rendre plus téméraire encore.

— Je lui ai dit que nous ne sommes que des amis, répondit Tory.

— Et nous le sommes. Toutefois, je crois qu'un peu de compétition ne lui fera pas de mal.

Elle ne s'était jamais plainte à Julian de son mariage, mais il ne fallait pas être diplômé d'Oxford pour deviner que lorsqu'un mari n'accompagnait que rarement sa femme en société quelque chose ne tournait pas rond.

Tory jeta un coup d'œil à Cord. Il parlait à son ami le duc, mais ses yeux dérivaient constamment dans sa direction. Quand elle sourit à ce que lui disait Julian, elle le vit froncer les sourcils.

— Il est bien connu, reprit Julian, qu'en ce qui concerne les femmes le comte de Brant est beaucoup trop sûr de lui.

Tory réfléchit à cette remarque, sachant qu'elle était vraie.

— Vous pensez donc que si je le rends jaloux il m'en appréciera davantage ?

« Et que cela le poussera peut-être à m'aimer ? » ajouta-t-elle en elle-même.

— Parfois, un homme ne se rend pas compte de ce qu'il a avant de risquer de le perdre.

L'esprit de la jeune femme s'emplit de possibilités. Cette pensée lui était venue plus d'une fois. Peut-être que cela pourrait marcher.

— Etes-vous en train de me dire que vous accepteriez d'encourir le déplaisir du comte pour m'aider ?

Julian sourit, révélant des dents aussi éclatantes que des perles, qui tranchaient sur sa peau sombre. Il était vraiment très beau. Tory se demanda de nouveau ce qui lui était arrivé, pour qu'il évite les femmes à ce point. Bien sûr, vu la façon dont elles cherchaient à piquer son intérêt, elle ne l'en blâmait pas.

— Comme vous l'avez dit, nous sommes amis. Je serais heureux de vous aider dans la mesure de mes moyens.

Il releva les yeux.

— Pour l'heure, je crois que nous avons suffisamment excité le tigre. Je vais prendre congé de vous.

Après s'être courbé sur la main de Tory, il s'éloigna au moment où Cord approchait.

Ce dernier vint se placer auprès d'elle, les yeux toujours rivés sur Julian.

— M. Fox et vous-même sembliez beaucoup vous amuser. Qu'avait-il à dire de si intéressant ?

Elle haussa les épaules.

— Rien d'extraordinaire. Nous avons parlé du changement de temps. Il a mentionné une nouvelle pièce qui sera donnée au Haymarket Theatre la semaine prochaine.

Le regard de Cord suivit Julian à travers la pièce.

— Je préférerais que vous conversiez avec quelqu'un d'autre.

Tory l'imita et haussa ses défenses.

— Vous ne prétendez pas que je devrais l'ignorer ? Je refuse de me montrer grossière, Cord. Je vous l'ai déjà dit, Julian et moi ne sommes que des amis.

— Oui. C'est ce que vous m'avez dit.

Ils passèrent à table, et s'il fut charmant avec le reste des invités il parla peu à Tory. Elle savait qu'elle jouait avec le feu, et cependant… Elle devait saisir la chance qui lui était offerte. Il fallait qu'elle fasse quelque chose pour ébranler le mur qu'il avait édifié autour de lui en ce qui la concernait.

Comme sa sœur, si elle voulait réussir, elle devait se montrer téméraire.

Elle porta les yeux vers le bout de la table, où Claire était assise à la droite de son mari. La robe que sa sœur avait choisie était extrêmement décolletée, et Percy ne pouvait détacher les yeux de sa gorge.

« Bonne chance à toi, chérie », pensa-t-elle. Quand

elle se tourna, elle vit que Cord fronçait les sourcils en regardant Julian, qui était assis à la droite de Claire. De toute évidence, il avait pensé qu'elle contemplait le jeune homme.

« Bonne chance à nous deux », ajouta-t-elle en elle-même.

Il se faisait tard. Déterminée à mettre en œuvre le plan qu'elle avait concocté avec Tory, Claire invoqua une migraine et demanda à Percy de l'escorter jusqu'à sa chambre. Il n'hésita pas.

Elle comptait là-dessus lorsqu'ils pénétrèrent dans le salon de leur suite, et que son mari en referma la porte.

— Je m'en voudrais de réveiller Frances, dit-elle doucement. Voudriez-vous avoir l'obligeance de défaire les boutons de ma robe ?

L'expression de Percy se ferma.

— Bien sûr.

Il s'acquitta de sa tâche d'une main qui tremblait légèrement, puis recula d'un pas quand ce fut fait.

Claire se tourna vers lui, tenant sa robe devant elle.

— Vous souvenez-vous du soir où vous avez caressé ma poitrine ?

Il déglutit, et de la couleur monta à ses joues.

— Je n'ai pas oublié. Je ne l'aurais pu, même si j'avais essayé.

Elle laissa retomber le devant de sa robe, une tunique de soie bleue que Frances avait arrangée pour la rendre plus décolletée encore. Les yeux de Percy s'élargirent quand elle fit glisser les épaulettes de sa chemise, pour exposer ses seins à son regard.

Il semblait rivé sur place.

— Vous toucher de cette façon… n'est que le premier pas qui conduit à l'amour physique. Cette nuit-là, j'ai été fort près de perdre le contrôle de moi-même. Si je devais de nouveau… vous caresser ainsi, je crains ce qui pourrait arriver.

— Je n'ai pas peur, Percy.

— Vous êtes délicate, Claire. Fragile. J'ai promis d'attendre, de vous laisser le temps de vous accoutumer à l'idée d'être mariée. Or, attendre que sa femme soit prête n'est pas facile pour un homme — surtout quand son épouse est aussi ravissante que vous l'êtes. Si nous commencions, je pourrais être incapable de m'arrêter. Si je vous faisais mal d'une manière ou d'une autre…

— Je m'en remettrais. Toutes les femmes se soumettent à leur mari. Je souhaite me soumettre à vous, milord.

Percy déglutit de nouveau, les yeux emplis de turbulences.

— En êtes-vous… certaine, Claire ?

— Oui, milord.

Percy prit une longue inspiration pour se calmer. Il avala sa salive, si fortement que sa pomme d'Adam monta et descendit.

— Nous allons nous y prendre très lentement. Si vous voulez que je m'arrête, je ferai de mon mieux pour…

— Mon seul souhait est que vous fassiez de moi votre femme. Pour de bon.

Les yeux clairs de Percy s'assombrirent. Dans la faible lumière de la lampe, il paraissait plus âgé, plus homme que le garçon qu'il était quand Claire l'avait rencontré. Il la prit dans ses bras et l'embrassa, et elle sentit ses craintes s'évaporer. Elle voulait cela. Elle le voulait tellement fort !

Percy la dévêtit avec soin, puis la porta jusqu'à son lit. Il l'embrassa et la caressa partout, passa des heures à s'assurer qu'elle était prête à l'accepter, des heures qui emplirent Claire de joie et des sensations les plus merveilleuses. Quand il s'unit enfin à elle, elle éprouva juste une douleur momentanée qui disparut aussitôt. Son corps brûlait de désir et d'un besoin presque sauvage, que Percy combla amplement durant cette longue nuit d'amour.

Ainsi que sa sœur le lui avait dit, faire l'amour était merveilleux.

Mais, après tout, Tory avait presque toujours raison sur tout.

Tory espérait qu'elle agissait bien. Elle badinait subtilement avec Julian, mais jamais ouvertement, bien sûr. Elle ne voulait pas alimenter des commérages désobligeants.

A l'occasion, quand elle voyait que Cord regardait dans sa direction et que Julian était à proximité — ce qu'il mettait un point d'honneur à faire —, elle riait, souriait ou déployait son éventail. Elle avait peu d'expérience du badinage. Elle espérait que son manège était plausible, mais n'en était pas sûre.

Comme Julian le lui avait promis, il lui décochait des regards brûlants et des sourires sensuels.

Cette nuit-là, Cord lui fit l'amour avec passion, comme si, d'une certaine manière, il voulait se prouver qu'elle était sienne. Quand il eut fini, elle était molle et repue de plaisir, à peine capable de bouger. Avant l'aube, il la posséda encore.

Allongé près d'elle dans leur lit, il enroula une mèche de ses cheveux autour de son doigt.

— J'ai décidé de remettre mon retour à la fin de la semaine. Nous pourrons rentrer ensemble à Londres.

Tory eut envie de crier de joie, de sauter sur place et de clamer son triomphe. Au lieu de cela, elle lui fit une réponse savamment détachée.

— Vraiment ? Je pensais que vous aviez du travail.

Le visage de Cord s'assombrit.

— J'espérais que vous seriez contente.

Elle sourit, incapable de cacher plus longtemps son plaisir.

— Je suis très contente, milord.

Il n'en fut pas convaincu, pensa-t-elle, et elle estima que cela jouait en sa faveur.

Leurs derniers jours à la campagne s'écoulèrent beaucoup trop vite. Elle passa le plus clair de son temps avec son mari, qui semblait se divertir presque autant qu'elle. Ils rirent ensemble, et firent de longues promenades le long de la rivière. Un jour, toute la compagnie partit pour Tunbridge Wells, afin d'y prendre les eaux.

— Au siècle dernier, cet endroit était l'un des favoris de la haute société, expliqua Cord. Les thermes ont été fondés en 1609 par lord North, lorsqu'il a découvert les sources d'eau minérale.

La station thermale était moins populaire à présent, mais Tory et les autres s'y amusèrent beaucoup, et Cord également.

Puis arriva le moment de partir.

Alors qu'elle descendait l'escalier pour s'en aller, Tory tomba sur Julian dans le vestibule. Il était incroyablement beau dans des culottes de daim et une redingote vert foncé. Il lui adressa un clin d'œil tandis qu'elle s'approchait de lui, avant de se pencher vers elle.

— Je crois que notre plan a réussi. Je n'ai jamais vu un homme se comporter de manière aussi possessive avec sa femme.

— Vous avez été magnifique, Julian.

Elle eut envie de lui donner un baiser sur la joue, en signe de gratitude, mais elle n'osa pas.

Julian inclina la tête, se détourna et sourit en voyant Cord qui s'avançait vers eux.

— Je vous souhaite un plaisant voyage de retour, milord.

— Merci. Le trajet peut être lassant, mais je suis sûr que je trouverai un moyen de divertir ma femme au long de la route.

Le regard brûlant qu'il jeta à Tory disait exactement

les projets qu'il avait pour elle — une fois qu'ils seraient seuls dans la voiture.

Il envoyait par là un message à Julian, un avertissement comme quoi elle lui appartenait. Elle ne put s'empêcher d'en ressentir une vive joie.

— Est-ce que nous y allons ?

Cord la prit par le bras et la guida au bas du perron. Il l'aida à monter dans le coupé et elle s'installa sur la banquette. Elle ne résista pas à l'envie de jeter un dernier regard à Julian qui se tenait en haut des marches, un sourire sur ses lèvres sensuelles.

Tory réprima un sourire correspondant, qui était l'exact opposé du froncement de sourcils de Cord.

— Appréciez-vous la pièce, mon cœur ?

Cord se pencha vers elle et Tory en éprouva un trouble fort agréable. Ils étaient rentrés de la campagne depuis moins d'une semaine. La veille il l'avait emmenée à l'Opéra et ce soir-là ils assistaient au nouveau spectacle donné au Haymarket Theatre, dont Julian lui avait parlé.

— Oui, beaucoup. Et vous ?

— Elle me plaît aussi.

Il fit glisser un doigt sur la joue de sa femme.

— Mais j'apprécie plus encore votre compagnie.

Tory se sentit emplie d'une délicieuse excitation. Son plan fonctionnait ! Depuis leur retour, Cord lui avait témoigné une sollicitude merveilleuse. Ils vivaient une période charmante. Son mari souriait plus souvent, se montrait détendu avec elle comme il ne l'avait jamais été. Elle pensait que son affection pour elle grandissait, ainsi qu'elle l'avait espéré.

Et puis, le lendemain, un messager se présenta à leur porte.

— De quoi s'agit-il ? demanda Tory en rejoignant Cord dans le vestibule.

Il donna une pièce au garçon de course et ouvrit la lettre cachetée.

— Des nouvelles d'une filature que j'ai l'intention d'acheter à Lemming Grove. Cela me semble être une fort bonne opportunité. J'espère pouvoir acquérir cette affaire, en améliorer les conditions de travail et opérer quelques changements qui en accroîtront les profits. Avec un peu de chance, je la revendrai avec un bénéfice substantiel.

— Peut-être pourrais-je vous accompagner ? suggéra Tory, déterminée à ne pas laisser leur relation revenir à ce qu'elle était auparavant.

— Lemming Grove est une ville de filature. Il n'y a pas grand-chose à y voir. Je vais partir en fin de journée, je n'y passerai qu'une nuit et pendant que j'y serai je serai occupé. Je rentrerai demain matin. Une autre fois, peut-être…

Tory acquiesça. Ce n'était qu'une nuit, après tout. En outre, elle avait réfléchi à ce que Greta lui avait dit de la maison de ville que sa famille possédait naguère dans Greenbower Street, à six ou sept pâtés de maisons de la résidence de lord Brant.

Elle s'était discrètement renseignée sur sir Winifred Manning, l'homme qui avait acheté la maison à son beau-père, et avait découvert que sa famille et lui étaient à la campagne. La maison était fermée pour quelques semaines. Si elle pouvait trouver un moyen de s'y introduire…

Elle se remémora le visage furibond de Cord quand il avait eu vent de son expédition à Harwood Hall. Il serait encore plus furieux cette fois. Mais la maison était proche. Elle ne s'absenterait que deux ou trois heures.

Elle n'était pas sûre de ce qu'elle allait trouver, mais le baron avait vendu la maison avec tout ce qu'elle contenait. Elle reconnaîtrait les meubles qui figuraient dans la chambre de sa mère et dans son salon de couture, les deux pièces qu'elle préférait. Cette fois, Cord ne saurait rien. Mais même s'il devait découvrir son escapade, il lui fallait en prendre le risque.

Ainsi qu'il l'avait prévu, Cord partit pour Lemming Grove en fin d'après-midi. Tout de suite après dîner, Tory se retira dans sa chambre. Elle se changea, passa une simple robe de drap rouille et remplaça ses pantoufles de chevreau par des chaussures plus solides.

Elle arpenta la pièce pendant un long moment, attendant que la maison s'endorme, écoutant le tic-tac agaçant de la pendule et souhaitant que les minutes s'écoulent plus vite. Juste avant minuit, elle ouvrit sa porte, vérifia que personne ne pouvait la voir et s'engagea dans l'escalier de service, à l'arrière de la maison.

Au lieu de héler un fiacre, elle avait décidé de marcher.

Mayfair était le quartier le plus élégant de Londres, et elle savait qu'elle ne courait aucun danger.

Elle n'était plus qu'à un pâté de maisons de Greenbower Street, quand elle entendit derrière elle un bruit de roues. Elle ajusta son châle sur ses épaules, baissa la tête et continua à marcher tandis que l'attelage s'approchait. Puis elle entendit une voix autoritaire qui ordonnait au cocher de s'arrêter.

— Pour l'amour du ciel, Victoria, est-ce bien vous ?

Elle reconnut la voix familière de Julian qui flottait vers elle par la portière de son élégant coupé tiré par des chevaux gris.

— Que faites-vous dehors à cette heure, toute seule ?

Avec un soupir résigné, elle se tourna vers lui. Elle avait tellement espéré que personne ne la verrait !

— Bonsoir, Julian.

Elle savait qu'il habitait Mayfair, même si elle ne connaissait pas son adresse exacte. C'était bien sa chance d'être tombée sur lui.

— Je n'ai pas le temps de vous expliquer. Je suis sortie faire une course importante. J'espère que vous ne mentionnerez pas que vous m'avez vue.

Il haussa un sourcil noir avec intérêt.

— Je resterai discret, bien sûr, si vous me dites où vous allez. Je n'ai pas l'intention de vous laisser seule dans la rue à cette heure.

Doux Jésus, elle n'avait nul besoin de cette complication.

— C'est une longue histoire, Julian.

La portière du coupé s'ouvrit pour qu'elle monte.

— J'ai tout mon temps. Votre sœur et Percy m'en voudraient à mort si je vous laissais sans protection à une heure pareille, et s'il vous arrivait des ennuis. Vous feriez bien de me dire quelle sorte de course vous conduit ici au milieu de la nuit, et d'accepter le fait que je ne vous lâcherai pas tant que vous n'en aurez pas terminé et que je ne vous aurai pas reconduite saine et sauve chez vous.

Tory put voir à son expression qu'il ne changerait pas d'avis. Et elle avait confiance en lui. Il garderait le silence, quoi qu'elle lui dise.

Soulevant sa jupe, elle monta à bord du coupé et s'assit sur la banquette face à lui. De manière concise, elle lui expliqua comment son père avait été assassiné, et les soupçons qu'elle nourrissait à l'égard de son héritier, le baron Harwood.

— Je pense que ma mère a pu découvrir la vérité avant qu'elle tombe malade, mais elle est morte avant d'avoir pu faire quoi que ce soit. Si c'est ce qui s'est produit, elle a dû le mentionner dans son journal. Tout ce qui me reste à faire, c'est de le retrouver.

— Je vois. Et vous pensez que ce journal peut être quelque part dans la maison de sir Winifred ?

— Oui.

Julian frappa au plafond du coupé avec sa canne à pommeau d'argent, et indiqua au cocher de les conduire Greenbower Street. Là, la voiture s'engagea dans l'allée qui donnait sur l'arrière de la maison.

Lorsqu'ils arrivèrent à destination, Julian et Tory descendirent. Ils traversèrent le jardin et commencèrent à inspecter l'étroite bâtisse en brique, haute de deux étages.

— Par ici, dit Julian à voix basse. Il y a une fenêtre qui n'est pas fermée. Je vais entrer et vous ouvrir la porte.

Elle hocha la tête, reconnaissante qu'il accepte de risquer sa réputation pour l'aider, et heureuse que ce soit lui qui doive escalader la fenêtre. Elle n'éprouva que quelques remords quand elle entendit un craquement d'étoffe, et le juron étouffé de Julian.

Quelques minutes plus tard elle se tenait à l'intérieur de la maison, une petite lampe en cuivre allumée pour qu'ils puissent se guider. L'endroit ressemblait beaucoup au souvenir qu'elle en gardait, une résidence plus confortable qu'à la mode, avec des fauteuils capitonnés et des armoires vitrées emplies de livres. Julian prit la lampe et elle le suivit à l'étage.

— La chambre de ma mère était au bout du couloir, dit-elle doucement.

Mais, la plupart du temps, Charlotte Whiting dormait dans la même chambre que son mari. Elle aurait aimé que Cord et elle partagent ce genre d'intimité.

— Son salon de couture était juste à côté.

Des souvenirs assaillirent Tory : la chaleur des rires de ses parents, Claire et elle jouant devant la cheminée pendant que leur père lisait et que leur mère écrivait de la poésie ou remplissait son journal.

— Les choses ont pu changer, depuis, dit Julian.

Oui, les choses avaient bien changé, songea la jeune femme en se remémorant l'évolution de sa vie et de celle de Claire depuis la mort de leurs parents, qui les avait laissées à la merci de leur beau-père.

Cependant, à l'exception de nouvelles tentures, d'une nouvelle courtepointe et de tapis persans, la chambre de sa mère était identique à ce qu'elle avait connu.

Elle s'empressa d'en fouiller les meubles, mais ne trouva rien. L'examen des autres chambres ne donna rien non plus.

— Peut-être que quelqu'un a trouvé ce journal, suggéra Julian.

— Je suis sûre que, s'ils l'avaient trouvé, ils nous l'auraient rendu.

— C'est possible.

Ils fouillèrent encore le rez-de-chaussée, en quête de tous les endroits qui pouvaient contenir le volume, mais leurs recherches furent vaines.

— Il est temps de partir, annonça Julian avec douceur. Plus nous restons ici, plus le risque que nous soyons découverts est grand. J'aimerais mieux ne pas être arrêté comme un vulgaire voleur.

Tory était fort contrariée de s'en aller sans le journal, mais elle était certaine qu'il ne se trouvait pas dans cette maison. Il ne lui restait plus que la possibilité de Windmere.

Ravalant sa déception, elle sortit avec Julian et regagna le coupé, qui la déposa un peu plus tard Berkeley Square.

Elle rentra chez elle en se faufilant par la porte de derrière, prenant soin de ne pas être vue.

Elle était fatiguée quand elle se dévêtit et se mit au lit sans l'aide d'Emma, mais pas découragée.

Windmere. Ce nom la poursuivait. Le beau manoir des Costwolds, situé sur une centaine d'hectares de collines et de riantes rivières, pouvait détenir la clé qu'elle cherchait. C'était l'endroit qu'elle et sa mère avaient aimé, la propriété qui aurait dû lui revenir ainsi qu'à Claire.

Maintenant qu'elle avait parlé du meurtre à Cord, peut-être qu'il l'aiderait à trouver un moyen de fouiller la maison.

Elle soupira à cette idée. Pénétrer en fraude à Windmere n'était certainement pas quelque chose que son mari serait prêt à faire.

Elle frémit en songeant à quel point il serait furieux s'il découvrait qu'elle s'était glissée en douce dans la maison de sir Winifred — accompagnée par nul autre que Julian Fox. Elle pria le ciel qu'il n'en sache jamais rien.

19

Cord rentra à Londres plus tard qu'il ne l'avait prévu. La filature requérait plus de travaux qu'il ne l'avait pensé, et les conditions de travail des ouvriers le préoccupaient.

Gagner de l'argent était important, mais la vie des gens l'était aussi. Il ne voulait pas accroître sa fortune au détriment de personnes moins privilégiées que lui. Il avait donc décidé, finalement, de ne pas acquérir cette affaire. Et même s'il devrait travailler plus dur pour compenser les profits dont il serait privé, il ne regrettait pas sa décision.

En outre, il était impatient de rentrer chez lui.

Cette fois, fort heureusement, Victoria l'attendait. Elle l'accueillit avec un chaud sourire qui se changea en une expression de surprise lorsqu'il la prit par la taille et l'embrassa avec ardeur.

Elle lui répondit avec son abandon habituel, se pressant contre lui, si bien qu'à la fin de ce long baiser il se sentit enflammé par le désir et fort pressé de la conduire à l'étage.

Elle lui avait manqué, sapristi. Il aurait dû l'emmener avec lui.

— Je suis si contente que vous soyez rentré, lui dit-elle en souriant.

Le regard de Cord se porta sur sa poitrine et il nota que la pointe de ses seins s'était durcie.

— Pourquoi ne m'accompagnez-vous pas au premier, pour me montrer à quel point vous êtes heureuse de mon retour ?

Elle s'empourpra et jeta un coup d'œil vers l'escalier. L'espace d'un instant, elle parut tentée, puis elle secoua la tête.

— Grace doit passer. Elle sera là d'une minute à l'autre.

Cord acquiesça, mais cette nouvelle l'irrita. Il aperçut une boucle sombre qui retombait sur la nuque de sa femme et son désir empira. Il courba la tête et posa un baiser dessus. Une fois que Grace serait partie, peut-être…

Il était toujours dans le même état lorsqu'il gravit l'escalier. S'il ne pouvait posséder Victoria, se dit-il, il allait ôter ses vêtements de voyage et prendre un long bain chaud pour se détendre. Il essaya de ne pas penser aux seins voluptueux de sa femme et à sa délicieuse chute de reins, mais ces images le poursuivirent jusque dans sa chambre.

Il se délassait dans sa baignoire en cuivre installée dans sa garde-robe, s'efforçant de fixer ses pensées sur autre chose que sur le corps délectable de Victoria, quand il entendit un bruit de voix dans la chambre voisine. Mme Rathbone conversait avec une servante. Il s'étendit dans la baignoire qu'il avait fait fabriquer à sa mesure, appuya la tête sur le rebord et ferma les yeux.

Il n'avait pas l'intention d'espionner la conversation, mais, quand il perçut le nom de sa femme, il releva brusquement les paupières et s'assit.

— Je m'apprêtais à aller me coucher quand je l'ai vue se glisser par l'escalier de derrière, disait Mme Rathbone, sa voix aigre assez sonore pour porter à travers le mur. Elle est sortie par la porte de la cuisine, il devait être près de minuit. Et il était plus de 2 heures du matin quand je l'ai entendue rentrer.

Une forte pression s'accumula dans la poitrine de Cord. Il ne pouvait plus respirer, tant le poids qui lui pesait sur le cœur était lourd.

La voix de la femme de chambre était plus douce, plus difficile à saisir.

— Vous ne pensez pas que la comtesse est allée retrouver un autre homme ?

— Le comte l'a bien trouvée dans la rue, non ? Qui sait quel genre de femme elle est.

Elles parlèrent encore un peu, mais Cord ne put discerner leurs paroles. Elles finirent leur ménage et quittèrent la pièce, refermant la porte derrière elles. Cord resta assis dans la baignoire, incapable de bouger, anéanti par ce qu'il venait d'entendre. Finalement, l'eau qui s'était refroidie le ramena à la conscience et il sortit pour se sécher, sans cesser de penser à Victoria.

Sa femme avait quitté la maison fort tard la veille, en utilisant l'escalier de service pour ne pas être vue. Elle avait été absente deux bonnes heures avant de rentrer. La dernière fois qu'il était parti, elle s'était également éclipsée — pour se rendre à Harwood Hall, avait-elle prétendu.

Mais était-elle vraiment allée chercher le journal de sa mère, ou avait-elle eu un premier rendez-vous galant avec Julian Fox ?

Son estomac était noué. La pression qui lui pesait sur la poitrine était douloureuse. Il s'était pourtant efforcé de garder le contrôle de ses sentiments, en ce qui concernait Victoria.

Il était évident qu'il avait échoué. Misérablement.

Il s'habilla pour sortir et commanda sa voiture. Il fit dire à sa femme qu'il avait une course à faire et dévala les marches du perron, passant près des lions de pierre. Il donna l'ordre à son cocher de le conduire Bow Street, puis s'adossa à la banquette, espérant que Jonas McPhee serait encore à son bureau.

Il fallait qu'il sache la vérité, et ce n'était pas une confrontation avec Victoria qui la lui apprendrait. Elle lui avait déjà menti, lui avait menti dès l'instant où il l'avait rencontrée. Si elle ne lui avait pas caché qui elle était, il ne lui aurait jamais fait l'amour, ne l'aurait jamais déflorée et n'aurait pas été obligé de l'épouser. Elle l'avait dupé encore et encore. Comment pourrait-il la croire, maintenant ?

La colère l'envahit. Si elle l'avait trahi avec Fox… Il se força à rester calme. McPhee examinerait les faits et établirait la vérité. Il découvrirait si Victoria s'était vraiment rendue à Harwood Hall, et peut-être même où elle était allée la nuit dernière.

D'ici là, aussi difficile que cela soit, il ferait comme si tout allait bien. Il la traiterait avec la courtoisie qu'il lui devait et prierait pour que ses craintes ne soient pas fondées.

S'il la désirait de nouveau, il ne se refuserait pas de la posséder. Mais il veillerait à prendre des distances avec ses sentiments, à se protéger et à mettre son cœur sous bonne garde.

Ce qu'il avait échoué à faire jusqu'ici, il s'en avisait cruellement.

Tory soupira tandis qu'elle traversait la maison pour aller rejoindre Mme Gray et voir avec elle les menus de la semaine. A l'exception de la nuit où elle était sortie en douce, sa vie avait été si ennuyeuse récemment qu'elle enviait presque sa gouvernante.

La nuit dernière, Cord était sorti pour la troisième fois consécutive, afin de régler certaines affaires. Ensuite, il s'était arrêté à son club pour une partie ou deux de cartes, ainsi qu'il le lui avait dit ce matin. Des jours comme ce jour-là, il ne quittait son cabinet de travail que s'il avait à sortir, et il ne l'avait rejointe qu'une fois dans son lit. Leur étreinte avait été brève et peu satisfaisante, et il n'était plus revenu.

Tory s'arrêta sur le seuil de la cuisine et huma avec plaisir l'odeur de pain chaud qui s'infiltrait dans le couloir.

Lorsqu'ils étaient rentrés de la campagne, ses relations avec Cord s'étaient améliorées pendant un certain temps. Mais depuis son retour de Lemming Grove, il se montrait plus distant que jamais. Même quand il lui avait fait l'amour, elle avait eu l'impression qu'il gardait soigneusement ses distances avec elle.

Elle avait de plus en plus de mal à croire que ses sentiments, un jour, puissent devenir de l'amour.

— J'ai une liste de suggestions pour la semaine, milady, dit Mme Gray en s'empressant de la rejoindre. Peut-être pourrions-nous nous installer dans la petite salle à manger du matin ?

C'était un discret rappel à l'ordre. La gouvernante régentait le sous-sol, et ne pensait pas qu'une comtesse y ait sa place.

Tory ne lui dit pas qu'elle se sentait souvent plus à l'aise parmi les domestiques que dans l'univers solitaire où elle vivait avec le comte.

Elle regagna le rez-de-chaussée, Mme Gray sur ses talons. Comme elle commençait à croire que son mariage resterait à jamais une union sans amour, elle s'était mise à penser à des enfants pour remplir le vide de sa vie.

Si elle ne pouvait obtenir l'amour de Cord, peut-être pourrait-elle au moins avoir son enfant. Elle pria le ciel qu'un fils ou une fille grandisse bientôt en son sein.

Puis elle pensa encore combien il s'était détaché d'elle, et comment il avait même commencé à éviter son lit. Elle soupira, songeant que même le présent d'un enfant pouvait lui être dénié.

***

Cord regardait par la vitre de sa portière, tandis que son coupé roulait dans les rues encombrées. Une heure plus tôt, il avait reçu un message de Jonas McPhee, lui demandant un entretien à sa plus brève convenance. Cord avait répondu qu'il serait chez lui à 11 heures.

Plus d'une semaine avait passé depuis son voyage à Lemming Grove et le rendez-vous de minuit de sa femme, s'il s'était agi de cela. Ce temps avait suffi à McPhee, apparemment, pour faire son travail.

Anxieux d'atteindre le bureau de l'enquêteur, il jura en voyant qu'ils étaient arrêtés. Il aperçut alors un régiment de soldats qui avançaient au pas cadencé, vêtus d'uniformes rouge et blanc. Une douzaine d'officiers de cavalerie, montés sur de hauts chevaux noirs, les accompagnaient. En les regardant passer, Cord ne put s'empêcher de penser à Ethan, et de se demander s'il avait été reconduit à la prison dont il s'était échappé ou transféré ailleurs. S'il était encore en vie.

Et s'il vivait toujours, trouveraient-ils un moyen de le délivrer avant que cette longue et sanglante guerre ne soit achevée ?

Mais il cessa de penser à son cousin quand son attelage reprit sa route pour Bow Street. Il s'était préparé à cet entretien avec Jonas McPhee. Pourtant, quand l'enquêteur lui ouvrit sa porte et l'introduisit dans son petit bureau encombré, il était empli d'appréhension.

— Je crains que les nouvelles ne soient pas bonnes, milord.

Avec sa tête chauve et ses lunettes cerclées d'acier, McPhee avait peu l'air d'un homme qui passait ses journées à traquer des criminels et à fouiner dans les bas-fonds de Londres. Mais ses épaules étaient musclées et ses mains carrées, couvertes de cicatrices, témoignaient des missions dangereuses qui étaient les siennes.

— Quoi que vous ayez à dire, dites-le.

Assis derrière son bureau usagé, McPhee baissa les yeux sur le document qu'il tenait à la main.

— Concernant le premier incident sur lequel vous m'avez demandé d'enquêter, la prétendue visite de votre épouse à Harwood Hall, les domestiques sont formels : la comtesse n'est jamais venue.

La poitrine de Cord se serra. Il s'était dit qu'il était prêt à tout entendre, mais il s'avisait qu'il n'était pas prêt du tout.

— Je suppose que vous ne vous êtes pas contenté d'en interroger un seul.

— Naturellement.

L'enquêteur consulta sa feuille.

— J'ai parlé en particulier avec une gouvernante nommée Greta Simon et avec le majordome, un certain Samuel Sims. J'ai également interrogé une femme de chambre.

— Et le baron? Etait-il là, quand vous êtes passé?

— Lord Harwood est toujours à Londres.

— Se pourrait-il que ma femme ait été dans la maison sans que personne ne la voie?

— Les domestiques m'ont paru fort sûrs d'eux, milord.

Cord s'exhorta à rester calme. Il savait à quel point Victoria pouvait se montrer habile.

— Qu'avez-vous découvert d'autre ?

— Vous avez mentionné un certain Julian Fox en relation avec votre épouse. J'ai effectué quelques vérifications. Fox possède une maison dans Mayfair. J'ai localisé sa résidence et parlé à l'un de ses valets — en lui graissant un peu la patte. Je suis navré de vous apprendre que la nuit en question, vers minuit, M. Fox a pris à bord de sa voiture une dame qui marchait dans la rue à quelques pâtés de maisons de Berkeley Square, le lieu de votre demeure. La description de cette dame correspond à celle de lady Brant.

L'estomac de Cord se serra en un nœud douloureux.

— Continuez.

— Le cocher a reçu l'ordre de les conduire dans une allée, derrière une maison de Greenbower Street. M. Fox et la dame ont quitté la voiture et sont entrés dans la maison par-derrière. Ils sont restés à l'intérieur plus d'une heure. Ensuite, Fox a ordonné à son cocher de retourner Berkeley Square. La dame est descendue et a disparu dans l'une des maisons situées là, probablement la vôtre.

La poitrine de Cord lui semblait prête à exploser. Il avait envie de poser d'autres questions, mais il ne pourrait en supporter les réponses.

— Je suppose que tout est inscrit dans votre rapport.

— Oui, milord.

— Et qu'une facture de vos honoraires y est incluse ?

McPhee hocha la tête et lui tendit le dossier.

— Je vous ferai parvenir un ordre de banque dès demain matin.

— Merci, milord. Je regrette que les nouvelles n'aient pas été meilleures.

Les doigts de Cord se crispèrent sur le dossier.

— Moi aussi.

Se détournant de l'enquêteur, il se força à sortir calmement de son bureau. Dès qu'il eut regagné l'intimité de sa voiture, il se laissa choir lourdement sur la banquette et se prit la tête entre les mains. Sa femme avait une aventure avec un autre homme.

Elle avait une liaison avec Julian Fox.

Le désespoir l'envahit, ainsi qu'un vif sentiment de perte. Ils étaient mariés depuis si peu de temps, et il l'avait déjà perdue. Ses yeux le brûlaient. Il n'avait pas mesuré jusqu'à cet instant combien elle comptait pour lui. Comment avait-il pu abaisser sa garde à ce point ? Comment avait-il pu être aussi stupide ?

Puis l'angoisse et le chagrin qu'il ressentait commencèrent à prendre une autre direction, à se changer en une rage sourde et en un sentiment d'amère trahison.

Comment osait-elle ? Il lui avait été fidèle depuis le jour où ils s'étaient mariés. Par tous les diables, il n'avait pas désiré d'autre femme qu'elle depuis la nuit où il avait fait irruption dans sa chambre !

Et elle l'avait désiré aussi. Victoria était une jeune femme vibrante et passionnée. Il lui avait fait connaître le plaisir et elle en avait savouré la moindre minute, il le savait.

Puis Fox était intervenu. Cord avait une envie folle de le provoquer en duel, de le tuer pour lui avoir volé sa femme. Victoria était à lui ! Elle lui appartenait, bonté divine ! Mais Fox, qui était fort bel homme, s'était montré charmant avec elle. Il avait dû la flatter, et… *lui accorder de l'attention.*

Cord s'arrêta sur cette idée. Il l'avait escortée dans tout Londres, à l'Opéra, au théâtre, dans des bals. Fox avait dansé avec Victoria, dîné et ri avec elle, pendant que lui-même s'enfermait dans son cabinet de travail, cherchant des prétextes pour éviter sa femme. Il n'avait pas même trouvé le temps nécessaire pour une seule partie d'échecs.

Le nœud qui lui bridait l'estomac se resserra. Connaissant Victoria comme il la connaissait, il avait la certitude qu'il ne s'agissait pas d'une affaire futile. Ses sentiments devaient être engagés — elle devait être amoureuse de Julian Fox.

Il pensa aux mois écoulés depuis leur mariage. Pas une seule fois, elle ne lui avait dit qu'elle l'aimait, ou n'avait laissé entendre qu'elle pouvait ressentir ce genre d'émotion pour lui. Peut-être que s'il avait soupçonné la force des sentiments qu'il lui vouait…

Mais il l'ignorait, à l'époque. Ou, du moins, il n'avait pas voulu l'admettre. Pas jusqu'à présent. Pas jusqu'à ce qu'il soit trop tard.

Pour la première fois, il lui vint à l'esprit que c'était lui, en vérité, qui avait insisté pour qu'ils se marient. Il avait *forcé* Victoria à l'épouser. D'abord il l'avait bousculée, et ensuite il l'avait dupée. Il avait toujours su s'y prendre avec les femmes et il savait qu'elle le désirait. Cela mis à part, elle avait besoin de lui pour la protéger. Mais il n'avait jamais pensé qu'il avait pu la pousser à faire quelque chose qu'elle ne souhaitait pas réellement.

Durant tout le trajet qui le ramenait chez lui, il soupesa ses options. Victoria était amoureuse d'un autre homme. Fox était le cousin de Percy, le neveu du marquis de Kersey. La famille avait beaucoup d'argent. Fox pourrait prendre soin d'elle.

Il avait des poussées d'acidité dans l'estomac. Victoria était tout pour lui. Il ne pouvait imaginer sa vie sans elle. Et pourtant, il semblait injuste de la garder prisonnière d'un mariage qu'elle n'avait pas voulu.

Il s'adossa à son siège, la poitrine douloureuse, l'estomac noué. Il était fort clair qu'il avait commis l'impardonnable. Il s'était permis de tomber amoureux.

C'était la chose la plus stupide qu'il ait jamais faite.

Ce qu'il pourrait y avoir de pire encore, ce serait de rester marié à une femme qui ne l'aimait pas en retour.

20

Victoria n'avait pas vu Cord de toute la journée. Le dîner était achevé et il n'était toujours pas rentré. Elle commençait à s'inquiéter. Un orage se préparait et elle n'aimait pas l'idée de le savoir sous la pluie. Puis elle entendit son pas masculin dans le vestibule et elle fut soulagée.

Elle s'avança pour l'accueillir, nota la dureté de son expression et son soulagement se changea en crainte.

— Qu'y a-t-il, Cord ? Qu'est-ce qui ne va pas ?

— J'ai besoin de vous parler. Peut-être qu'en haut serait le mieux.

Le cœur de Tory battit la chamade. Elle ne lui avait jamais vu une expression aussi fermée. Elle monta l'escalier devant lui, pénétra dans sa chambre. Il la suivit et referma la porte. Elle scruta son regard pour savoir ce qu'il pensait, mais ses yeux demeuraient impénétrables.

— Peut-être devriez-vous vous asseoir.

Il n'eut pas à le dire deux fois. Les jambes de la jeune femme tremblaient. Quelque chose allait vraiment mal et elle ne pouvait deviner ce que c'était. Elle se dirigea vers le petit canapé de son salon et se laissa choir sur le siège.

— Je suis allé voir un homme nommé Jonas McPhee, un enquêteur. Je l'ai déjà fait travailler plusieurs fois.

— Je crois que vous l'avez mentionné. C'est lui qui a découvert que Claire et moi étions les belles-filles de Miles Whiting, n'est-ce pas ?

— C'est exact.

— Pourquoi… pourquoi êtes-vous allé le voir ?

— Il y avait des choses que j'avais besoin de savoir. Des choses que j'espérais que M. McPhee pourrait découvrir.

Juste ciel ! pensa Tory, effrayée. Ce McPhee avait-il découvert qu'elle s'était introduite chez sir Winifred ? Et qu'elle était en compagnie de Julian Fox ? Elle s'exhorta à rester calme ; il ne s'agissait peut-être pas du tout de cela.

— Quel genre de choses vouliez-vous savoir ?

Cord alla jusqu'au buffet et se servit un cognac.

— En voulez-vous un verre ? Vous paraissez un peu pâle.

Elle humecta ses lèvres.

— Je vais bien.

Mais elle n'allait pas bien du tout.

Cord but une gorgée d'alcool et fit tournoyer le liquide ambré dans son verre. Il était si posé. De quoi mettre les nerfs de Tory à vif. Son inquiétude grandit d'un cran.

— J'avais certaines questions à propos de ma femme.

— De votre femme, répéta-t-elle, à peine capable de prononcer ces mots.

— Oui, et à ce sujet M. McPhee s'est montré fort utile. Pour commencer, il m'a informé que vous n'étiez jamais allée à Harwood Hall.

L'estomac de Tory se retourna complètement.

— Cela est faux !

— Vraiment ? McPhee a parlé à la gouvernante, au majordome et à une femme de chambre. Nul ne vous a vue là-bas.

— Les domestiques… sont mes amis. Ils m'ont juré de garder le silence.

Il continua à faire tourner son cognac.

— Il y avait aussi la question de la nuit que j'ai passée à Lemming Grove. Vous êtes sortie ce soir-là, également.

Tory lutta pour recouvrer son souffle. Comment ce McPhee avait-il découvert cela ? Par tous les saints, comment avait-il pu le savoir ?

— Je peux tout vous expliquer.

— Alors je vous écoute.

Pourquoi ne criait-il pas ? Pourquoi ne se mettait-il pas en rage contre elle, la menaçant de l'étrangler ou au moins de l'enfermer dans sa chambre ? Ce calme mortel était pire que tout ce qu'elle avait enduré auparavant.

Elle prit une profonde inspiration, et relâcha lentement son souffle.

— Tout cela est très simple. Quand j'étais à Harwood Hall, Greta — la gouvernante que vous avez mentionnée — m'a parlé de la maison de ville que ma famille possédait autrefois à Londres. Elle m'a dit que le journal de ma mère pouvait peut-être encore s'y trouver.

— Ah, le fameux journal. J'aurais dû m'en douter.

— Cette maison est sise Greenbower Street, tout près d'ici. Je savais que vous n'apprécieriez pas ma démarche, aussi j'ai décidé d'y aller seule. Je suis partie d'ici juste avant minuit.

Elle regarda Cord. Devait-elle parler de Julian Fox ? Si elle le faisait et qu'il n'était pas au courant, il serait encore plus contrarié qu'il ne l'était déjà. Son esprit s'échauffa, tandis qu'elle se demandait si McPhee avait pu découvrir quelque chose. En outre, elle devait le silence à Julian.

— Je… j'ai marché jusque-là et j'ai eu la chance de trouver une fenêtre ouverte à l'arrière de la maison.

Elle s'efforça de sourire.

— Mon beau-père a vendu cette maison à un homme nommé sir Winifred Manning, mais je savais qu'il n'était pas en ville. J'ai fouillé toutes les pièces, mais…

— Mais une fois de plus, malheureusement, vous êtes ressortie les mains vides.

— Oui.

— Quel dommage, Victoria. Peut-être que si vous aviez eu quelqu'un pour vous aider, vos recherches auraient été plus fructueuses. Quelqu'un comme Julian Fox, par exemple.

Elle faillit s'évanouir. Un instant, des cercles noirs dansèrent devant ses yeux. Et peut-être s'était-elle vraiment pâmée, car lorsqu'elle rouvrit les paupières, Cord pressait son verre de cognac sur ses lèvres.

— Buvez, Victoria. Dans quelques secondes, vous vous sentirez mieux.

Elle avala une gorgée, et sentit la brûlure de l'alcool dans sa gorge.

— Ce… ce n'est pas ce que vous pensez. Julian et moi… nous sommes rencontrés par hasard. Il habite Mayfair et il rentrait chez lui. Il m'a vue dans la rue et a refusé de me laisser seule.

— Je suis certain que M. Fox est très protecteur.

— Oui, il l'est. Nous sommes amis, après tout. Il ne voulait pas que j'aie des ennuis.

Cord se tenait devant elle, sombre et imposant, et la toisait comme si elle était quelqu'un qu'il connaissait à peine. Il fallait qu'elle l'atteigne. Elle ne pouvait supporter son expression froidement détachée.

Elle se leva, lui prit le verre qu'il tenait à la main et le posa. Puis, se dressant sur la pointe des pieds, elle noua ses bras autour de son cou. Elle sentit le parfum de son eau de Cologne. Ses cheveux sombres frôlaient ses doigts. Elle enfouit son visage au creux de son épaule et perçut le pouls qui battait rapidement à la base de son cou.

Il n'était pas aussi calme qu'il voulait s'en donner l'air.

— Je suis désolée de vous avoir menti, dit-elle. Je n'aurais pas dû le faire. J'aurais dû vous dire la vérité, mais j'avais peur de ce que vous diriez. Je savais que vous seriez en colère.

Elle se pressa contre lui, appuya ses lèvres sur son cou,

puis l'embrassa. Cord ne réagit pas. Il resta immobile, les bras le long de ses hanches.

C'était épouvantable.

Terrifiant.

Elle l'embrassa encore, l'incita à entrouvrir les lèvres et caressa sa langue de la sienne. En se pressant plus étroitement contre lui, elle sentit qu'il la désirait et en fut rassurée. Il voulait toujours d'elle.

— Victoria…, dit-il alors d'un ton crispé.

Il y avait de la souffrance dans sa voix. Par le ciel, qu'avait-elle fait ? Elle n'avait pas eu l'intention de le blesser. Elle l'aimait. D'une manière ou d'une autre, elle devait se faire pardonner.

— Je suis tellement navrée, Cord.

Elle posa de petits baisers au coin de sa bouche, l'embrassa de nouveau profondément. Utilisant les procédés érotiques qu'il lui avait appris, elle taquina sa langue de la sienne, le forçant à lui répondre.

— J'aurais dû vous dire la vérité. Je regrette tellement de ne pas l'avoir fait. Je ne vous mentirai plus jamais. Je le jure.

Il paraissait ne pas l'entendre. Son corps demeurait rigide, intransigeant. Elle pensa qu'il allait la repousser.

Les mains tremblantes, elle fit glisser sa redingote de ses épaules, ouvrit les boutons de son gilet argenté et le lui ôta. Puis elle captura son visage entre ses paumes et attira sa bouche vers la sienne pour un nouveau baiser fiévreux.

Il semblait toujours aussi réticent. Désespérée, elle tira

sa chemise de ses culottes et se hâta de la déboutonner, mourant d'envie de le toucher, de briser ce calme qui la terrifiait. Il ne l'aida pas, mais il ne résista pas non plus lorsqu'elle le dévêtit et pressa sa bouche sur sa peau nue, juste au-dessus de son cœur.

Elle put sentir son goût salé, percevoir le frémissement de ses muscles et de ses nerfs sous ses caresses. Il respirait fortement, son torse puissant se soulevant et s'abaissant. Elle fit courir sa langue sur un téton brun, en pinça la pointe entre ses dents.

Il ne fit toujours pas mine de l'enlacer.

Quatre petits boutons fermaient le devant de sa robe. Elle les défit vivement, se saisit de l'une de ses grandes mains et l'enfila sous sa chemise pour qu'il s'empare d'un de ses seins. Son téton se durcit et elle entendit grogner Cord.

— Victoria, cela ne changera rien à…

Elle l'interrompit d'un nouveau baiser, encore plus terrifiée qu'auparavant. Elle le prit par la main et le conduisit jusqu'au lit, le fit s'asseoir sur le bord. Il paraissait si las, trop épuisé pour protester quand elle s'agenouilla devant lui pour lui ôter ses souliers, puis pour défaire l'avant de ses culottes. Elle mit son désir à nu. Une part de lui, au moins, semblait vouloir d'elle. En quelques minutes, elle le dévêtit complètement et se dévêtit aussi.

Il ne fit pas un geste vers elle.

Par le ciel ! songea Tory. Lui qui avait toujours été si passionné, si fougueux dans ses étreintes ! Quelque chose n'allait vraiment, vraiment pas. Elle l'embrassa encore et encore, espérant lui faire ressentir l'amour qu'elle éprouvait pour lui, priant pour pouvoir adoucir la souffrance qu'elle lui avait causée.

Elle faillit pleurer quand elle sentit enfin ses mains sur ses seins, et comprit qu'il cédait au désir qu'elle lui inspirait. Puis sa bouche remplaça ses doigts, et un trouble ardent s'empara de Tory.

Elle arqua le dos en arrière pour mieux s'offrir à lui. Quand il ne fit pas d'autre mouvement pour la posséder, elle cligna des paupières pour chasser les larmes qui lui brûlaient les yeux, le renversa sur le lit et s'allongea sur lui, continuant à l'embrasser, déterminée à lui montrer combien elle l'aimait.

Elle retint son souffle quand ses mains se rivèrent sur sa taille et qu'il la souleva pour l'installer à califourchon sur lui. Elle rencontra ses yeux, alors, et la douleur qu'elle y lut la poignarda.

— Je suis si désolée, répéta-t-elle. Si désolée.

Il murmura son nom et ce son, empli de tristesse, parut plus alarmant encore à Tory que ce qui s'était passé jusque-là. Levant une main, elle retira les épingles de son chignon et laissa crouler la masse de ses cheveux sur ses épaules nues. Cord glissa les doigts dedans, les étalant autour d'elle.

— J'ai toujours aimé vos cheveux, dit-il, et elle crut entendre sa voix se briser.

La soulevant de nouveau, il pénétra en elle et l'abaissa sur lui, lentement, jusqu'à ce qu'il la possède complètement. Une joie douloureuse s'empara de Tory. Il était joint à elle, il faisait partie d'elle, et quoi qu'il advienne elle savait qu'il en serait toujours ainsi. Ses cheveux les enveloppèrent d'un cocon de douceur tandis qu'elle se penchait sur lui pour l'embrasser encore. Elle l'aimait. Elle voulait lui donner le genre de plaisir qu'il lui avait toujours donné.

Elle se mit à bouger, cherchant le rythme approprié, déterminée à combler son mari. Elle pouvait sentir ses muscles qui se tendaient autour d'elle, et la force de son désir à l'intérieur de son ventre.

Son propre plaisir grandit. Une vive chaleur, un besoin ardent de parvenir à l'extase avec lui s'emparèrent d'elle, mêlés à son désir de lui plaire et à sa peur de le perdre. Cord se saisit de ses hanches et lui donna des assauts redoublés. La volupté la submergea tout entière, inondant ses membres. Son amour pour lui lui dilata le cœur, et elle plongea dans un océan de lumière.

Quelques secondes plus tard, Cord la suivit. Molle et repue, elle s'abandonna sur lui, priant qu'il lui pardonne enfin.

Elle dut somnoler un moment. Quand elle rouvrit les yeux, Cord se tenait près du lit, presque entièrement rhabillé. Il boutonna ses manchettes et enfila sa redingote par-dessus son gilet.

— Ce n'était pas nécessaire, Victoria, dit-il fraîchement, enveloppé de nouveau de ce calme qui mettait les nerfs de Tory à vif. Mais j'admets que cela a été une plaisante partie d'adieu.

La terreur s'empara de nouveau de la jeune femme, si forte qu'elle l'étouffa presque.

— De quoi parlez-vous ?

— Je parle de mettre fin à cette comédie de mariage. Les papiers pour entamer la procédure d'annulation sont déjà en cours. Si tout va bien, dans quelques mois nous serons libres tous les deux.

— Vous voulez... briser notre mariage ?

— Vous devriez en être heureuse, ma douce. Lorsque vous aurez recouvré votre liberté, vous pourrez avoir votre M. Fox.

Elle déglutit, essaya de faire fonctionner son cerveau, lutta contre les larmes qui lui brûlaient les yeux.

— Je ne veux pas de Julian. Je n'en ai jamais voulu. Je vous l'ai dit, nous ne sommes que des amis.

Cord ajusta sa redingote.

— Je vous souhaite le meilleur, ma chère. Sincèrement.

Se détournant, il se dirigea vers la porte.

— Cord, attendez !

Tory s'enveloppa dans le drap, courut après lui et lui saisit frénétiquement le bras pour l'arrêter avant qu'il s'en aille.

— Je vous en prie, ne faites pas cela. Je sais que je n'aurais pas dû vous mentir. J'aurais dû vous faire confiance et vous dire la vérité. Je... je vous aime, Cord.

Les yeux dorés du comte prirent l'éclat du silex.

— Il est curieux que vous n'ayez jamais pensé à me

le dire auparavant. Peut-être qu'être comtesse présente plus d'attraits que je ne l'aurais cru.

— Je ne me soucie pas de votre titre ! Il n'a jamais eu d'importance à mes yeux !

Un coin de la bouche de Cord se releva.

— Cela est heureux pour M. Fox.

Il sortit et ferma la porte.

Tory s'affala sur le parquet dans un désordre de draps et de cheveux défaits. De grands sanglots lui déchirèrent la gorge et secouèrent tout son corps. Elle pleura pendant des heures, jusqu'à ce qu'elle n'ait plus de larmes. Dans la pièce voisine, elle pouvait entendre son mari qui allait et venait et parlait à son valet. Puis sa porte s'ouvrit et se referma. Il la quittait, mettant un terme à leur mariage.

Il pouvait le faire. Il était comte et bénéficiait d'appuis importants.

Et pourquoi ne le ferait-il pas ? Elle lui avait menti depuis le jour où elle l'avait rencontré. Lui avait menti encore et encore. Les années qu'elle avait passées avec son beau-père l'avaient rendue méfiante à l'égard des gens, et plus particulièrement des hommes.

Mais elle avait appris à avoir confiance en son mari. Et elle l'aimait plus que sa vie même. Elle avait voulu le rendre jaloux, avait voulu l'amener à l'aimer en retour. Maintenant, il croyait qu'elle l'avait trahi avec Julian Fox.

Elle devait lui prouver son innocence, trouver un moyen de le convaincre.

Elle demanderait à Julian de l'aider, d'expliquer à Cord

que rien ne s'était passé. Cord le croirait sûrement. Mais Julian avait quitté Londres pour se rendre au chevet d'un parent malade, à York. Elle n'avait aucune idée de la date à laquelle il rentrerait. Et lorsqu'il serait là, elle n'était pas sûre de ce qui se passerait si les deux hommes se retrouvaient face à face.

Ses pensées tourbillonnaient dans son esprit comme des flots boueux. Elle devait réfléchir clairement, définir la voie à suivre. Elle était follement éprise de son mari et ne pouvait supporter de le perdre.

Cord projetait de quitter la ville et d'aller passer quelque temps à Riverwoods, pour oublier Victoria et son échec conjugal. Mais, pour l'heure, il voulait simplement être hors de chez lui, loin de sa femme, loin du souvenir de ses baisers, de sa douceur, du délice qu'il éprouvait à la tenir dans ses bras.

Il prit son chapeau haut de forme dans l'entrée, monta à bord de sa voiture et se fit conduire tout droit à son club. Durant les heures qui suivirent, il resta assis, seul, et s'enivra tranquillement.

Un peu après minuit, il monta en chancelant dans l'une des chambres réservées aux membres du club, un endroit où il pouvait rester sans qu'on lui pose de questions sur le fait qu'il ne rentrait pas chez lui.

Dans le monde de l'aristocratie, où la plupart des mariages étaient arrangés, les gens en couple n'éprouvaient pas souvent d'affection l'un pour l'autre. Ils vivaient séparément, et chacun avait ses propres affaires de cœur.

Etonnamment, Cord n'avait nul désir de se lancer dans une aventure de ce genre. Il souffrait, et après avoir perdu Victoria il n'éprouvait pas le moindre désir pour une femme.

Excepté pour son épouse, bien sûr, et elle était la seule femme qu'il ne pouvait avoir. Il essaya de ne pas penser à leur dernière étreinte, lourde de désespoir et de tristesse alors que leurs corps se joignaient pour la dernière fois. Il n'avait pas eu l'intention que cela se produise, n'avait même pas songé que cela pourrait se passer.

Mais il était attiré par Victoria comme il ne l'avait jamais été par une autre femme, et il n'avait pu résister à ses tentatives de séduction.

Il enviait Fox.

Alors qu'il pensait à l'amant de Victoria, il serra les poings. L'image de Julian caressant les seins magnifiques de sa femme, se perdant dans son corps voluptueux, lui révulsa l'estomac. Il ferma les yeux un instant pour échapper à cette vision, puis il traversa la petite chambre pour aller se verser un verre de cognac.

Il buvait trop, mais il s'en moquait. Il vida son verre et l'emplit de nouveau. L'alcool estompa un peu sa douleur, mais pas suffisamment pour le faire oublier.

La semaine s'écoula lentement. Il était temps qu'il rentre chez lui pour reprendre ses affaires, et pour préparer son séjour à Riverwoods. Il essayait de ne pas se demander si Victoria serait encore à la maison, ou si elle serait partie avec son amant.

Par chance pour Fox, ce dernier n'avait pas été en ville durant les terribles moments où Cord avait découvert la trahison de sa femme. D'après le rapport de McPhee, il se trouvait dans sa propriété de famille, à York. S'il avait été à Londres, il aurait eu à affronter un duel, ou un coup de cravache pour le moins.

Fort heureusement, Cord avait fini par recouvrer son bon sens. Il avait accepté le fait déplaisant que c'était lui qui avait trahi Victoria, et non le contraire. Il avait laissé sa jeune épouse esseulée, la tenant à distance de lui sauf lorsqu'ils étaient au lit.

Si seulement il pouvait revenir en arrière. Il lui dirait ce qu'il ressentait pour elle, admettrait qu'il l'aimait. Mieux encore, il le lui montrerait. Il passerait chaque seconde qu'il pourrait avec elle, ferait tout son possible pour la rendre heureuse et dissiper cette expression solitaire qu'il avait si souvent vue sur son visage.

Pourquoi avait-il agi ainsi ? Pourquoi avait-il eu si peur de l'aimer ?

Au fond de lui, il le savait. Il avait treize ans quand sa mère était morte, après une longue agonie de plusieurs semaines qui l'avait dévasté. Il avait été torturé par ses souffrances et par son incapacité à l'aider. Ensuite, il s'était détesté de ne pas être plus fort, plus dur. Il aurait dû être capable de surmonter cette perte, au lieu d'en être brisé.

Mais cette leçon lui avait servi. Dans les années qui avaient suivi, il avait appris à se détacher de tout, à se protéger de ses propres sentiments pour ne plus avoir à souffrir de la sorte. Il avait choisi la voie la plus facile. Il s'était laissé aller au côté le plus endiablé de sa nature, se perdant dans les plaisirs en tout genre. Il s'était si bien replié sur lui-même qu'il avait failli à son père quand ce dernier avait eu le plus besoin de lui.

Et à présent il avait failli à sa femme.

Il redescendit dans la salle de jeu. Il était temps qu'il rentre chez lui, qu'il quitte le sanctuaire de son club et qu'il se prépare à partir à la campagne.

Il le ferait bientôt, se dit-il.

Au lieu de partir, il se dirigea vers l'un des grands fauteuils capitonnés installés devant la cheminée. Il était sur le point de s'asseoir quand il aperçut le duc de Sheffield qui venait vers lui. Il n'était pas certain de devoir se réjouir de voir son ami, ou de redouter la conversation à venir.

— Je suis passé chez vous, dit Rafe. Quand personne n'a su me dire où vous étiez, j'ai pensé que je pourrais vous trouver ici. Cela vous ennuie-t-il que je me joigne à vous ?

Cord secoua la tête.

— Non, mais je dois vous prévenir : je ne suis pas de la plus agréable compagnie.

Rafe fit signe à un valet, et quelques secondes plus tard il eut un verre de cognac à la main. Ils s'assirent dans les fauteuils, seuls pour le moment.

— Vous avez un air terrible, observa le duc.

— Merci.

— On jase, dans les rues. La rumeur prétend que vous remplissez un dossier d'annulation.

Cord se redressa sur son siège.

— Par tous les diables, comment cela a-t-il pu se savoir ?

— Un clerc trop bavard, peut-être. A moins que l'un de vos serviteurs n'ait surpris une conversation. Je présume que vous avez prévenu Victoria.

— Je l'ai prévenue.

Cord baissa les yeux sur le verre qu'il tenait, mais ne but pas.

— Vous aviez raison à propos de Fox et de ma femme. J'ai demandé à Jonas McPhee de s'occuper de l'affaire.

Rafe plissa ses yeux bleus.

— En êtes-vous certain ? J'avais plutôt l'impression que votre femme était éprise de vous.

Cord détourna son regard, souhaitant que ce soit vrai.

— C'est ma faute. Je l'ai ignorée. Je l'ai pratiquement poussée dans les bras d'un autre homme.

Rafe but une gorgée de cognac.

— Maudites soient les femmes. Elles nous font souffrir d'une manière ou d'une autre.

Cord savait qu'il pensait à Danielle, la jeune fille à laquelle il avait été fiancé. Il l'avait trouvée dans le lit d'un de ses proches amis, et ne s'était pas remis de cette trahison.

— Comme je le disais, je suis fautif. Dès le début de notre mariage, j'ai pris les choses de travers. Et même avant que nous soyons mariés.

— Peut-être. Cependant, je ne puis accepter qu'une femme renonce si vite à un homme. Surtout un homme dont elle semblait si éperdument amoureuse.

— Victoria ne m'a jamais aimé. Même si elle a pu le croire un moment.

— Et vous ? L'aimez-vous ?

Cord but son cognac, songeant à la soirée où il l'avait surprise dans son cabinet de travail en train de bouger les pièces du jeu d'échecs, et où elle avait gagné la partie.

— Je l'ai aimée depuis le début ou presque, Rafe. J'ai été stupide. Je mérite exactement ce qui m'arrive.

Rafe ne répondit pas.

— Si cela ne vous ennuie pas, reprit Cord, je crois que je vais monter dormir.

Il n'était que 9 heures, mais il se sentait épuisé.

— Cela va passer, mon ami. Il y a d'autres femmes à aimer.

Mais Rafe avait encore à en trouver une.

Et Cord ne pensait pas qu'il pourrait remplacer Victoria.

Tory essayait de prétendre qu'elle menait une vie normale. Elle s'était déjà sentie seule, même avec Cord dans la maison.

Mais elle était complètement misérable, sans lui.

Un peu plus d'une semaine avait passé depuis qu'il était parti, mais cela lui semblait des années. Elle n'avait parlé à personne de l'annulation. Ni à Gracie ni même à Claire. Toutefois, il faudrait bien qu'elle se décide à en parler. Une fois que l'annonce paraîtrait dans les journaux, tout Londres le saurait.

Quand Claire vint lui rendre visite à l'improviste, cet après-midi-là, elle eut la certitude que sa sœur était au courant. Par le ciel, l'annonce avait dû paraître. Son estomac se contracta quand Timmons lui annonça l'arrivée de la jeune femme. Elle afficha un sourire de complaisance et alla l'accueillir.

— Tory ! s'exclama Claire, souriant si largement qu'une fossette creusait sa joue. La chose la plus merveilleuse est arrivée !

Ce n'était pas ce à quoi Tory s'attendait. Elle jugea stupide de se sentir soulagée parce que la fin n'était pas encore arrivée.

— Calme-toi, chérie.

Elle prit la main de Claire, la conduisit dans le salon et ferma la porte. Avec Cord parti, on jasait déjà suffisamment dans la maison.

— Fort bien. Maintenant, dis-moi pourquoi tu es aussi surexcitée.

— C'est Percy. Il m'aime ! J'avais si peur qu'il ne m'ait épousée que par pitié.

Elle émit un rire argentin.

— Hier soir, il m'a dit qu'il m'aime tant que cela lui coupe le souffle, parfois. Il prétend qu'il lui suffit de me regarder pour que l'amour déborde de lui. Je lui ai dit que je l'aimais aussi, et il m'a embrassée. C'était si merveilleux, Tory !

Tory ouvrit la bouche pour dire à Claire combien elle était heureuse pour elle, mais seul un son étranglé en sortit. Ses yeux s'emplirent de larmes et un grand sanglot partit du plus profond d'elle-même. Ses jambes s'affaiblirent, et elle craignit qu'elles fléchissent sous elle.

— Tory !

Claire la prit par la taille et l'aida à gagner le canapé. Elle s'y laissa choir, se cramponnant à sa sœur.

— Qu'y a-t-il, Tory ? Pour l'amour du ciel, qu'est-il arrivé ?

Les larmes continuaient à affluer. Claire s'empressa de sortir un mouchoir en dentelle de son réticule. Tory le prit et s'essuya les joues, essayant de trouver les mots qu'il fallait.

— Cord m'a quittée.

— De quoi parles-tu ? Cord est ton mari. Il ne peut te quitter !

Elle ferma les yeux, mais des larmes perlèrent encore entre ses cils.

— Je voulais faire en sorte qu'il m'aime. J'ai pensé que si je le rendais jaloux, s'il croyait que d'autres hommes me trouvaient attirante, ses sentiments pour moi changeraient.

Elle réprima une autre crise de pleurs.

— Julian avait accepté de m'aider. Nous... nous pensions tous les deux que c'était une bonne idée, à l'époque.

Elle raconta à sa sœur tout ce qui s'était passé : comment Cord ne croyait pas qu'elle s'était rendue à Harwood Hall, parce que les domestiques avaient menti pour la protéger ; comment elle avait voulu s'introduire dans leur ancienne maison de Greenbower Street, avait rencontré Julian par hasard, et comment Cord avait appris qu'ils y étaient allés ensemble, et en avait conclu qu'il s'agissait d'un rendez-vous galant.

Claire lui pressa la main.

— Tout va s'arranger, Tory. Tu peux redresser cette histoire. Il suffit que tu prouves à Cord que tu dis la vérité. Retourne à Harwood Hall et ramène Greta avec toi ; elle pourra affirmer à Cord que tu t'es bien rendue là-bas.

— Il ne la croira pas. Il pensera que je l'ai payée, ou quelque chose comme cela.

— Peut-être que Percy et moi pourrions lui parler. Nous pourrions lui assurer que Julian et toi n'êtes que des amis.

— Il en conclura simplement que vous êtes trop naïfs pour voir la réalité.

— Dans ce cas, tu dois écrire à Julian. Demande-lui de revenir et de s'expliquer.

Tory secoua la tête.

— Au début, j'ai songé à faire toutes ces choses-là. J'ai cru que je pourrais trouver le moyen de prouver mon innocence, et que tout irait bien. Et puis j'ai compris que c'était peut-être arrivé pour une certaine raison.

—. Quel genre de raison ?

Tory prit une inspiration tremblante.

— Tu ne vois pas ? Cette affaire représente pour Cord l'occasion rêvée de mettre fin à notre mariage. Il voulait épouser une héritière, pas une femme sans le sou. C'est sa chance, Claire.

Elle avait su cela depuis le début. S'il n'avait pas été contraint de l'épouser, Cord se serait marié avec Constance Fairchild ou n'importe quelle autre héritière. La moitié des jeunes filles de la haute société avaient été dévastées d'apprendre que le comte de Brant s'était allié à une personne insignifiante, issue de la campagne.

— Lorsqu'il aura recouvré sa liberté, acheva-t-elle, Cord pourra avoir la femme qu'il voulait avant que je ne le prenne au piège comme je l'ai fait.

Claire l'enlaça.

— Tu n'avais pas l'intention de le prendre au piège. Quelquefois, les choses arrivent, c'est tout.

Tory appuya la tête sur l'épaule de sa petite sœur. Claire avait mûri. C'était une femme, à présent. Une épouse. C'était bon d'avoir quelqu'un à qui parler.

— Je dois le laisser partir, Claire. Cord mérite d'être heureux. Il n'a jamais été heureux avec moi. Il faisait tout son possible pour m'éviter.

Les larmes revinrent. Tory pleura sur l'épaule de sa sœur et sentit que le corps de Claire tremblait. Elle comprit que la jeune femme pleurait aussi.

21

C'était une fin d'après-midi, par un jour gris et nuageux qui annonçait de l'orage. Ce temps maussade était à l'unisson de l'humeur de Tory.

Elle soupira en sortant du salon, essayant de ne pas noter combien la maison était vide sans son mari. Elle se dirigeait vers le vestibule quand elle entendit des voix masculines. L'espace d'un instant, elle pensa que cela pouvait être Cord et son cœur manqua un battement.

Mais Timmons parlait au colonel Pendleton, qui se tenait très raide devant lui. Le colonel se détourna en l'entendant arriver, le visage sinistre.

— Lady Brant.

Il s'inclina poliment, la lumière du candélabre jouant sur ses cheveux argentés et sur ses épaulettes dorées.

— Je m'excuse de cette intrusion, milady. Je suis venu voir votre mari.

Un nœud douloureux se forma dans le ventre de Tory. Combien de fois, durant les semaines à venir, aurait-elle à subir ce genre d'épreuve ?

— Je suis désolée, colonel. Mon mari n'est pas à la maison pour le moment.

— Savez-vous où je pourrais le trouver ? J'ai des informations urgentes concernant le capitaine Sharpe.

Elle secoua la tête, n'ayant pas la moindre idée de l'endroit où était Cord. Ou avec qui.

— Je suis navrée, colonel. Vous pouvez peut-être le chercher chez son ami le duc ou au White's, son club. A défaut, vous pouvez certainement lui laisser un message ici.

Mais elle ne savait s'il l'aurait, et quand.

— Merci. J'apprécierais que vous lui disiez que ces nouvelles sont urgentes. Demandez-lui de prendre contact avec moi dès qu'il le pourra.

— Bien sûr. Puis-je faire autre chose ?

— Je crains que non, milady. A part, peut-être, vous souvenir du capitaine dans vos prières.

Le colonel la salua, se détourna et sortit à grands pas de la maison. Tory était fort inquiète ; elle se demanda quelles choses horribles avaient pu arriver au cousin de Cord.

Dans la soirée, alors qu'une fine bruine tombait dehors, elle entendit de nouveau Timmons qui parlait à un homme. Elle reconnut la voix grave de son mari et son cœur bondit dans sa poitrine, ses intonations familières l'emplissant de nostalgie.

Elle se rendit dans le vestibule et resta figée, se repaissant de la vue de sa haute silhouette athlétique et de ses traits bien-aimés, brûlant de sentir ses bras autour d'elle.

Puis elle se souvint du message urgent du colonel et

s'avança. Cord, qui s'apprêtait déjà à gravir l'escalier, s'arrêta sur les premières marches quand il la vit.

— Bonsoir, milord.

— Je ne vais pas m'attarder. Je suis simplement passé prendre quelques affaires. Je partirai pour la campagne demain matin.

Il se remit à monter.

— Le colonel Pendleton est venu ici cet après-midi. Il vous cherche. Il a des nouvelles urgentes concernant votre cousin.

Cord se détourna et redescendit.

— Vous a-t-il dit quelles nouvelles ?

Elle secoua la tête.

— Non. Je pense qu'il veut vous les apprendre directement.

Les épaules de Cord se tendirent.

— Je ne pense pas que le capitaine Sharpe soit mort, dit Tory, devinant ses pensées. Je suis sûre qu'il s'agit d'autre chose.

— Je prie le ciel que vous ayez raison.

Il se dirigea vers la porte, et Tory souhaita ardemment pouvoir aller avec lui. Mais, alors qu'il ouvrait, il aperçut Rafe et le colonel qui remontaient l'allée. Il revint à l'intérieur et attendit qu'ils pénètrent dans le vestibule.

— Grâce au ciel, vous êtes ici, dit Rafe.

— J'essayais de vous trouver, ajouta le colonel. Je suis passé voir monsieur le duc, qui m'a dit que vous deviez quitter votre club pour rentrer chez vous.

— Ethan a des problèmes, reprit Sheffield. Nous n'avons que peu de temps.

— Que s'est-il passé ?

— Je crains que le capitaine ne doive être exécuté après-demain, répondit le colonel.

— Sapristi !

— Nous aurions dû avoir un message de Bradley il y a deux jours, mais une tempête s'est levée et le bateau a pris du retard. Je n'ai été prévenu que cet après-midi.

— Nous allons devoir partir ce soir, dit Rafe. Par chance, le *Nightingale* est au port. Nous sommes passés par les quais en venant ici. La bonne nouvelle est qu'Ethan a été reconduit à la prison de Calais. Si nous pouvons le libérer, il n'aura pas à parcourir beaucoup de chemin pour rejoindre le bateau.

— C'est une bonne nouvelle, en effet. Il ne sera peut-être pas en état d'accomplir un long trajet.

— Nous emmènerons le chirurgien avec nous, précisa Rafe. Au cas où. Il a été utile la dernière fois.

Les trois hommes continuèrent à s'entretenir, si concentrés sur leur conversation qu'ils semblaient avoir oublié que Tory était là.

— Je crains qu'il n'y ait un autre problème, déclara le colonel. Lors de ses premières tentatives, Max Bradley avait toujours un plan. La décision d'exécuter le capitaine est arrivée si vite que nous n'avons d'autre choix que d'agir sans les préparatifs habituels. Bradley dit qu'il aura besoin d'aide. Deux ou trois hommes et quelqu'un qui puisse produire une diversion.

— Une diversion, répéta Cord. Quel genre de diversion, par tous les diables ?

— Quelqu'un pour distraire les gardes pendant que Bradley et ses hommes s'introduiront dans la prison.

— Peut-être devrions-nous trouver une femme, suggéra Rafe. Rien ne détourne mieux l'intérêt d'un homme qu'un joli morceau de mousseline.

— Il faudrait qu'elle parle français et que nous puissions lui faire confiance, objecta le colonel.

— Nous n'avons pas le temps de nous procurer une telle personne, trancha Cord. Nous chercherons une autre idée quand nous serons à bord.

— Je pourrais le faire.

Le cœur battant, Tory sortit de l'ombre et s'attira les regards étonnés des trois hommes.

Cord fronça les sourcils, visiblement contrarié de la voir encore là.

— Ne soyez pas ridicule.

— Il n'y a rien de ridicule. Je parle un français parfait. Je pourrais m'habiller comme une jeune femme de la campagne et prétendre venir voir mon frère, par exemple. Je me montrerais désespérée, et supplierais les gardes de me laisser entrer ou au moins de me donner de ses nouvelles.

— Et s'ils vous laissent entrer ? demanda Rafe qui la regardait avec intérêt.

— Alors je m'arrangerai pour les retarder, jusqu'à ce que l'un de vous puisse venir à mon secours.

— Non, dit Cord d'un ton sec. Je ne vais pas vous faire courir ce genre de danger. Pas même pour Ethan.

— Je vous en prie, Cord ! Je peux le faire. Je veux vous aider.

— J'ai dit non et il n'y a pas à discuter.

Tory lui toucha doucement le bras.

— Vous n'avez pas le temps de trouver quelqu'un d'autre, Cord.

Elle voulait faire cela, lui donner ce qu'il souhaitait le plus au monde.

— Tant de choses sont arrivées ces dernières semaines. Accordez-moi cette chance de tout arranger.

Il commença à secouer la tête, mais Rafe posa une main sur son épaule.

— Nous avons besoin d'elle, Cord. L'un de nous la tiendra à l'œil. Si quoi que ce soit va de travers, nous nous empresserons de la tirer de là et de la ramener sur le bateau.

Un muscle tressaillit dans la joue de Cord.

— C'est la vie d'Ethan qui est en jeu, lui rappela Tory d'une voix douce. Cela en vaut la peine.

Il était clair qu'il ne la voulait pas avec eux, mais il finit par hocher la tête.

— Bien. Elle peut venir. Mais je resterai assez près pour m'assurer qu'elle ne craindra rien et qu'elle sera ramenée saine et sauve au bateau.

— Accordé, dit Rafe.

Le colonel leur offrit l'emploi de deux ou trois hommes de plus, mais Cord déclina cette offre. C'était la dernière chance d'Ethan. Avoir trop d'hommes pouvait être pire que pas assez, et il estimait qu'avec Rafe il aurait les choses en main.

— Au moins aurez-vous Bradley avec vous, commenta le colonel. Il connaît les moindres recoins de cette prison. Il y a passé près d'un an avant de réussir à s'échapper.

Et il ne cessait d'encourir d'autres risques pour libérer le capitaine. Cela en disait long sur son caractère, pensa Cord.

— Bon. Tout est réglé, donc, conclut Pendleton.

Pendant que Cord allait se changer et prendre les affaires qu'il lui fallait, Tory courut dans sa chambre et se mit à fouiller dans ses malles, en quête de la robe grise usée qu'elle portait le jour de son arrivée chez lord Brant.

Emma s'empressa de venir l'aider.

— Prenez votre cape, surtout.

Elle enfouit la robe dans un sac de tapisserie, avec une paire de chaussures en cuir. Tory prit le sac, sa cape, et dévala l'escalier.

En quelques minutes, ils furent prêts à partir. Dans la berline qui les conduisait vers les quais, les deux hommes repassèrent en revue les informations données par Bradley dans son message et se mirent à forger des plans. Quand ils arrivèrent à la jetée, ils trouvèrent le *Nightingale* prêt à mettre les voiles.

Cord conduisit Tory à travers le pont, puis la fit descendre dans la cabine qu'ils avaient partagée la première fois, et les souvenirs l'assaillirent.

Il lui avait fait l'amour dans cette cabine. Il lui avait

pris sa virginité — et son cœur. Elle n'oublierait jamais la tendresse qu'il lui avait montrée alors, ni le plaisir qu'il lui avait donné. A cette époque-là, elle n'aurait jamais pensé l'épouser, ni tomber aussi follement amoureuse de lui. Elle ne pouvait se douter, non plus, combien il lui serait douloureux de le perdre.

— Je peux m'installer dans la cabine voisine, dit Cord. Ou si vous vous inquiétez de ce que l'équipage pourra penser, je peux rester ici et dormir par terre.

Elle déglutit. Lorsqu'ils rentreraient à Londres, il la quitterait. Elle aurait dû prendre ses distances, protéger son cœur de plus de douleur. Mais elle désirait passer ce moment en sa compagnie, souhaitait partager avec lui ces quelques heures si précieuses.

— Je préférerais que vous restiez ici.

Un instant, le regard ambré de Cord scruta son visage. Puis il hocha la tête.

— Fort bien.

Passant près d'elle, il jeta son sac sur la couchette et se tourna vers la porte pour sortir. Il était vêtu comme auparavant, de culottes brunes, de bottes qui lui arrivaient aux genoux et d'une chemise à manches larges.

Il s'arrêta sur le seuil.

— Je vais vous laisser le temps de vous installer, puis je viendrai vous chercher pour vous emmener dans le carré. Nous devrons établir ce qu'il y aura lieu de faire quand nous atteindrons la prison.

Tory opina du menton. Mais elle était plus concernée par ce qui se passerait quand Cord la rejoindrait dans la minuscule cabine qu'ils partageraient durant plusieurs heures.

Cord s'agrippait au bastingage, laissant le vent froid de la nuit le cingler. La dernière chose dont il avait besoin était d'une autre nuit de torture auprès de sa femme. Il ne voulait pas entendre sa respiration régulière quand elle dormirait, ne voulait pas voir sa jolie poitrine se soulever et s'abaisser, ni se souvenir du doux contact de ses seins quand il en prenait la pointe dans sa bouche.

Son corps se durcit de désir rien qu'à penser à ce qui l'attendait, et il savait qu'il resterait dans cet état durant toute la traversée.

Une part de lui brûlait de se retrouver proche de Victoria, il se sentait presque malade du besoin qu'il avait d'elle. Il essaya de l'imaginer avec Fox, mais cette vision refusa de se former et il continua à la désirer. Il la voulait. Pire encore, il l'aimait.

Ses doigts se crispèrent sur la rambarde. Il devait penser à Ethan, pas à Victoria. La vie de son cousin était en jeu et il se jura que ces maudits Français ne l'auraient pas sans un bon combat.

Une fois que le navire fut en mer et qu'ils furent installés, il redescendit à sa cabine pour aller chercher Victoria. Leur réunion dura deux bonnes heures, mais le plan auquel ils parvinrent semblait bon. D'après les informations de Bradley, il n'y avait que deux gardes devant la prison, même s'ils étaient plus nombreux dans les corridors qui donnaient sur les geôles.

Si Victoria pouvait réussir à capter l'attention des gardes, Cord, Rafe et Bradley pénétreraient à l'intérieur et posteraient une sentinelle pour les couvrir. Il y avait une bonne chance qu'ils puissent libérer Ethan sans donner l'alarme.

Confiants dans les rôles qu'ils avaient définis, Victoria et Rafe étaient redescendus dans leur cabine. Cord était resté sur le pont, redoutant le moment où il serait seul avec elle. Mais la nuit passait et il avait besoin de se reposer. Peut-être que le plancher froid atténuerait suffisamment son désir pour qu'il puisse prendre quelques heures de sommeil.

Il soupira, se détourna du bastingage et prit l'échelle de coupée qui descendait à sa cabine.

Victoria ne pouvait dormir. A chaque craquement du navire, elle tournait les yeux vers la porte, en quête de Cord. Où était-il ? Pourquoi n'était-il pas descendu ?

Leur réunion dans le carré s'était terminée depuis un moment. Le bateau était tranquille, maintenant, à part les coups sourds de l'océan contre la coque, le sifflement du vent et le cliquetis des gréements.

La mer devenait plus forte. Le *Nightingale* plongeait dans des creux et luttait pour remonter. Mais le capitaine avait dit que la tempête n'empirerait pas. Il maintenait le cap sur leur destination — la crique au sud de Calais qu'ils avaient déjà utilisée précédemment.

Tory contemplait le plafond au-dessus de sa couchette, pensant à Cord. Son cœur battit plus fort quand elle entendit la porte qui s'ouvrait. A la lueur d'une lanterne accrochée dans la coursive, elle aperçut le visage de son mari, avant qu'il n'entre et referme derrière lui.

Elle perçut des frôlements de tissu, puis le bruit de ses bottes qui heurtaient le sol. Il marmonna un juron.

— Ce n'est pas grave, dit-elle. Je ne dormais pas.

— Vous devriez. Nous allons atteindre la France au matin et nous enfoncer à l'intérieur. Vous aurez besoin de toutes vos forces.

Il tendit la main et tira une couverture d'une étagère, puis commença à l'étendre sur le sol.

— Il fait froid, par terre, dit encore Tory, surprise par ses propres mots mais incapable de se taire. La couchette est assez large pour que nous la partagions.

Il se tourna vers elle et elle pensa que sa respiration s'amplifiait.

— Je ne pense pas que ce soit une bonne idée.

Elle se remémora la façon dont elle l'avait séduit la dernière fois qu'ils avaient fait l'amour, et elle fut heureuse que la pénombre cache le rouge de ses joues.

— Vous n'aurez rien à craindre, assura-t-elle, s'efforçant de prendre un ton léger. Je vous promets que je ne vous attaquerai pas, milord.

Elle put presque imaginer son demi-sourire.

— Ce n'est pas vous qui m'inquiétez.

Mais il acheva de se dévêtir et s'allongea près d'elle, tandis qu'elle se rapprochait de la cloison pour lui laisser de la place.

Son cœur tambourinait dans sa poitrine. Elle pria le ciel qu'il ne l'entendît pas. Ils restèrent allongés en silence, prenant soin de ne pas se toucher. Chaque fois que Cord remuait, Tory se représentait ses muscles qui jouaient sous sa peau, ses longues jambes qui se fléchissaient et se détendaient. Elle avait envie qu'il se tourne vers elle et qu'il la prenne dans ses bras. Elle le désirait si fortement, si douloureusement, qu'elle faillit céder et le supplier une fois de plus de croire la vérité.

« Je ne vous ai jamais trahi avec Julian ! Je ne veux pas d'une annulation ! Je n'ai jamais aimé que vous ! »

Mais elle ne prononça pas ces paroles. Si elle aimait son mari, il ne l'aimait pas. Leur mariage l'avait rendu malheureux, il avait passé le moins de temps possible avec elle. Et, finalement, il l'avait rendue malheureuse aussi. Peut-être que, de cette façon, ils pourraient trouver chacun une sorte de contentement.

Le vent soufflait à l'extérieur de la cabine, projetant de lourds paquets d'eau contre la coque, aspergeant le hublot, mais la tempête n'empirait pas. Le *Nightingale* poursuivait sa route dans la nuit, et les yeux de Tory se fermèrent tandis que la fatigue s'emparait d'elle.

Elle avait dû dormir. Quand elle s'éveilla, une faible lumière grise entrait par le hublot. Il faisait froid dans la cabine, mais son corps était pénétré d'une intense chaleur et elle s'avisa qu'elle était blottie contre Cord, qui l'enveloppait de sa longue silhouette. Il était nu, comme il dormait chez eux, son torse calé contre son dos et ses hanches contre ses reins.

Ses yeux s'élargirent quand elle sentit la dure pression de son désir à travers les plis de sa chemise de nuit de coton. Dans la nuit, elle s'était rapprochée de lui, ou lui d'elle. Elle se détendit en percevant son souffle régulier ; il dormait.

Elle essaya de s'écarter, mais un bras musclé lui entoura les épaules et une longue jambe la cloua sur le lit. Elle pensa qu'elle pouvait peut-être simplement savourer ce moment de proximité, le genre de chose qui disparaîtrait de sa vie lorsqu'ils rentreraient à Londres.

Ses paupières se refermèrent et elle se remémora la nuit où ils avaient fait l'amour dans cette même cabine. Il la désirait si désespérément, alors. Et elle le désirait.

Elle le désirait toujours.

Un trouble profond l'envahit à la mémoire des mains de Cord sur ses seins, de sa bouche sur la sienne. Une chaleur sourde s'infiltra à travers ses membres, et elle se sentit devenir moite. Comme elle bougeait nerveusement, son désir pour elle s'accrut encore.

— Si vous remuez ne fût-ce que d'un pouce, je ne répondrai pas de mes actes.

Le souffle de Tory s'accéléra. Qu'il lui fasse l'amour… Il n'y avait rien qu'elle souhaitait davantage. Mais cela ne pouvait se produire. Ce ne serait pas bien, ni pour l'un, ni pour l'autre.

Cependant, ses hanches bougèrent de leur propre accord. Son corps semblait incapable de résister.

Cord jura à mi-voix, lui remonta sa chemise jusqu'à la taille et entra en elle. Elle était prête à le recevoir, constata-t-il, et il émit un grognement. Tory se donna à lui comme elle avait l'habitude de le faire, transportée par le besoin qu'il avait d'elle, heureuse de le sentir en son sein.

Entre deux assauts, il lui murmura à l'oreille :

— Peut-il vous faire éprouver cela ?

Il sortit d'elle, puis la reprit.

— Le peut-il, Victoria ?

Ses yeux la piquèrent.

— Non, répondit-elle sincèrement. Il n'y a que vous, Cord.

Il la posséda encore et encore, accroissant son rythme, jusqu'à ce qu'ils atteignent ensemble un moment d'extase qui les secoua tout entiers.

Tory se mit à somnoler, apaisée, mais Cord ne s'attarda pas. Il se leva, laissant une place vide dans la couchette. La pâle lumière qui tombait du hublot dessinait les contours de son corps magnifique. Ses muscles se contractèrent tandis qu'il ramassait ses vêtements épars sur le sol.

— Je savais que c'était une mauvaise idée.

Son visage paraissait tiré et empli de regret. Tory en éprouva une pointe de douleur.

— Mauvaise, vraiment ?

Ses yeux fauves la transpercèrent.

— Vous n'êtes pas de cet avis ?

— Je pense que dans ce domaine nous avons toujours été parfaitement assortis.

Cord ne dit rien pendant un long moment, mais son regard était sombre et troublé. Se détournant, il se mit à enfiler ses vêtements.

— Vous feriez mieux de vous habiller. Le cuisinier va préparer le petit déjeuner et il faut que vous mangiez quelque chose.

La mer forte avait retardé le bateau et il était tard dans l'après-midi quand ils atteignirent les eaux calmes de la petite crique située aux abords du cap Gris-Nez. Le lendemain à l'aube, le capitaine Ethan Sharpe était censé affronter un peloton d'exécution pour espionnage au profit de l'Angleterre — ce dont il était réellement coupable.

Ils n'avaient que ce soir-là pour s'infiltrer à l'intérieur du pays, libérer le capitaine et retourner au bateau. Comme leurs deux premières missions — mieux préparées que celle-ci — avaient échoué, cela leur semblait une tâche herculéenne.

Mais ils étaient déterminés. Juste avant la tombée de la nuit, Tory enfila sa robe élimée et rejoignit Cord près du bastingage. Elle observa les deux hommes qui vérifiaient le chargement de leur pistolet.

— Sommes-nous prêts ? demanda Rafe.

Cord jeta un coup d'œil à la jeune femme.

— Il n'est pas trop tard pour que vous changiez d'avis. Nous pouvons encore trouver un autre moyen.

— Je n'ai pas changé d'avis.

Cord contracta sa mâchoire et Rafe indiqua le bastingage d'un signe de tête. Ils descendirent par une échelle de corde jusqu'au petit canot qui ballottait près de la coque du navire. Un jeune marin blond maniait les rames. Il les conduisit jusqu'au rivage à longs coups rythmés, s'échoua sur le sable, et Cord aida Tory à sortir du canot.

Ils trouvèrent Max Bradley qui les attendait dans l'ombre non loin de là. Tory reconnut ses traits durs.

— Grâce au ciel, vous avez reçu mon message, dit-il en français. Je craignais que quelque chose soit advenu et que vous ne puissiez arriver à temps.

Maintenant qu'ils étaient sur la côte, il était trop dangereux de parler anglais. Cord et Rafe parlaient assez bien le français. Max, qui vivait en France depuis des années, et Tory, qui avait un don pour les langues, pouvaient passer pour des citoyens français.

— Combien de temps mettrons-nous pour atteindre la prison ? demanda Cord.

— J'ai un chariot qui attend. La crique est à une heure de Calais. Il nous faut partir.

Bradley jeta un coup d'œil à Victoria.

— Ma femme, dit Cord en posant une main ferme sur sa taille. Elle s'est portée volontaire pour distraire les gardes pendant que nous entrerons dans la prison.

Mais il avait l'intention de rester tout près de l'entrée, pour surveiller que tout irait bien pendant qu'elle parlerait aux gardes.

Cord la fit monter sur le siège de l'attelage, à côté de

Max, puis Rafe et lui se coulèrent sous l'épaisse bâche de toile qui recouvrait le chariot. Max fit claquer ses rênes et les deux lourds chevaux gris se mirent en branle. Tandis que le véhicule s'engageait sur une route pleine d'ornières, Tory crispa les doigts sur le bord du banc dur.

Quand elle avait offert son aide, elle n'avait pas eu peur. Mais plus le chariot se rapprochait de la prison, plus sa frayeur augmentait et plus son cœur battait fort.

Le trajet d'une heure parut durer une éternité, mais aller plus vite aurait pu attirer l'attention. Ils ne pouvaient se permettre la moindre faute. C'était la dernière chance du capitaine Sharpe et tous le savaient.

Et le capitaine n'était plus le seul à être en danger.

Un croissant de lune brillait dans le ciel noir lorsqu'ils atteignirent la colline proche de la prison, et Bradley arrêta le chariot sous les branches d'un vieil arbre.

La bâche se souleva et Rafe et Cord quittèrent le chariot, les yeux rivés sur Max.

— La prison se trouve juste derrière cette butte, indiqua ce dernier. Si votre femme peut manier l'attelage, elle peut le conduire jusqu'à la grille et prétendre qu'elle arrive juste de la campagne.

Le cœur de Tory se contracta. Comme ils ne connaissaient pas les plans de Max, ils n'avaient pas prévu sa façon de s'approcher de la prison. Elle avait conduit une petite calèche à un cheval quand elle était plus jeune, mais rien de semblable à un lourd chariot tiré par deux chevaux.

Elle regarda Bradley.

— Je pense qu'il serait mieux que je marche jusqu'à la grille. Je pourrai dire que je me suis fait transporter de chez moi jusqu'à une auberge voisine, d'où je suis venue à pied. De cette manière, le chariot pourra rester caché, prêt à nous ramener en sécurité.

Cord lui décocha un regard qui disait qu'il n'était pas dupe de sa manœuvre.

— Cela me paraît bien. Et vous, Bradley ?

— Je pense que c'est une bonne idée. Nous allons laisser le chariot où il est. Ainsi, personne ne le verra.

Il se tourna vers Tory.

— L'auberge la plus proche est le *Lion d'or*, si les gardes vous le demandent.

Ils se mirent en route. Un vent mordant balayait le terrain, gonflant la cape de Tory et s'infiltrant à travers ses vêtements. Elle avait gardé sa capuche baissée et ses cheveux lâchés sur ses épaules, pour séduire les gardes. Des boucles sombres lui cinglaient le visage et s'accrochaient aux coins de sa bouche. Elle secoua la tête et le vent dispersa les mèches qui l'ennuyaient.

Ils s'arrêtèrent à la lisière des arbres. Cord la prit par les épaules et la tourna vers lui.

— Faites-les parler. Pendant que vous les tiendrez occupés, nous traverserons la cour.

Max avait soudoyé le garde qui surveillait une petite porte de bois à quelque distance de la grille principale. Mais une fois à l'intérieur, les trois hommes devraient traverser une cour à découvert pour atteindre les corridors donnant sur les geôles.

C'était là que Tory interviendrait.

— Une fois que nous serons dedans, dit Cord, je veillerai sur vous depuis l'entrée. Si quoi que ce soit va de travers, vous savez que faire.

Elle était censée s'évanouir. Ce genre de chose démontait toujours un homme, avait précisé Cord.

Elle se souvenait exactement du plan, savait que pendant que Cord monterait la garde Rafe et Max s'insinueraient dans les corridors de la prison jusqu'à la cellule d'Ethan. Elle savait aussi que Cord aimerait certainement mieux aller chercher son cousin, mais qu'il se souciait de sa sécurité. Il se montrait toujours protecteur avec les gens auxquels il tenait.

Apparemment, d'une certaine façon, il tenait encore à elle.

Elle tendit la main et la posa sur sa joue.

— Soyez prudent.

Puis elle se détourna et s'éloigna d'un pas pressé, sa cape tournoyant autour d'elle.

22

La prison, une bâtisse de trois niveaux en pierre grise, était sise au pied d'une colline en pente douce. Une rangée de lanternes en cuivre terni étaient accrochées à la lourde grille en fer qui entourait la cour, mais la majeure partie de cette dernière était plongée dans l'obscurité.

Deux gardes se tenaient à l'entrée, l'un grand et mince, l'autre plus âgé et plus massif. Ils se redressèrent, perdant leur attitude détachée, dès qu'ils virent Victoria se diriger vers eux.

Elle afficha un sourire et continua à marcher, priant qu'ils n'entendent pas les battements forcenés de son cœur et qu'ils ne se rendent pas compte de la moiteur de ses paumes. Alors qu'elle approchait, elle put voir leur visage et les soupçons qui s'y peignaient.

— Vous, là ! Arrêtez-vous où vous êtes !

Le cœur de la jeune femme battait si fort qu'il lui semblait vouloir s'échapper de sa poitrine. Le garde le plus âgé quitta son poste et s'avança à sa rencontre. Il portait un pistolet qu'il pointait dans sa direction.

— Que faites-vous ici en pleine nuit ?

— Je vous en prie, monsieur. Je ne suis ici que pour découvrir ce qui est arrivé à mon frère.

De son arme, il lui fit signe d'avancer et elle se rapprocha de l'entrée où le second garde se tenait avec raideur à son poste.

— Le nom de mon frère est Gaspard Latour. Il est en prison depuis près de six mois.

Tory leur expliqua qu'elle avait fait le chemin depuis Saint-Omer dans l'espoir de le voir, et combien sa famille et elle étaient inquiètes à son sujet.

Finalement, ils parurent se détendre, et quelques instants plus tard elle réussit même à les faire sourire. Elle ne voyait pas Cord, Rafe et Max, mais elle savait qu'à moins que quelque chose ne soit allé de travers ils devaient être dans la prison, à présent. Elle concentra son attention sur les gardes, continuant à sourire et à les faire parler, déterminée à les empêcher de remarquer tout mouvement suspect derrière eux.

Le garde le plus corpulent lui jeta une œillade suggestive.

— Etes-vous sûre que c'est votre frère que vous êtes venue voir, et pas votre amant ?

Tory détourna les yeux, feignant d'être embarrassée. Elle changea de position et secoua lentement la tête.

— C'est mon frère, sincèrement, messieurs.

Le plus mince haussa les épaules.

— Que ce soit votre frère ou que cela ne le soit pas, vous devrez revenir demain. Il n'y a aucun moyen de savoir dans quelle cellule il est avant que le greffier arrive, au matin.

Tory remercia le ciel. Elle n'était pas sûre de ce qu'elle aurait fait s'ils lui avaient proposé de pénétrer dans la prison.

Par-dessus l'épaule du garde le plus maigre, elle aperçut l'ombre d'un mouvement. Tandis que les gardes plaisantaient et riaient, et qu'elle feignait la timidité, elle vit les hommes qui émergeaient du bâtiment et se mettaient à traverser la cour. L'un d'eux avait son bras passé sur les épaules d'un de ses compagnons. Il était blessé et boitait lourdement, réussissant à peine à marcher alors qu'ils se dirigeaient vers la porte de côté. C'était sûrement le capitaine Sharpe. Elle ne fit qu'apercevoir le troisième homme, mais elle vit que le quatrième suivait les autres avec son pistolet tiré, pour les protéger.

Elle s'obligea à rester calme. Ils avaient libéré Ethan. Maintenant, il ne leur restait plus qu'à sortir de la prison et à regagner le chariot.

Comme l'un des gardes esquissait un mouvement pour se tourner vers la cour, Tory le prit par le bras et retint une fois de plus son attention.

— Merci, monsieur. Je vais retourner à l'auberge et attendre le matin, ainsi que vous me le suggérez. Je vous suis reconnaissante de votre aide.

Le garde le plus âgé lui encercla le poignet de ses doigts durs.

— Je pense que cette dame devrait rester un moment avec nous. Qu'est-ce que tu en dis ?

L'autre sourit ; il avait une dent de devant qui manquait.

— Ce ne serait pas une mauvaise idée.

Ils commencèrent à tirer Tory vers l'intérieur du poste de garde, et une vive frayeur s'empara d'elle. Elle essaya de ne pas la montrer.

— Je dois m'en aller, dit-elle. J'ai de la famille qui m'attend à l'auberge. Ils vont venir me chercher si je ne reviens pas.

Le gros garde cracha par terre.

— Qui serait assez stupide pour laisser une beauté comme vous errer toute seule en pleine nuit ? Non, je ne pense pas que quelqu'un vous attende.

— Je vous en prie, laissez-moi partir.

Elle pouvait feindre de se pâmer, mais Cord accourrait sans nul doute à son aide et ils risqueraient d'être arrêtés tous les quatre.

— Je vous dis la vérité. L'un de ces gens est mon mari. Il m'a interdit de venir, mais la prison était si proche, et j'avais tellement hâte de voir mon frère... Je dois rentrer avant qu'il se mette à ma recherche.

— Je crains qu'il ne soit déjà là.

En entendant la voix de Max Bradley, Tory éprouva un vif soulagement. Le garde lâcha son poignet et s'écarta d'un air embêté. Il y avait en Max une dureté qui menaçait d'un danger.

Tory prit son bras et scruta son visage.

— Ces hommes ont été très aimables. Ils m'ont dit que si nous revenons demain matin quelqu'un pourra nous donner des nouvelles de Gaspard. Peut-être même que nous pourrons le voir.

Les traits de Max se durcirent encore.

— Votre frère ne vaut pas la peine que vous prenez pour lui.

Il la poussa devant lui.

— Et vous n'avez pas intérêt à me désobéir de nouveau.

Prenant un air dûment contrit, Tory se mit à marcher. Elle entendait les bottes de Max qui résonnaient sur le sol derrière elle. Ils franchirent la butte, disparurent à la vue des gardes, et elle aperçut le chariot. Le siège était vide, la bâche soigneusement refermée à l'arrière.

— Venez. Les hommes sont déjà dans le chariot.

Max l'aida à monter sur le banc, monta à son tour et mit les chevaux en branle.

Pour la première fois, Tory se demanda pourquoi c'était Max qui était venu à son secours et non Cord, qui semblait si déterminé à la protéger. Peut-être parce que l'agent secret parlait mieux le français. Pourtant, elle ne put s'empêcher de s'inquiéter.

— Est-ce que… tout s'est passé comme prévu ?

— En majeure partie.

— Alors le capitaine Sharpe est sauvé ?

— Il est en fort mauvaise condition. C'est heureux que nous l'ayons trouvé vivant.

Il engagea l'attelage sur la route, ce qui fit tressauter le banc.

— Et il y a eu un ennui.

Une pointe de frayeur s'empara de Tory.

— Quel genre d'ennui ?

— Il y avait un garde posté au bout de la rangée de cellules où le capitaine était détenu. Il se tenait dans l'ombre et nous sommes passés devant lui sans le voir. Quand il a voulu donner l'alarme, votre mari l'a arrêté.

Elle se força à respirer calmement. Cord allait bien. Quatre hommes avaient quitté la prison.

— Que s'est-il passé ?

— Il y a eu une lutte. Lord Brant savait qu'il ferait accourir une douzaine de gardes s'il se servait de son pistolet, ou s'il laissait l'homme se servir du sien. Le garde a tiré un couteau, et votre mari a été blessé. Il a pris la lame dans la poitrine.

Tory émit un son étranglé et se tourna vivement vers le chariot. Max lui attrapa le bras et la força à se rasseoir dans le sens de la marche.

— Restez calme. Nous ne pouvons nous permettre d'attirer l'attention. Il nous faut rejoindre le bateau.

— Mais il faut l'aider ! Il doit saigner, il faut arrêter l'hémorragie !

— Nous l'avons fait. Il ira bien jusqu'à ce que nous atteignions le *Nightingale*. Le chirurgien s'occupera de lui dès notre arrivée.

Tory lança un nouveau coup d'œil par-dessus son épaule.

— La route est pleine de cahots. S'il se remet à saigner ? Laissez-moi aller le voir. Il y a peut-être quelque chose que je peux faire.

— La meilleure chose que vous ayez à faire, c'est de garder les yeux rivés sur la route et de vous comporter comme si tout allait bien. Nous ne sommes pas encore sortis d'affaire. Si on nous arrête, il vaudrait mieux que le comte ait pris cette lame en plein cœur.

Tory agrippa le banc. Elle tremblait. Cord était blessé, peut-être gravement, et elle ne pouvait rien faire pour lui.

— Et qu'en est-il du garde qui s'est battu avec lui ? Ne va-t-il pas donner l'alarme ?

Max pinça les lèvres.

— Vous n'avez pas à vous inquiéter de lui. Il n'émettra pas un son.

Elle ne dit rien de plus, mais un frisson la parcourut. Elle ne pouvait penser qu'à Cord, et à la gravité de sa blessure.

Le trajet de retour lui parut interminable. Son cœur battait à coups sourds. Personne ne bougeait à l'arrière du chariot, et personne n'apparut non plus à leur poursuite sur la petite route peu fréquentée.

Finalement, elle entendit le bruit des vagues qui battaient le sable et le soulagement, mêlé à la peur terrible qui l'empoignait, faillit la submerger.

— Doucement, fit Max en observant sa pâleur. Nous sommes presque arrivés.

Mais ils ne pouvaient arriver assez vite pour Tory. Sa gorge était nouée à la pensée que, sous cette bâche, son mari était peut-être en train de mourir.

***

Cord était inconscient quand ils le transportèrent à bord. Ses yeux étaient fermés, son visage d'une pâleur mortelle. Chacune de ses respirations semblait lui demander un effort, et Tory, en le contemplant, avait le cœur serré de douleur. Le médecin lui ôta sa chemise ensanglantée, exposant une profonde blessure qui continuait à saigner.

« Ne le laissez pas mourir ! pria la jeune femme en elle-même. Je vous en supplie, ne le laissez pas mourir ! »

Elle lui avait dit qu'elle l'aimait, mais elle savait qu'il ne l'avait pas crue. Maintenant, il ne le saurait peut-être jamais.

— La lame est entrée profondément, mais tout droit, dit le chirurgien en se penchant sur Cord allongé dans sa cabine. C'est une bonne nouvelle. Ce qui l'est moins, c'est qu'il a perdu beaucoup de sang.

Neil McCauley était un petit homme frêle, qui ne devait pas avoir plus de trente-cinq ans, avec des cheveux noirs et une moustache. Il vacilla légèrement sous les secousses du bateau, qui avait levé l'ancre et remis les voiles. Le *Nightingale* reprenait le large, loin des côtes de France, en route pour l'Angleterre.

Tory pria pour que Cord survive à ce voyage.

Il s'agita sur sa couchette et grogna quand le médecin versa de la poudre de sulfure dans sa blessure, puis appliqua dessus un mélange d'herbes médicinales et de graisse.

Il émit un nouveau grommellement et Tory tendit une

main tremblante vers lui. Terriblement pâle, la peau glacée, il continuait néanmoins à avoir cette présence magnétique et vibrante qui l'attirait comme aucun autre homme ne l'avait jamais attirée.

Et pourtant il pouvait mourir, comme n'importe qui.

— Il faudra surveiller une putréfaction possible, dit le chirurgien en enfilant son aiguille avec du catgut et en commençant à recoudre la plaie.

Tory fronça les sourcils devant la façon désordonnée dont il lançait ses points à travers la chair déchirée de Cord. Elle avait toujours aimé le torse lisse et puissamment musclé de son mari. Il lui déplaisait de penser à la vilaine cicatrice que le travail du médecin allait y laisser.

— Peut-être que je pourrais vous aider, docteur McCauley. Je n'ai jamais recousu un homme, mais j'ai une bonne expérience à l'aiguille.

— A votre guise.

L'intérieur de la blessure était déjà cautérisé. McCauley lui tendit l'aiguille et elle inspira fortement.

Elle pouvait faire cela, pour Cord. Elle ferait n'importe quoi pour l'aider, comme il l'avait aidée elle-même.

Sa main trembla un instant, puis se raffermit et elle se mit au travail, cousant de petits points délicats qui disparaîtraient presque quand la plaie serait cicatrisée. Le corps de Cord se raidit légèrement sous la douleur, et il ouvrit lentement les yeux. Elle put lire la souffrance sur ses traits et un nœud se forma dans sa gorge.

— Je sais que cela vous fait mal, dit-elle. Je vais faire le plus vite possible.

— Je vais lui donner du laudanum, déclara le médecin. Cela atténuera son inconfort.

Tandis que Tory continuait à travailler, McCauley versa le liquide amer dans une timbale, y ajouta de l'eau, puis souleva la tête de Cord et versa le mélange entre ses lèvres. Cord avala le breuvage, se recoucha et ses yeux dorés s'arrêtèrent sur le visage de sa femme. Un instant, son regard s'adoucit. A la voir près de lui, il parut se détendre et respirer un peu mieux.

— Le médecin prend bien soin de vous, murmura Tory en lissant ses cheveux en arrière. Vous allez vous remettre.

Il dut voir la crainte et l'inquiétude qu'elle ressentait, car il essaya de sourire. Puis ses paupières se refermèrent et il glissa de nouveau dans l'inconscience.

Des larmes gonflèrent les yeux de Tory. Elle réprima son envie de pleurer et poursuivit sa tâche à petits points, piquant et tendant le fil avec soin. Quand la blessure fut refermée, elle fit un nœud et coupa proprement le catgut. A la seconde où elle eut terminé, elle fondit en larmes.

— Tout va bien, milady, lui dit gentiment le chirurgien. Le couteau n'a pas lésé d'organe vital. C'est surtout la perte de sang qui l'affaiblit.

Elle hocha la tête. Néanmoins, les larmes continuèrent à rouler sur ses joues.

— Il aura besoin de soins et de repos, mais il se remettra.

Oui, il se remettrait, se jura Tory. Cord était jeune et fort. Il survivrait à sa blessure et serait bientôt sur pied.

Elle resta avec lui pendant la nuit, assise sur une chaise près de sa couchette. Rafe et Max Bradley passèrent le voir, mais il était toujours endormi.

Il s'éveilla juste avant l'aube.

Quand ses yeux assombris par la souffrance s'ouvrirent lentement et se fixèrent sur son visage, Tory faillit se remettre à pleurer. Elle déglutit pour dissiper le nœud qui se formait dans sa gorge et borda ses couvertures autour de lui.

— Vous ne devez pas bouger, dit-elle. Vous risqueriez de rouvrir mes points si soignés.

Le coin de la bouche de Cord s'incurva.

— Je n'aurais jamais pensé… avoir besoin… de vos talents de brodeuse.

Elle repoussa les cheveux qui lui tombaient sur le front, rien que pour le toucher.

— J'aurais préféré que vous n'en eussiez pas besoin.

Le médecin frappa à ce moment-là et entra.

— Ainsi, vous êtes réveillé.

— Il y a tout juste un instant, dit Tory.

Il rabattit les couvertures et examina le bandage.

— La plaie n'a presque plus saigné cette nuit. Tout va bien.

Tandis qu'il ôtait le pansement pour le remplacer par un bandage propre, les yeux de Cord se rivèrent sur son visage.

— Et Ethan ? Comment se porte-t-il ?

McCauley fronça les sourcils, débattant de ce qu'il devait dire à un homme aussi affaibli.

— Il se porte aussi bien que l'on peut s'y attendre.

Cord ne parut pas satisfait de cette réponse, mais il referma les yeux et s'endormit de nouveau.

Le soleil était levé et Cord réveillé quand le médecin lui fit une deuxième visite. Son teint s'était amélioré, constata Tory, et son regard était plus vif.

— J'insiste pour connaître l'état du capitaine Sharpe, déclara-t-il avec autorité.

Le médecin se raidit, légèrement irrité par son ton.

— Vous voulez la vérité ? Le capitaine est quasiment mort de faim. Il est si faible qu'il peut à peine tenir debout. Il était infesté de poux et a été battu au point de presque en perdre la vie. Ce qui pouvait être fait pour lui a été fait. On l'a baigné, rasé et on lui a coupé les cheveux. Pour l'heure, il a besoin de manger et de dormir pour recouvrer ses forces. Est-ce ce que vous vouliez savoir ?

Cord se détendit sur son oreiller.

— Merci, dit-il doucement, et il referma les paupières.

Le drap ne le couvrait que jusqu'aux hanches. La blancheur du bandage tranchait sur la toison brune qui recouvrait son torse.

— Assurez-vous qu'il prenne la potion que j'ai laissée et un peu plus de laudanum. Cela contiendra la souffrance. Je reviendrai le voir encore une fois avant que nous accostions.

Le chirurgien quitta la cabine et Tory passa un linge humide sur le visage de Cord, sur son cou, ses épaules et son torse. Sa peau réchauffa rapidement le linge. Elle craignit qu'il ne soit pris par la fièvre.

— Le médecin a recommandé que vous repreniez du laudanum, dit-elle. Cela atténuera la douleur et vous permettra de dormir.

Cord regarda au-delà d'elle, les yeux rivés sur le hublot. Ses pensées semblaient le ramener en arrière.

— Je ne l'ai presque pas reconnu, murmura-t-il. Il n'avait plus rien d'Ethan. Il ressemblait à un mort vivant.

Les mains de Tory tremblèrent tandis qu'elle trempait le linge dans la bassine en porcelaine et l'essorait.

— Le capitaine Sharpe se remettra et vous aussi. Vous lui avez sauvé la vie, Cord. Si vous n'aviez pas insisté comme vous l'avez fait, il n'aurait jamais quitté cette immonde prison.

Cord reporta son attention sur elle, tendit le bras et lui prit la main.

— Merci de ce que vous avez fait pour lui hier soir. Sans vous, nous n'aurions pu le sortir de là.

Tory porta ses doigts à ses lèvres.

— Je suis contente d'avoir pu être utile.

Le regard de Cord soutint le sien un moment. Puis la lassitude lui ferma de nouveau les yeux. Tory continua à baigner sa peau échauffée et à lui faire boire de l'eau. Il semblait réconforté par sa présence.

Ils atteignirent les quais de Londres un peu après midi, et des voitures furent commandées pour les ramener chez eux. Cord étant blessé, il fut décidé que le capitaine Sharpe passerait sa convalescence à Sheffield House, la résidence de Rafe. Le Dr McCauley promit de continuer à soigner les deux hommes.

Tory vit vraiment le capitaine pour la première fois lorsqu'on l'aida à monter en voiture. Il boitait légèrement, et s'appuyait sur le duc. C'était un homme de haute taille, aux pommettes marquées, qui arborait le même air dur et dangereux que Max Bradley.

Sa silhouette amaigrie et ses vêtements trop larges faisaient ressortir l'ampleur de sa carrure, et témoignaient des privations qu'il avait connues en prison. Ses lèvres étaient bien dessinées, mais elles avaient un pli cynique.

C'étaient ses yeux, cependant, qui étaient le plus déconcertants chez lui. Tory n'avaient jamais vu des prunelles qui évoquaient à ce point une mer glacée. Elle pensa néanmoins qu'une fois remis Ethan Sharpe serait un très bel homme.

Comme l'heure n'était pas aux présentations, elle ramena son attention sur son mari et l'aida à monter dans la deuxième voiture qui le ramènerait chez lui. Durant tout le trajet, elle remercia le ciel qu'il ait survécu et pria que sa blessure guérisse vite.

La semaine fut très agitée. S'occuper de Cord prit pratiquement tout le temps de Tory : elle veillait à ses repas, le baignait, s'assurait qu'il prenait ses potions, changeait son pansement.

A la fin de ces huit jours, il n'y avait pas trace de putréfaction et, au vif soulagement de la jeune femme, il fut clair que Cord allait complètement se remettre.

— J'ai une maison pleine de domestiques pour répondre à mes ordres, avait-il grommelé, ayant clairement recouvré ses forces. Compte tenu de notre situation présente, vous n'êtes pas obligée de vous occuper de moi.

Mais elle voulait s'occuper de lui. Elle l'aimait.

— Ce n'est pas un fardeau pour moi, avait-elle répondu.

Il ne revint pas sur ce sujet et elle pensa qu'il était aussi heureux de l'avoir là qu'elle était heureuse d'y être.

Le lundi, après huit jours de lit, quand elle entra dans sa chambre elle le trouva habillé et debout au milieu de la pièce. Il était encore un peu pâle, mais si beau que son cœur se contracta.

— Vous êtes levé, dit-elle, souhaitant égoïstement qu'elle ait pu passer quelques jours de plus à le soigner.

— J'ai quitté ce maudit lit, comme j'aurais dû le faire depuis plusieurs jours. Sans les indications autoritaires de McCauley et vos soins constants, j'aurais été debout depuis longtemps.

Un coin de sa bouche se releva.

— Merci, Victoria. J'ai apprécié vos attentions.

Elle ne répondit pas. Elle se demandait ce qui allait arriver maintenant, s'il partirait ou s'attendrait à ce qu'elle quitte la maison. Il allait tellement lui manquer, pensa-t-elle, un nœud lui serrant la gorge.

Elle s'efforça de prendre un ton posé.

— Allez-vous vous rendre chez le duc, pour voir votre cousin ?

— Oui, je vais y aller, enfin… J'espère qu'Ethan a bénéficié de soins au moins deux fois moins bons que ceux qui m'ont été donnés.

Tory rougit et baissa les yeux sur ses pantoufles, qui dépassaient de sa jupe de mousseline crème.

— Etes-vous certain… que vous vous sentez assez bien pour sortir ? Peut-être devrais-je vous accompagner.

— Je ne pense pas qu'Ethan soit en état de recevoir des visites. Et je me sens tout à fait bien.

Elle l'étudia un moment, essayant de graver ses traits dans sa mémoire, espérant qu'il rentrerait encore, même si elle n'en était pas sûre du tout. Elle s'attendait à recevoir les papiers de l'annulation d'un jour à l'autre. Elle afficha un sourire et ignora la façon dont son cœur se contractait dans sa poitrine.

— Bien. Si vous n'avez besoin de rien d'autre…

— Il y a encore une chose. Avant que vous partiez, j'aimerais vous dire un mot. J'aimerais vous parler d'une question importante.

Il la parcourut du regard, ce qui accrut encore la douleur de son cœur, puis il se dirigea vers le canapé installé devant la cheminée.

— Si cela ne vous ennuie pas, nous pourrions nous asseoir.

Tory s'élança en avant.

— Oui, bien sûr ! Laissez-moi vous aider.

Il écarta son geste d'assistance, prit place avec une grimace, puis attendit qu'elle s'assoie en face de lui.

— Pendant cette semaine passée au lit, j'ai eu tout le temps de réfléchir. Ou peut-être est-ce le fait d'avoir frôlé la mort de près.

Il semblait si sérieux que les nerfs de Tory se tendirent plus encore.

— Oui, je peux le comprendre.

— J'ai utilisé une bonne partie de ce temps à penser à notre mariage.

Elle déglutit. Par le ciel, elle n'avait pensé à rien d'autre en dehors de la santé de son mari. Cette double inquiétude l'avait tenue éveillée nuit après nuit.

— Nous ne sommes mariés que depuis un peu plus de trois mois, ce qui ne suffit pas pour que nous nous connaissions vraiment. Et les circonstances de notre mariage n'ont pas été celles que nous aurions préférées l'un et l'autre.

Tory noua ses mains sur sa jupe pour les empêcher de trembler.

— Je suis navrée de vous avoir contraint à une telle position. Ce n'était pas dans mon intention.

— C'est moi qui vous ai contrainte à ce mariage, pas vous. Je peux me montrer assez autoritaire. Sur le moment, cela m'a semblé la meilleure solution.

— Vous avez sauvé ma sœur. C'était tout ce qui comptait.

— Votre bonheur comptait aussi, Victoria.

Tory ne répondit pas. Son cœur battait trop fort, ses nerfs étaient tendus à craquer.

— La vérité est que je voulais vous épouser. De fait, j'étais déterminé à vous avoir. J'ai refusé de l'admettre à l'époque, mais prendre votre innocence sur le bateau m'a simplement fourni le prétexte dont j'avais besoin pour me marier avec la femme que je souhaitais avoir pour épouse.

Quelque chose arrivait à Tory. Elle ne parvenait plus à respirer.

— Mais vous… vous vouliez épouser une héritière.

— Il fut un temps où j'ai cru que ce genre de mariage était essentiel. Je pensais que je devais à mon père d'accroître la fortune de notre famille. Il ne m'a pas fallu longtemps pour découvrir que cela n'avait aucune importance.

— Mais…

— Ecoutez-moi, Victoria, je vous en prie. Je n'aurai pas le courage de vous dire cela deux fois.

Son regard rencontra celui de la jeune femme, et il était si troublé qu'elle eut envie de tendre la main vers lui et de le toucher.

— Dans la vie, les gens font parfois des erreurs. J'ai fait une lourde erreur dans la manière dont je vous ai traitée après notre mariage. J'aurais dû passer du temps avec vous. J'aurais dû vous couvrir de fleurs et vous offrir des cadeaux somptueux. Sapristi, j'aurais dû vous donner tout ce que vous vouliez.

La gorge de Tory était contractée. Elle se sentait prête à pleurer.

— Je ne voulais pas de cadeaux. Je ne voulais que vous, Cord.

Cord détourna son regard et parut se reprendre.

— La semaine dernière, à bord, vous m'avez demandé de rester avec vous dans votre cabine. Vous vous êtes donnée à moi comme vous l'aviez fait avant que nous soyons mariés. Depuis ma blessure, vous m'avez témoigné une grande sollicitude, et vous vous êtes inquiétée pour moi. Aussi, il y a une question que je dois vous poser. J'ai besoin de savoir si ce qu'il y a eu entre Fox et vous était aussi une erreur, ou s'il est réellement l'homme qui peut vous rendre heureuse.

Tory était si crispée qu'elle ne pouvait plus avaler.

— Je n'aime pas Julian. Je ne l'ai jamais aimé.

— Et quels sentiments avez-vous pour moi ?

Quels sentiments ? Elle l'aimait. Elle était désespérément amoureuse de lui, au point que son cœur s'en brisait. Et il en serait toujours ainsi.

Elle prit une inspiration tremblante. Cord disait qu'il avait commis une erreur. Juste ciel, elle en avait commis aussi. Conspirer avec Julian avait été une erreur terrible.

Et maintenant, elle savait que son mari avait voulu l'épouser. Elle, pas une héritière ou quelqu'un d'autre.

— Je vous aime, Cord, dit-elle doucement. Je voulais simplement que vous m'accordiez un peu de votre temps. Julian et moi, nous n'avons jamais…

— Ecoutez-moi, Victoria. Ce qui est arrivé entre Fox et vous est le passé. Le futur est tout ce qui compte. Ce que j'ai besoin de savoir, c'est si vous souhaitez un avenir avec moi — ou avec Julian Fox.

Pour l'amour du ciel ! Comment pouvait-il penser qu'elle choisirait Julian plutôt que lui ? Comment pouvait-il la regarder et ne pas voir dans ses yeux l'amour qu'elle lui portait ?

— Je vous aime, répéta-t-elle, priant de parvenir à l'en convaincre. L'idée de vous perdre me déchire.

Cord conserva son expression soigneusement contrôlée.

— Alors vous êtes prête à renoncer à Fox ? A ne plus jamais le revoir ?

Elle ne put recouvrer sa voix. Il souhaitait continuer leur mariage même s'il croyait qu'elle l'avait trahi.

— Je vous en prie, Cord, vous devez me croire ! Julian et moi n'avons jamais été…

— N'en dites pas plus ! Je ne veux rien entendre de plus sur cet homme. Je ne veux plus entendre prononcer son nom dans cette maison. Je veux votre réponse, Victoria. Si nous devons continuer ce mariage, je veux votre serment de fidélité. Je veux que vous vous donniez à moi et rien qu'à moi.

Les yeux de Tory se gonflèrent de larmes.

— Nous faisions semblant, murmura-t-elle. Rien ne s'est réellement produit.

Le beau visage de Cord se durcit. Il était clair qu'il ne la croyait pas. Se levant du canapé, il commença à s'éloigner et le cœur douloureux de Tory se contracta plus encore. Il ne se sentait pas pris au piège de leur mariage. Il voulait qu'elle reste sa femme.

Et s'il ressentait cela, il y avait une chance qu'il finisse par l'aimer.

Il était presque à la porte quand elle parvint enfin à rassembler son courage. Les larmes qui perçaient dans sa voix le figèrent sur place.

— Je vous fais le serment que je vous serai toujours fidèle. Je ne me donnerai qu'à vous. Je porterai vos enfants et vous aimerai jusqu'à la fin de mes jours. Je vous le jure sur ma vie — sur la vie de ma sœur, sur tout ce que j'ai de précieux au monde.

Les larmes roulèrent sur ses joues.

— Vous êtes le seul homme que je veuille, Cord. Le seul que j'aie jamais voulu.

Il se tourna vers elle. Elle brûla de connaître ses pensées, mais son expression demeura soigneusement gardée. Elle avait envie d'aller à lui, de se jeter dans ses bras, mais ce n'était pas possible. Pas encore.

— Nous allons prendre un nouveau départ, dit-il doucement. Commencer comme nous aurions dû le faire auparavant.

— Oui…

Elle l'aimait plus que jamais. Et, en silence, elle se jura qu'elle trouverait un moyen de lui prouver qu'elle ne l'avait pas trahi avec Julian Fox.

***

En proie à un déroutant mélange d'émotions, Cord quitta la maison. Il donna à son cocher l'instruction de le conduire à Sheffield House, s'installa sur la banquette de son coupé et appuya la tête au dossier.

Il se sentait encore un peu faible, mais sa blessure guérissait et il commençait à recouvrer ses forces. Il espéra qu'Ethan se remettait aussi.

Laissant Berkeley Square, le coupé roula à travers Mayfair, entre les arbres nus, le vent soufflant de la poussière et des feuilles mortes sous les roues. Cord contemplait l'activité des rues à travers la vitre de sa portière, mais son esprit demeurait fixé sur Victoria.

Il avait eu l'intention de lui dire qu'il l'aimait. Et puis, finalement, il ne l'avait pas pu.

Il lui avait fallu tout son courage pour lui exposer ses sentiments, pour s'abaisser à reconnaître ses erreurs et lui demander de rester sa femme. En retour, elle lui avait dit qu'elle l'aimait et lui avait juré fidélité.

Il voulait la croire. Il priait qu'elle lui ait dit la vérité. Mais la confiance n'était pas quelque chose qu'un homme pouvait acquérir à volonté, et sa trahison était trop récente, trop douloureuse.

Le temps prouverait la véracité de ses paroles. Elle l'aimait ou ne l'aimait pas. Elle lui serait fidèle ou non.

A ce sujet, il avait dit ce qu'il pensait. Ce qui était arrivé avec Fox appartenait au passé. Il avait lui-même couché avec plus de femmes qu'il n'en pouvait compter. Il ne pouvait guère condamner l'innocente jeune épouse qu'il avait si légèrement jetée aux loups.

Il avait commis nombre d'erreurs et il avait l'intention de les réparer.

Il souhaita que Julian Fox reste à York jusqu'à ce que sa mission soit complète.

23

Cord gravit les marches du perron de la splendide résidence du duc de Sheffield et souleva le lourd heurtoir en bronze, anxieux de voir Ethan, inquiet pour lui, se demandant comment il se portait après sa longue épreuve.

Alors qu'il suivait le majordome dans le salon club, une pièce intime décorée de vert foncé et de panneaux de chêne, il se détourna quand Ethan arriva à son tour et s'arrêta sur le seuil. Ni l'un ni l'autre ne surent que dire. Il s'était passé tant de choses. La guerre avait apporté tant de changements entre eux. Son cousin semblait être devenu quelqu'un d'autre, et Cord s'avisa qu'il n'était pas prêt à accepter l'étreinte chaleureuse qu'il brûlait de lui donner.

Cord parvint à sourire.

— Tu commences à redevenir toi-même. Je suis heureux de voir que ta santé s'améliore.

Il était soulagé de constater que les cernes noirs qui avaient souligné les yeux bleu clair de son ami avaient disparu. Mais il était encore amaigri et pâle, et son air fragile était accentué par ses cheveux courts. Il n'avait plus son teint hâlé, qui le faisait paraître si robuste.

— Et toi, tu es de nouveau sur pied.

— Oui, grâce à Dieu — et à ma femme.

Les deux hommes se remettaient physiquement, mais Cord pensa que son cousin aurait un long chemin à parcourir pour redevenir celui qu'il était avant d'avoir été jeté en prison.

Ethan traversa la pièce pour gagner le buffet, en boitant de la jambe gauche. Il souleva le bouchon d'une carafe en cristal qui contenait un alcool ambré.

— Un cognac ?

— Pas pour moi, merci.

Cord, qui commençait déjà à se fatiguer, prit place dans un fauteuil capitonné.

— J'ai encore pas mal de choses à faire cet après-midi.

— Tu travailles toujours aussi dur, j'imagine.

— De fait, j'ai décidé de ralentir un peu. Il est temps que je me remette à apprécier la vie.

L'un des sourcils noirs d'Ethan se haussa.

— Je le croirai quand je le verrai.

— C'est une longue histoire. Qu'il me suffise de dire qu'il y a parfois des choses plus importantes que de gagner de l'argent.

— Tu parles de ton épouse… la délicieuse jeune personne qui s'est montrée si utile pour me sortir de prison. Il n'y a pas beaucoup de femmes qui prendraient de tels risques pour un homme qu'elles ne connaissent même pas.

— Victoria a toujours été une femme d'un courage exceptionnel.

— Je suis impatient de la rencontrer. J'aimerais la remercier de vive voix.

— Que s'est-il passé, Ethan ? Nul ne semble le savoir.

Ethan prit une longue gorgée de cognac.

— Pour dire les choses crûment, nous avons été trahis. Il y avait un traître parmi nous, Cord, et j'ai l'intention de découvrir qui il est.

Ses longs doigts nerveux se resserrèrent autour du verre.

— Et quand je le trouverai, je le ferai payer.

— As-tu une idée de son identité ?

— Pas encore. Mais maintenant que je suis marquis, mes moyens sont pratiquement illimités. Je le trouverai et je le tuerai.

Un frisson glacé parcourut l'échine de Cord. Ethan n'était pas homme à prononcer de vaines menaces. Il voulait sa vengeance, et on ne pouvait l'en blâmer. Si Cord avait été retenu captif pendant près d'un an, battu et torturé, il ressentirait la même chose.

— Si je peux faire quoi que ce soit pour t'aider, fais-le moi savoir.

Cord se leva. Il sentait ses forces faiblir. Il n'était pas encore aussi bien remis qu'il l'espérait.

— Tu as déjà fait assez, dit Ethan en s'approchant de lui.

Pour la première fois, il sembla laisser tomber sa garde et posa une main sur l'épaule de son cousin.

— Sans toi, reprit-il doucement, je serais mort dans cette prison. Tu es le meilleur ami qu'un homme peut avoir.

Ils s'étreignirent un instant, sachant tous les deux combien ils avaient été près de mourir.

— Je suis heureux que tu sois de retour, dit Cord d'une voix rauque. Et je sais que Sarah l'est aussi.

Ethan hocha la tête.

— Elle et sa famille doivent arriver cet après-midi dans notre maison de ville. Qui est maintenant à moi avec le reste, je suppose.

— Elle a refusé d'y séjourner tant que tu n'étais pas rentré.

— Je ne puis dire que j'attende avec impatience ses pleurs et ses effusions féminines, mais je serai terriblement content de la voir, et Jonathan et Teddy aussi, bien sûr. Sheffield a été le meilleur des hôtes, mais je serai fort aise de dormir de nouveau dans un lit à moi.

— Je l'imagine sans peine.

— Pourquoi Victoria et toi ne viendriez pas dîner avec nous ? Je sais que cela plairait à Sarah.

Cord sourit.

— A moi aussi. Et tu pourrais faire plus ample connaissance avec ma femme.

Il se demanda ce que Victoria penserait d'Ethan. Son

cousin avait tellement changé, au cours de l'année où il avait été emprisonné. Il avait toujours été fasciné par le danger, l'affrontant avec une sorte d'abandon téméraire. Mais il avait été aussi un homme qui riait souvent et qui aimait la vie.

Il était plus réservé, à présent, plus retiré en lui-même. Il n'avait pas souri une seule fois depuis le début de leur entretien. Il n'avait que vingt-huit ans. Cord espéra qu'avec le temps il redeviendrait l'homme chaleureux et plein d'entrain qu'il avait été.

Boitant un peu et s'appuyant sur sa canne à pommeau d'argent, Ethan remonta au premier pour aller préparer ses affaires. Sa blessure à la jambe était permanente, avait dit le chirurgien, le résultat de coups que lui avait donnés un gardien. Mais, à la longue, la boiterie s'estomperait.

Tandis qu'Ethan disparaissait dans l'escalier, Cord se mit en quête de Rafe, se demandant ce que son ami penserait de sa réconciliation avec Victoria.

Celui-ci le surprit.

— J'ai toujours admiré votre femme sous maints aspects, lui dit-il. Elle est intelligente, courageuse et protectrice avec ceux qu'elle aime. Comme vous le dites, les gens font parfois des erreurs. Je ne pense pas que je lui aurais pardonné aussi aisément que vous, si elle avait été ma femme, mais je suis heureux pour vous deux. J'espère que cette fois-ci les choses vont marcher.

Cord l'espérait aussi. Toutefois, il lui faudrait du temps pour en être sûr. Peut-être même des années.

Cette idée ne lui paraissait pas très réconfortante.

***

Cord vivait de nouveau à la maison, et bien qu'il n'eût pas visité le lit de Tory, il avait tenu parole et passé beaucoup de temps avec elle. Il était évident qu'il voulait être le genre de mari qu'il pensait qu'il aurait dû être auparavant.

Il souhaitait sincèrement arranger les choses entre eux, et Tory avait le cœur brisé à la pensée qu'il croyait toujours qu'elle l'avait trahi avec Julian.

Elle envisagea d'écrire à son ami, en lui demandant d'envoyer un billet à Cord pour lui expliquer qu'il ne s'était rien passé entre eux. Mais elle savait que Cord ne croirait pas Julian, et ce style de correspondance ne pourrait qu'envenimer la situation.

Pour l'heure, elle était donc obligée de laisser l'affaire pendante, et c'était pour elle l'une des pires épreuves qu'elle avait traversées.

— Tout ce que tu as à faire est d'attendre, lui dit Claire lors d'une de ses visites matinales. Laisse-lui le temps de voir combien tu l'aimes. Il est manifeste qu'il t'aime aussi. Aucun homme n'aimant pas sa femme ne lui aurait pardonné une chose aussi terrible.

— Mais je n'ai rien fait !

— Non, mais il pense que tu l'as fait et il t'aime malgré tout. En un sens, cela est fort romantique.

Tory n'avait nulle idée des sentiments que Cord lui portait, mais elle savait qu'elle l'aimait et elle savourait le temps qu'il passait avec elle, chose si rare auparavant. Il l'escortait dans tout Londres, l'emmenant au théâtre et à l'Opéra, faisant des emplettes avec elle dans Bond Street.

Il la couvrait de robes, de gants et de bonnets, lui achetait de frivoles pièces de lingerie de soie qu'elle était embarrassée d'emporter mais qu'elle brûlait de mettre pour lui. Il lui offrit aussi un parfum exotique, des éventails peints à la main et une douzaine de paires de pantoufles en chevreau, ainsi qu'un attelage personnel. Et il y eut également des bijoux : une adorable broche de saphirs, des boucles d'oreilles de grenats, une bague de diamants et d'émeraude si grosse qu'elle faisait paraître sa main toute petite.

— Elle appartenait à ma mère, lui avait-il dit d'un ton un peu rauque. Elle était plus grande que vous. Nous la ferons reprendre.

Mais le cadeau favori de Tory demeurait le ravissant Collier de la Jeune Mariée qu'il lui avait offert le jour de leur mariage. Chaque fois qu'elle le portait, elle en éprouvait un réconfort étrange, une sérénité qui l'aidait à dissiper ses pensées troublées.

Elle avait porté ce collier le soir où ils avaient rejoint la famille de Cord pour un dîner chez le marquis de Belford — qui restait pour elle, secrètement, le capitaine Ethan Sharpe.

Elle n'était pas sûre de ce qu'elle devait penser de ce dernier. Il avait repris du poids, et il était vraiment très beau. Mais il était froid et réservé, un peu trop tranquille et souvent intimidant, avec ses yeux pâles. Elle savait qu'il avait souffert et qu'il voulait se venger de ce qui était arrivé à lui et à ses hommes. Elle espérait qu'avec le temps, pour Cord et pour Sarah, le marquis abandonnerait cette idée.

Pour le reste, Tory concentrait son attention sur son mari. Elle s'inquiétait de sa blessure, sachant qu'elle le faisait encore souffrir, mais il semblait déterminé à l'ignorer.

Ce soir-là, ils assistaient à une soirée chez le duc de Tarrington. Ils valsèrent ensemble comme ils ne l'avaient jamais fait, et chaque fois que son regard brûlant se posait sur elle elle se sentait rougir.

Elle connaissait ce regard. Il la désirait. Et cependant il se privait du plaisir qu'ils pouvaient avoir ensemble, les en privait tous les deux. Il lui laissait du temps, la laissait prendre l'initiative. Il croyait à tort qu'elle avait fait l'amour avec un autre homme, et c'en était sans nul doute la raison.

Tory ne put s'empêcher de penser à la dernière fois où Cord et elle avaient été à Tarrington Park, la nuit où il l'avait attirée dans la resserre à linge pour lui faire passionnément l'amour. Que se passerait-il, se demanda-t-elle, si elle usait de la même tactique à rebours ?

Elle aurait peut-être eu le cran d'essayer si Cord avait été à proximité, mais il se tenait pour le moment près du bol à punch et parlait à Rafe. Elle s'apprêtait à les rejoindre, quand elle vit son beau-père qui se dirigeait vers elle. Elle ne put ignorer le sourire satisfait qui détendait ses lèvres minces.

— Eh bien, Victoria… Depuis quand ne nous sommes-nous vus ?

Un petit frisson la parcourut. « Depuis trop peu de temps, pensa-t-elle. Depuis bien trop peu de temps. » Elle raidit son dos.

— Bonsoir, milord. J'ignorais que vous étiez à Londres.

— De fait, je suis ici pour affaires.

Il joua avec la coupe de champagne qu'il tenait dans sa longue main.

— Voyez-vous, j'ai une offre d'achat pour Windmere.

L'estomac de Tory se contracta aussitôt.

— Quelqu'un veut acheter Windmere ?

— Exactement. J'ai l'intention de régler la transaction dans le courant de la semaine prochaine.

La tête de la jeune femme lui tourna.

— Vous… vous ne pouvez faire cela, ce n'est pas possible ! Windmere est dans la famille de ma mère depuis trois cents ans. Vous ne pouvez le vendre ainsi !

Elle comprenait, à présent, pourquoi il avait arboré un air si satisfait. Il savait ce que cette propriété représentait pour elle, les souvenirs qu'elle contenait, et que cette vente lui serait un coup de dague dans le cœur.

— Qui a offert de l'acheter ?

— Je crains de n'avoir la liberté de vous le dire. A ce que j'ai compris, cependant, l'acquéreur veut faire des travaux importants, peut-être pour transformer la maison en une sorte d'auberge.

Le nœud qui serrait l'estomac de Tory devint douloureux. C'était probablement un mensonge. Le baron n'ignorait pas combien cette nouvelle la perturberait, et elle pouvait compter sur lui pour essayer de la déstabiliser. Mais il se pouvait aussi que ce fût vrai.

— Si vous désirez à ce point garder cette propriété, peut-être pouvez-vous convaincre votre mari de vous l'acheter. Le prix serait beaucoup plus élevé, bien sûr, le double — ou plutôt le triple — de l'offre actuelle. Mais je suis sûr que nous pourrions parvenir à un accord.

Harwood haïssait Cord presque autant qu'il la haïssait, elle. Il lui soutirerait tout l'argent qu'il pourrait. Cord agréerait peut-être cet achat, mais Tory se refusait à le lui demander.

Elle était venue à lui sans le sou, alors qu'il espérait un mariage qui accroîtrait la fortune de sa famille. Il avait déjà payé un prix extravagant au baron pour le collier que Claire et elle avaient volé, puis l'avait racheté pour le lui offrir. Et il l'avait couverte récemment de cadeaux fort chers.

Elle ne voulait pas lui demander davantage.

Si cela devait lui coûter Windmere, tant pis.

— Je crois que je vois approcher votre époux, dit Harwood. Peut-être que je devrais lui soumettre cette offre.

— Non, répondit fermement Tory. Nous ne sommes pas intéressés par l'achat de cette maison.

Mais elle était très intéressée par le fait de s'y introduire. Windmere représentait sa dernière chance de mettre la main sur le journal de sa mère. Si le nouveau propriétaire démantelait l'endroit, elle pourrait ne jamais le retrouver.

Elle étudia le visage mince du baron, le sourire satisfait qui s'attardait sur ses lèvres. Cet homme avait tué son père, elle en était certaine. Elle souhaitait plus que tout lui faire payer ce meurtre.

Harwood s'éloigna à l'instant où Cord arrivait. Ce dernier fronçait sombrement les sourcils.

— Qu'est-ce que ce diable d'homme vous voulait ?

— Il s'est montré odieux, à son habitude.

Tory contempla son mari, qui était si beau dans sa tenue de soirée. Il avait des épaules si larges, et elle connaissait si bien la musculature de son torse puissant. Elle aurait voulu qu'il l'embrasse sur-le-champ, en pleine salle de bal, et qu'il l'entraîne dans la resserre à linge pour la posséder comme il l'avait fait la fois précédente.

Il dut lire ses pensées, car ses yeux prirent la teinte de l'or bruni. Elle était certaine qu'en cet instant il la désirait.

Puis il reprit le contrôle de lui-même et ce moment s'évanouit.

Tory jeta un coup d'œil à travers la piste de danse et vit le baron qui parlait à un groupe d'amis. Elle frissonna légèrement.

— Si cela ne vous ennuie pas, maintenant qu'Harwood est arrivé j'aimerais rentrer.

Cord suivit son regard et hocha la tête.

— Venez. Nous allons prendre votre cape et faire appeler la voiture.

Aussi protecteur qu'à son habitude, il ne la quitta pas d'un pas tandis qu'ils se préparaient à partir. Mais une fois qu'ils furent chez eux, il se retira dans sa chambre, la laissant seule. Au lieu de connaître une nuit de repos, Tory fit des rêves érotiques où elle se voyait avec Cord, et d'autres rêves troublants au sujet de Windmere.

Le lendemain dans l'après-midi, Grace vint la trouver. Elle avait les yeux battus et paraissait fébrile. Elle laissa Tory la conduire dans le salon bleu et attendit que Timmons ait refermé la porte.

— Pour l'amour du ciel, Grace, qu'avez-vous ? Vous êtes aussi blanche qu'un linge.

Grace humecta ses lèvres tremblantes.

— Mon père… J'ai découvert qui il est.

— Venez, vous feriez mieux de vous asseoir. Dois-je demander du thé ? Vous semblez avoir besoin d'un réconfortant.

Elle secoua la tête.

— Je ne puis m'attarder. Je voulais simplement vous montrer ceci.

Tory nota alors le petit coffret de bois qu'elle portait sous le bras.

— Qu'est-ce que c'est ?

— Des lettres. Qui m'ont été écrites par mon père.

— Par le ciel, comment les avez-vous eues ?

— J'ai finalement trouvé le courage de parler à ma mère. Au début elle a été bouleversée que j'aie découvert son secret, mais je lui ai dit que ce qui était arrivé appartenait au passé, et que je voulais simplement savoir qui était mon vrai père.

— Et alors ?

— Elle a pleuré, m'a suppliée de lui pardonner, puis elle est allée chercher ces lettres. Elle m'a dit qu'elle en avait reçu une par an depuis ma naissance. Elle m'a dit aussi qu'elle aurait dû me les donner dès que j'ai été en âge de connaître la vérité, mais qu'elle n'avait pas voulu causer des difficultés supplémentaires avec son mari.

— Le Dr Chastain.

— Oui. Elle m'a avoué qu'il n'avait jamais été capable de m'accepter comme sa fille. Que c'était elle qui avait été infidèle, mais qu'il s'en était pris à moi.

Tory baissa les yeux sur le petit coffret sculpté qui reposait sur les genoux de son amie.

— Avez-vous lu ces lettres ?

— Oui.

— Que disait votre père ?

Grace caressa la boîte avec affection.

— Il me disait surtout que s'il le pouvait il m'élèverait comme sa propre fille. Il précisait aussi que si jamais j'avais des ennuis je devrais aller trouver sa tante, une dame nommée Matilda Crenshaw. C'est la veuve du baron Humphrey. Et qu'elle savait tout de moi.

Des larmes montèrent aux yeux de la jeune fille et elle tira un mouchoir de son réticule.

— Quand j'ai grandi, mon père m'a écrit qu'il voulait me rencontrer. Je lui ai écrit à mon tour, Tory. Je lui ai demandé s'il voulait toujours me voir, et il m'a répondu que oui. Je dois faire sa connaissance demain soir.

Tory se pencha en avant et lui prit la main.

— En êtes-vous certaine, Grace ? Etes-vous sûre que c'est ce que vous voulez ?

— Plus que tout. Mon père occupe une position de quelque importance dans le gouvernement. Il est marié et a d'autres enfants, mais je lui ai juré de garder le secret. Ils ne sauront jamais rien de moi.

Elle renifla dans son mouchoir.

— Il ne m'a jamais oubliée, Tory. Pendant toutes ces années.

— J'en suis heureuse pour vous, Grace. Je sais à quel point vous avez toujours souhaité avoir un père qui vous aime.

Grace sourit à travers ses larmes.

— Je dois m'en aller. J'ai commandé une nouvelle robe pour cette rencontre et je dois effectuer le dernier essayage.

Elle se pencha et étreignit son amie.

— Je vous raconterai tout quand je l'aurai vu.

Tory hocha la tête et se leva.

— Bonne chance, chérie.

Grace quitta la pièce avec sa vigueur habituelle, et Tory put presque sentir la traînée d'énergie qu'elle laissait derrière elle. Peut-être fut-ce le départ de la jeune fille qui lui donna l'impression que la pièce était froide, tout à coup. Quoi qu'il en soit, sa tête se mit à tourner et son estomac se révulsa.

La nausée empira. S'empressant de monter à l'étage, Tory atteignit sa chambre juste à temps pour rendre son repas. Par le ciel, le même malaise l'avait affectée la veille et l'avant-veille.

— Milady ? appela Emma depuis le seuil. Etes-vous encore malade aujourd'hui ?

Tory combattit un nouvel accès de nausée.

— Je ne sais ce que j'ai.

Emma versa de l'eau dans la bassine en porcelaine, humecta un linge et le lui tendit.

— A quand remontent vos dernières menstrues, milady ?

— Je n'en suis pas sûre.

Tory se passa le linge sur le visage.

— A quelques semaines en arrière…

Elle s'interrompit en s'avisant du cours qu'avaient pris les pensées de sa femme de chambre.

— Doux Jésus ! Vous ne supposez pas… que je peux attendre un enfant ?

— Vous êtes mariée depuis plusieurs mois, milady. Et votre mari est un homme fort viril.

Par tous les saints, elle allait avoir l'enfant de Cord ! La vive joie qu'elle en ressentit fut brusquement brisée par un élan de frayeur. Cord croyait toujours qu'elle avait fait l'amour avec Julian Fox. Ce qui signifiait qu'il y aurait de fortes chances qu'il pense que cet enfant n'était pas de lui.

Cette idée lui révulsa de nouveau l'estomac et une sueur froide monta à son front.

— Vous devriez vous asseoir, milady.

Tory se laissa choir sur le pouf capitonné qui se trouvait devant sa table de toilette, et s'efforça frénétiquement de réfléchir. Elle devrait prendre le risque d'écrire à Julian, de le prier de parler à Cord. Elle s'entretiendrait aussi avec sa sœur et lord Percy. Peut-être qu'à eux tous, ils parviendraient à convaincre son mari qu'elle n'avait pas été infidèle.

— Qu'y a-t-il, milady ? N'êtes-vous pas heureuse de ce bébé ?

Tory se tourna vers Emma et s'efforça d'afficher un sourire.

— J'en suis très heureuse, Emma.

Mais elle ne pouvait mettre Cord au courant. Pas encore. Pas tant qu'elle n'aurait pas trouvé le moyen de le persuader que cet enfant était de lui. Elle devait le convaincre de son amour et de sa fidélité — et cela n'arriverait pas tant qu'ils continueraient à mener des vies séparées.

Elle refit face à sa femme de chambre.

— J'ai besoin de votre aide pour emballer mes affaires.

— Allez-vous faire un voyage, milady ?

Tory se leva du pouf.

— Oui, Emma. Un voyage très court. Je vais m'installer dans la suite de mon mari.

***

Cord était fatigué quand il rentra chez lui. Il avait dîné à son club, était resté un peu plus longtemps qu'il n'en avait l'intention, et sa blessure le faisait souffrir. Ajouté à cela, son entretien avec son banquier ne s'était pas aussi bien passé qu'il l'aurait voulu.

Le lendemain, il devait faire un voyage de deux jours à Watford pour vérifier une affaire qui lui semblait intéressante. Cette fois, il était décidé à emmener Victoria avec lui.

Le seul fait de penser à elle l'emplit de désir. Il ne lui avait plus fait l'amour depuis qu'ils avaient partagé cette cabine sur le *Nightingale*. Depuis quelques jours, ses reins se contractaient dès qu'elle entrait dans une pièce. Il lui fallait rassembler toute sa volonté pour maintenir son contrôle sur lui-même, mais il voulait lui laisser du temps. Il voulait qu'elle soit certaine qu'il était bien l'homme qu'elle désirait.

Dès qu'il entra dans la maison, il la chercha du regard.

— Savez-vous où je peux trouver lady Brant ? demanda-t-il à Timmons, en s'efforçant d'adopter un ton nonchalant.

Le majordome prit son chapeau et ses gants.

— Oui, milord. Madame la comtesse s'est retirée dans sa chambre après dîner.

Timmons l'aida encore à se défaire de son manteau et il gravit l'escalier, plus avide de voir sa femme qu'il ne l'aurait voulu.

Il était épris de Victoria. C'était un sentiment qu'il ne

pouvait écarter. Néanmoins, il n'avait pas à se comporter comme un écolier énamouré.

Elle n'était pas dans sa chambre. Il interrogea une femme de chambre, mais celle-ci ne put le renseigner.

— Madame était là il y a un moment, milord. Peut-être est-elle sortie prendre l'air.

Un malaise s'empara de lui tandis qu'il pensait à Julian Fox, mais il le réprima. Elle était là. Il lui suffisait de la trouver.

Commençant à sentir l'humidité de ses habits, il passa dans sa chambre pour se changer. Il défit sa cravate, ôta sa redingote et son gilet, puis tira sa chemise par-dessus sa tête. Il allait appeler son valet pour l'aider à quitter ses bottes, quand il entendit des voix dans sa garde-robe.

La porte était fermée. Se demandant si des servantes y travaillaient, il tourna le bouton et entra. Il se figea sur le seuil en découvrant Victoria assise dans sa baignoire.

— Ce sera tout pour ce soir, Emma. Merci, dit-elle à sa femme de chambre.

La forte blonde rougit et s'empressa de quitter la pièce. Victoria sourit à Cord. C'était un petit sourire hésitant, incertain, et il s'en demanda la cause.

Elle s'adossa au bord de la baignoire, son corps voluptueux nu sous une fine couche de bulles blanches. Des bulles qui s'écartèrent quand elle bougea, exposant le haut de sa poitrine et les aréoles roses qui agrémentaient ses seins. Elle avait empilé ses cheveux châtains sur sa tête, mais quelques mèches luisantes bouclaient le long de son cou.

Ses lèvres s'incurvèrent joliment en un sourire de bienvenue, mais une trace d'incertitude demeurait dans son expression.

— Bonsoir, milord.

Cord était incommodé par le désir qu'elle lui inspirait. Il n'avait jamais vu spectacle plus ravissant. Victoria venait rarement dans sa suite et elle n'avait jamais utilisé sa baignoire. A la voir ainsi, il se demanda pourquoi il ne l'avait pas invitée à la partager plus tôt.

Elle bougea légèrement, ses seins apparaissant de nouveau à travers les bulles, et le désir de Cord s'accentua au point que les muscles de son ventre se contractèrent.

— Je vous cherchais, dit-il avec difficulté. Il ne m'était pas venu à l'esprit de vous chercher ici.

— Peut-être devrez-vous prendre l'habitude de le faire, à partir de maintenant.

Il haussa un sourcil.

— Oh. Et qu'est-ce que cela signifie ?

Il essayait de se concentrer, mais elle leva une jolie jambe effilée et passa un linge sur sa peau luisante.

Cord était dans tous ses états. Il ressentait des pulsations douloureuses dans ses reins. Il avait envie de la toucher, de presser sa bouche sur sa peau humide. Il brûlait si fortement de s'insinuer en elle qu'il serra les poings.

— A partir de maintenant, reprit Tory, j'ai l'intention d'utiliser cette baignoire chaque fois que je le souhaiterai. A compter de ce jour, je veux que nous partagions cette chambre. Je projette de dormir dans votre lit chaque nuit, et de m'éveiller avec vous chaque matin.

Elle lui décrivait le paradis. Toutefois, cela accroîtrait encore le pouvoir qu'elle avait sur lui.

— Et si je refuse de l'autoriser ? C'est ma chambre, après tout.

Elle se leva et l'eau savonneuse glissa sur son corps.

— Songez à quel point ce serait commode, milord. Chaque fois que vous voudriez de moi, je serais à votre portée. Je pourrais satisfaire tous vos désirs, à quelque moment que ce soit. Je serais disponible pour toutes vos envies, même les plus…

Le contrôle de Cord céda brusquement. Il attira à lui son corps humide, et posséda sa bouche avec sauvagerie.

Il y avait trop longtemps. Bien trop longtemps, sapristi.

Son désir empira lorsqu'elle s'abandonna contre lui, puis lui rendit son baiser et glissa ses bras autour de son cou.

— Cord…, murmura-t-elle, et il la sentit trembler.

Elle essayait de défaire les boutons de ses culottes, mais il lui prit la main et la porta à ses lèvres.

— Pas encore. Pas tant que je n'aurai pas goûté chaque pouce de votre délicieuse petite personne.

Il la sortit de la baignoire, la mit sur ses pieds et embrassa le côté de son cou.

Il faisait chaud dans la garde-robe. Sa peau avait la saveur d'une soie brûlante. Elle renversa la tête en arrière quand il embrassa ses épaules, prit la pointe d'un sein dans sa bouche. Le minuscule bouton se durcit et elle gémit de plaisir. Elle enfonçait les doigts dans la chair de ses épaules. Il était en proie à un désir ardent.

Il se courba pour presser les lèvres sur ses côtes, puis sur la légère rondeur de son ventre, et l'incita à lui ouvrir ses jambes. Elle retint un cri étouffé lorsqu'il s'agenouilla devant elle pour baiser l'intérieur de ses cuisses, et envahir sa féminité de sa langue. Il l'embrassa, la caressa, refusant de s'arrêter jusqu'à ce qu'elle frémisse entre ses bras, en proie à l'extase.

Elle chuchota son nom d'une voix étranglée lorsqu'il la souleva pour la porter jusqu'à son grand lit. Mais il ne la posséda pas tout de suite, attendit qu'elle frétille de nouveau de désir, qu'elle soit de nouveau prête à s'abandonner au summum de la volupté. Elle s'arqua vers lui, et il entra enfin en elle. Il la posséda totalement, se retira, revint en elle. Elle lui labourait le dos de ses ongles, tandis qu'il prenait ce qu'il désirait si fort.

Ce dont il ne pouvait plus se passer.

Ils atteignirent l'extase ensemble et ils restèrent enlacés, Victoria blottie contre lui. Elle leva vers lui des yeux où planait un doute.

— Puis-je rester ? demanda-t-elle à mi-voix.

Il passa un doigt le long de sa joue.

— Je vous interdis de partir. De fait, je pense que je devrais vous enchaîner à ce lit, pour le cas où j'aurais l'une de ces envies dont vous parliez.

Il sentit qu'elle souriait tandis qu'elle se pressait plus étroitement contre lui et son corps tressaillit. Il la désirait de nouveau.

Il enroula une longue boucle châtain autour de son doigt et il sourit à son tour. Puis il songea à la façon dont elle l'avait si bien enjôlé, et pria le ciel qu'il n'ait pas eu tort de lui céder.

24

Cord s'éveilla plus reposé qu'il ne l'avait été depuis des jours. Il se tourna sur le matelas pour enlacer sa femme, mais découvrit que la place à côté de lui était vide. Enfilant une robe de chambre de soie bourgogne, il alla jusqu'à la porte qui séparait leurs chambres.

Au début, il ne la vit pas. Puis il entendit un son et l'aperçut derrière le paravent dressé dans un coin, en train de vider son estomac dans un pot de chambre.

— Victoria !

Il s'élança dans sa direction, puis changea d'avis et gagna sa table de toilette. Il versa de l'eau dans la bassine, mouilla un linge, emplit un verre d'eau et le lui porta.

Elle accepta le linge d'une main tremblante.

— J'espérais que je ne vous réveillerais pas.

Elle se rafraîchit le visage et le cou, puis réussit à esquisser un sourire crispé.

— J'ai dû manger quelque chose qui ne m'a pas convenu.

Cord fronça les sourcils.

— Je pensais me rendre à Watford cet après-midi.

J'espérais que vous viendriez avec moi. Il me semble à présent que je ferais mieux de rester ici.

Elle secoua la tête.

— Ne soyez pas ridicule. Il n'y a rien que vous puissiez faire pour m'aider et je me sens déjà mieux. Combien de temps pensez-vous vous absenter ?

— Deux jours, trois au plus.

Elle s'humecta de nouveau le visage, puis prit le verre d'eau qu'il lui tendait.

— Je veux que vous y alliez. Vous ne pouvez rien pour moi.

— Si je pars, je ne ferai que m'inquiéter tout le temps de mon séjour.

— Je vous en prie, Cord. Si vous restez, je ne me reposerai pas comme je le devrais.

Elle baissa les yeux sur le pot de chambre et rougit.

— Et j'aime mieux que vous ne me voyiez pas dans cet état.

Cord étudia son visage et pensa qu'il avait quelque chose de différent, une sorte d'éclat intérieur, très doux, qu'il n'avait pas noté auparavant. Il se remémora le volume de ses seins quand il les avait caressés la nuit dernière, et le léger renflement de son ventre.

Elle avait des nausées matinales.

Cord avait fréquenté bon nombre de femmes. Elles se sentaient à l'aise avec lui, se confiaient à lui. Sarah lui faisait ses confidences. Victoria ne le savait peut-être pas encore, mais il avait une très forte suspicion de ce qui arrivait à sa femme. Elle attendait un enfant.

Cette possibilité l'ébranla.

En tant que comte, il était temps qu'il fonde une famille. C'était son devoir de fournir un héritier au titre et à la fortune des Brant. Il désirait fortement des enfants. Quand il était petit, il avait vivement souhaité avoir un frère ou une sœur et accueilli avec joie ses trois cousins Sharpe. Il adorait le jeune Teddy et était impatient d'avoir un jour un fils à lui.

Si seulement il pouvait être sûr que l'enfant que portait Victoria était le sien.

Il baissa les yeux sur elle. Elle était encore pâle, mais ses tremblements avaient cessé.

— Si vous êtes certaine que vous irez bien, je pense que je vais m'en tenir à mes plans.

Il avait besoin de s'en aller, besoin de temps pour s'adapter à cette nouvelle complication. Il fallait qu'il s'adapte à l'idée que l'enfant qui grandissait dans le sein de sa femme était peut-être celui d'un autre homme.

Ce n'était pas quelque chose qu'il avait imaginé en épousant Victoria. Ce n'était pas quelque chose qui lui était facile à accepter. Il lui fallait du temps. Avec quelques jours pour y réfléchir, peut-être parviendrait-il à se résigner à l'idée que Julian Fox puisse être le père de cet enfant.

Tory ne revit Cord que brièvement avant son départ pour Watford. Peut-être n'aurait-elle pas dû s'installer dans sa chambre tant que ses nausées matinales n'étaient pas passées, mais elle n'avait pas eu la force d'attendre un jour de plus pour essayer de combler la terrible brèche qui les séparait.

Et elle avait espéré qu'elle serait capable de cacher ses malaises, qu'ils ne tarderaient pas à se résorber. Elle devrait se montrer plus prudente à l'avenir — au moins jusqu'à ce qu'elle reçoive une réponse à la lettre qu'elle avait adressée à Julian.

Elle priait qu'il puisse l'aider à trouver un moyen de sortir de l'imbroglio dans lequel elle s'était mise.

Deux heures après le départ de Cord, elle reçut un message urgent de Claire.

Elle avait parlé à sa sœur des intentions du baron de vendre Windmere, et de sa propre détermination à s'y rendre pour chercher le journal. Mais Claire n'avait jamais été attachée autant qu'elle à la belle propriété des Costwolds, et elle pensait que Tory devait oublier le passé pour ne songer qu'à l'avenir.

— Chaque fois que tu as essayé de trouver le journal de maman, cela ne t'a causé que des ennuis, lui avait dit sa sœur. Quoi que Miles Whiting ait fait par le passé, cela ne vaut pas la peine pour toi de courir plus de risques que tu n'en as déjà essuyé.

Elles se trouvaient à présent dans le salon bleu. Claire était assise. Tory faisait les cent pas devant la cheminée.

— Cet homme a tué notre père, Claire. Il a ruiné la vie de notre mère, lui a volé la maison qu'elle aimait et qu'elle voulait nous laisser. Prouver qu'il est coupable mérite de prendre tous les risques.

Claire joua avec la jupe de sa robe de velours prune. Elle paraissait plus âgée, maintenant qu'elle était mariée, mais elle était toujours aussi ravissante. Peut-être même plus.

— Je suppose que tu as raison, dit-elle. Je suis venue te prévenir que la vente est censée se conclure après-demain.

— Quoi ?

— C'est ce que Percy m'a dit.

Tory avait demandé à sa sœur de se tenir aux aguets. Lord Percy était un homme du monde et il semblait toujours au courant de toutes les rumeurs de Londres.

— D'après lui, le nom de l'acheteur est Baldwin Slaughter. Il doit commencer les travaux le jour où l'acte sera rédigé à son nom.

— Au nom du ciel ! Dès qu'ils commenceront à tout mettre sens dessus dessous, je n'aurai plus aucune chance de découvrir le journal. Il faut que je me rende là-bas avant que l'acquéreur ne s'empare de la maison.

— Peut-être que Cord t'y emmènera.

— Il le ferait peut-être, en effet, malheureusement il n'est pas en ville.

Et elle ne pensait pas vraiment que son mari l'aiderait à s'introduire dans une maison qui appartenait encore à son beau-père.

— Il ne rentrera pas avant que la vente soit conclue.

Mais elle ne commettrait pas l'erreur qu'elle avait faite précédemment. Elle lui écrirait une lettre, lui expliquerait l'importance de sa démarche, le peu de temps qui lui restait, et le prierait de ne pas se mettre en colère.

— Au moins Windmere n'est pas si loin, dit-elle à sa sœur. Et je pourrai prendre mon propre attelage.

Elle emmènerait Evan avec elle. Elle connaissait le jeune valet depuis qu'elle avait travaillé comme gouvernante et elle avait toute confiance en lui. Avec lui et Griggs, son grand et robuste cocher, elle ne risquerait certainement rien.

— Le temps presse. Je partirai pour Windmere demain de bon matin. Cela ne devrait pas me prendre plus de quatre heures à l'aller et au retour. J'aurai le temps de fouiller la maison et d'être rentrée demain soir.

— Je devrais peut-être t'accompagner.

Tory secoua la tête.

— La dernière chose dont nous avons besoin est que tu sois impliquée dans cette affaire. Si quoi que ce soit arrivait, lord Percy ne me le pardonnerait jamais.

— Je ne pense pas que tu devrais y aller, Tory.

— Il le faut, Claire. C'est notre dernière chance de conduire Miles Whiting en justice et je ne veux pas la laisser passer.

Claire ne dit rien de plus, mais Tory savait qu'elle était inquiète. Sa sœur serait encore plus préoccupée si elle savait qu'elle attendait un enfant. Mais le bébé n'arriverait pas avant un bon bout de temps et elle serait prudente.

Ce qui tourmentait le plus Tory, c'était la fureur qui s'emparerait de Cord quand il lirait sa lettre. Néanmoins, elle ne pouvait rester sans rien faire et laisser les crimes du baron Harwood impunis.

Ce soir-là, elle rédigea un billet et dut s'y reprendre à deux fois dans l'espoir de faire comprendre sa position à Cord. Lorsqu'elle eut terminé, elle sabla sa lettre avec soin, la cacheta et la posa sur son bureau où elle était sûre qu'il la trouverait.

Si tout allait comme prévu, cependant, il n'aurait pas à la lire. Elle reviendrait avant lui et lui expliquerait la situation de vive voix.

Elle espérait qu'elle pourrait également lui montrer le journal. Si elle le faisait, Cord comprendrait enfin qu'elle lui avait dit la vérité depuis le début. Il saurait, alors, qu'elle ne l'avait pas trompé avec Julian Fox.

Trouver ce journal devenait plus important que jamais et elle était déterminée à réussir.

A la tombée de la nuit, un vent âpre se leva, qui soufflait devant les fenêtres. Des branches raclaient les panneaux de verre et des rayons de lune pénétraient entre les plis des tentures. Tory passa des heures sans sommeil, à se tourner et à se retourner, pensant au jour où son père était mort et au terrible chagrin de sa mère.

Elle s'éveilla plus tard qu'elle ne le prévoyait, courbatue et fatiguée, mais résolue. Elle fut victime d'un bref accès de nausée, mais cela passa vite et une heure plus tard elle était prête à partir, l'élégante calèche que Cord lui avait offerte l'attendant devant la maison.

La voiture n'était pas destinée à ce genre de trajet, elle était plus faite pour se promener en ville par temps doux, la capote abaissée. Mais comme Cord avait pris le coupé, il faudrait bien qu'elle fasse l'affaire.

Vêtue d'une chaude robe de drap bleu et d'un bonnet assorti, bordé de fourrure, Tory attendit impatiemment qu'Emma pose sur ses épaules sa cape fourrée et descendit.

Evan l'aida à s'installer et drapa autour de ses genoux une épaisse couverture de voyage. Puis le jeune valet blond se percha sur le banc, à côté du cocher, affrontant le froid vent de novembre avec plus d'entrain que Tory n'en montrait.

Le trajet de quatre heures dura finalement plus de cinq heures. Elle essaya de se distraire en lisant une revue qu'elle avait prise dans la bibliothèque, mais elle avait du mal à se concentrer avec le froid qui lui engourdissait les mains et les joues. Ils s'arrêtèrent à plusieurs reprises dans des auberges pour se réchauffer, ce qui fut appréciable mais les retarda.

L'après-midi était déjà bien avancé quand ils atteignirent le petit village de Windingham et tournèrent en direction du beau manoir de pierre jaune qui se dressait au sommet d'une colline en pente douce.

Windmere.

Ce nom chantait dans la tête de Tory, l'emplissait de souvenirs et de nostalgie, lui émouvait le cœur. La maison était restée fermée les deux dernières années. Seuls un jardinier et sa femme vivaient dans la propriété et l'entretenaient.

Elle espérait que la gouvernante, Mme Riddle, se

souviendrait d'elle et la laisserait entrer. Elle ne pourrait pas savoir que la belle-fille de Miles Whiting était la dernière personne que le baron souhaiterait voir pénétrer dans la maison — pour tenter de l'accuser de meurtre.

Cord avait espéré trouver un certain répit à Watford, une petite ville de campagne loin du bruit et de la suie de la capitale — et loin de Victoria. Mais il passa une nuit inconfortable à penser à sa femme, et à regretter qu'elle ne soit pas avec lui.

En fin de matinée, le lendemain de son arrivée, il réussit à rassembler toutes les informations nécessaires sur l'affaire qu'il souhaitait acheter et décida de rentrer.

Le trajet de retour à Londres était court. Il arriva peu après midi. Il ne savait toujours pas que penser du fait que sa femme attendait peut-être un enfant — un enfant qui pouvait ne pas être de lui —, mais s'éloigner d'elle ne l'avait pas aidé à éclaircir les choses.

Y réussirait-il mieux en étant auprès d'elle ?

Timmons l'accueillit dans le vestibule.

— Bonjour, milord. Nous ne vous attendions pas avant demain, ou même après-demain.

— Mes affaires se sont résolues plus vite que je ne le pensais.

Certes, il aurait pu passer un jour de plus dans cette charmante auberge au bord de la rivière — si Victoria avait été avec lui.

De fait, il avait combattu le désir de rentrer chez lui presque dès le moment de son départ.

— Où puis-je trouver lady Brant ?

— Je suis désolé, milord. Madame la comtesse est partie ce matin pour la campagne. Je crois qu'elle vous a laissé un billet dans votre cabinet de travail.

Victoria était partie ? L'estomac de Cord se contracta instantanément. Deux fois déjà — chaque fois qu'il avait quitté la ville —, elle était allée rejoindre son amant.

Il traversa le vestibule à grands pas, impatient de lire ce billet. Il y avait sûrement une explication. Victoria lui avait dit qu'elle l'aimait. Elle lui avait promis d'être fidèle. Il voulait si fort la croire.

Mais l'inspection de son cabinet de travail ne donna rien et le nœud qui lui serrait l'estomac redoubla d'intensité. Il alla rejoindre Timmons qui brossait son manteau.

— Etes-vous sûr que lady Brant m'a laissé un message ?

— Pas entièrement, milord, mais je l'ai vue porter une lettre dans votre cabinet. J'ai pensé qu'elle était pour vous.

Cord revint en arrière et chercha encore, mais ne trouva rien. Il monta au premier et fouilla sa suite, en vain. Alors il appela Emma, qui arriva en courant.

— Milord ?

— Apparemment, lady Brant est partie à la campagne. Savez-vous où elle a pu se rendre ?

Emma secoua la tête, faisant trembler ses boucles blondes.

— Pas exactement, milord. Mais elle a dit que ce voyage ne lui prendrait pas trop de temps, et qu'elle serait de retour ce soir.

— Merci, Emma.

— Je crois qu'elle vous a laissé un billet, milord. Sur votre bureau.

Cord fit signe que non.

— J'ai regardé et je n'ai rien trouvé.

Emma fronça ses sourcils pâles.

— C'est étrange. Je suis sûre que je l'ai vue l'écrire.

— Peut-être l'a-t-elle laissé dans sa chambre.

Mais il n'y trouva rien non plus.

Sa poitrine se serra. Il avait eu de tels espoirs pour eux. Il voulait un avenir avec Victoria. Il pensait qu'ils pouvaient en avoir un.

De retour dans sa chambre, il se laissa choir sur la chaise près de son lit, en proie à un malaise. Il se sentait mal et vide.

Il lui avait fait confiance. Une nouvelle fois.

Il avait vraiment cru qu'elle tenait à lui.

Il resta assis là un long moment, percevant les battements sourds de son cœur, la douleur profonde qui lui poignait la poitrine. Elle avait dû rejoindre Julian. Peut-être pour lui parler du bébé.

Il se leva en jurant tout ce qu'il savait.

Victoria lui avait menti depuis le premier jour où il l'avait rencontrée, et n'avait cessé de le duper. Il était temps qu'il regarde en face le fait qu'il ne représentait rien pour elle, et n'avait jamais rien représenté. Il était temps qu'il fasse ce qu'il aurait dû faire depuis des semaines, quand il avait découvert sa trahison.

Retraversant le vestibule à grands pas, il cria pour qu'on lui amène sa voiture et descendit rapidement les marches du perron. C'était la dernière fois qu'il se ridiculisait pour Victoria.

Un sourire amer flottait sur ses lèvres. La meilleure façon d'oublier une femme, c'était d'en trouver une autre.

Son estomac se tordait méchamment, lui soufflant que ce n'était pas la réponse, mais ses jambes continuaient à le porter vers la rue. Il ne pouvait supporter une journée de plus comme cela — jamais certain, jamais vraiment confiant. Son mariage était terminé. Il fallait qu'il sorte, qu'il s'éloigne de Victoria avant qu'il ne soit trop tard. Une annulation ne serait pas facile à obtenir, mais il pensait pouvoir s'arranger.

Son coupé tourna au bout du pâté de maisons. Il ne savait pas très bien où il irait, si ce n'était quelque part où il pourrait trouver de la compagnie féminine payante, du genre qui ne réclamerait rien de lui en retour.

Quelqu'un qui pourrait atténuer la souffrance qui lui rongeait le cœur.

La voiture s'arrêta devant la maison et un valet s'empressa de lui ouvrir sa portière. Il commençait à gravir le marchepied quand il aperçut Emma qui accourait vers lui, ses boucles blondes s'échappant de sa coiffe de travers.

— Attendez, milord ! Il faut que vous attendiez !

Elle agitait un morceau de papier brûlé, et avait de la suie sur les mains.

Cord se crispa. Il put presque sentir le mur qu'il dressait autour de son cœur.

— Qu'y a-t-il, Emma ? demanda-t-il froidement.

— C'est le billet, milord.

Elle était à bout de souffle.

— Celui de madame la comtesse. Mme Rathbone l'a volé dans votre cabinet de travail. Elle essayait de le brûler quand je suis entrée dans sa chambre.

Cord tendit le bras et prit la feuille de papier de la main tremblante de la femme de chambre. Il se prépara à lire les mots de Victoria, pensant que quoi qu'elle dise cela ne changerait rien à ce qu'il ressentait.

Il se recommanda de rester objectif, et crut sottement qu'il y parviendrait. Mais ces lignes, rédigées de sa jolie écriture féminine, lui brûlèrent les yeux.

« Mon époux bien-aimé,

» Je sais que vous serez en colère quand vous lirez cette note, mais c'est quelque chose que je dois faire. J'espère seulement que quand vous aurez lu ce billet vous comprendrez.

» Aujourd'hui, je me rends à Windmere pour y chercher le journal de ma mère. Mon beau-père a vendu la propriété et c'est le dernier jour qui me reste pour espérer le trouver. Je sais que vous n'avez jamais été vraiment convaincu de son existence, mais je crois que ma mère a découvert que Miles Whiting a tué mon père, et que ses écrits peuvent en receler une preuve.

» Si vous rentrez avant moi, veuillez me pardonner. Je

vous répète à quel point je vous aime. Quand je serai de retour, je trouverai un moyen de vous le prouver.

» Votre femme aimante,

Victoria. »

Cord relut ces mots, avec moins de passion cette fois. Elle disait qu'elle était allée chercher ce journal. C'était la même excuse qu'elle avait déjà employée par deux fois. Il ne l'avait pas crue, alors. Pourquoi la croirait-il maintenant ?

Il replia la lettre. Il pouvait monter à bord de sa voiture et s'éloigner, oublier Victoria, oublier son mariage, oublier que sa femme portait peut-être l'enfant d'un autre.

Ou il pouvait la croire.

Il pouvait, une fois de plus, donner sa chance à l'amour.

Il pensa à Victoria la dernière fois qu'ils avaient fait l'amour, à la douceur avec laquelle elle l'avait regardé.

« Puis-je rester ? »

Dans son lit ? Dans son cœur ? Il semblait qu'elle y ait toujours eu sa place.

Il pensa aux premiers jours qu'elle avait passés chez lui, à son courage la nuit où elle les avait aidés à libérer Ethan. Elle avait toujours été téméraire et déterminée. Si ce journal existait, elle ne renoncerait pas à le trouver tant qu'il lui resterait la moindre chance de le faire.

Il regarda la maison, songea aux années qu'il avait devant lui, des années sans Victoria, et sa décision fut prise.

Sa mâchoire se contracta tandis qu'il ramenait son attention sur Emma.

— Où est Mme Rathbone ?

— En haut, milord.

Cord gravit les marches du perron, puis celles du grand escalier, quatre à quatre, avant de s'engager dans la volée plus étroite qui conduisait aux chambres des domestiques.

La porte de Mme Rathbone était entrouverte. Quand Cord entra, elle arpentait la pièce devant sa petite cheminée, qui fumait. Elle devint livide en apercevant le comte.

— Mi... milord ?

— Pourquoi avez-vous pris cette lettre ?

Elle humecta ses lèvres fines.

— Cela a juste été une erreur, milord. Je nettoyais votre cabinet de travail. La lettre s'est mêlée à un paquet de choses à jeter, et je l'ai mise au feu par erreur. Je... j'ignorais qu'elle était pour vous.

Cord jeta un coup d'œil à la cheminée. Il n'y avait aucune raison qu'elle ait apporté le contenu de sa corbeille à papier dans sa chambre.

— Vous mentez. Vous avez haï Victoria depuis le jour où elle est arrivée. Vous ne vouliez pas que je voie sa lettre. Vous essayiez de lui causer des ennuis.

— Non, milord. Ce n'est pas vrai.

Un souvenir s'infiltra dans la mémoire de Cord, et un déclic se fit dans son esprit.

— Vous saviez que j'étais dans ma garde-robe le jour

où vous avez parlé de lady Brant à une autre servante, n'est-ce pas ? Vous vouliez que je vous entende ?

— La comtesse est sortie cette nuit-là, comme je l'ai dit.

— Ce que fait ma femme ne vous regarde pas. Vous êtes congédiée, madame Rathbone, sans références. Quand vous errerez dans Londres à la recherche d'un emploi, vous vous souviendrez peut-être que mon épouse aurait pu vous renvoyer depuis des mois. Vous n'avez dû qu'à la bonté de son cœur de rester ici aussi longtemps.

Le visage de la domestique se durcit.

— Elle s'est toujours prise pour quelqu'un de si intelligent. De meilleur que le reste de nous. Je ne crèverai pas de faim, c'est moi qui vous le dis. Je suis bien payée par le baron, son beau-père. Je n'ai plus besoin de votre travail à dix sous.

L'esprit de Cord s'emballa. Elle voulut passer près de lui d'un pas raide, mais il l'arrêta.

— Vous nous avez espionnés ? Vous avez fourni des informations à Harwood ?

— Je n'ai rien fait de contraire à la loi. Le baron était juste concerné par le bien-être de sa fille.

« Sûrement pas ! » pensa Cord.

— Vous avez lu cette lettre. Avez-vous dit à Harwood que lady Brant se rendait à Windmere ?

Un sourire satisfait se peignit sur le visage de fouine de Mme Rathbone.

— C'est sa maison, non ? Un homme a le droit de savoir qui va et vient chez lui.

Cord réprima rudement sa colère.

— Prenez vos affaires et partez ! Vous avez un quart d'heure.

Tournant les talons, il franchit la porte et dévala les trois volées d'escalier pour retourner dans le vestibule.

— Depuis quand lady Brant est-elle partie ? demanda-t-il à Timmons.

— Elle est partie en fin de matinée, milord. Elle a emmené avec elle M. Kidd, le valet.

Grâce au ciel ! Son cocher était un homme costaud et le valet était jeune et loyal. Mais si Harwood avait bel et bien tué son père, ou payé des gens pour le faire, il ferait tout ce qui était en son pouvoir pour empêcher Victoria d'en trouver la preuve.

Cord se souvint des traces de coups qu'il avait vues dans son dos lors de leur nuit de noces, et la frayeur lui contracta l'estomac. Harwood était un homme sans scrupule. S'il pensait que Victoria représentait une menace pour lui…

— Faites seller mon cheval. Je n'aurai pas besoin de la voiture.

— Bien, milord.

Un quart d'heure plus tard, il était en route pour Windmere, pressant son grand hongre noir aussi vite qu'il l'osait. Il louerait une monture fraîche dans un relais de poste, se dit-il, et ferait un meilleur temps encore.

Il espérait simplement que Miles Whiting n'arriverait pas avant lui.

25

— C'est ici ! cria Tory en indiquant le sommet de la butte. Juste en haut de la colline.

Mais au lieu de pousser les chevaux en avant, Griggs rangea la calèche sur le côté de la route.

Tory l'entendit marmonner un juron.

— Nous avons un ennui, milady.

— Quelle sorte d'ennui ?

A cet instant, elle entendit un craquement et la voiture pencha sur le côté.

— Une roue cassée, dit le cocher qui était descendu de son siège pour évaluer le dommage. La garniture en fer est partie. Il va nous falloir trouver un charron.

Tory jeta un coup d'œil vers la maison. Ce n'étaient pas de très bonnes nouvelles, mais ce n'était pas dramatique non plus.

— Il y a un charron au village, et je peux faire le reste du trajet à pied. Une fois que vous aurez fait arranger la roue, vous pourrez venir me chercher. Comme je serai occupée un bon moment, il est inutile de vous presser.

— Je ferais mieux de venir avec vous, dit Evan en sautant à bas du siège.

Elle pensa aux heures qu'elle allait peut-être passer en recherches.

— Non. Je risque d'en avoir pour longtemps. Le jardinier et sa femme vivent dans la maison, je ne craindrai rien. Je suis sûre que M. Griggs aura besoin de votre aide. Pendant que le charron travaillera, vous pourrez aller manger quelque chose à la taverne.

Evan l'aida à descendre, puis se tourna vers le manoir. Il y avait du danger sur la route, pas dans sa maison d'enfance, se dit-il.

— Comme vous voudrez, milady.

Tandis que les deux hommes commençaient à démonter la roue, Tory se mit en chemin. Il ne lui fallut pas longtemps pour atteindre la maison, et lorsqu'elle y fut elle n'eut aucun mal à pénétrer à l'intérieur.

Mme Riddle, qui vivait avec son mari Jacob dans la maison de gardiens, se rappelait d'elle lors du dernier séjour qu'elle avait fait à Windmere avec sa mère et sa sœur, après la mort de son père.

— Eh bien, par tous les saints ! C'est lady Victoria qui nous revient !

C'était une forte Irlandaise aux cheveux grisonnants et au sourire chaleureux. Son mari et elle étaient déjà employés à Windmere du temps du grand-père de Tory.

— Bonjour, madame Riddle. C'est bon de vous voir.

Cette dernière jeta un coup d'œil à l'allée vide.

— Comment êtes-vous arrivée jusqu'ici ? Etes-vous donc venue toute seule ?

— Il y a eu un problème avec une roue de ma calèche. Le cocher s'occupe de le régler.

— Qu'est-ce qui vous amène ici, mon petit ? Après toutes ces années ?

— Je viens d'apprendre que mon beau-père vend la maison. Je voulais la revoir une fois avant qu'elle appartienne à quelqu'un d'autre.

— Oui, Windmere est un endroit spécial. La reine de la vallée, comme on dit toujours.

Mme Riddle secoua la tête.

— Mais ce n'est plus joyeux comme avant, avec votre papa et votre maman partis.

— C'est l'une des raisons pour lesquelles je suis venue. Je pense que ma mère a pu y laisser des affaires personnelles.

— Pour sûr, il était temps que vous veniez les chercher.

La gouvernante la guida le long de l'allée gravillonnée et ouvrit la porte du manoir.

— Je vais au village pour l'après-midi. Jacob travaille dans les champs. Prenez tout votre temps.

Tory la regarda partir et se tourna pour contempler la maison. Des souvenirs la submergèrent. Elle pouvait presque entendre les rires qui venaient autrefois de l'étage, la voix grave de son père et les réponses de sa mère. Elle écarta ces pensées douloureuses. Elle n'avait pas le temps de songer au passé. Elle devait trouver le journal.

Tirant sur les cordons de son bonnet fourré, elle le jeta sur la console du vestibule avec sa cape. Depuis plus de deux ans, la maison avait été fermée. Des draps blancs recouvraient les canapés et les chaises, et la plupart des rideaux étaient tirés, mais les lourdes tables de chêne avaient été époussetées récemment, et les autres meubles donnaient à l'endroit un air familier.

Considérant la taille du manoir et sachant que ses recherches risquaient d'être longues, Tory se mit au travail. Deux heures plus tard, elle n'avait toujours rien trouvé. Elle avait juste découvert des vêtements de sa mère suspendus dans une armoire, une broderie aux tons passés, quelques jouets de Claire et des habits à elle quand elle était petite.

Mais aucun signe du journal.

Elle explora les placards de la salle à manger, mais ne pensait pas le trouver là.

« S'il est ici, pensa-t-elle, il doit être dans un endroit où maman le savait en sécurité. »

Mais où ? Elle remonta dans la chambre de sa mère. Quand son père était vivant, ses parents dormaient dans la chambre principale. Mais après son désastreux second mariage, Charlotte Whiting s'était repliée sur cette pièce.

Si elle y avait gardé son journal, le baron aurait pu la voir le ranger. Il aurait pu découvrir sa cachette.

Elle refit une inspection soignée, mais ne fut pas surprise de ne rien trouver.

Elle avait déjà vérifié par deux fois le salon de couture de sa mère, qui lui semblait l'endroit le plus propice. Mais elle y retourna encore, touchée par cette petite pièce que sa mère aimait tant. Un canapé de bois de rose était installé devant une petite cheminée de pierre. A côté se trouvait le fauteuil à bascule dans lequel Charlotte brodait ou lisait.

Une écritoire portable était posée sur une table dans un coin. Du vivant de son père, le journal était rangé à l'intérieur. Mais elle l'avait déjà fouillée et elle était vide.

« Où l'avez-vous mis, maman ? »

Une idée la frappa alors. Si sa mère s'était donné la peine de cacher son journal, c'était peut-être dans l'espoir que ses filles le trouveraient un jour.

Elle quitta le salon de couture et s'élança dans le couloir. Durant la dernière semaine de sa vie, sa mère avait prié le baron de l'amener avec Claire à Windmere. Tory était au pensionnat, ignorant l'état désespéré de Charlotte. Celle-ci était morte dans la maison, avant qu'elle ait le temps d'arriver.

Si sa mère avait voulu qu'elle trouve son journal…

Elle se précipita dans la chambre qui avait autrefois été la sienne. Elle avait choisi elle-même la courtepointe rose jetée sur le lit, et assortie aux lourds rideaux damassés. Des souvenirs heureux des emplettes qu'elles avaient faites avec leur mère lui revinrent, mais elle les écarta.

Elle courut vers le lit, souleva le matelas de plumes et regarda dessous, puis vérifia les étagères de l'armoire dressée dans un coin.

Rien.

Il y avait encore quelques effets à elle dans les tiroirs de la commode de bois de rose placée le long du mur.

Et dans le tiroir du bas, sous un châle que sa mère lui avait crocheté pour un Noël, se trouvait le journal.

Les mains de Tory tremblèrent lorsqu'elle écarta le châle et passa tendrement les doigts sur sa couverture de cuir rouge, usée par tant d'années de service. Par le ciel, elle avait fini par le trouver ! Elle déglutit pour dissiper la boule qui lui nouait la gorge quand elle le sortit du tiroir et que le volume s'ouvrit, lui révélant l'écriture fine de sa mère.

Elle ne lut pas le début, le récit de ces premières années où Charlotte Temple avait épousé le beau jeune homme dont elle était si profondément amoureuse. Les pensées de sa mère lui appartenaient.

A la place, elle feuilleta le journal jusqu'aux derniers jours de la vie de sa mère, ces dernières semaines où elle avait été si malade. Et elle trouva la preuve qu'elle cherchait, exactement comme elle l'avait imaginé.

Aujourd'hui, j'ai trouvé la bague de William. Elle était dans le coffret à bijoux de Miles, enveloppée dans du satin blanc et cachée — un trophée qu'il n'a pu se résigner à ne pas garder, comme pour se prouver son intelligence.

Tory cessa de lire et prit une profonde inspiration, luttant pour dominer les battements de son cœur. « Oh, maman ! » Elle tourna les pages, constatant les soupçons grandissants de sa mère — et sa peur.

Je crois qu'il sait que j'ai découvert son rôle dans le meurtre de William. Mon William bien-aimé — comment n'ai-je pas su voir l'homme que Miles était en réalité ? Il me fait horreur. Et j'ai peur de lui, peur pour les enfants.

Chaque page emplissait davantage Tory de colère et de douleur.

Il me harcèle à chaque moment, m'avertit d'un regard de ce qui se passera si je le dénonce.

Comment sa mère avait-elle pu épouser cet homme ? Comment n'avait-elle pas su reconnaître quel monstre il était ? Mais elle était désespérément seule, plongée dans un chagrin sans fond. Et, à la fin, elle avait ouvert les yeux.

Je suis de plus en plus malade à chaque jour qui passe. Je suis certaine que Miles m'empoisonne, mais je n'ai aucune idée de la façon dont il s'y prend. Je suis de plus en plus faible, en trop piètre état pour l'arrêter.

Tory fixa les lignes qui dansaient devant ses yeux. Elle cligna des paupières pour éclaircir sa vision et des larmes roulèrent sur ses joues.

Miles avait aussi tué sa mère !

Elle s'essuya le visage d'un revers de main, haïssant Miles Whiting, se jurant de le faire pendre.

Elle s'obligea à continuer sa lecture, mais peu de choses étaient écrites les jours suivants. Et enfin :

La fin est proche. J'ai si peur pour mes filles. Il faut que je trouve un moyen de les protéger. Mon Dieu, que vais-je faire ?

C'était la dernière notice. Charlotte était morte ce jour-là. Mais, d'une manière ou d'une autre, elle avait trouvé la force de cacher son journal en un endroit où elle pensait que Tory le découvrirait. Peut-être avait-elle voulu la prévenir.

Ou espéré que justice soit faite.

— Eh bien… Je vois que vous l'avez trouvé, finalement.

La voix de Miles Whiting parcourut Tory d'un frisson glacé. Elle pirouetta sur elle-même et le vit debout sur le seuil.

— Il aurait beaucoup mieux valu que vous le laissiez où il était, mais… vous n'avez jamais été une jeune femme raisonnable.

— Vous avez tué ma mère ! Vous les avez tués tous les deux !

— Ah, c'est donc ce que Charlotte a écrit. Elle n'avait plus toute sa tête, les derniers temps. Nul ne croira un mot de ce qu'elle a consigné.

— Oh, je crois que si — une fois que je montrerai la bague de mon père. Il a été établi qu'elle avait été volée par les hommes qui l'ont assassiné. Ma mère l'a trouvée dans votre coffret à bijoux et maintenant c'est moi qui l'ai.

Le visage mince du baron se durcit.

— Vraiment ?

Elle vit qu'il glissait une main dans sa redingote, et un instant plus tard ses longs doigts tenaient un pistolet. Doux Jésus ! pensa Tory. L'affronter comme elle l'avait fait, ici, était la pire chose qu'elle aurait pu faire.

— Une bague n'est certainement pas une preuve suffisante pour me faire pendre, bien que vos accusations puissent me causer des ennuis inutiles.

— Comment m'avez-vous trouvée ? demanda-t-elle, s'efforçant de contrôler le tremblement de sa voix, essayant de se donner le temps de réfléchir. Comment avez-vous su que j'étais ici ?

Il lui dédia un petit sourire pincé.

— Votre Mme Rathbone s'est montrée fort serviable en ce domaine. Elle ne vous aime pas beaucoup, vous savez.

Tory jeta un coup d'œil vers la porte, mais le baron lui barrait le passage. Et le premier étage était trop haut pour qu'elle pût songer à sauter. Elle devait penser à son enfant.

Il lui fit un signe avec son pistolet.

— Venez. Vous avez commencé ce petit jeu. Il est temps que nous le terminions.

Il s'écarta de la porte pour la laisser passer, puis il la suivit, d'assez près pour qu'un coup de pistolet ne manque pas son but.

— Où allons-nous ?

— Vous cherchiez le journal de votre mère. Vous aurez certainement eu l'idée d'aller fouiller le sous-sol.

Un frisson de terreur parcourut Tory. Inconsciemment, elle porta une main à son ventre. Elle n'aurait pas dû venir. Rien ne valait la peine de mettre son enfant en danger.

— Je ne descendrai pas.

Elle s'arrêta dans le couloir et commença à se détourner, mais Miles Whiting lui enfonça son pistolet dans les côtes.

— Si vous préférez, je peux vous tuer ici.

Il le ferait, elle le savait. Il la tuerait avec son enfant.

— Je ne suis pas venue seule. Si vous tirez, mes hommes entendront la détonation. Ils viendront me chercher.

C'était faux, bien sûr, puisque son cocher et son valet étaient au village.

— Peut-être, mais à ce moment-là vous serez morte. Et comme personne ne sait que je suis ici, et que je m'en irai tout de suite après avoir tiré, cela n'aura que peu d'importance.

— Mon mari le saura. Je lui ai laissé une lettre lui expliquant où je me rendais, et pourquoi. Cord saura que c'est vous qui m'avez assassinée et il vous tuera.

Le baron se mit à rire.

— Il n'y a pas de lettre. J'ai ordonné à Mme Rathbone de la brûler. Votre mari croira que vous vous êtes enfuie avec votre amant, comme vous l'avez déjà fait. Peut-être pensera-t-il que cet homme est responsable de votre mort. Oui… Je crois qu'il pourrait bel et bien le penser.

Tory réprima une autre bouffée de terreur. Par le ciel, cet homme savait tout sur elle ! Et il avait fait détruire sa lettre ! Si elle n'était pas à la maison quand Cord reviendrait, et s'il ne trouvait aucun mot d'elle, il croirait qu'elle était repartie avec Julian.

Harwood pressa de nouveau le pistolet sur ses côtes, l'obligeant à avancer, et elle se mit à marcher, ses jambes tremblant sous sa jupe. Evan et Griggs n'étaient pas encore revenus. Jacob travaillait quelque part dans les champs, mais même s'il entendait la détonation, ce serait trop tard.

— Un peu plus vite, je vous prie. J'ai des projets pour la soirée.

Des projets qui prouveraient qu'il était à Londres le soir de sa disparition, pensa Tory. Il fallait qu'elle fasse quelque chose !

A l'extérieur des fenêtres, le crépuscule avait commencé à tomber, une brume pourpre flottait sur le paysage. Elle se dit que la lumière atténuée pourrait jouer en sa faveur, mais Harwood s'arrêta sur le palier et lui demanda d'allumer une petite lampe posée sur la table Sheraton.

Tory la tint devant elle, la flamme vacillante trahissant sa peur. Continuant à avancer, elle soupesa ses options, qui lui semblaient nulles, et lutta pour contrôler sa terreur grandissante.

Peut-être que Mme Riddle ou son mari allaient revenir. Peut-être qu'Evan et Griggs en auraient fini avec la roue et viendraient la chercher. Elle songea à crier, mais elle n'était pas sûre que quelqu'un l'entende et Harwood risquait de lui tirer dessus.

Pourtant, elle se refusait à abandonner tout espoir. Elle n'accepterait pas que le baron gagne une fois de plus.

Tenant toujours la lampe, elle continua à avancer. Ils descendirent le grand escalier, traversèrent le vestibule et se dirigèrent vers les quelques marches qui menaient à la vaste cuisine au plafond bas. L'endroit sentait le feu éteint, la poussière et d'anciens relents de nourriture. Lorsqu'ils entrèrent, Tory jeta un coup d'œil vers le mur du fond, d'où partait l'escalier qui conduisait au sous-sol.

— Posez la lampe sur la table.

Elle envisagea de la lui lancer au visage, mais il pointait son pistolet sur elle et elle savait qu'il tirerait au moindre de ses gestes. Elle obéit.

— Fort bien. Maintenant, ouvrez la porte du sous-sol.

Elle vit l'expression impatiente du baron. Il souhaitait se débarrasser d'elle depuis des années.

— Pour quoi faire ?

— Parce que vous allez avoir un accident. Vous allez faire une chute terrible, ma pauvre petite. Vous allez vous ouvrir la tête — une chose logique, ne pensez-vous pas, puisque vous m'avez fait connaître le même sort ? Seulement, lorsque je m'occuperai de vous, je ne vous laisserai pas vivante.

L'épouvante de Tory grandit encore. Il allait la tuer avec l'enfant qu'elle portait, et elle n'avait aucune idée de la façon de l'arrêter. Elle parcourut la cuisine d'un regard frénétique, en quête d'une arme. Il y avait une série de couteaux de boucher rangés le long du mur. Si elle pouvait les atteindre…

Elle s'élança dans cette direction, mais les longs doigts du baron l'empoignèrent par les cheveux, défaisant son chignon et provoquant une vive douleur dans son cou lorsqu'il lui rabattit la tête en arrière, tout en la plaquant rudement contre la porte du sous-sol.

— Je préférerais vraiment ne pas vous tuer d'une balle, ma chère. C'est si sale, voyez-vous. Mais je vous préviens que je n'hésiterai pas, si vous continuez.

Une voix grave retentit alors depuis le seuil de la cuisine.

— Je ne vous le recommanderais pas. Si vous ne lâchez pas ma femme, je prendrai grand plaisir à vous tuer, aussi lentement et aussi douloureusement que je le pourrai.

— Cord…, murmura Tory, ses yeux s'emplissant de larmes.

Elle avait cru ne jamais le revoir.

Il ne regarda pas dans sa direction. Toute sa concentration était rivée sur l'homme armé. Dans la pâle lumière de la lampe, le canon de son propre pistolet miroitait de reflets bleutés.

— Ecartez-vous d'elle, Harwood. Déplacez-vous lentement, très lentement.

— Vous avez vu la lettre. Dommage que Mme Rathbone n'ait pas été à la hauteur de ce que j'attendais.

Mais le baron ne s'éloigna pas de Tory. Au lieu de cela, il la fit passer brusquement devant lui, la pressant contre son torse, et appuya le pistolet sur le côté de sa tête.

— Vous voyez avec quelle rapidité le jeu peut changer? lança-t-il. Maintenant, je crois que c'est à moi de jouer. Je vous conseille de faire exactement ce que je dis.

Gardant le pistolet en place, il glissa un bras sous le menton de la jeune femme et le serra autour de son cou.

— Posez votre arme par terre et poussez-la vers moi du pied.

— Ne le faites pas, Cord! Il va nous tuer tous les deux!

— Taisez-vous !

Harwood resserra son étreinte jusqu'à ce qu'elle ne puisse plus respirer.

La mâchoire de Cord se crispa tandis qu'il se penchait pour déposer son arme sur le sol, puis l'expédiait d'un coup de pied à l'autre bout de la pièce.

— Il y a un homme qui travaille dans les champs, dit-il. Il sera ici dès que vous tirerez.

Le baron rit en détournant le pistolet de Tory pour le pointer sur lui.

— Dans ce cas, je suppose que je devrai m'enfuir par le sous-sol. La porte ouvre du côté de la remise à voitures. Il n'y a aucune chance que quelqu'un me voie.

Il les considéra tour à tour et secoua la tête.

— Ce qui se sera passé ici ce soir sera vraiment terrible. L'épouse infidèle jetée à bas de l'escalier, tuée par son mari jaloux qui attentera lui-même à ses propres jours. La folie des hommes n'a pas de limites.

Tory entendit le déclic de la gâchette, et sut que Cord n'avait plus qu'un instant à vivre. Serrant les dents, elle releva le bras d'Harwood de toutes ses forces et se jeta contre lui avec toute la vigueur qu'elle put rassembler.

Le coup partit, le bruit assourdissant dans la pièce basse. Tory hurla tandis que le baron passait en trombe près d'elle, se ruant vers la porte, mais Cord l'attrapa par les basques de sa redingote et le fit tomber. Les deux hommes heurtèrent le sol ensemble, mêlés l'un à l'autre.

Tory perçut le juron étouffé de Cord et comprit que sa blessure le faisait souffrir. Il assena une série de coups sévères sur le visage d'Harwood, mais ce dernier réussit à lui échapper, se remit sur pied et détala vers la porte. Cord s'élança après lui, et ils montèrent tous les deux au rez-de-chaussée.

Tory empoigna la lampe et courut derrière eux, espérant que Jacob avait entendu la détonation, mais craignant qu'il ne soit trop loin.

Elle aperçut le baron qui pénétrait dans le salon, Cord sur ses talons, et elle les suivit. Au-dessus de la cheminée, entrecroisés, étaient accrochés les sabres de son grand-père. En souriant largement, Harwood décrocha une arme et la lança à Cord, puis prit la seconde pour lui.

— Vous voyez quel beau joueur je suis ? Je vous laisse une chance. Peut-être que vous vivrez, finalement.

Mais Miles Whiting était un expert à l'épée, et vu la façon dont Cord essayait d'épargner son côté droit, le duel serait loin d'être juste.

Ignorant sa douleur, Cord passa un doigt sur sa lame.

— Vous avez fait votre deuxième erreur, Harwood. Ce sera la dernière.

Le baron se contenta de rire, un son qui retentit dans la maison vide et qui fit frissonner Tory. Les deux hommes s'avancèrent l'un vers l'autre, bras levé, et croisèrent leurs armes. Les sabres claquèrent. Le choc du métal résonna dans le salon. Harwood donnait l'assaut et Cord parait ses coups, le baron lançant sa lame de part et d'autre, le visant au cœur.

Tory se rendit compte que son mari était plus habile

qu'elle ne l'avait pensé. Beaucoup plus. Mais, malgré son adresse, il n'était pas de taille à vaincre Miles Whiting.

Ce combat aurait pu passer pour un duel. Elle savait que ce n'était qu'un prétexte pour le baron de tuer Cord. Il avait déjà tué ses parents. Elle ne le laisserait pas tuer son mari.

Le cœur battant, elle redescendit dans la cuisine. Elle envisagea d'essayer de trouver Jacob, mais même si elle parvenait à le rejoindre, Cord serait peut-être mort quand ils reviendraient à la maison.

Dès qu'elle fut dans la cuisine, elle se mit à genoux, en quête du pistolet de Cord. Ses mains tremblaient alors qu'elle passait les doigts sur le plancher où l'arme avait disparu.

« Je vous en prie, mon Dieu… » Cherchant frénétiquement dans la pénombre, elle explora le dessous de la table et finit par trouver le pistolet. Elle l'attira à elle et se remit debout.

Quand elle retourna dans le salon, les deux hommes avaient quitté leur redingote et leur gilet. Alors qu'ils tournaient l'un autour de l'autre, elle aperçut une tache de sang qui maculait la manche de la chemise blanche de Cord, et son cœur se serra de frayeur.

— Vous me surprenez, Brant, dit le baron qui semblait à peine fatigué. Avec le temps, vous pourriez devenir un bon duelliste. Malheureusement, le temps vous manquera.

— A ce qu'il me paraît, c'est vous dont le temps est compté, Harwood.

Cord trouva une ouverture et sa lame s'enfonça dans

l'épaule de son adversaire. Le baron siffla de douleur. Furieux d'avoir été touché, il redoubla d'énergie. Comme Cord reculait, il encercla sa lame de la sienne, en attrapa la poignée et expédia le sabre de Cord dans les airs.

Tory réprima un cri quand la pointe de l'arme d'Harwood se posa au-dessus du cœur de son mari.

— Vous vous êtes bien battu, considérant que vous n'étiez pas de la même force que moi. Malheureusement, comme je l'ai dit, j'ai des projets pour la soirée. Et il y a encore le problème de disposer de votre encombrante épouse.

Les muscles du baron se contractèrent, tandis qu'il se préparait à porter le coup fatal. Tory tira.

Le sabre trembla dans la main d'Harwood. Une expression incrédule se peignit sur son visage étroit. Puis l'arme lui tomba de la main et il s'effondra sur le sol.

Tory resta figée sur place, tremblante. Un sanglot lui échappa et elle laissa choir le pistolet, qui heurta le tapis persan avec un coup sourd. Ce bruit fit réagir Cord. Se détournant du regard sans vie du baron, il traversa la pièce pour rejoindre sa femme, dont les larmes coulaient. Elle se mit à pleurer plus fort encore quand il la prit dans ses bras.

— C'est fini, mon cœur.

Il la tint serrée contre lui, s'efforçant de dominer les tremblements qui l'agitaient tout entière.

— Vous êtes en sécurité, à présent. Tout ira bien.

Elle s'agrippa au devant de sa chemise.

— Je n'aurais jamais cru que vous viendriez.

— Il le fallait. J'étais inquiet pour vous. Je craignais que quelque chose comme cela ne se produise.

— Il… il vous aurait tué.

— Oui. Mais vous étiez là avec le pistolet et j'ai compris que vous ne le laisseriez pas faire.

La voix de Tory trembla.

— Harwood m'a dit que Mme Rathbone avait brûlé ma lettre. Et même si vous l'aviez lue, je pensais que vous ne croiriez peut-être pas ce que je vous y disais.

Cord resserra son étreinte autour d'elle. Il songea à ce billet qu'il avait failli repousser. Comme il avait été près de céder à sa jalousie et à ses craintes, de fuir les sentiments qu'il éprouvait pour Victoria !

— Je vais avoir un enfant, lui dit-elle, levant vers lui ses yeux brouillés de larmes.

— Je le sais.

— Cet enfant est de vous. Je vous le jure sur ma vie.

— Cela n'a pas d'importance.

Il le pensait vraiment. Il en était convaincu de toute la force de son âme. Dès l'instant où il avait pénétré dans la cuisine et mesuré le danger que Victoria courait, il avait compris la profondeur de l'amour qu'il lui portait. L'intensité des sentiments qu'il lui vouait à elle, et à l'enfant.

— Je remercie simplement le ciel que vous soyez saine et sauve.

D'autres larmes roulèrent sur les joues de Tory.

— Je vous aime. Je vous aime tant.

Cord baissa les yeux sur sa merveilleuse et courageuse

épouse et captura son visage mouillé de pleurs entre ses mains.

— Je vous aime aussi, Victoria. Dieu m'en est témoin.

26

Il faisait nuit noire quand la roue fut réparée et que la calèche s'avança devant la maison. Jacob était parti chercher un policier, qui arriva à grand train quelques minutes plus tard. Cord répondit à ses questions pendant plus d'une heure, mais finalement Victoria et lui eurent l'autorisation de partir.

— Il y a quelque chose que je dois vous dire, déclara Cord.

Victoria leva les yeux vers lui, l'inquiétude se peignant sur son visage.

— Qu'est-ce que c'est ?

— Vous n'aviez pas à faire ce voyage dément. Harwood ne le savait pas, mais c'était à moi qu'il vendait Windmere. La maison nécessite de gros travaux, que j'espérais commencer sur-le-champ. J'avais l'intention de vous l'offrir pour votre anniversaire.

— Mais Claire m'a dit que l'acquéreur se nommait Baldwin Slaughter.

— Je savais que le baron n'accepterait jamais de me céder cette propriété pour un prix raisonnable. J'ai traité avec lui sous un faux nom, et je ne lui ai pas fait de cadeau.

Tory sourit et lui passa les bras autour du cou.

— Vous êtes l'homme le plus merveilleux que je connaisse !

Cord tressaillit et elle s'empressa de le lâcher.

— Je suis désolée, mon chéri. Avez-vous mal ?

— C'est un peu enflammé, c'est tout. Vous n'avez pas à vous inquiéter, même si je n'envisage pas le long trajet de retour avec plaisir.

Victoria monta dans la calèche et il s'installa près d'elle.

Sa blessure le faisait souffrir, ses muscles et ses tendons étaient à vif. Avec l'aide de Mme Riddle, Victoria lui avait pansé la plaie qu'il avait au bras. Mais ce voyage inconfortable de quatre heures l'incommodait à l'avance.

A la fin, s'inquiétant de son état comme elle le faisait toujours, Tory insista pour qu'ils passent la nuit dans une auberge appelée *Le Chien noir*.

— Je vous ai dit que ce n'est qu'une éraflure, marmonna-t-il. Il n'y a pas de quoi en faire autant.

Elle l'ignora, l'aida à se dévêtir et vérifia son bandage. Elle insista encore pour qu'il prenne une dose de laudanum avant de se mettre au lit, ce qu'il accepta à condition qu'elle le rejoigne. Mais la drogue agit et il s'endormit presque immédiatement.

Il était un peu avant midi, le lendemain, lorsqu'ils rentrèrent à Londres. Ils eurent la surprise de voir le somptueux carrosse du duc de Sheffield arrêté devant la maison.

Ce n'était pas le genre de Rafe de faire des visites sans être annoncé. Cord se demanda quelle sorte de crise avait encore bien pu éclater.

— Il semble que nous ayons de la compagnie, dit-il à Victoria.

— Etes-vous certain d'en avoir la force ?

— J'aimerais continuer à jouer les invalides un peu plus longtemps pour bénéficier de vos soins attentifs, mon amour, mais à part une certaine raideur je me sens fort bien.

Ils gravirent le perron à l'instant où le duc ressortait.

— Timmons m'a dit que vous étiez à la campagne, déclara-t-il. Je suppose que j'aurais dû vous avertir de ma visite, mais je n'ai pas voulu perdre de temps.

Cord arriva au sommet des marches, Victoria à son bras.

— J'ignore si je dois me réjouir de vous voir ou craindre les nouvelles que vous m'apportez.

Rafe rit doucement, puis fronça les sourcils en notant que la redingote de son ami était juste jetée sur ses épaules.

— Des ennuis avec votre blessure ? Je pensais qu'elle était guérie.

— Elle l'était, dit Cord.

— Mon beau-père a essayé de le tuer, dit Tory. Il a essayé de nous tuer tous les deux. Cord a été blessé lors d'un duel au sabre.

— La coupure est légère, et c'est une longue histoire, fit Cord en poussant un soupir. Si nous entrions ?

Rafe lança une œillade à Victoria.

— Bonne idée. Si votre femme peut vous abandonner un instant, j'aimerais vous parler en privé. Il faut que nous discutions d'une affaire de quelque importance.

Les sourcils de Cord se froncèrent.

— C'est bien ce que je craignais.

— Ressaisissez-vous, mon ami. Ce sont des nouvelles qui vous feront plaisir.

— Je vais m'occuper de faire préparer le déjeuner, intervint diplomatiquement Tory. Vous joindrez-vous à nous, Votre Grâce ?

Le duc sourit.

— Merci, je pense que oui.

Rassuré par la bonne humeur de Rafe, et sa curiosité fortement piquée, Cord entraîna le duc vers son cabinet de travail.

— Voulez-vous boire quelque chose ?

— Pas pour l'instant.

— Aurai-je besoin d'un cognac ?

Rafe gloussa.

— Plus tard, peut-être, pour célébrer ce que je vais vous apprendre.

— Vous m'intriguez vraiment.

Ils s'assirent devant le feu.

— J'ai eu un visiteur ce matin de bonne heure, annonça le duc.

— Ah oui ?

— Son nom est Julian Fox.

Cord sentit le sang lui envahir la nuque.

— Que voulait-il ?

— Il est venu me parler de votre femme. Il semble qu'il ait récemment reçu une lettre d'elle.

Une pulsation douloureuse résonna aux tempes de Cord.

— Victoria a écrit à Fox ?

— Détendez-vous, mon ami. Ce n'est pas ce que vous pensez. Apparemment, elle lui a écrit sous le coup du désespoir, en lui expliquant la série d'événements qui vous avait conduit à vous faire une idée erronée de leur relation. Elle le suppliait de l'aider à redresser les choses. Elle a dit à Fox qu'elle attendait un enfant…

— Lui a-t-elle dit que cet enfant pouvait être le sien ? coupa Cord en bondissant sur ses pieds. Peut-être est-ce la véritable raison pour laquelle elle lui a écrit cette lettre.

— Sapristi, mon bon, asseyez-vous et écoutez-moi. C'est la raison, en tout cas, pour laquelle Fox est venu me trouver au lieu de s'adresser directement à vous. Quand vous saurez ce qu'il m'a dit, vous serez convaincu que votre femme vous a dit la vérité.

Cord prit une profonde inspiration, les mots de son ami commençant seulement à l'apaiser. Il se rassit, la poitrine douloureuse.

— Que vous a-t-il dit ?

— Il m'a assuré que Victoria et lui n'avaient jamais été que des amis. Il m'a avoué qu'il n'aimait pas la manière dont vous délaissiez votre femme, et comment il avait cru qu'en vous rendant jaloux il vous forcerait à vous rendre compte de la chance que vous avez d'être marié à elle.

— Et pourquoi le croirais-je ?

Rafe lui jeta un coup d'œil.

— Vous connaissez mon jeune frère, Simon ?

— Bien sûr. Qu'est-ce que Simon vient faire là-dedans ?

— Fox est venu me voir à cause de mon frère. Tous deux sont amis. Il savait que j'étais au fait de… des préférences sexuelles de Simon, et que je ne l'ai jamais condamné. Julian m'a fait part de son propre secret, en me demandant de ne le divulguer qu'à vous.

Cord s'efforça de comprendre ce que Rafe lui disait exactement.

— Etes-vous en train de me dire que Julian Fox est un…

— Je vous dis que Fox préfère l'intimité des gens de même sexe que lui.

— Bonté divine !

— Simon et lui partagent les mêmes goûts. Fox et votre femme n'ont jamais été que des amis.

Pendant un long moment, Cord resta immobile, ressassant les paroles de son ami. Puis ses lèvres s'incurvèrent en un lent sourire.

— Victoria ne m'a jamais trompé avec Fox.

— D'après lui, votre femme est désespérément éprise de vous.

Cord avait envie de crier sa joie.

— Elle a essayé de me le dire. Elle m'a assuré que Fox

et elle jouaient la comédie. Mais elle m'avait menti auparavant et j'ai refusé de la croire. Et il y avait les rapports de McPhee.

— Je suis sûr que votre femme avait convaincu les domestiques d'Harwood Hall de garder sa visite secrète. Et la nuit où Julian est tombé sur elle par hasard, elle se rendait bien à l'ancienne maison de ville de ses parents pour y chercher le journal de sa mère, comme elle vous l'a dit.

Ils se levèrent.

— Vous êtes un homme chanceux, Cord, déclara Rafe avec une pointe d'envie.

Cord pensa à Victoria, et à la façon dont il avait été si près de la perdre.

— Oui, je le suis.

Il sourit.

— Et dans quelque temps, je serai aussi un père.

Rafe se mit à rire et il se joignit à lui. Jamais l'avenir ne lui avait paru aussi clair.

— Si vous voulez bien m'excuser, dit-il, je crois que j'ai besoin de parler à ma femme.

Rafe hocha la tête.

— Je vous souhaite le plus de bonheur possible, mon ami.

Cord sourit de nouveau.

— J'apprécie votre souhait, mais je suis déjà comblé.

Épilogue

Un mois de décembre glacé s'était installé sur Londres. D'épais bancs de brouillard s'infiltraient dans les rues, rendant les pavés glissants et la circulation difficile. Mais, dans la chambre de lord Brant, un feu ardent brûlait dans la cheminée et pétillait gaiement, chassant le froid au-delà des fenêtres.

Plusieurs lampes avaient été allumées, donnant à la pièce un doux éclairage doré. Tory était assise sur le pouf de velours bleu devant la coiffeuse. Dans le miroir, elle pouvait voir son mari debout derrière elle, si beau dans son habit noir et son gilet de brocart doré. Il se pencha sur elle pour lui passer autour du cou le superbe collier de perles et de diamants.

— Vous ai-je dit récemment combien vous êtes belle ?

Elle se tourna pour lever les yeux sur lui, sa robe de soie cuivrée frémissant autour d'elle. Bien qu'elle fût enceinte de plusieurs mois, sa grossesse commençait seulement à apparaître.

— Vous ai-je dit récemment combien vous me rendez heureuse ?

Le fermoir en diamant se referma avec un bruit doux. Tory sentit le frais et apaisant contact des perles sur sa peau, puis les lèvres de son mari sur son cou.

— Vous ai-je dit combien je vous aime ? murmura-t-il d'une voix douce.

Elle se leva et se glissa dans ses bras, lui enlaçant le cou. Sa gorge était trop nouée pour parler, et elle se contenta de se presser contre lui.

— Etes-vous certaine que vous ne voulez pas rester à la maison et oublier ce bal ? J'imagine que je pourrais trouver le moyen de vous distraire.

Il lui taquina l'oreille et elle se sentit prise de petits frissons.

Elle s'écarta pour le regarder.

— Je suis certaine, milord, qu'il ne vous faudrait pas grand-chose pour me convaincre de faire tout ce que vous voulez. Mais nous avons promis à votre ami le duc que nous assisterions à son bal et je pense que nous devons tenir notre promesse.

Il soupira, bien qu'il y ait un sourire dans ses yeux.

— Je suppose que vous avez raison.

Elle se détourna de lui et alla prendre son réticule. Quand elle lui refit face, il nota le léger pli qui séparait ses sourcils.

— Qu'y a-t-il ? Vous semblez préoccupée. Dites-moi ce qui vous ennuie.

Tory passa la bride de son réticule sur son épaule.

— J'ai vu Gracie, aujourd'hui.

Cord connaissait la vérité sur le père de Grace. Il n'y avait plus de secrets entre eux, désormais.

— Elle était extrêmement bouleversée. Il semble que son père — le vrai — ait été jeté en prison.

— En prison ? Au nom du ciel, pourquoi donc ?

— Il est accusé de haute trahison au profit des Français. Grace a peur qu'on ne le pende.

— Je n'ai rien lu dans les journaux. Quand est-ce arrivé ?

— Juste ce matin. Elle m'a dit il y a quelque temps que son père était haut placé dans le gouvernement.

— Peut-être a-t-il disposé d'informations qui pouvaient être utiles aux Français. Vous a-t-elle dit son nom ?

— Ce matin. Il se nomme Harmon Jeffries, vicomte Forsythe. Le connaissez-vous ?

— Je l'ai rencontré une fois ou deux. Un homme d'une quarantaine d'années. Je ne me souviens guère d'autre chose à son sujet.

— Peut-être est-il innocent.

— Pour le bien de Grace, nous ne pouvons que l'espérer.

Tory le rejoignit, lui prit la main et la porta à ses lèvres.

— Il y a quelque chose que j'aimerais vous demander.

Cord sourit.

— Vous pouvez me demander n'importe quoi, mon amour. Vous devez le savoir, maintenant.

Elle lâcha sa main et porta ses doigts à son collier. Les diamants étincelaient à la lumière.

— Je n'ai jamais cru aux légendes et aux sortilèges. J'ignore si ce que l'on dit de ce collier est vrai. Mais il a appartenu à mon beau-père qui avait le cœur fort noir, et maintenant le baron est mort.

— Et nul n'a le cœur plus pur que vous, ma douce.

— Bien que la route n'ait pas été facile, à la fin j'ai eu le privilège d'avoir tout ce que je désirais. J'ai un mari qui m'aime, que j'aime plus que ma vie, et nous allons avoir un enfant. Claire est sauvée et n'a jamais été plus heureuse.

Elle sentit que des larmes lui montaient aux yeux et elle battit des cils pour les chasser.

— Nous avons tant de choses, et Grace a si peu.

Elle le dévisagea, priant qu'il la comprenne.

— Je voudrais lui donner ce collier, Cord. Je voudrais que Grace trouve le genre de bonheur que j'ai trouvé avec vous.

Cord soutint son regard.

— Ce collier était un cadeau. Il vous appartient, Victoria. Vous pouvez en faire ce qui vous plaît.

Des larmes emplirent de nouveau ses yeux.

— Merci.

Cord courba la tête et l'embrassa légèrement.

— Vous ne serez pas déçue si le collier ne produit pas de miracle, n'est-ce pas ?

Elle secoua la tête.

— Au moins Grace aura-t-elle le plaisir de le porter.

— C'est ce que je lui souhaite.

Cord se redressa et s'écarta.

— Et maintenant que je me suis conduit comme un prince, pouvons-nous rester à la maison ?

Tory se mit à rire.

— Vous êtes éhonté ! Nous allons au bal du duc.

Elle lui coula une œillade.

— Mais si je me souviens bien, sa résidence est fort vaste. Peut-être que nous pourrons trouver une petite pièce tranquille où nous serons seuls ?

Les yeux ambrés de Cord s'assombrirent. Un coin de sa bouche s'incurva.

— Je pense que cela pourra être arrangé.

Avec beaucoup plus d'entrain, il posa une main sur sa taille et la guida vers la porte.

Tory réprima un sourire, certaine qu'il était déjà en train de chercher où il pourrait l'emmener — et de songer à ce qu'il lui ferait quand il aurait trouvé une cachette appropriée.

DANS LA MÊME COLLECTION

Par ordre alphabétique d'auteur

JINA BACARR	*Blonde Geisha*
MARY LYNN BAXTER	*La femme secrète*
MARY LYNN BAXTER	*Un été dans le Mississippi*
JENNIFER BLAKE	*Une liaison scandaleuse*
BARBARA BRETTON	*Le lien brisé*
BENITA BROWN	*Les filles du capitaine*
MEGAN BROWNLEY	*La maison des brumes*
CANDACE CAMP	*Le bal de l'orchidée*
CANDACE CAMP	*Le manoir des secrets*
CANDACE CAMP	*Le château des ombres*
CANDACE CAMP	*La maison des masques*
MARY CANON	*L'honneur des O'Donnell*
ELAINE COFFMAN	*Le seigneur des Highlands*
ELAINE COFFMAN	*La dame des Hautes-Terres*
JACKIE COLLINS	*Le voile des illusions*
JACKIE COLLINS	*Reflets trompeurs*
JACKIE COLLINS	*Le destin des Castelli*
PATRICIA COUGHLIN	*Le secret d'une vie*
MARGOT DALTON	*Une femme sans passé*
EMMA DARCY	*Souviens-toi de cet été*
CHARLES DAVIS	*L'enfant sans mémoire*
BARBARA DELINSKY	*La saga de Crosslyn Rise*
BARBARA DELINSKY	*L'enfant du scandale*
WINSLOW ELIOT	*L'innocence du mal*
SALLY FAIRCHILD	*L'héritière sans passé*
ELIZABETH FLOCK	*Moi & Emma*
GINNA GRAY	*Le voile du secret*
KATHRYN HARVEY	*La clé du passé*
CHRISTIANE HEGGAN	*L'héritière de Calistoga*
FIONA HOOD-STEWART	*Les années volées*
FIONA HOOD-STEWART	*A l'ombre des magnolias*
FIONA HOOD-STEWART	*Le testament des Carstairs*
FIONA HOOD-STEWART	*L'héritière des Highlands*
LISA JACKSON	*Noël à deux***
RONA JAFFE	*Le destin de Rose Smith Carson*

… / …

DANS LA MÊME COLLECTION

Par ordre alphabétique d'auteur

PENNY JORDAN	*Silver*
PENNY JORDAN	*L'amour blessé*
PENNY JORDAN	*L'honneur des Crighton*
PENNY JORDAN	*L'héritage*
PENNY JORDAN	*Le choix d'une vie*
PENNY JORDAN	*Maintenant ou jamais*
PENNY JORDAN	*Les secrets de Brighton House*
PENNY JORDAN	*La femme bafouée*
PENNY JORDAN	*De mémoire de femme*
MARGARET KAINE	*Des roses pour Rebecca*
HELEN KIRKMAN	*Esclave et prince*
ELAINE KNIGHTON	*La citadelle des brumes*
ELIZABETH LANE	*Une passion africaine*
CATHERINE LANIGAN	*Parfum de jasmin*
RACHEL LEE	*Neige de septembre*
RACHEL LEE	*La brûlure du passé*
LYNN LESLIE	*Le choix de vivre*
MERLINE LOVELACE	*La maîtresse du capitaine*
JULIANNE MACLEAN	*La passagère du destin*
MARGO MAGUIRE	*Seigneur et maître*
ANN MAJOR	*La brûlure du mensonge*
ANN MAJOR	*Le prix du scandale**
ANNE MATHER	*L'île aux amants****
KAT MARTIN	*Lady Mystère*
CURTISS ANN MATLOCK	*Sur la route de Houston*
CURTISS ANN MATLOCK	*Une nouvelle vie*
CURTISS ANN MATLOCK	*Une femme entre deux rives*
MARY ALICE MONROE	*Le masque des apparences*
DIANA PALMER	*D'amour et d'orgueil****
PATRICIA POTTER	*Noces pourpres*
EMILIE RICHARDS	*Le temps d'un été*
EMILIE RICHARDS	*Mémoires de Louisiane*
EMILIE RICHARDS	*Le testament des Gerritsen*
EMILIE RICHARDS	*La promesse de Noël***
EMILIE RICHARDS	*L'écho du passé*
EMILIE RICHARDS	*L'écho de la rivière*

... / ...

DANS LA MÊME COLLECTION

Par ordre alphabétique d'auteur

NORA ROBERTS	*Retour au Maryland*
NORA ROBERTS	*La saga des Stanislaski*
NORA ROBERTS	*Le destin des Stanislaski*
NORA ROBERTS	*L'héritage des Cordina*
NORA ROBERTS	*Love*
NORA ROBERTS	*La saga des MacGregor*
NORA ROBERTS	*L'orgueil des MacGregor*
NORA ROBERTS	*L'héritage des MacGregor*
NORA ROBERTS	*La vallée des promesses*
NORA ROBERTS	*Le clan des MacGregor*
NORA ROBERTS	*Le secret des émeraudes*
NORA ROBERTS	*Un homme à aimer**
NORA ROBERTS	*Sur les rives de la passion*
NORA ROBERTS	*La saga des O'Hurley*
NORA ROBERTS	*Le destin des O'Hurley*
NORA ROBERTS	*Un cadeau très spécial***
NORA ROBERTS	*Le rivage des brumes*
NORA ROBERTS	*Les ombres du lac*
NORA ROBERTS	*Un château en Irlande*
NORA ROBERTS	*Filles d'Irlande*
NORA ROBERTS	*Pages d'amour*
ROSEMARY ROGERS	*Le sabre et la soie*
ROSEMARY ROGERS	*Le masque et l'éventail*
JOANN ROSS	*Magnolia*
JOANN ROSS	*Cœur d'Irlande*
MALLORY RUSH	*Ce que durent les roses*
EVA RUTLAND	*Tourments d'ébène*
PATRICIA RYAN	*L'escort-girl****
DALLAS SCHULZE	*Un amour interdit*
DALLAS SCHULZE	*Les vendanges du cœur*
JUNE FLAUM SINGER	*Une mystérieuse passagère*
ERICA SPINDLER	*L'ombre pourpre*
ERICA SPINDLER	*Le fruit défendu*
ERICA SPINDLER	*Trahison*
ERICA SPINDLER	*Le venin*
ERICA SPINDLER	*Parfum de Louisiane*
ERICA SPINDLER	*Un parfum de magnolia*
LYN STONE	*La dame de Fernstowe*
CHARLOTTE VALE ALLEN	*Le destin d'une autre*
CHARLOTTE VALE ALLEN	*L'enfance volée*
CHARLOTTE VALE ALLEN	*L'enfant de l'aube*

... / ...

DANS LA MÊME COLLECTION

Par ordre alphabétique d'auteur

SOPHIE WESTON	*Romance à l'orientale****
LAURA VAN WORMER	*Intimes révélations*
SUSAN WIGGS	*Un printemps en Virginie*
SUSAN WIGGS	*Les amants de l'été*
SUSAN WIGGS	*L'inconnu du réveillon***
SUSAN WIGGS	*La promesse d'un été*
SUSAN WIGGS	*Un été à Willow Lake*
LYNNE WILDING	*L'héritière australienne*
BRONWYN WILLIAMS	*L'île aux tempêtes*
REBECCA WINTERS	*Magie d'hiver***
SHERRYL WOODS	*Refuge à Trinity*
SHERRYL WOODS	*Le testament du cœur*
KAREN YOUNG	*Le passé meurtri*
KAREN YOUNG	*Le fils du destin*
KAREN YOUNG	*Un vœu secret***
KAREN YOUNG	*L'innocence bafouée*

* *titres réunis dans un volume double*

** *titres réunis dans le volume intitulé* : Magie d'hiver

*** *titres réunis dans le volume intitulé* : Passions d'été

7 TITRES À PARAÎTRE EN DÉCEMBRE 2008

Composé et édité par les
éditions Harlequin
Achevé d'imprimer en septembre 2008

par

LIBERDÚPLEX

Dépôt légal : octobre 2008
N° d'éditeur : 13842

Imprimé en Espagne